Jessica Bull

Grande passionnée de romans, Jessica Bull a suivi des études de littérature anglaise à l'université de Bristol, puis a étudié les sciences de l'information à la City University de Londres. Elle a travaillé un temps dans une bibliothèque avant de devenir consultante en communication. Elle réside désormais à Londres avec son mari, ses enfants et ses nombreux animaux de compagnie.

MISS JANE AUSTEN

& l'infortunée modiste

JESSICA BULL

MISS JANE AUSTEN

& l'infortunée modiste

Traduit de l'anglais
par Cécile Dechanteloup

J'AI LU

J'AI LU
POUR elle

Si vous souhaitez être informée en avant-première
de nos parutions et tout savoir sur vos autrices préférées,
retrouvez-nous ici :

www.jailu.com

Abonnez-vous à notre newsletter
et rejoignez-nous sur Facebook !

Titre original
MISS AUSTEN INVESTIGATES: THE HAPLESS MILLINER

Éditeur original
Penguin Michael Joseph

Pour Eliza et Rosina,
mes filles obstinées et déterminées.

Les huit enfants du révérend George Austen et de sa gente épouse, Mrs Cassandra Austen (née Leigh), énumérés dans l'ordre de leur naissance, par une historienne de la famille partiale, pleine de préjugés et ignorante[1].

Révérend James Austen (né en 1765) : l'aîné – un pur hasard qu'il considère comme un acte de la divine providence.

Mr George Austen, dit « Georgy » (né en 1766) : avant que je sache écrire ou parler, il m'a appris à m'exprimer avec mes doigts.

Mr Edward Austen, puis Knight, dit « Neddy » (né en 1767) : mon préféré. Parce qu'il est tout simplement prudent que le frère le plus riche soit aussi le préféré.

Lieutenant Henry Austen (né en 1771) : ignoble. Le frère le plus horrible qui ait jamais existé.

Miss Cassandra Austen (née en 1773) : la plus douce, la plus gentille et la plus crédule des créatures.

1. Référence à la description que Jane Austen donne d'elle-même en préambule de *L'Histoire de l'Angleterre* (*The History of England*), œuvre de 1791, écrite alors qu'elle n'avait que quinze ans. C'est un ouvrage qui parodie les livres d'histoire de l'époque, portant sur les rois d'Angleterre, tout en se moquant des prétentions des historiens à l'objectivité. *(Toutes les notes sont de la traductrice, sauf mention contraire.)*

Lieutenant Francis (Frank) Austen (né en 1774) : jeune, tenace, souvent en mer.

Miss Jane Austen (née en 1775) : allons, ai-je vraiment besoin d'une présentation ?

Aspirant Charles Austen (né en 1779) : voir Frank.

1

Hampshire, Angleterre, 11 décembre 1795

À la lumière du clair de lune, Jane remonte le bas de sa robe de mousseline et s'élance sur une pelouse soigneusement tondue. Les feux d'artifice sont terminés, mais l'odeur musquée de la poudre à canon lui reste au fond de la gorge, et le vacarme d'une foule en délire s'élève au-dessus de la musique du quatuor à cordes qui s'efforce de se produire dans le manoir Tudor derrière elle. Il est vingt et une heures, et le bal vient à peine de commencer. Jane, accompagnée de deux de ses frères aînés, James et Henry, est arrivée moins d'une heure auparavant, mais, déjà, la bonne société du Hampshire est pompette et se chamaille à qui mieux mieux par-dessus la mélodie.

En traversant le jardin parfaitement entretenu, Jane s'accroupit derrière chacun des ifs colossaux, hauts comme des tours, pour vérifier qu'il n'y a pas de témoins dans les parages. Son cœur bat la chamade à la perspective, ruineuse pour sa réputation, d'être repérée. Que Dieu la garde de se faire surprendre s'éloignant de la fête sans chaperon ! Ses pieds sont froids, et l'humidité s'infiltre dans ses souliers de soie d'un rose coquille. Ils sont faits pour pirouetter sur l'acajou poli, pas pour courir sur l'herbe gelée.

Le souffle de Jane forme des nuages de vapeur. Les branches dénudées d'un laburnum[1] se tendent vers elle comme les bras osseux d'un grand squelette, mais elle poursuit sa route. Ce soir, son jeune et intelligent soupirant et elle parviendront à un accord. Il lui fera une demande en mariage, elle en est sûre. Quels mots Tom choisira-t-il à cette fin ? « Ma très chère Jane, je vous conjure de me laisser vous dire... » « Miss Austen, je m'offre à vous... » Elle écoutera attentivement et mémorisera chaque phrase. Cela pourrait s'avérer utile la prochaine fois que l'une de ses héroïnes recevra une telle demande.

Des lampes à la lueur vacillante la guident jusqu'à la serre. Elle appuie doucement sur la poignée de la porte, mais celle-ci grince, et les gonds gémissent lorsqu'elle se glisse à l'intérieur. Des orchidées exotiques parfument l'atmosphère saturée d'humidité, et Jane passe une main derrière sa tête. Sa domestique a enroulé ses cheveux châtains en un chignon assez élégant, et des mèches bouclées encadrent son visage. Si ses boucles se mettent à frisotter, ses frères devineront où elle est allée et la dénonceront à leur mère.

Une silhouette élancée surgit de derrière un pin noir. Il s'agit d'un jeune homme blond avec des traits distingués, et immédiatement reconnaissable à son manteau ivoire à queue-de-pie.

— *Mademoiselle**[2].

Le timbre profond de sa voix fait chavirer le cœur de Jane et la pousse vers lui d'un seul élan. S'arrêtant juste avant de l'atteindre, elle lève son regard vers lui en papillonnant des cils.

1. Arbre d'ornement, originaire de la région méditerranéenne, produisant des grappes de fleurs jaunes.
2. Tous les mots en italique suivis d'un astérisque sont en français dans le texte.

— C'était très vilain de votre part de m'avoir attirée ici toute seule.

Les yeux bleus du jeune homme brillent, et sa bouche se retrousse en un sourire séducteur.

— Vous avez donc compris mon message ?

— Je vous comprends parfaitement, *monsieur** Lefroy.

Jane est incapable de détacher son regard de ses lèvres et se laisse enlacer étroitement entre ses bras. Il pose sa bouche sur la sienne, et elle penche la tête en arrière pour mieux accueillir son baiser. Elle est presque aussi grande que lui, mais pas tout à fait. Leurs tailles respectives semblent avoir été conçues pour favoriser leur *amour**. Collés l'un à l'autre, ils trébuchent contre une rangée d'étagères. À côté de Jane, un pot en terre cuite tombe et se brise à ses pieds. De la terre sombre se répand sur les dalles. Elle se dégage, se baisse pour ramasser les racines enchevêtrées et replace soigneusement la plante dans son pot endommagé.

Tom met un genou à terre et pose sa paume sur la joue de la jeune femme. Est-ce le moment où il va la demander en mariage ?

— Laissez cette pauvre plante, Jane. Cela n'a pas d'importance.

— Au contraire ! Nous sommes des invités, c'est une question de respect.

Les battements de cœur de Jane reprennent un rythme régulier tandis qu'elle replace l'orchidée sur l'étagère, à côté de ses voisines. Elle arrange la haute tige, garnie de fleurs de couleur vert *chartreuse** fines comme du papier, jusqu'à ce que la plante ait l'air de n'avoir jamais été malmenée. Du bout de son soulier de danse, Tom glisse les éclats de terre cuite sous le meuble.

— Et puis sinon, reprend-elle, on saurait que nous sommes entrés ici…

Il fait taire ses protestations avec des baisers. Lentement, il fait glisser l'un des gants en cuir de chevreau de Jane le long de son bras et libère sa main. Jane presse sa paume nue contre la sienne, leurs doigts s'entrelacent. Les yeux mi-clos, elle regarde la condensation former des ruisseaux et glisser le long des parois vitrées de la serre, et attend que les violons reprennent leurs envolées. Une goutte d'humidité tombe au sol.

— Attendez. Quelque chose ne va pas. Je n'entends plus la musique.

Elle atteint le panneau de verre le plus proche, frotte pour le désembuer en partie et regarde à travers. Les portes de la grande salle sont ouvertes sur la terrasse. Les invités se tiennent là, la tête baissée. La piste de danse est dégagée.

Tom relâche sa main et se redresse.

— Vous avez raison. C'est trop calme. Sir John ne peut pas déjà porter un toast – il est trop tôt, selon l'étiquette.

— Je suppose que Mrs Rivers harcèle lady Harcourt et le baronnet pour qu'ils fassent l'annonce. Jonathan Harcourt est le célibataire le plus convoité de tout le Hampshire. Sophy Rivers doit être impatiente d'être félicitée pour leurs fiançailles. Je ferais mieux de rentrer. James et Henry vont me chercher. Je leur ai parié une demi-couronne, il y a des semaines maintenant, que Sophy serait celle qui lui mettrait la main dessus.

Les épaules de Tom retombent en signe de défaite.

— Partez donc devant. Je vous suivrai.

— Pourrons-nous nous revoir plus tard ?

Jane est réticente à l'idée de laisser passer ce moment sans qu'ils puissent décider de leur avenir ensemble. La serre est le lieu idéal pour que Tom lui déclare ses intentions. Mais si sa famille découvre qu'elle n'est pas présente au bal, elle risque de voir sa liberté déjà limitée encore plus restreinte.

— Retrouvons-nous ici, propose-t-elle. Dès que tout le monde se sera remis à danser ?

Tom lui sourit tristement.

— Allez-y, alors. Laissez-moi quelques instants pour me ressaisir.

Jane rougit en se tournant vers la porte, pressant ses doigts sur ses lèvres pour s'empêcher de rire.

— Attendez !

Il lui tend son gant.

Elle court se réfugier dans ses bras, en riant de bon cœur. Elle aurait eu l'air d'une idiote en revenant au bal avec un seul gant. Ses frères auraient été furieux s'ils avaient deviné qu'elle l'avait perdu au cours d'une escapade amoureuse avec un jeune homme qu'elle connaît depuis si peu de temps. Même si James et Henry semblent apprécier Tom, Jane est leur petite sœur, et il est de leur devoir de veiller sur sa vertu. La réputation d'une dame est son bien le plus précieux. En particulier pour une jeune femme comme Jane, qui a peu de ressources pour se mettre en valeur.

Elle récupère le gant qu'il lui a dérobé et se penche pour un dernier baiser avant de sortir dans la nuit. Tom n'a peut-être pas fait sa demande, mais d'après son regard émerveillé et la passion de son baiser, Jane est certaine qu'il lui voue une affection des plus ardentes.

L'énorme double porte en chêne clouté du grand hall de Deane House est bloquée en position ouverte. La chaleur et la lumière semblent irradier de l'intérieur, où se masse la foule d'invités aisés. Jane hésite en avisant les taches d'herbe sur ses souliers et le bas de sa plus belle robe de mousseline. Cassandra, sa sœur aînée, à qui la robe appartient officiellement, en sera très contrariée. Mais Cassandra ne peut pas reprocher à Jane d'avoir abîmé sa robe ni de s'être comportée de façon inconvenante avec Tom dans la serre, parce qu'elle n'est pas là. Pour se préparer à rejoindre sa nouvelle famille, les Fowle, elle passe en effet Noël à Kintbury, avec son fiancé.

De ce fait, Jane joue le tout pour le tout avec sa réputation pour s'assurer un fiancé, de peur de devenir la seule des huit enfants des Austen à rester au presbytère de Steventon. Elle ne peut imaginer pire sort que de rester vieille fille toute sa vie, obligée de jouer les infirmières auprès de ses parents déclinants. Elle remplit ses poumons d'une dernière bouffée d'air frais nocturne avant de se glisser à l'intérieur.

Sous le plafond en chêne voûté de la salle de style élisabéthain, les membres de plus de trente familles se mêlent les uns aux autres et murmurent entre eux. Les dames aux paupières lourdes chuchotent derrière leurs éventails, tandis que les hommes froncent les sourcils et secouent la tête. Ils n'ont sûrement pas encore découvert l'inconvenance de Jane. Dos aux tapisseries, elle se faufile en longeant la foule. Au-dessus de sa tête, d'énormes torches, placées à intervalles réguliers, brûlent dans leurs appliques de fer. Au balcon, les musiciens boivent et bavardent, leurs instruments silencieux posés sur les genoux.

Des bribes de conversation flottent dans l'air dense :

— Un incident…

— Sir John a été appelé à l'extérieur…

Dieu merci. Quelque chose d'autre que sa propre mauvaise conduite a dû perturber la soirée ; l'un des convives aura renversé le bol de punch ou fait tomber ses lunettes dans la soupière. Pauvres sir John et lady Harcourt, qui doivent supporter un tel comportement de la part de leurs invités.

Sophy, l'aînée des sœurs Rivers, et, selon la rumeur, l'objet de l'affection de Jonathan Harcourt, est assise sur un canapé, regardant d'un air éteint les roses d'un blanc éclatant fixées sur ses chaussures. Vraiment, elle pourrait faire preuve d'un peu plus d'enthousiasme. Jane ignore bien ce que les filles Rivers, avec leur beauté insipide et leurs trente mille livres chacune, pourraient avoir à déplorer. En particulier Sophy, qui a apparemment séduit le célibataire le plus convoité du comté, et qui porte un collier de diamants auquel est suspendu – fidèle à son style tout en modestie – un camée d'ivoire représentant son propre visage.

Pourtant, les yeux gris de Sophy sont durs, et les commissures de ses lèvres sont affaissées. Elle doit avoir hâte que l'affaire soit publiquement réglée. C'est une position précaire pour une jeune femme que de voir sa réputation attachée à celle d'un gentleman avant d'avoir reçu la protection de son nom. Mrs Rivers, veuve, se tient au-dessus de sa fille et compense la morosité de Sophy en jacassant bruyamment. La fortune de feu Mr Rivers était bâtie sur le coton, mais sa veuve préfère la soie et la fourrure. Ce soir, elle est resplendissante dans une robe de bombasin[1] noir, lacée de sarcenet[2].

De l'autre côté de la salle, la silhouette efflanquée de Jonathan Harcourt semble s'enfoncer dans la porte qui donne sur l'aile principale de la maison. Peut-être répugne-t-il déjà à l'idée de s'attacher à la fille effrontée d'un parvenu.

---

1. Étoffe de coton et de soie mêlés, fabriquée à l'origine à Milan, présentant des endroits et des envers identiques.
2. Sorte de ruban de soie, très fin et très doux.

Jonathan vient tout juste de rentrer de son Grand Tour[1]. Jane l'apprécie d'autant plus qu'il est parti au loin, mais pas au point de souhaiter être, *elle*, sa future épouse.

Jonathan et son frère aîné, Edwin, étaient les élèves du père de Jane et ont passé leurs premières années parmi eux, au presbytère de Steventon. Elle a le même problème avec tous les célibataires de la région. Les ayant trop côtoyés en tant qu'écoliers, elle ne peut se résoudre à voir en aucun d'eux un amant potentiel.

Son intérêt n'est jamais piqué que par les nouveaux venus, tels que le délectable Tom Lefroy, et peut-être Douglas Fitzgerald, le jeune futur ecclésiastique, qui se fait tirer l'oreille par Mrs Rivers. Le hall grouille d'ecclésiastiques, mais aucun ne ressemble à celui-ci. Il est le fils naturel du beau-frère de Mrs Rivers, le capitaine Jerry Rivers. Le capitaine Rivers possède une plantation en Jamaïque et a envoyé Mr Fitzgerald en Angleterre pour qu'il y soit éduqué. Le jeune homme est extrêmement grand et impressionnant, et porte une perruque argentée qui contraste avec son teint brun foncé.

Jane ira trouver James et Henry et leur assurera que son comportement est digne d'une jeune fille de son rang. Puis, dès que sir John aura réglé l'incident, quel qu'il soit, et que le quatuor à cordes aura repris son archet, elle se précipitera vers la serre pour écouter Tom. Elle se sourit à elle-même en dérobant, à un valet de pied qui passe, une coupe en cristal emplie de vin de Madère et en boit une longue gorgée pour tenter d'étancher sa soif. Il est servi chaud et a un goût d'écorce d'orange et de sucre brûlé.

---

1. Voyage à travers l'Europe effectué par les jeunes gens de classe aisée pour leur formation intellectuelle.

James se tient au fond de la salle. Il est fin, et plein de prestance, en tenue d'ecclésiastique, ses boucles bien poudrées à hauteur d'épaule. Ses traits sont un reflet déformé de ceux de Jane. Les frères et sœurs Austen ont tous les mêmes yeux brillants couleur noisette, un front haut et un nez long et droit, avec une petite bouche et des lèvres roses et pleines. James est l'aîné – un pur hasard qu'il considère comme la volonté de la divine providence.

— Te voilà !

Il se fraie un chemin au travers de la marée humaine pour la rejoindre.

— Où étais-tu ? Je t'ai cherchée partout.

— J'étais partie me procurer un nouveau verre, prétend Jane en brandissant son vin en guise de preuve. Je ne voulais pas être prise les mains vides au moment des discours.

James frotte l'arrière de son long cou.

— Je ne suis pas sûr qu'il y aura des toasts maintenant.

— Pourquoi ? Jonathan a-t-il fait une dernière tentative pour échapper à l'étau conjugal ?

— Ne sois pas ridicule, Jane. Jonathan n'oserait pas désarçonner ses parents de la sorte. Pas après...

Edwin. Cinq ans auparavant, Edwin, le frère aîné de Jonathan, a été jeté de son étalon pursang à la veille de son mariage avec la fille d'un duc. Il est mort à l'instant même, brisant simultanément son cou et le cœur de ses parents. Cette tragédie a ébranlé les nerfs déjà fragiles de lady Harcourt. Aujourd'hui encore, elle s'agrippe au bras d'un valet de pied et tourne la tête vers ses invités, de sorte que sa monstrueuse coiffure vacille comme un entremets dont la gelée serait tout juste prise.

— Où est Henry ?

Jane arpente la salle bondée. Si l'incident est grave, elle espère de tout cœur que son frère n'y est pas mêlé. Henry devrait être facile à repérer. Parmi les personnes rassemblées, presque toutes les dames portent des robes pâles, tandis que les messieurs portent du bleu foncé ou du noir. Seul Tom Lefroy fait exception à la règle, déguisé en Tom Jones[1], le débauché le plus affable de la littérature anglaise, dans son effroyable veste couleur ivoire, tandis qu'Henry se pavane comme un paon dans les habits écarlates de son régiment.

James grimace.

— Il a été vu pour la dernière fois en train de danser avec l'aimable Mrs Chute.

Mrs Chute a vingt-six ans, un caractère pétillant et un beau visage. Elle est mariée depuis peu à un vieil homme riche qui fuit la compagnie et ne sera donc pas présent. Il est exaspérant qu'Henry n'ait pas à se montrer aussi prudent que Jane avec ses flirts.

De l'autre côté de la salle, Tom adresse à Jane un sourire mélancolique qui la fait rougir de plaisir. Il a dû se glisser dans le hall immédiatement après elle.

Derrière James, la porte de la maison s'ouvre de nouveau, et Mrs Twistleton, la gouvernante des Harcourt, s'y faufile. Avec ses yeux en amande, sa robe de soie noire et ses manchettes de dentelle blanche, elle rappelle à Jane le plus redoutable prédateur de la maisonnée des Austen – une petite chatte au pelage noir et aux pattes blanches. Elle reste au soleil toute la journée à se lécher les griffes et à attendre sa prochaine proie.

---

1. Héros du roman picaresque *Histoire de Tom Jones, ou l'Enfant trouvé* d'Henry Fielding, publié en 1749. Tom Jones porte toujours un manteau trop clair pour la mode d'alors.

Mrs Twistleton saisit le bras du majordome. Alors qu'elle lui souffle quelques mots à l'oreille, les yeux de l'homme lui sortent presque des orbites, et son visage pâlit. Quel désastre a bien pu frapper les Harcourt pour que leur majordome habituellement impassible perde tout son sang-froid ? Jane glisse sa main au creux du bras de James, soudain reconnaissante de la présence familière de son frère à ses côtés.

Le maître d'hôtel se ressaisit et fait sonner sa cloche en cuivre, appelant d'une voix pressante et haut perchée :

— Mesdames et messieurs, y a-t-il un médecin dans l'assistance ?

Un frémissement se propage dans le hall. Le médecin local, la face rouge, se lève de son siège en titubant, chancelle, puis retombe durement sur son derrière bien rembourré. Jane secoue la tête. Il est manifestement éméché. Mrs Twistleton se hisse sur la pointe des pieds pour parler à l'oreille du majordome. Il a un mouvement de recul. Elle hausse ses sourcils foncés et hoche la tête sombrement.

Le majordome la regarde, bouche bée, avant d'agiter de nouveau la cloche.

— Excusez-moi. Mesdames et messieurs, y a-t-il un... un ecclésiastique dans la salle ?

Des rires nerveux parcourent la foule. Plus de la moitié des hommes ici présents sont des membres du clergé. Le Hampshire en est envahi.

James écarte les bras, puis les laisse retomber le long du corps. Il se trouve être l'homme d'Église le plus proche des deux domestiques.

— Je dois y aller. Cela va-t-il aller ?

— Je viens avec toi, dit Jane en passant sa coupe à moitié vide à un valet de pied. Juste pour vérifier que ce n'est pas Henry.

James fronce les sourcils encore plus tandis qu'il se hâte vers la porte. Jane le suit. Elle s'assurera qu'Henry ne s'est pas attiré d'ennuis, puis s'éclipsera. Avec un peu de chance, tout n'est pas perdu, et Tom aura une autre occasion de se déclarer avant la fin de la nuit. Elle tente de croiser son regard avant de partir, mais il lui tourne le dos, pressé par le monde qui l'entoure.

James atteint l'entrée de l'aile principale de la maison exactement au même moment que Mr Fitzgerald. Ils se heurtent l'un à l'autre, à hauteur d'épaule. Mr Fitzgerald n'a peut-être pas encore revêtu l'habit, mais le futur ecclésiastique est très impatient d'exercer ses fonctions sacerdotales. Il cligne des yeux et s'incline très bas pour signifier à James et Jane qu'ils peuvent continuer. Les bougies en cire d'abeille vacillent dans leurs appliques en laiton, projetant ombre et lumière sur les portraits à l'huile qui tapissent les murs. De l'intérieur des tableaux, des générations d'Harcourt les toisent froidement. Jane reconnaît le même visage allongé, le même nez busqué et le même menton pointu que ceux de l'actuel détenteur du titre et de son fils. Les pas de la gouvernante et de Mr Fitzgerald résonnent tout près, derrière elle.

Ils débouchent dans le grand hall d'entrée. Une lourde chaîne permet de suspendre un lustre en laiton au plafond à double hauteur. Des dizaines de bougies illuminent les boiseries en chêne et l'escalier sculpté qui mène aux étages supérieurs du manoir. Henry monte la garde devant une petite porte laissée entrouverte dans les boiseries. Les pieds écartés, la main droite sur la poignée de son sabre étincelant, il est éblouissant dans sa parure d'officier. La veste écarlate à double boutonnage met en valeur sa haute silhouette, et les épaulettes dorées avantagent ses larges épaules. En signe de protestation contre la taxe sur la poudre[1], il a coupé ses cheveux châtains très court, ce qui lui donne un air raffiné. Il ressemble tellement à un soldat de plomb que Jane a envie de rire de soulagement en le voyant.

— Que s'est-il passé ? demande James.

Mais Henry reste silencieux, le visage inhabituellement grave. Il fait un signe de tête à Mrs Chute, assise en face de lui sur un canapé en damas rouge sang, sanglotant dans un mouchoir. Une femme de chambre s'agenouille à ses pieds et lui tend des sels odorants dans un flacon vert. Une servante plus jeune se tient non loin, avec une serpillière plongée dans un seau d'eau savonneuse. C'est une petite jeune fille ronde, aux traits épais et au large cou. Elle a le teint blême et tremble.

Les plumes d'autruche or pâle de la coiffe de Mrs Chute se balancent et s'agitent tandis qu'elle se mouche.

— Je ne savais pas qu'elle était là. J'ai failli trébucher sur elle.

Jane porte la main à sa gorge.

— *Qui* est là-dedans ?

— Du diable si l'un d'entre nous le sait.

Sir John Harcourt arpente d'un bout à l'autre le long tapis persan de l'entrée. Sous les boucles boudinées de son énorme perruque, il a le teint rougeâtre. Il a toujours été imposant avec son gros ventre et ses bajoues qui pendent. Ce soir, il est particulièrement menaçant.

Henry s'écarte.

— Je crains bien que nous n'ayons trouvé un… eh bien, un corps.

1. En mai 1795, le Parlement britannique décide de taxer l'achat et l'utilisation de la poudre à cheveux afin de financer la guerre contre la France.

James pousse la porte. Il hésite. Jane se glisse à côté de lui et scrute la pièce. C'est un petit placard. Une odeur métallique épouvantable se dégage de l'intérieur, comme dans une boucherie. Sur le sol, à la lumière provenant du couloir, Jane parvient tout juste à distinguer une jupe de chintz à motifs. Elle est fortement tachée d'une substance sombre. Deux chaussures à lacets de couleur marron en émergent. Ce sont des chaussures de femme, avec une semelle en cuir bien usée.

— Je ne ferais pas ça si j'étais toi.

Henry pose une main sur le bras de Jane, la retenant légèrement.

Mr Fitzgerald passe avec une bougie allumée. Il s'agenouille à côté de la jupe, éclairant l'espace exigu.

Jane sent la bile lui monter au fond de la gorge.

C'est une jeune femme d'une pâleur cendreuse, les bras grands ouverts et les traits figés dans une terreur abjecte. Sa bouche est ouverte, et ses yeux vitreux scrutent le vide. Le sang coagule au niveau d'une énorme entaille sur sa tempe et s'accumule autour d'elle sur le sol.

— Mon Dieu !

Jane recule d'un pas, mais ne peut détacher son regard du corps.

Mr Fitzgerald se baisse et place son oreille sur la poitrine de la jeune femme, guettant un souffle. Après quelques instants, il pose deux doigts sur son cou, puis secoue la tête.

— Que le Seigneur, dans sa miséricorde, lui accorde la paix éternelle, dit-il doucement, en lui passant la main sur le visage pour essayer de lui fermer les yeux.

Il vacille. Les paupières de la jeune femme sont comme collées.

Retirant sa main, il incline la tête et fait le signe de croix. À ce geste, la lumière de la bougie qu'il tient oscille sur la forme inanimée et fait jaillir une étincelle dans la mémoire de Jane. Elle pousse un cri aigu. Cela ne lui ressemble tellement pas qu'elle en est elle-même choquée. Ses genoux se dérobent. Elle s'accroche aux revers de James pour se retenir tandis qu'elle observe le visage familier.

Ce devait être au début du mois d'octobre, car le froid ne se faisait pas encore sentir, que Jane avait vu pour la première fois les traits délicats de cette femme. Elle s'était rendue à Basingstoke avec Alethea Bigg et était tombée sur la modiste Madame Renault, perchée sur un tabouret en bois au beau milieu de la place du marché. Sur une table recouverte d'un tapis en feutrine verte, Madame Renault avait disposé quelques chapeaux de paille et plusieurs délicates coiffes en dentelle. Ses vêtements, bien qu'ils ne soient pas à la mode, étaient propres et soignés. Elle portait une robe en chintz, avec une chaîne en or ornée de perles glissée dans le corsage, et l'un de ses propres chapeaux recouverts de dentelle sur ses cheveux noirs. Jane avait envisagé d'acheter un cadeau pour Cassandra. Certaines de ses coiffes étaient si exquises qu'elles auraient fait une jolie parure pour une mariée.

Mais, comme d'habitude, la vanité de Jane l'avait emporté sur ses bonnes intentions. Elle s'était acheté l'un des chapeaux de paille à la place. Elle avait voulu l'essayer pour le plaisir, mais il lui allait si bien ! Jane avait tenté de négocier le prix en disant qu'elle ne pensait pas avoir apporté assez d'argent et qu'elle devrait revenir un autre jour. Madame Renault avait haussé les épaules d'un air indifférent. Dans un anglais approximatif, elle avait expliqué qu'elle passait le plus clair de son temps à travailler sur commande et qu'elle ne louait l'étal que lorsqu'elle avait du stock à vendre. Elle ne pouvait pas garantir quand elle serait de nouveau à Basingstoke, ni même qu'elle y reviendrait. Elle se laisserait peut-être persuader de prendre une commande, si elle en avait le temps.

Alethea avait trouvé la modiste arrogante, mais Jane était tellement impressionnée par sa confiance en elle qu'elle lui avait versé la totalité des douze shillings et six pence. De toute évidence, Madame Renault connaissait la valeur de son art et savait que sa production serait demandée. Quelle libération que d'appartenir à une classe de femmes qui pouvaient ouvertement être fières de leur travail !

Cette rencontre avait donné à Jane l'audace de s'imaginer assise derrière un étal sur la place du marché, avec tous ses manuscrits soigneusement recopiés, reliés et protégés par des couvertures décorées de papier marbré, et posés sur un tapis de feutrine verte...

À présent, elle plaque sa main sur sa bouche, cherchant à retenir un sanglot tandis qu'elle se tient, figée de stupeur, devant le cadavre sauvagement meurtri de la modiste.

James vient entourer ses épaules de son bras.

— Éloignons-nous, Jane. Ne te mets pas dans tous tes états.

— Mais je ne peux pas. Je la connais.

Tout le monde regarde Jane avec curiosité.

— Alors qui diable est-elle ? demande sir John en frappant de son gros poing sur le buffet en acajou. Et que fait-elle morte dans mon placard à linge ?

Jane se soustrait à l'emprise de James et s'engage dans l'ouverture de la porte pour mieux distinguer le visage ensanglanté de la victime.

Elle doit être certaine de son fait avant de dire quoi que ce soit.

Mr Fitzgerald tient la bougie à côté de la joue de la malheureuse, et Jane est envahie par la lassitude. Tout a changé. La soirée n'est plus un événement frivole. Elle ne recevra pas sa demande en mariage romantique et n'échangera plus de baisers en secret avec son amant dans la serre, ce soir.

— Elle s'appelle Madame Renault. Elle était modiste, je lui ai acheté un chapeau au marché de Basingstoke.

Henry hoche la tête, comme si cette information lui disait tout ce qu'il avait besoin de savoir.

— J'ai envoyé chercher l'agent de police de la paroisse. Le magistrat était de toute façon attendu pour le bal.

Mr Fitzgerald dispose une couverture sur Madame Renault et l'enroule autour de ses épaules avec soin, comme si elle pouvait encore lui tenir chaud.

James dirige Jane vers l'entrée principale.

— Viens, laisse-moi t'aider à monter dans la voiture et te ramener à la maison. Cela a été un choc terrible pour nous tous.

En titubant vers la porte, Jane se penche pour jeter un dernier coup d'œil à Madame Renault. Une nouvelle vague de nausée la saisit à la vue de la mare de sang qui commence à imbiber la couverture dont Mr Fitzgerald a drapé le cadavre. Comment un acte aussi monstrueux a-t-il pu être commis ici, au milieu d'une telle gaieté ? La violence et le meurtre n'ont pas leur place dans le petit monde sûr et tranquille de Jane. Et pourtant, Madame Renault gît là, frappée à mort par quelqu'un qui, selon toute vraisemblance, ne doit pas rôder bien loin. Qui, dans l'entourage de Jane, a pu commettre ce crime odieux ?

2

Le matin après le bal, Jane franchit d'un bond les deux marches qui mènent de sa chambre au palier et descend à toute allure l'escalier étroit jusqu'à la cuisine, avant de débouler dans le salon familial. Le presbytère de Steventon est une construction hétéroclite, dont le plan même révèle l'histoire d'une habitation assemblée au hasard au cours des deux siècles précédents. Jane s'est habillée à la hâte, terrorisée à l'idée que Tom puisse se lever tôt. Il va certainement lui rendre visite aujourd'hui. Il a été cruellement empêché dans sa déclaration, et il doit être aussi impatient d'obtenir sa réponse qu'elle l'est d'entendre les termes de sa demande. Pourvu qu'il ne parcoure pas le mile et demi qui sépare le presbytère de Steventon de celui d'Ashe, où il loge chez son oncle, le révérend George Lefroy, avant que Jane soit prête à l'accueillir.

Plusieurs mèches couleur châtain s'échappent de la tresse de Jane, et les lacets de sa robe jaune canari pendent. Sally, la bonne des Austen, fredonne doucement en posant un plateau de vaisselle sale sur la table et s'apprête à aider Jane avec le cordon de serrage de l'encolure de sa robe. Dans le salon, toute la famille est réunie et un feu brûle dans la cheminée en briques rouges. Au centre de la pièce, la mère de Jane,

Mrs Cassandra Austen, est assise à une table en merisier à l'ancienne, recouverte d'une nappe de lin unie et dressée pour le petit déjeuner. Mrs Austen tient fermement un bol en bois contenant de la compote de pommes, tandis qu'Anna, la fille en bas âge de James, se penche périlleusement hors de sa chaise haute pour y plonger une cuillère.

Mr George Austen, le père de Jane, étudie le journal de la veille, qu'un aimable voisin lui dépose une fois qu'il l'a terminé. James lit une autre section du même journal. Mr Austen a divisé le journal en deux, ce qui permet à James de lire les annonces et les potins, tandis que lui-même scrute les rapports navals à la recherche d'une quelconque mention des navires de Sa Majesté, le *Glory* et le *Daedalus*. Les deux vaisseaux ont été signalés pour la dernière fois au large des Antilles, et chacun transporte la cargaison extrêmement précieuse d'un jeune Austen. Frank, vingt et un ans, et Charles, seize ans, sont tous deux en service actif dans la Royal Navy.

Techniquement, en tant que vicaire de son père dans le village voisin d'Overton, James a sa propre maison. Mais depuis la mort tragique et totalement inattendue de sa jeune épouse, au début de l'année, il a trouvé du réconfort en retournant dans le nid familial. Il dort et prêche peut-être à Overton, mais il prend ses repas et laisse son linge à Steventon. Anna, dix-huit mois, est toujours à Steventon, sous la garde de sa grand-mère. Auparavant, Jane avait le cœur brisé quand la petite fille pleurait sa maman. C'est presque pire maintenant qu'elle a cessé de le faire.

— Je vais prendre ceci, merci, dit Mrs Austen en ouvrant la main potelée d'Anna pour en extraire un petit flacon de verre rempli de laudanum. Qui l'a laissé traîner ?

Sally s'excuse en glissant le flacon dans les plis de son tablier. Jane ne précise pas que c'est Mrs Austen qui a laissé le médicament sur la table. Sally était déjà couchée lorsque Jane est rentrée à la maison et a annoncé la nouvelle de l'horrible incident à ses parents médusés. Mrs Austen a récupéré le flacon dans l'armoire à pharmacie fermée à clef et a presque forcé Jane à prendre une goutte de laudanum pour se remettre du choc. Jane a fermé les lèvres et refusé catégoriquement la teinture. Son esprit est l'arme la plus tranchante de son arsenal. Elle ne veut pas qu'on l'émousse. Lorsque Tom lui rendra visite, et il lui rendra sûrement visite aujourd'hui, il demandera à Jane de prendre la décision la plus importante de la vie d'une jeune femme. Peut-être la seule décision importante qu'elle prendra jamais seule. Comment pourrait-elle faire face à une telle situation si son esprit est ébranlé par les effets d'un brouillard provoqué par le laudanum ?

— Ai-je manqué Henry ?

Jane tire une chaise, faisant grincer les pieds en bois sur le sol carrelé. Les murs de la petite pièce sont blanchis à la chaux et ornés de cuivres de chevaux et de canevas au point de croix, ce qui n'aide guère à absorber le bruit de sa turbulente famille.

James acquiesce en secouant sa moitié de journal.

— Il est reparti à Oxford à la première heure ce matin.

Henry est étudiant, un autre garçon du Hampshire destiné au clergé, mais, avec la menace imminente d'une invasion de Jacobins venus de l'autre côté de la Manche, il s'est porté volontaire pour la milice. Néanmoins, Henry étant Henry, il s'est arrangé d'une façon ou d'une autre pour que son régiment soit stationné juste à côté d'Oxford, ce qui lui permet de poursuivre ses études tout en servant son roi et son pays.

— C'est dommage. Je voulais lui parler avant qu'il parte.

Jane se verse du thé de la théière en basalte noir. Elle n'a pas bien dormi. Chaque fois qu'elle ferme les yeux, les joues creuses et la bouche béante de Madame Renault lui apparaissent, comme si son masque mortuaire était imprimé sur les paupières de Jane.

En tant que fille de recteur, elle a vu beaucoup de cadavres. Les pauvres de la paroisse n'ont pas les moyens d'acheter leur propre cercueil. On les amène à leurs funérailles enveloppés dans leur linceul, on emprunte pour eux le cercueil commun pour le service, puis on les bascule en dehors du cercueil, dans la terre fraîchement creusée. De la fenêtre d'un fiacre, elle a même déjà vu les restes de bandits de grand chemin, habituellement lestés de chaînes et suspendus à des potences aux carrefours. Leurs corps en décomposition, grouillants d'asticots et envahis par les mouches, sont exposés en évidence près des lieux de leurs crimes pour dissuader les autres de reproduire leurs péchés.

Mais regarder le visage d'une femme dont la vie a été si récemment et si injustement interrompue est une expérience tout à fait différente. Une expérience qui, Jane le sait déjà, la hantera jusqu'à la fin de ses jours.

— Je suppose qu'il craignait que le vieux Mr Chute ne le provoque en duel au sujet de la vertu de sa femme s'il restait à la maison plus longtemps, dit Mr Austen sans lever les yeux de son journal.

Jane s'étrangle avec son thé à la perspective de voir Mr Chute, d'un âge canonique, interpeller le jeune lieutenant Austen. Elle imagine le vieil homme lâchant sa canne pour attraper son pistolet, et tombant la tête la première dans l'herbe.

— Ce n'est pas drôle, Père, intervient James en jetant un coup d'œil sévère par-dessus sa moitié de journal.

Malgré sa courte nuit, James est déjà rasé de près et habillé avec soin.

— Tu n'as pas besoin de me le faire remarquer, répond Mr Austen avant de boire une gorgée de son thé.

Il porte un banyan roux par-dessus sa robe de clerc, et ses cheveux d'un blanc éclatant dépassent d'un bonnet assorti.

— Je serai obligé de tout vendre pour éviter à Henry de se retrouver à la prison de la Maréchaussée si Mr Chute porte plainte pour conversation criminelle.

Jane s'empresse d'avaler du thé, ce qui lui brûle la gorge. Pour la classe moyenne, le divorce est si difficile et si coûteux qu'il est presque impossible. Et comme une femme mariée n'a pas de biens ou de richesses propres, le seul recours qu'un mari lésé peut avoir contre une femme adultère est de poursuivre son partenaire masculin pour « conversation criminelle ». Au sens strict, ce terme désigne la recherche d'une compensation pour la dépréciation d'un bien. Aux yeux de la loi, le statut d'une épouse n'est que modérément supérieur à celui d'un cheval favori. Les deux peuvent être fouettés et mourir à la peine, mais seul l'un d'entre eux peut être abattu légitimement lorsqu'il n'est plus utile. C'est une vérité des plus déplaisantes à reconnaître.

— C'est peut-être pour cela que Mr Chute a épousé cette fille, observe Mrs Austen.

Cette dernière est grande et mince, avec un nez aquilin qu'elle considère comme la preuve de son lignage aristocratique.

— Dans l'espoir qu'elle attirera un jeune homme riche dans une aventure sordide, afin qu'il puisse en récolter les fruits, poursuit-elle.

Elle passe un linge humide sur les joues potelées de sa petite-fille.

— Les poursuites pour conversation criminelle sont devenues si lucratives que des hommes ont été accusés d'encourager leurs épouses à se compromettre avec de riches connaissances, dans l'intention de les prendre sur le fait. Mr Chute est bien trop fortuné pour s'embarrasser d'un tel stratagème, mais c'est le genre d'homme qui en veut toujours plus.

Heureusement, l'héroïne actuelle de Jane, la diabolique lady Susan, est veuve et n'est donc pas susceptible de subir de telles humiliations devant un tribunal. Au lieu de quoi, d'un simple trait de la plume de Jane, lady Susan est libre de faire des ravages sur le sexe masculin. Il n'est pas sans ironie d'observer que ce n'est qu'en se soumettant à son mari, puis en lui survivant, qu'une femme peut atteindre la vraie liberté.

— Alors pourquoi diable l'a-t-il laissée s'approcher d'Henry ? demande Mr Austen en replaçant sa tasse de thé dans sa soucoupe, prenant soin d'aligner l'anse à trois heures précises. Il aurait dû la diriger vers Jonathan Harcourt.

— Mrs Chute n'aurait pas ses chances avec Jonathan, dit James. Il est peu probable qu'il soit tenté de s'éloigner de Miss Rivers, n'est-ce pas ?

Mrs Austen serre les lèvres.

— Sophy est une fille assez gentille, et j'imagine que sa dot sera la bienvenue, même pour les Harcourt...

Jane grince des dents à la description que fait sa mère de l'ambitieuse héritière. Sophy est née presque une année entière avant Jane, arrivant avec empressement le jour de l'an 1775. Malgré la faible différence d'âge et la proximité de la famille Rivers depuis qu'elle s'est installée à Kempshott Park il y a plus de dix ans, l'arriviste Sophy n'a jamais été particulièrement *gentille* avec Jane.

Anna attrape le bonnet en dentelle de Mrs Austen avec sa menotte pleine de compote de pommes.

— Mais j'ai toujours espéré que Jonathan rencontrerait quelqu'un qui l'aiderait à s'épanouir. Quelqu'un comme toi, Jane.

Tout en parlant, Mrs Austen tente de repousser les mains collantes d'Anna.

— Moi ? Je suis désolée, Mère, mais l'eau a coulé sous les ponts. À moins que vous ne vouliez que j'emmène Jonathan à Gretna Green[1] et qu'il me déclare sa flamme devant un forgeron avant que la cérémonie religieuse ait lieu ?

— Je ne voulais pas dire qu'il devait se marier avec toi, mais avec quelqu'un *comme* toi.

Mrs Austen détache un à un les doigts d'Anna du volant de son bonnet. Il est si bien éclaboussé de compote de pommes qu'il est assorti à la culotte de coton tachée de la petite fille.

— Une jeune femme plus indépendante d'esprit, qui ne se laisserait pas intimider par ses beaux-parents.

Incapable de savoir si elle doit se sentir flattée ou insultée, Jane beurre ses tranches de pain grillé et les recouvre de la confiture de framboises maison de sa mère.

— Alors, Henry a-t-il ruiné toute notre bonne réputation ?

---

1. Village d'Écosse synonyme de mariages clandestins, de romance et de scandale.

— Pas vraiment. La découverte macabre a plutôt éclipsé l'inconduite d'Henry. Nous avons réussi à faire croire que Mrs Chute était tombée par hasard sur le corps et que le lieutenant Austen n'avait couru à son secours qu'*après* l'avoir entendue crier.

— Comme c'est galant de sa part, note Jane avec un sourire.

— En effet, insiste James en fronçant les sourcils.

— Quel remue-ménage ! Je regrette de n'avoir pas été là-bas, maintenant.

Mrs Austen soupire. Anna plonge sa cuillère dans la compote et la lance à sa grand-mère.

— Je vous avais dit que vous auriez dû venir, répond Jane à sa mère, tout en croquant dans sa tartine.

— Il n'en était pas question. Il fait bien trop froid. Ma constitution ne l'aurait jamais supporté.

Mrs Austen sort la petite fille de sa chaise haute et l'assied sur ses genoux.

— Et puis, ajoute-t-elle, nous ne pouvions pas laisser notre Anna chérie.

— Anna chérie ? répète Jane qui se penche pour ébouriffer les mèches de cheveux dorés sur la tête du bébé. Vous n'avez jamais eu peur de nous laisser, nous. Nous vivions encore avec Dame Culham quand nous avions deux fois l'âge d'Anna.

Avec une troupe de jeunes élèves à surveiller et une ferme à gérer, Mrs Austen avait délégué les tâches quotidiennes de la maternité lorsque ses enfants étaient très jeunes. Une fois sevrés, tous les bébés Austen avaient été confiés à une nourrice du village et il leur avait été interdit de retourner au presbytère de Steventon avant qu'ils soient en mesure de se débrouiller seuls.

Mrs Austen pince la bouche.

— Jane, nous vous avons rendu visite tous les jours.

Jane sourit gentiment.

— Oh, comme c'est aimable. Laissiez-vous une carte de visite si nous étions sortis ?

Jane a entendu sa mère lui expliquer des milliers de fois les raisons de cette pratique inhabituelle. En voyant le temps et l'énergie qu'Anna demande, maintenant qu'elle réside au presbytère, Jane ne peut reprocher son raisonnement à sa mère. Cependant, elle ne peut s'empêcher d'éprouver un peu de ressentiment pour avoir été éjectée de la maison familiale dès son plus jeune âge. D'autant plus qu'il est peu probable que l'un des membres de la famille Austen puisse un jour vivre de façon indépendante. George Austen, dit Georgy, est le deuxième frère aîné de Jane. À l'âge où les enfants apprennent généralement à marcher et à parler, Georgy est devenu sujet à de violentes crises qui ont interrompu le développement de ses capacités mentales et qui épuisaient son corps. Il n'a jamais appris à former des mots mais, en véritable Austen, il ne laisse pas cela l'empêcher de se faire comprendre. Avant que Jane sache écrire ou même parler, Georgy lui a appris à communiquer avec ses doigts.

Il a presque dix ans de plus qu'elle et, dans sa naïveté enfantine, elle n'aurait jamais pu imaginer qu'elle s'installerait au presbytère de Steventon tandis qu'il resterait avec Dame Culham au cottage. Mais Georgy a du mal à comprendre les dangers les plus simples du quotidien – comme un carrosse qui fonce sur lui sur la route, ou pourquoi il est déconseillé de plonger dans un étang infesté de sangsues – et son état de santé requiert une surveillance constante.

En toute honnêteté, Mr et Mrs Austen ont essayé à plusieurs reprises de le ramener à la maison pour qu'il vive avec ses frères et sœurs. Mais après un incident terrifiant où ils ont craint de l'avoir perdu au fond du puits, ils ont accepté que Georgy reste sous l'œil plus attentif de sa nourrice. C'est sans doute mieux ainsi, et Georgy est très heureux au village, entouré de ses amis et de ses voisins. Mais l'idée qu'il soit exclu du presbytère, malgré les efforts de la famille pour le garder près d'elle, pèse sur le cœur de Jane.

Aujourd'hui, le plus souvent, c'est Georgy qui leur rend visite à domicile. Il va et vient aussi furtivement qu'un faucon pour voir ses sœurs tout en évitant sa mère, toujours anxieuse. Son tour préféré consiste à apparaître dans la cuisine des Austen, sans cérémonie, pour se régaler du légendaire pain d'épices de Sally (parfois si épicé que l'on croirait qu'elle a échangé le gingembre contre de la moutarde) avant que le reste de la famille ait l'occasion de le faire.

Mrs Austen se mord les joues et lance un regard noir à Jane, tandis que Mr Austen se contente de glousser. James pose son journal pour regarder par la fenêtre. Une silhouette trapue, coiffée d'une capote et vêtue d'une cape brune, avance péniblement le long de l'allée.

— Est-ce Mary Lloyd ? demande-t-il.

Jane pousse un soupir sonore en hochant la tête.

En général, Cassandra et Jane forment un groupe sympathique avec Mary et sa sœur aînée, Martha. Les dispositions douces de Cassandra et de Martha contrebalancent le mordant de leurs jeunes sœurs. Mais Martha, qui est la cousine des Fowle, a accompagné Cassandra dans son voyage à Kintbury, laissant Jane et Mary se côtoyer seules pendant toute la période de Noël. C'est un désastre pour toutes les sorties joyeuses que Jane et Mary ont gâchées avec leurs chamailleries. Si Cassandra et Martha n'étaient pas si exaspérantes de bonté, elles seraient en train d'en rire à gorge déployée en ce moment même.

Sally ouvre la porte d'entrée et conduit Mary dans le salon familial.

Celle-ci s'attarde sur le seuil, les yeux baissés sur ses chaussures de marche.

— Pardonnez-moi. Est-ce que j'interromps votre petit déjeuner ?

Enfant, Mary a souffert de la variole. Ses cicatrices se sont estompées, mais elle reste sujette aux maladies et peut se montrer affreusement gênée… surtout en présence de James. Et encore plus depuis qu'il est devenu veuf. Il est le frère aîné de Jane le plus impressionnant, le plus sombre et le plus mystérieux.

Mrs Austen fait glisser la corbeille à pain le long de la table.

— Entrez, ma chère. Voulez-vous du thé ?

Les joues de Mary s'empourprent.

— Je ne veux pas m'imposer. Je suis venue chercher Jane.

Mrs Austen prend appui sur ses mains et se lève de table.

— C'est absurde, vous ne vous imposez pas…

— Me chercher pour quoi faire ? demande Jane en coupant la parole à sa mère.

Mary s'approche d'un pas hésitant de James.

— Oncle Richard demande à tout le monde de se rendre à Deane House pour aider à attraper le meurtrier.

L'oncle de Mary, Richard Craven, est le magistrat du comté. La jeune fille jette un coup d'œil par-dessous son chapeau.

— Oh, mister Austen, j'ai entendu dire que vous aviez été appelé pour prier sur la dépouille de la femme morte. C'est épouvantable. Cela a dû être tout simplement horrible pour vous.

Jane et sa famille se regardent avec perplexité, avant de comprendre que Mary s'adresse à James, et non au père de Jane.

James bredouille :

— Eh bien, je...

Jane soupçonne que Mary ne serait pas aussi impressionnée si elle avait vu comment James a pâli à la vue du cadavre de Madame Renault. Ou plutôt, connaissant la profondeur de la dévotion aveugle de Mary pour James, elle aurait probablement été impressionnée quand même.

— Je passerai faire un tour plus tard, dit Jane.

Mrs Austen fait la moue.

— Tu ne dois pas faire attendre Mr Craven.

Jane regarde fixement le fond de sa tasse de thé. Elle est persuadée que Tom va venir la voir. Si elle part maintenant, qui sait quand ils auront de nouveau l'occasion de se parler ? Il pourrait même penser qu'elle l'évite, après la façon dont elle a disparu du bal. Selon Cassandra, un gentleman a besoin de beaucoup d'encouragements pour se lancer dans une telle déclaration. Pour l'amour du ciel, Cassandra a dû peindre les aquarelles les plus flatteuses de Mr Fowle, avec des petits amours dans la bordure, avant qu'il prenne conscience de la situation et se jette enfin à l'eau.

— C'est juste que... Je suis terriblement fatiguée, ce matin. Je n'ai pas très bien dormi, voyez-vous.

— Je t'avais pourtant prévenue..., remarque Mrs Austen en croisant les bras sur sa poitrine.

Le menton de Mary tremble.

— Mais il faut que tu viennes. J'ai entendu dire que tu avais identifié la femme morte.

Jane tripote l'anse de sa tasse de thé.

James lève les yeux de son journal.

— Si tu attends que Tom Lefroy te rende visite, tu n'as pas besoin de t'en inquiéter. Il se joindra à l'équipe de recherche chargée de traquer la crapule qui a fait ça – comme tous les autres jeunes hommes compétents des environs.

Jane a fait de son mieux pour garder pour elle son idylle avec Tom. Même si elle ne doute guère que sa famille approuvera ce choix. Tom n'est pas encore établi, mais il est extrêmement brillant et travaille dur. Alors qu'il n'a pas encore vingt ans, il est déjà diplômé du Trinity College de Dublin et prévoit d'étudier le droit à Lincoln's Inn. Il faudra peut-être un certain temps avant que Jane et lui puissent se marier, mais elle est persuadée que son père donnera sa bénédiction à cette union. Avec un peu de persuasion de la part de Jane et de sa mère, en tout cas. Malgré tout, Jane est bien trop fière pour faire savoir à qui que ce soit, à l'exception de Cassandra, à quel point elle attend avec impatience la déclaration de Tom.

— Comment le sais-tu ? demande-t-elle.

— Parce que l'agent de police de la paroisse recrutait des volontaires. Il m'a dit que Lefroy s'était déjà engagé.

— Quand ?

— À la première heure ce matin, alors que tu avais du mal à t'endormir, répond James en souriant d'un air narquois. Je vais me mettre en chemin dès que j'aurai fini mon petit déjeuner. Si tu veux, je peux atteler Greylass et te prêter mes chiens. Tu pourras essayer de chasser Lefroy.

Jane regarde son frère d'un air renfrogné.

James se cache derrière son journal, les épaules secouées par un rire silencieux. Greylass est le poney de Cassandra. En théorie, Jane sait monter à cheval, mais elle préfère s'abstenir. D'autant plus qu'elle n'a pas retenté l'aventure depuis qu'elle est tombée d'une jument capricieuse à l'âge de douze ans.

— Cela signifie-t-il qu'ils ont identifié le coupable ?

James laisse tomber un coin de son journal et fronce les sourcils.

— Je ne crois pas.

— Comment saurez-vous qui chercher ?

James hausse les épaules.

— Nous rassemblerons tous les vagabonds, tous les indésirables habituels.

— Attends là, Mary. Je vais chercher mon bonnet.

S'il y a la moindre chance que cela permette d'identifier le véritable tueur et d'éviter à une autre pauvre âme d'être accusée à tort, Jane doit dire à Mr Craven tout ce qu'elle sait sur Madame Renault. Elle doit à la femme assassinée d'obtenir justice. C'était égoïste de sa part de vouloir rester à la maison. Et si Tom ne lui rend pas visite aujourd'hui, elle aura au moins le temps de composer une réponse à l'enthousiasme moins ostensible. Une jeune femme doit rester modeste, après tout.

3

Jane s'approche de la double porte de Deane House, saluant d'un signe de tête un flot ininterrompu de connaissances marchant dans la direction opposée. En se rendant au presbytère de Steventon, Mary a dû transmettre haut et fort les ordres de son oncle. Des familles aisées, des marchands et des domestiques s'affairent dans l'allée de gravier ratissée. L'une des paroissiennes les plus dévouées du père de Jane se tamponne les yeux avec un mouchoir, tandis que l'ouvrier agricole à côté d'elle serre la mâchoire et marmonne pour lui-même.

Jane appuie sa main sur son point de côté. Elle a gravi la colline à partir de Steventon à vive allure, le chant du rouge-gorge dans les haies compensant l'absence de bavardage entre sa compagne et elle.

— Dis-moi, Mary, en quoi ton oncle pense-t-il qu'inviter tout le comté à voir le cadavre de Madame Renault va l'aider dans son enquête ?

— Ne sois pas idiote, Jane. Tout le monde sait que les âmes des victimes de meurtres s'attardent sur terre. Elles ne peuvent pas passer dans l'au-delà tant qu'elles n'ont pas essayé de communiquer les détails de leur triste sort aux vivants.

— Je vois.

Jane acquiesce vaguement malgré son scepticisme. Elle a hâte d'en finir avec le magistrat, dans l'espoir que Tom passera au presbytère en revenant de cette chasse à l'homme, même si cela ne semble pas très romantique. Alors qu'elle se tient devant la façade à colombages du manoir Tudor, son moral s'effondre à l'idée de retourner sur les lieux du crime.

— Et ton oncle a-t-il appréhendé de nombreux meurtriers de cette manière ?

— Probablement que non.

Mary la devance, bondissant sur les marches de pierre qui mènent à la double porte de l'entrée. Deane House est tout en angles et en arêtes vives, avec des poutres noires et des toits à forte pente. Même le verre des fenêtres est taillé en pointe, avec des luminaires en cristal en forme de losanges.

— Il est surtout appelé pour chercher des braconniers, et je ne pense pas que le gibier à plume ait une âme.

Jane hésite en se représentant les bras écartés de Madame Renault et la flaque sombre de sang autour de son visage cendreux.

— Pars devant. Je te rejoindrai bientôt.

— Qu'est-ce qu'il y a ? Tu es malade ? Tu as le teint un peu vert.

— Je veux juste reprendre mon souffle.

Mary hausse les épaules et se glisse dans l'embrasure de la porte.

Une fois seule, Jane ferme les yeux pour chasser la soudaine sensation de vertige qui menace de l'envahir. Lorsqu'elle les rouvre, elle aperçoit un derrière familier qui dépasse des arbustes. Elle se ressaisit puis suit le chemin vers le bruissement dans les fourrés. De l'oriel[1] qui fait saillie au premier étage, juste au-dessus, les yeux de fouine de lady Harcourt, au milieu de son visage

1. Fenêtre en encorbellement.

aux traits pincés, la regardent fixement derrière les lignes de plomb entrecroisées. Jane lève la main en signe de salut, mais la silhouette fragile au premier reste immobile.

Apparemment, lady Harcourt n'est pas d'humeur à accueillir les visiteurs qui défilent chez elle. Et pourquoi le serait-elle ? Perdre son fils aîné, Edwin, dans un accident aussi soudain et tragique, et voir les fiançailles de Jonathan gâchées par une autre mort brutale et insensée doit être insupportable.

Jane attend patiemment que le propriétaire de ce derrière termine ce qu'il fabrique dans les buissons. Au bout de quelques instants, il se lève et se tourne vers elle. Il a la même taille et les mêmes traits séduisants que tous les frères de Jane, mais il est un peu plus corpulent et sa mise moins soignée. Il ne monte pas à cheval et ne chasse pas comme les autres, et il apprécie la bonne chère.

— Georgy ! Que diable faisais-tu là-dedans ?

Les yeux de Georgy s'illuminent, et son visage se fend d'un large sourire. Il saisit la main de Jane avec les deux siennes et la secoue vigoureusement. Lorsqu'il la relâche enfin, il porte une main à sa bouche et fait le geste de mordre dans quelque chose.

— Tu veux un biscuit ? demande Jane.

Dame Culham a travaillé pour une famille de sourds à Southampton et a enseigné à Georgy la longue liste des signes qu'il utilise pour communiquer. Par la suite, tous les enfants Austen ont appris à parler avec leurs doigts du fait de la simple proximité de leur frère, même si Georgy s'amuse à les surprendre de temps en temps en introduisant de nouveaux signes de sa propre invention. Jane est sûre qu'il aurait pu apprendre à lire, si seulement sa mère et son père avaient eu le temps et la patience de lui donner des leçons.

— Eh bien, tu n'en trouveras pas là-dedans, n'est-ce pas ? Petit galopin.

Georgy fait le même geste de morsure, mais avec plus de vigueur.

C'est alors que Jack Smith arrive en courant de derrière la maison. C'est le fils de Dame Culham. Il a quelques mois de moins que Jane. Lorsqu'il aperçoit Georgy, il met les mains sur les genoux et souffle en cherchant à reprendre son souffle.

— Miss Austen, la salue-t-il.

La respiration sifflante, il enlève son chapeau de feutre et le serre contre sa poitrine.

— J'ai vraiment cru qu'il m'avait échappé, cette fois-ci.

Lorsque Georgy a eu vingt et un ans, Mr Austen a engagé Jack pour être son gardien à temps complet, l'accompagner dans ses aventures et faire tout ce qu'il pouvait pour lui éviter des ennuis. Jack n'avait que onze ans, mais, dès le début, il s'est acquitté de son rôle avec un sérieux admirable et, au cours de la décennie qui s'est écoulée depuis, il n'a jamais failli dans son dévouement à sa charge. Pour maintenir l'équilibre de ses humeurs, Georgy doit manger et dormir régulièrement, ce qu'il a tendance à oublier de faire s'il est livré à lui-même.

Jane montre les branches de rosiers nues sous l'oriel.

— Je l'ai trouvé en train de fouiller dans les buissons.

Qu'est-ce que Georgy a bien pu trouver de si fascinant ? Si tard dans l'année, seuls les cynorrhodons rouges et gonflés restent sur les rosiers, et il n'y a plus que de la terre sur le sol.

— Oh, Georgy. Qu'est-ce que je vais faire de toi ? dit Jack en riant, avant de remettre son chapeau en place. Je vais devoir te tenir en laisse si tu ne fais pas plus attention.

Georgy esquisse un geste tout à fait déplacé, ne laissant aucun doute à Jack sur ce qu'il ferait s'il osait un jour le traiter de la sorte.

— Je pense qu'il a faim, dit Jane pour tenter d'excuser les mauvaises manières de son frère.

— Tu as faim, Georgy ? Nous venons à peine de prendre notre petit déjeuner ! s'exclame Jack en levant les bras au ciel. Je suppose que vous avez entendu parler de l'horrible affaire qui s'est déroulée ici hier soir ? ajoute-t-il ensuite à l'adresse de Jane.

Elle frissonne.

— Oui, c'est épouvantable.

— Nous sommes venus présenter nos condoléances. Ma mère a été appelée pour veiller la pauvre femme, voyez-vous. Georgy était à côté de moi, mais l'instant d'après, quand je me suis retourné, il n'était plus là, explique Jack qui se frappe le front avec la paume.

Georgy le regarde d'un air renfrogné. Il est juste de dire qu'au moment où Mr Austen a engagé Jack, Georgy a été complètement déconcerté de constater que son jeune frère *de facto* était en quelque sorte devenu son gardien. La plupart du temps, Georgy traite Jack en complice consentant, et ils s'amusent à parcourir la campagne à pied ensemble, mais le reste du temps, Jack est une nuisance que Georgy s'efforce d'éloigner – comme un cheval qui essaie de chasser une mouche avec sa queue.

Mais Jane peut encore entendre l'écho du cri de sa mère, au moment où elle s'était rendu compte que le jeune Georgy avait disparu du presbytère de Steventon. Jane et les autres petits enfants couraient autour de la ferme comme des poulets décapités, désespérant de le retrouver. En l'absence de tout signe de vie, Mrs Austen s'était persuadé que Georgy avait dû grimper sur le bord du puits ouvert et chuter à l'intérieur. Il y laissait toujours tomber des cailloux, attendant le clapotement des pierres frappant l'eau cinquante pieds plus bas. Mr Austen s'était rendu à la grange pour chercher une corde, tandis que James se déshabillait, prêt à descendre à la suite de son frère.

Dieu merci, Henry était revenu au galop avec Georgy (qui avait parcouru près de cinq miles le long du chemin jusqu'à Kempshott Park, où la cuisinière de Mrs Rivers lui avait un jour glissé un macaron en douce) avant qu'ils aient fini d'attacher la corde à un chêne voisin. Aujourd'hui encore, le quart d'heure qu'avait duré la disparition de son frère reste le plus long moment de la vie de Jane.

— C'est notre Georgy. Il aime bien se promener, dit Jane en frottant le bras de Georgy.

Elle est heureuse d'entendre que Madame Renault a été traitée avec respect. Peut-être que retourner sur les lieux du crime ne sera pas une si terrible épreuve. Bien qu'elle ne voie pas bien comment quelqu'un pourrait chercher des indices si le corps a été déplacé. Même en tenant compte de l'affirmation de Mary selon laquelle Madame Renault tentera de communiquer avec tout le monde de l'au-delà.

— J'en sais quelque chose. Viens, Georgy. Allons à l'auberge Deane Gate, et voyons si Mrs Fletcher a déjà préparé l'une de ses tartes. Tu sais qu'elle te réserve toujours la meilleure.

Jack tend une paume à plat et dessine un cercle au-dessus avec le premier doigt de sa main opposée.

Georgy écarquille les yeux. Il acquiesce avec empressement et répète le geste.

Jack baisse son chapeau en direction de Jane, un soupçon de rouge se répandant sur sa joue.

— Bonne journée à vous, miss Austen.

Jane les regarde s'éloigner, le grand Georgy dans sa redingote de laine bleu-noir, et Jack, un peu plus petit, dans son humble costume de laine peignée brune. Sa poitrine se serre d'affection pour ces deux-là. Elle se souvient de l'époque où Jack et elle n'étaient pas aussi furieusement polis – lorsqu'ils étaient enfants, ils se poursuivaient et partageaient des secrets dans le vieux cottage au sol en terre battue de Dame Culham.

Dans le hall d'entrée de Deane House, Jane sent sa gorge se serrer à la vue de la porte du placard à linge. Elle est fermée, comme fondue dans l'uniformité des panneaux en chêne. Le tapis persan a été enlevé, et l'odeur du vinaigre et de la cire d'abeille flotte dans l'air. Le couloir, et sans doute l'intérieur du placard exigu, a été nettoyé à la brosse. Toutes les traces de la mort violente de Madame Renault ont été effacées.

Jane serre la mâchoire. Les autorités s'y prennent mal. Il est compréhensible que les Harcourt souhaitent que tout ce qui rappelle le terrible incident soit effacé, mais Mr Craven est un imbécile s'il pense que quelqu'un sera capable de déduire l'identité du tueur à partir du parquet brillant. S'il suffisait d'attendre un message des morts, aucun crime ne resterait impuni et les grands mystères du passé de l'Angleterre seraient résolus. Sur les deux princes massacrés dans la Tour de Londres, on aurait pu penser qu'au moins l'un d'entre eux se démènerait pour transmettre un message sur l'endroit où se trouvaient leurs dépouilles.

La voix traînante de Mrs Twistleton s'échappe du palier au tournant du grand escalier, où elle se tient à côté d'un buste d'Edwin Harcourt monté sur un socle de marbre.

— Et ne trouviez-vous point que c'était un très beau gentleman, miss ?

Mary est à côté d'elle, les yeux rivés sur Jane, tandis que Mrs Twistleton caresse avec fascination la silhouette en pierre du défunt fils des Harcourt. Le buste n'est pas une représentation convaincante du jeune homme exubérant que Jane a connu. La mâchoire est molle, et les joues creuses. Mais il a été sculpté d'après un moulage en plâtre du masque mortuaire d'Edwin. Sir John, profondément affligé, et déçu qu'il n'existe aucun portrait de son fils aîné à ajouter à la galerie familiale, avait commandé l'œuvre après sa mort.

— Pour ma part, je n'en connais pas d'aussi beau.

Mrs Twistleton passe ses doigts sur les boucles de marbre des cheveux d'Edwin. Son attitude est affectée, comme si elle jouait un monologue shakespearien.

— Je ne suis arrivée à Deane House qu'après la tragédie, poursuit-elle. Mais on dit qu'il tenait de son père, et je peux certainement voir la ressemblance.

— Te voilà, Jane.

Mary n'est pas étrangère au chagrin. Son propre petit frère n'a pas survécu à l'épidémie de variole qui a gâté son visage, mais même elle n'est pas assez morbide pour se donner en spectacle avec son masque mortuaire.

— Es-tu prête à voir le cadavre, maintenant ? poursuit Mary.

Le majordome entre en affichant une moue attristée, comme pour souligner la gravité de la situation.

— Par ici, s'il vous plaît.

Il dirige les demoiselles vers un escalier étroit qui conduit au sous-sol, puis dans un couloir.

Mary glisse son bras sous celui de Jane en chuchotant :

— As-tu entendu dire que Mrs Twistleton était autrefois une actrice ?

— Tu ne devrais pas dire des choses comme ça, Mary. Les gens pourraient se méprendre sur le sens de tes paroles.

— Oh, non. Je veux précisément dire que c'était une femme de petite vertu.

À ces mots, le majordome tousse discrètement en couvrant sa bouche de sa main, alors qu'ils atteignent une porte fermée.

— Mrs et Miss Rivers sont avec… la défunte en ce moment. Lorsqu'elles auront terminé leur visite, vous pourrez y aller. Mr Craven vous demande de noter toutes vos observations et de les lui communiquer avant de partir.

— Bien sûr, acquiesce Jane.

Le majordome s'incline et s'éloigne à grandes enjambées dans le couloir. Jane prend un ton désapprobateur et baisse la voix.

— Sincèrement, Mary, d'où tiens-tu ces histoires ?

— Moi ? Mais celles que tu écris sont encore plus salaces.

— Oui, mais au moins, je ne prétends pas que les miennes sont vraies.

— Chut…

Mary place un doigt sur ses lèvres et colle son oreille à la porte. Des voix aiguës s'élèvent à l'intérieur. Jane s'approche sur la pointe des pieds et appuie sa joue sur le bois lisse.

— Quel désastre, se lamente Mrs Rivers avec son accent londonien si particulier. Comment ton *fiancé** a-t-il pu laisser faire cela ?

— Ne l'appelez pas ainsi, Maman, répond Sophy. Nous ne sommes pas fiancés, pas officiellement, et vous ne me rendez pas service en vous comportant comme si nous l'étions.

— Mais vous le serez. Dès que cette affaire sera résolue.

— Nous ne devrions pas brusquer les Harcourt. Nous risquerions de passer pour des sans-cœur.

— Des sans-cœur ? Et qu'en est-il de mon cœur à moi ? s'écrie Mrs Rivers. On était sur le point d'annoncer tes fiançailles avec Jonathan. Ce mariage est tout ce que ton père et moi avons toujours voulu pour toi. Tu seras une future baronne.

— Strictement parlant, Maman, l'épouse d'un baronnet est simplement une *lady*. Seule une femme titulaire d'une baronnie de plein droit peut être baronne, et je crois qu'il n'y en a jamais eu qu'une seule.

Jane et Mary s'efforcent de réprimer un ricanement. D'après le ton de Sophy, il est évident que son visage parfaitement symétrique a pris son habituelle expression de condescendance horripilante.

— C'en est assez de ton impertinence, jeune fille. J'aurais dû veiller à ce que tu sois bien mariée il y a des années. Dieu sait que tu as eu beaucoup de propositions. Mr Chute m'aurait volontiers débarrassée de toi quand tu avais dix-sept ans. Mais non, tu voulais attendre quelqu'un de plus jeune, et cette fois encore, je te laisse faire traîner bien trop longtemps. Cinq minutes de plus et tu aurais été casée. Au lieu de quoi cette malheureuse a été retrouvée morte et a tout gâché.

— Vous ne pouvez pas blâmer la femme assassinée, Maman. Ce n'est pas du tout sa faute, réplique Sophy.

— Tu as raison. C'est la tienne. C'est à toi que l'on doit ce maudit gâchis. Si tu ne nous avais pas dissuadées, lady Harcourt et moi, de faire paraître l'annonce dans le *Times* afin que tu puisses avoir ton grand jour, rien de tout cela n'aurait eu d'importance. Les fiançailles auraient été officielles, et tu serais déjà à mi-chemin de l'allée nuptiale.

C'est exact. La demande en mariage contrariée de Jonathan Harcourt a laissé Sophy dans un flou matrimonial embarrassant. Sa réputation exige qu'il règle la question immédiatement. Pourtant, comme Sophy le dit elle-même, il serait très indélicat de voir la nouvelle de son propre bonheur liée pour toujours à celle du massacre d'une autre femme.

— Il serait peut-être préférable d'accorder un peu de temps aux Harcourt, insiste Sophy.

— Non. C'est la dernière chose dont ils ont besoin. Je vais parler à lady Harcourt et lui demander d'insister auprès de Jonathan. Vous serez mariés d'ici la fin de l'année.

— Mais tout peut arriver d'ici là, Maman.

— Qu'est-ce qui peut arriver, Sophy ? Dis-le-moi !

Jane croise le regard de Mary, toutes deux s'efforçant d'entendre ce qui effraie tant Sophy, mais un silence de mort s'éternise de l'autre côté de la porte. Il serait tout à fait humiliant pour Sophy que, pendant cette période de réflexion forcée, Jonathan change d'avis et que sa demande tant attendue n'ait jamais lieu. Une telle perspective suffirait presque – mais pas tout à fait – à dissiper l'animosité que Jane nourrit de longue date envers elle.

Comme le prouve sa relation avec Mary Lloyd, Jane est prête à se lier d'amitié avec n'importe quelle jeune fille de la région – mais Sophy a toujours repoussé toutes ses tentatives en ce sens. Les filles Rivers ne fréquentent que des personnes riches ou titrées, de préférence les deux. Ce ne serait pas un tel affront si Sophy était aussi vulgaire que sa mère, mais Miss Rivers est la perfection incarnée, dans toute sa froideur. C'est la jeune femme la plus accomplie que Jane ait jamais rencontrée. Ce qui est exaspérant, c'est que Sophy ne montre aucune inclination pour les activités musicales et artistiques qu'elle a appris à maîtriser. Jane n'a vu qu'une seule fois son masque de sang-froid s'effriter. L'année dernière, lorsque Sophy s'est jointe à la chasse du Boxing Day avec les frères de Jane, une facette plus sauvage et plus entêtée de son caractère est apparue – elle a galopé aux côtés des hommes et a sauté des haies à la poursuite d'un renard terrifié.

— Dois-tu vraiment te montrer aussi obstinée ? reprend Mrs Rivers. Ne vois-tu pas que j'essaie de faire ce qu'il y a de mieux pour toi ? Jonathan est un homme d'une éducation incontestable. En l'épousant, tu auras un titre et un mari respectable. Que veux-tu de plus ? Es-tu vraiment si déterminée à rester un fardeau sur mes épaules, en menaçant d'entacher la réputation de notre famille avec un scandale ? Comment tes sœurs sont-elles censées trouver des maris de bonne famille si tu te comportes de la sorte ?

Moins d'un battement de cœur plus tard, la poignée de la porte tourne. Jane et Mary reculent d'un bond, tandis que Mrs Rivers se glisse dehors. La veuve redresse le menton et regarde droit devant elle. Sophy la suit en traînant les pieds, pressant un mouchoir bordé de dentelle sur sa bouche et son nez. Jane et Mary font une révérence, mais les dames passent sans daigner remarquer leur présence. Mary se précipite immédiatement dans la pièce, mais Jane carre les épaules et s'arrête un instant sur le seuil avant de la suivre à l'intérieur.

Les Harcourt ont déplacé le corps de Madame Renault du placard à linge vers une *boot room*.

Les murs sont garnis d'étagères remplies de boîtes de cirage et de brosses. Le corps mince de la modiste est allongé sur un établi en bois dur au centre de la pièce. Son cadavre, qui sent légèrement la lavande, est vêtu d'une simple chemise de nuit en coton blanc, qu'une couverture gris ardoise cache jusqu'à la poitrine. Ses cheveux noirs ont été brossés et étalés en éventail autour de sa tête. La blessure à la tempe a été lavée, et son visage incolore a été nettoyé de toute trace de sang. Deux shillings d'argent ternis appuient sur ses paupières pour les fermer, mais sa bouche reste obstinément ouverte.

Elle pourrait être endormie, si ce n'était la bosse sur sa tempe et au-dessus de son sourcil gauche. Comme si elle était une poupée de cire qu'on avait tenue si près du feu qu'une partie de son front avait fondu. Jane a envie de crier devant tant d'injustice.

Comment est-il possible que, dans une société soi-disant civilisée, une jeune femme puisse être privée de sa vie d'une manière aussi violente ? Quel espoir y a-t-il pour Jane, pour toute femme, si ce crime reste impuni ? Lors de leur brève rencontre, Jane a reconnu un reflet de sa propre fierté dans les manières hautaines de la modiste. Et maintenant, Madame Renault gît ici, dans une chemise de nuit empruntée, exposée à la vue de tout le comté qui spécule sur la cause de sa mort prématurée. Elle serait furieuse de savoir que son cadavre est traité avec autant d'indignité.

— Seigneur, c'est *elle*.

Mary sursaute en plaçant ses deux mains sur ses joues.

— Tu la connaissais aussi ?

— Je l'ai rencontrée au marché couvert. C'était hier matin. Oh, c'est tellement injuste.

— Je sais.

Jane pose doucement sa paume sur le poignet de Mary.

— Non, ce n'est pas ça, reprend son amie. Je lui ai donné dix shillings pour qu'elle me fasse un chapeau de paille.

Jane se fige et regarde Mary, bouche bée.

— Oui, eh bien ? réplique Mary en cillant. C'est beaucoup d'argent, et je ne crois pas que je le reverrai un jour.

— Absolument. Et tu aurais été très bien avec un tel couvre-chef. Comme la reine de France elle-même.

Le visage de Mary s'éclaire.

— La tête dans un panier d'osier, termine Jane.

Le menton de Mary se met à trembloter.

— Pourquoi faut-il que tu sois si cruelle ?

— Moi ? Tu es la seule à penser que c'est toi la victime, ici.

Jane fait un geste en direction de Madame Renault, étendue sans vie sur l'établi. À la place de Mary, elle aussi se ressentirait de la perte de dix shillings, mais elle espère qu'elle aurait assez de compassion pour ne pas se lamenter aussi publiquement alors que le sort du débiteur est autrement plus funeste.

Jane tourne le dos à Mary, observant le visage de Madame Renault : les longs cils sombres, le nez fin, les lèvres pâles. Son regard s'attarde sur la gorge nue de la morte. La peau présente une très légère éraflure sur un côté du cou, comme une ligne fine.

— Attends.

Jane saisit Mary plus fermement par le poignet.

— Qu'est-ce qu'il y a ? Peux-tu sentir son esprit ? Est-elle présente ?

— Quoi ? Non. C'est juste que...

Jane sent sa gorge se serrer.

— Quand je l'ai rencontrée au marché, elle portait un collier. Il était long, comme une chaîne de montre, passait deux fois autour de son cou, et était rentré dans son corsage.

Mary se penche en avant, comparant les deux côtés du cou de Madame Renault.

— Tu as raison. Je l'ai remarqué aussi et j'ai pensé qu'elle y cachait quelque babiole catholique. Tu sais comment sont les étrangers. Et regarde, est-ce une égratignure ? Le collier aurait-il pu être arraché, à ton avis ?

Jane se remémore le collier.

— Il était en or jaune, très fin et parsemé de perles de rocaille. Il devait avoir de la valeur.

Mary hoche la tête.

— L'avait-elle encore, hier soir, lorsque tu l'as identifiée ?

Jane ferme les yeux, cherchant à convoquer avec netteté l'image de Madame Renault allongée dans le placard.

— Il faisait sombre, et il y avait tant de sang... Mais, non, je suis sûre qu'elle ne l'avait pas. Nous devrions le dire à ton oncle.

Mary tourne les talons.

— Oui. Je lui demanderai aussi ce que je dois faire pour mes dix shillings.

Jane grince des dents, réprimant l'envie de lancer une nouvelle pique à Mary. Une fois seule avec le cadavre, elle adresse une prière silencieuse pour que l'esprit de Madame Renault soit en paix. Elle n'a pas beaucoup d'espoir, cependant. Malgré ses doutes sur les méthodes d'investigation de Mr Craven, Jane doit reconnaître que si un scélérat lui prenait la vie, elle ferait en sorte de s'attarder dans ce royaume terrestre pour le hanter jusqu'à ce qu'il se repente.

De retour à l'étage, Jane se prépare à parler au magistrat. Elle veut s'assurer qu'il est au courant de la disparition du collier et qu'il a noté la marque sur le cou du cadavre, puis l'inciter à adopter une approche plus empirique dans son enquête. Ce n'est pas en lançant ses filets au hasard à travers tout le pays qu'il rendra justice à Madame Renault.

Mr Craven traîne dans le hall d'entrée, sous le lustre géant en bronze, discutant tranquillement avec Mrs Twistleton. C'est un homme au visage sévère, qui s'approche de l'âge mûr. Les boutons en cuir de son costume de chasse s'étirent sur sa silhouette ventrue. Ses joues sont couvertes de transpiration, et son nez a l'apparence d'un chou-fleur.

Avec la remarque scandaleuse de Mary à l'esprit, Jane examine attentivement la gouvernante. Mrs Twistleton ne doit pas avoir plus d'une trentaine d'années. Avec ses sourcils foncés et ses cheveux blond cendré, elle est sans aucun doute d'une beauté remarquable. Elle fait mine d'écouter chaque mot du magistrat en hochant sérieusement la tête.

— Mary, mon enfant, que faites-vous ici ? lance Mr Craven alors que les jeunes filles arrivent.

La lèvre de Mary frémit.

— Vous avez dit que tout le monde devait venir et voir si l'on pouvait repérer quelque chose qui pourrait aider.

— Oui, mais je ne parlais pas de vous.

— Mister, dit Jane en s'avançant, je suis miss Austen…

Mr Craven tire sur son col.

— Laissez-moi deviner. Une autre jeune femme en quête de sensations fortes ? Ce n'est pas un théâtre. Un incident très grave s'est produit ici, la nuit dernière.

— Je le sais, et je ne veux que vous aider. Je connaissais Madame Renault, voyez-vous. En fait, c'est moi qui ai identifié son corps.

Mr Craven regarde Jane avec des yeux aux paupières tombantes. Ses sourcils broussailleux sont noirs, striés d'argent. Rapprochés l'un de l'autre, ils sont aussi inquiétants que des nuées d'orage.

— Venez-en au fait, dans ce cas.

— Elle portait un collier. Il a disparu, et il y a une marque sur son cou.

— Est-ce tout ?

Il sort une montre de gousset de son gilet, ouvre le boîtier en argent et regarde l'heure.

— C'était une longue chaîne en or jaune...

— Avec des perles de rocaille. Je sais. Votre amie Miss Bigg m'a déjà éclairé. J'ai passé assez de temps à discuter avec des jeunes femmes. Je devrais être avec l'équipe de recherche pour arrêter ce scélérat.

Jane ouvre la bouche de stupéfaction.

— Qu'est-ce que vous voulez dire par « arrêter ce scélérat » ? reprend-elle. Êtes-vous en train de dire que vous savez qui a fait cela ?

Mr Craven continue de tripoter sa montre de gousset. Jane se tourne vers Mary, mais celle-ci refuse de croiser son regard, et le bout de ses oreilles est rose vif. Elle est manifestement mortifiée d'avoir été réprimandée par son oncle devant Jane et ne veut pas remettre en question ses méthodes.

— Ce n'est pas un mystère, répond Mr Craven en remettant sa montre dans sa poche. Sir John m'a informé que son domaine est envahi par une bande de vagabonds. L'un d'entre eux a dû profiter de la diversion provoquée par le bal pour voler le collier de Madame Renault et la laisser pour morte. Je ne serais pas surpris d'apprendre qu'elle les a fréquentés. Ces maudits Français, toujours en train de causer des ennuis.

— Mais cela n'a aucun sens, rétorque Jane en enfonçant les ongles dans ses paumes.

Mr Craven serre les lèvres en une ligne fine, les faisant disparaître sous sa moustache en balai-brosse.

— Je vous demande pardon, jeune fille ?

— J'ai dit que votre théorie n'avait aucun sens, affirme Jane tout en tapotant des doigts contre sa cuisse. Si le meurtrier était un voleur de passage, pourquoi avoir choisi Madame Renault pour cible ? Je reconnais que son collier avait l'air précieux et qu'il semble avoir été arraché, mais voilà le problème. Il y avait des femmes ici, hier soir, qui étaient *couvertes* de diamants. Avec de telles richesses à portée de main, pourquoi risquer la potence pour une chaîne en or dérisoire ?

Mr Craven renverse la tête et laisse échapper un rire acerbe.

— Miss Austen, l'esprit criminel n'est pas guidé par la logique. Si vous aviez été magistrat aussi longtemps que moi, vous sauriez qu'un criminel endurci saisit simplement toutes les opportunités qui s'offrent à lui.

— Encore une fois, votre théorie est défaillante.

La voix de Jane est cassante, et sa tête commence à bourdonner.

— Avez-vous déterminé pourquoi Madame Renault était à Deane House ? reprend-elle. Il est peu probable qu'elle ait été une invitée, après...

— Jane, l'interrompt Mary. Je suis sûre que mon oncle sait ce qu'il fait.

Mr Craven se tourne vers la gouvernante.

— J'imagine qu'elle était là pour aider.

— Je ne l'avais jamais vue auparavant, je le jure, répond Mrs Twistleton en posant une main sur sa poitrine. Ce qui signifie qu'elle ne faisait pas partie du personnel de maison.

— Vous voyez ? dit Jane. C'était une artisane, une femme de métier, pas une femme de ménage.

Mr Craven hausse à moitié les épaules.

— Et alors ? C'était une fête de très grande envergure. Je suppose qu'il y a eu des marchands et marchandes qui ont circulé toute la journée. Qu'en dites-vous, mistress Twistleton ?

— Oh, certainement, sir, s'empresse d'approuver Mrs Twisleton. Une foule d'entre eux, entrant et sortant toute la journée. J'en ai perdu le fil.

— En effet, des marchands de vin, des cuisiniers et autres traiteurs. Mais Madame Renault vendait des chapeaux de paille, explique Jane.

Mr Craven la dévisage toujours, les yeux plissés et la bouche entrouverte. Il n'a pas saisi le sens de ses paroles.

— Personne ne porte ce genre de coiffe à un bal. Il n'y a aucune raison évidente à sa présence ici, n'est-ce pas, mistress ?

Mrs Twistleton fait un pas en arrière.

— Eh bien, je... je ne voudrais pas spéculer.

— Miss Austen, vraiment, s'emporte Mr Craven en haussant la voix de plusieurs octaves. J'ai un meurtrier à attraper. Je n'ai pas le temps de discuter de la mode féminine.

— Mais ne voyez-vous pas ? Il faut regarder au-delà de l'évidence, interroger toutes les possibilités, pour atteindre la vérité. C'est comme lever le voile dans *Les Mystères d'Udolphe*.

— Les mystères de quoi ? bafouille Mr Craven, ses joues déjà bien roses virant au rouge betterave.

— C'est un roman, mon oncle, de Mrs Radcliffe, explique Mary. Naturellement, je ne l'ai pas lu.

Jane plisse les yeux en regardant son amie. Jusqu'à présent, Jane n'a eu l'occasion de lire *Les*

Mystères d'Udolphe qu'une seule fois. Elle avait recommandé à Mrs Martin d'ajouter le roman à son cabinet de lecture, et la bibliothécaire avait promis de le lui réserver. Depuis, Jane a essayé de l'emprunter de nouveau à plusieurs reprises, mais il est toujours prêté à une certaine « Miss Lloyd, de Deane ».

— Ça suffit ! s'exclame Mr Craven. Ce n'est pas le moment pour des jeunes filles de se promener sans surveillance. Ce pays est en train de sombrer, je vous le dis. Viens, Mary, je vais te raccompagner chez ta mère.

Des postillons volent dans les airs tandis que Mr Craven prend Mary par le bras et enchaîne :

— Miss Austen, si vous avez un peu de bon sens, vous rentrerez chez vous et y resterez jusqu'à ce que nous ayons attrapé cette vermine.

Mary jette à Jane un regard de panique alors que son oncle la pousse vers la porte. Jane se raidit. C'est peut-être très inconvenant pour une jeune fille d'être surprise en train de s'éclipser seule au cours d'un bal, et Jane se soumet avec bonne humeur à l'obligation d'être chaperonnée lors de ses excursions en ville, à Basingstoke, mais sa liberté de parcourir la campagne familière sans entraves n'a jamais été restreinte.

— Quel imbécile impudent, marmonne-t-elle à voix basse, une fois seule avec Mrs Twisleton. Une bande de vagabonds… Comme c'est pratique pour sir John d'inventer une telle histoire. Et qu'est-ce que sa nationalité française a à voir là-dedans ?

— Vous feriez mieux de vous arrêter là, miss Austen.

Le joli visage de Mrs Twistleton s'est durci. C'est une femme tout à fait différente, maintenant que Mr Craven est parti.

— Ce n'est pas à vous ni à moi de contredire le baronnet, reprend-elle. Ce sont les terres de ses ancêtres, et il les connaît mieux que quiconque.

Jane sursaute devant la transformation de la gouvernante.

— Mais n'est-ce pas étrange ? insiste-t-elle. Je n'ai pas entendu parler d'étrangers dans les environs, ces derniers temps, et vous ?

Mrs Twistleton saisit Jane par le bras.

— Venez, miss Austen. Je vais vous raccompagner.

Jane est trop choquée pour protester et elle est rapidement reconduite à la porte, que Mrs Twistleton claque derrière elle.

Jane se tient sur le perron, en proie au désarroi et à l'agitation. Pourquoi tout le monde se montre-t-il si prompt à avaler une histoire si rocambolesque ? Mrs Twistleton dépend de sir John pour vivre. Elle doit se sentir obligée de le défendre, mais Mr Craven ne devrait avoir aucune raison de faire preuve de partialité. Or, il est manifestement aveuglé par la déférence obséquieuse qu'il porte au baronnet. Assez. Mr Craven ne lui laisse pas le choix. S'il ne veut pas enquêter sur le meurtre de Madame Renault avec toute la diligence requise, Jane se doit de le faire – de crainte que l'incompétence du magistrat ne permette à l'assassin de la jeune femme de s'en tirer à bon compte.

4

Lorsque Jane s'avance dans l'allée qui mène aux portes d'un blanc immaculé de Manydown House, elle meurt de soif et sent la transpiration s'accumuler sous ses bras. Le grand manoir se trouve à trois bons miles de Deane House. Elle porte son regard sur la glycine qui court le long du large bâtiment en briques rouges. La plante est tristement nue et noueuse en cette période désolante de l'année. Mr Craven a beau avoir renvoyé Mary à sa nursery, comme une enfant pas sage, Jane, elle, refuse de se laisser intimider. Elle ne craint rien en se promenant par ici, sur la grand-route, en plein jour, d'autant plus que la moitié du comté est à la recherche du meurtrier. Certes, son estomac est lourd comme une pierre, et elle a commencé à surveiller tous les véhicules qui s'approchaient, mais elle ne doit pas perdre de temps pour lancer sa propre enquête.

Elle va commencer par Alethea Bigg. Jane et elle ont rencontré la modiste au même moment et, jusqu'à présent, Alethea a fourni au magistrat le seul indice dont il dispose. Avant que Jane atteigne le portique de style grec, le majordome ouvre l'une des doubles portes. Alethea sort, vêtue d'une robe d'un violet éclatant qui s'accorde parfaitement à ses cheveux auburn.

— Je t'ai aperçue de la fenêtre.

Alethea porte une main à son front, protégeant ses yeux d'un brun doré de la lumière crue du soleil. Les pans de sa jupe vaporeuse flottent dans la brise, si bien qu'elle ressemble au mât d'un navire filant à toute allure sur les flots.

— Je vais demander du thé, veux-tu ? Tu es complètement débraillée.

— Merci bien, Alethea.

Jane entre dans la maison tout en se débarrassant de son manteau.

— Permets-moi de te dire que tu as aussi l'air d'une souillon, ce matin.

Alethea tressaille, laissant l'insulte glisser sur elle, à la manière d'une femme qui sait qu'elle est belle et élégante. Elle conduit Jane dans le hall d'entrée carrelé de marbre en trottinant gracieusement dans ses pantoufles, tandis que Jane clopine derrière elle avec ses chaussures de marche.

Elles entrent dans un salon qui donne sur le parc bien entretenu. Alethea s'enfonce dans un canapé bleu canard.

— Que fais-tu à te promener seule dans le voisinage ? N'as-tu pas entendu dire qu'un meurtrier était en liberté ?

— C'est exactement pour cela que je suis ici.

Jane se laisse aller dans une bergère à oreilles, à côté des flammes douces qui vacillent dans la cheminée en marbre de Carrare. La pièce est claire et aérée, tapissée de papier à motifs de *chinoiseries** et parfumée grâce à des bols en cristal contenant des *pots-pourris** à la rose. Alors que Jane raconte les détails exaspérants de sa rencontre avec le magistrat, un valet de pied apporte un plateau à thé en laque et le pose sur la table basse qui se trouve entre les jeunes femmes.

Alethea sert le thé avec une théière japonaise.

— Mr Craven s'est comporté de la même façon avec moi, je le crains.

Sur la porcelaine émaillée, des femmes en kimono se promènent parmi des pagodes, tandis qu'une montagne enneigée s'élève derrière elles. Tout le service à thé est assorti, décoré de dorures et si fin que les pièces sont presque transparentes.

— Une fois que je lui ai parlé du collier, il m'a complètement écartée.

— Tu l'avais donc remarqué aussi quand nous l'avons rencontrée à Basingstoke ?

Jane prend sa tasse et sa soucoupe, refusant le lait que lui propose Alethea. Elle préfère son thé noir avec du sucre – s'il y en a. À Manydown, elle peut en ajouter un morceau entier sans être réprimandée pour sa gourmandise.

— Il était tellement inhabituel, avec toutes ces adorables petites perles de rocaille. Mais je suis d'accord, ce n'était qu'une babiole en comparaison des bijoux que portaient les dames au bal.

— Exactement.

Jane récupère du sucre à l'aide d'une pince et le plonge dans son thé. Elle le remue ensuite, la cuillère d'argent cliquetant contre le bord de sa tasse, jusqu'à ce que les cristaux se dissolvent.

— As-tu vu la taille des baguettes de diamants dans le diadème de lady Harcourt ?

— Oh, non, il s'agissait manifestement de strass, réplique Alethea en plissant son nez couvert de taches de rousseur.

— Vraiment ? Comment as-tu pu faire la différence ?

Jane boit son thé à petites gorgées, trop assoiffée pour le laisser refroidir. Il est si sucré qu'elle en grimace de plaisir. Il est étrange que lady Harcourt ait choisi de porter des bijoux en strass plutôt que des joyaux authentiques. Peut-être estelle tellement habituée à sa collection ancestrale de pierres qu'elle s'en est lassée.

— Tout est dans l'éclat, répond Alethea en faisant voltiger ses longs doigts blancs. Le collier de Sophy, lui, était parfaitement authentique.

— Bien sûr que oui. Savais-tu que sa dot s'élèverait, à ce que l'on dit, à trente mille livres sterling ?

— Oui, et elle a dû en porter la plus grande partie. Dis-moi, Jane, pourquoi les *nouveaux riches** sont-ils toujours si pressés de gaspiller leurs richesses ?

— Alethea, se récrie Jane, on ne peut pas dire que tu sois la descendante de Guillaume le Conquérant non plus.

— Non, admet Alethea en touchant du doigt l'unique rang de perles qu'elle porte autour du cou. Mais j'ai très bon goût.

Ce n'est pas seulement pour le sucre que Jane est heureuse de parcourir les quatre miles qui la séparent de Manydown ; les observations d'Alethea sont presque aussi pertinentes que les siennes.

— Cela a mis Sophy dans l'embarras, cependant, n'est-ce pas ? Elle n'est pas officiellement fiancée, mais tout le monde sait que c'est justement pour cette raison que les Harcourt ont donné ce bal.

— Elle doit être impatiente de régler l'affaire le plus tôt possible. Mais quel début sinistre pour un mariage !

— Oui.

Jane se remémore la conversation entre Sophy et sa mère. Quelque chose la chiffonne. Si Sophy était un tant soit peu inquiète de la détermination de Jonathan, il est étrange qu'elle ait insisté pour que la demande en mariage soit faite en public, où tout pouvait aller de travers, ce qui s'est d'ailleurs produit, plutôt que de régler la question une fois pour toutes par une annonce dans le journal. Elle baisse la voix, se sentant aussi cancanière que Mary.

— Ce matin, à Deane House, j'ai entendu Mrs Rivers accuser Sophy de traîner les pieds pour officialiser leurs fiançailles.

— Comment ose-t-elle, cette demoiselle insolente ? J'espère qu'elle n'essayait pas de décourager Jonathan. Elle ne fera pas mieux que lui, même avec tout l'argent de son père.

Jane réprime un sourire malicieux, ayant réussi à faire réagir son amie avec ses ragots. Alethea et Jonathan ont le même âge, et il fut un temps, avant la mort d'Edwin et le départ de Jonathan pour son Grand Tour, où Jonathan était considéré comme le prétendant d'Alethea. Si les manières de Jonathan dissimulent quelque facette peu recommandable, Alethea le saura.

— Pourquoi ne l'as-tu pas épousé, alors ?

Alethea simule l'indignation.

— Ce cher Jonathan, il n'a jamais été *sérieux* dans ses intentions envers moi.

— Si, il l'était.

Jane pose sa tasse et sa soucoupe sur son genou. Elle pressent depuis longtemps qu'une histoire plus intéressante se cache derrière la demande en mariage déclinée de Jonathan, mais Alethea est toujours très réservée au sujet de ses inclinations romantiques.

— J'ai entendu dire que c'était la raison pour laquelle il s'était enfui sur le continent, pour réparer son cœur brisé.

— Il est parti sur le continent pour étudier l'art.

— Et pour échapper à quelque arriviste provocante ?

Alethea se renverse en arrière sur le canapé, serrant une main contre sa poitrine dans un gloussement.

— Oh, Jane ! Tu es terrible. Mais pourquoi cet intérêt soudain pour le passé ? Il vaut mieux ne pas le déterrer, tout cela s'est déroulé il y a des années.

Jane remet sa tasse et sa soucoupe sur le plateau et se lève de son siège.

— Je suis tellement bouleversée par la mort de cette pauvre Madame Renault. Mon esprit bat la campagne.

— À l'instar du reste de ta personne, alors ? raille Alethea.

Jane s'approche des longues fenêtres qui donnent sur le parc. Sur une colline au loin, un troupeau de cervidés broute l'herbe clairsemée. Les biches tachetées de blanc s'agglutinent tandis qu'un cerf plus âgé se tient à quelques pieds de distance. Ses flancs sont maigres, et ses bois géants trop lourds pour sa carrure. Certaines extrémités sont cassées en pointe, là où il a été frappé dans un combat. Un mâle plus jeune et plus musclé s'approche de lui, les bois intacts. Il le remplacera, l'été prochain.

— Ne penses-tu pas que Mr Craven devrait nous interroger tous, chercher à savoir ce que tout le monde faisait cette nuit-là, et découvrir pourquoi Madame Renault se trouvait à Deane House, plutôt que de partir en quête d'étrangers qui se cacheraient dans les haies ? l'interroge Jane.

Alethea fronce les fines lignes rousses de ses sourcils.

— Tu n'es pas en train de suggérer que l'un des invités a quelque chose à voir avec son meurtre, n'est-ce pas ?

Jane hausse les épaules.

— Je ne sais pas. C'est bien là le problème. Personne ne peut être écarté comme suspect tant que nous ne savons pas qui est coupable.

— C'est lui, le magistrat. Je suis sûre qu'il est le mieux placé pour savoir ce qu'il faut faire.

— N'importe quel imbécile possédant suffisamment de terres peut devenir magistrat.

Jane se laisse tomber dans son fauteuil.

— Pense à mon frère, Neddy.

Edward Austen, dit « Neddy », est le troisième frère aîné de Jane. Ce n'est pas plus mal qu'il ait été adopté par leurs riches et lointains cousins, les Knight, car il n'est pas aussi intelligent que James et Henry ni aussi tenace que les jeunes fils Austen.

— Jane ! Personne n'est donc à l'abri du fouet de ta langue ?

Par la fenêtre, les cervidés se déplacent. Le vieux cerf lève la tête, reniflant l'air à la recherche de prédateurs, tandis que le troupeau de biches se promène nonchalamment derrière lui.

— N'importe quel imbécile, sauf une femme, bien sûr, reprend Jane en croisant les bras sur sa poitrine.

Il est du devoir d'un propriétaire terrien de maintenir la paix en se portant volontaire comme magistrat. Neddy se plaint souvent de la tâche pénible qui consiste à traîner un homme à l'autel pour qu'il épouse la mère de son bâtard, de peur que la responsabilité de l'enfant n'incombe à la paroisse. Ou à arracher le serment d'allégeance à la Couronne à un catholique rebelle. Certains magistrats, comme Mr Craven, sont plus enthousiastes à l'égard de leur rôle et assument plus que leur juste part de travail. Tous sont nommés sur la base du sexe, du rang et de la richesse, plutôt que du mérite ou – Dieu nous en préserve – de l'étendue de leur formation juridique.

— Eh bien, c'est ça, les hommes, toujours à nous sous-estimer et à nous écraser, dit Alethea. Pourquoi une femme se soumettrait volontairement à l'autorité d'un homme, cela me dépasse.

En tant que fille d'un ecclésiastique, il incombe à Jane d'affirmer que le mariage sacré est l'état le plus élevé de l'existence – à condition de trouver le bon partenaire. Le père et la mère de Jane sont satisfaits de la compagnie l'un de l'autre, même après toutes ces années. Quant à Cassandra, elle jubile à l'idée de se marier avec son amour de longue date, Mr Fowle. Mais l'amie de Jane ne semble pas avoir envisagé cette perspective. Peut-être parce que la mère d'Alethea est décédée lorsque ses enfants étaient en bas âge, et que son père est resté veuf, ne donnant pas à sa progéniture un exemple de bonheur conjugal auquel ils pourraient aspirer.

— Mr Craven n'a pas écouté un mot de ce que j'ai dit, poursuit Alethea en balayant les miettes de sucre sur sa jupe. Jusqu'à ce que je mentionne la disparition du collier. Quel grossier personnage. Il s'est montré encore plus dédaigneux avec Hannah. Elle a essayé de lui montrer l'endroit où Madame Renault a été retrouvée, mais il l'a repoussée comme un chien errant.

— Hannah ?

Pour autant que Jane le sache, il n'y avait aucune Hannah au bal, la veille au soir. Mais comme toutes les femmes de la bonne société, à l'exception des amies les plus proches, s'appellent entre elles « miss » ou « mistress » avec leur nom de famille, il est possible qu'il y en ait eu des dizaines. Jane ne peut revendiquer le titre de « Miss Austen » qu'en l'absence de Cassandra. Être appelée « Miss Jane » est peut-être la seule chose qui ne lui manquera pas lorsque sa sœur l'abandonnera pour adopter le nom pas très heureux de « Mrs Fowle ».

— L'une de nos servantes, précise Alethea en saisissant un fil qui traîne sur sa robe. Nous l'avons prêtée pour la soirée. Lady Harcourt ne parvient jamais à garder ses domestiques très longtemps. Elle essaie toujours de débaucher les nôtres.

Jane pose un doigt sur ses lèvres.

— Puis-je lui parler ?

— À Hannah ? Si tu veux.

— J'aimerais beaucoup. Mr Craven a peut-être refusé d'écouter ce qu'elle a à dire, mais j'ai très envie de l'entendre.

Une domestique avait accès à tout ce qui se passait dans les coulisses, à Deane House. Hannah aura vu et entendu plus de choses que n'importe lequel des invités.

Alethea hausse les sourcils, formant deux croissants de lune roux au-dessus de ses yeux.

— Dans ce cas, je vais envoyer un valet la chercher.

Elle prend une petite cloche en laiton sur la table et la fait tinter.

Lorsque Hannah passe la tête par la porte du salon, Jane reconnaît la jeune fille ronde qui se tenait dans le hall d'entrée des Harcourt avec une serpillière et un seau, la veille au soir. Elle est très jeune, quinze ou seize ans tout au plus. Elle porte une charlotte et une robe gris étain sur laquelle est épinglé un tablier amidonné. Son visage est bouffi, et ses yeux sont rouges. Elle a dû pleurer toute la nuit.

Alethea fait signe à la servante d'entrer.

— Te sens-tu bien, Hannah ?

— Oui, miss.

La jeune fille agrippe son tablier et le pétrit tandis qu'elle entre lentement dans la pièce. Elle se tient sur le tapis persan, dos à la cheminée.

— N'aie pas l'air si inquiète. Tu n'as rien fait de mal. Miss Austen et moi voulons juste te poser quelques questions.

Alethea croise les jambes et poursuit :

— Bien, Hannah, à ton avis, qui a assassiné cette pauvre femme ?

Hannah écarquille les yeux et reste bouche bée.

— Tu ne peux pas lui demander ça ! se moque Jane. Elle ne le saura pas – vous ne le savez pas, n'est-ce pas, Hannah ?

Hannah respire difficilement et fait un pas en arrière. Sa jupe s'approche dangereusement de la cheminée.

— Non, miss, je le jure.

Alethea fait la moue.

— Dans ce cas, c'est toi qui poses les questions, dit-elle à Jane.

Un silence gênant s'installe dans la pièce. Hannah est manifestement très affectée par l'épreuve qu'elle a traversée, et Jane s'apprête à la lui faire revivre.

— Aviez-vous travaillé pour les Harcourt auparavant, Hannah ?

— Oui, miss, répond Hannah d'une voix fluette. Ils m'obligent toujours à y aller – les autres domestiques, ici, à Manydown, je veux dire.

Jane s'assied sur le bord de son fauteuil.

— Pourquoi cela ?

Elle penche la tête, essayant de croiser les yeux d'Hannah. Au fond d'eux, elle note une lueur hantée. Hannah sait quelque chose à propos du meurtre, quelque chose qui la fait trembler de peur des heures après avoir quitté les lieux.

— Eh bien, personne n'a vraiment envie d'aller à Deane House, et comme je suis la dernière arrivée ici...

Les yeux d'Hannah errent dans la pièce. Elle regarde partout, sauf vers les jeunes femmes.

— Oh ! fait Alethea en fronçant les sourcils. Je pensais que vous, les filles, étiez toujours contentes de pouvoir gagner un peu plus. Est-ce sir John ? Il peut se montrer plutôt autoritaire.

Hannah secoue vigoureusement la tête.

— Non, miss.

— Qu'est-ce que c'est, dans ce cas ? demande Alethea.

Mais Hannah ne pipe mot.

— Il n'y a pas lieu de s'inquiéter, lui assure Jane. Quoi que vous disiez, ce ne sera pas répété en dehors de cette pièce. Nous essayons simplement de comprendre ce qui est arrivé à Madame Renault. Vous voulez que son assassin soit arrêté et puni, n'est-ce pas ?

Hannah ouvre des yeux exorbités.

— Madame Renault ? C'était son nom, à la femme morte ?

Jane acquiesce.

— Vous ne l'avez pas reconnue, alors ? Elle ne travaillait pas à Deane House, ce jour-là ?

Mrs Twistleton avait confirmé que la modiste n'était pas venue travailler pour la famille, mais Hannah l'avait peut-être vue avec l'un des autres marchands.

Hannah, de nouveau au bord des larmes, cligne ses yeux rougis.

— Non, miss. Je ne l'avais jamais vue – jusqu'à ce que l'on m'appelle pour nettoyer le désordre.

Jane incline la tête, essayant d'exprimer sa sympathie à la jeune fille.

— Oh, Hannah, cela a dû être vraiment horrible.

Si personne n'a vu Madame Renault pendant la journée, son corps est peut-être resté caché dans le placard pendant un certain temps.

— Avez-vous eu l'occasion d'entrer dans cette petite pièce précédemment ? reprend Jane. Plus tôt dans la journée, peut-être ?

— Oui, miss. Je suis arrivée à midi, et ma première tâche a été de préparer les lits dans l'aile est. Les Rivers devaient passer la nuit sur place, en cas de gel. Ils sont arrivés tôt et se sont habillés à Deane House. Je suis allée directement chercher les draps dans le placard. Plus tard, je suis retournée récupérer le linge de table pour préparer la grande salle.

— Et vous êtes sûre que le corps de Madame Renault n'était pas là à ces deux occasions ?

— Oui, miss.

Hannah jette un regard interrogateur à Jane.

— Je pense que je remarquerais une femme morte à mes pieds pendant que j'essaie de travailler, ajoute-t-elle.

Jane se retient de sourire. Hannah n'est manifestement pas idiote.

— Cela doit signifier que Madame Renault a été tuée après que vous avez quitté le placard pour la deuxième fois.

Il y avait tellement de sang autour de la blessure de la femme décédée qu'on en aurait trouvé des traces si elle avait été tuée ailleurs et déplacée.

— Quelle heure était-il lorsque vous êtes retournée chercher le linge de table ?

— Je n'en suis pas sûre. Après seize heures, parce que la lumière avait déjà baissé et que j'ai eu besoin d'emprunter une lampe pour m'assurer que j'avais pris les bonnes nappes. Lady Harcourt peut être très exigeante, et je ne voulais pas avoir d'ennuis.

Hannah se rapproche d'Alethea d'un pas.

— S'il vous plaît, ne m'obligez plus à y aller, miss. Je ne fermerai plus l'œil pendant des semaines en pensant à cette pauvre femme. Je ne veux plus jamais mettre les pieds dans cet endroit maudit tant que je vivrai.

— Bien sûr que non. Nous vous garderons pour nous à l'avenir. Et nous allons vous laisser partir maintenant, n'est-ce pas, miss Austen ?

Alethea tend la main pour tapoter celle d'Hannah, tout en jetant à Jane un regard acéré.

— Prévenez le majordome que je vous ai dit de prendre le reste de la journée. Essayez de dormir.

Jane tente de croiser une dernière fois le regard fuyant d'Hannah. La domestique a quelque chose sur la conscience, elle en est sûre, mais elle a beau essayer, Hannah refuse de la regarder en face.

— Oui, vous devriez vous reposer. À moins que vous n'ayez autre chose à nous dire ?

Hannah serre son tablier si fort que ses phalanges deviennent blanches.

— Ils m'ont obligée à le nettoyer.

Son teint prend une nuance verdâtre tandis qu'elle vacille.

— Le sol ? Oui, j'ai senti l'odeur du vinaigre lors de ma visite ce matin. On aurait dit que vous l'aviez bien frotté.

— Le sol... et le chauffe-lit. C'est ce que le scélérat a utilisé pour l'assommer.

La voix d'Hannah se brise tandis qu'elle porte une main à sa bouche.

— Il y avait des morceaux de peau et des cheveux collés au cuivre, et ils m'ont fait...

Elle est saisie de nausée, son corps convulse, et elle crache une bonne quantité de bile jaune vif dans son tablier.

— Oh, mon Dieu... Nous ferions mieux d'appeler une femme de chambre.

Alethea saisit la petite cloche en laiton et la fait tinter vivement.

Jane serre les poings. En refusant de parler à la domestique, Mr Craven a manqué l'occasion de préciser l'heure du décès de Madame Renault *et* il est resté les bras croisés pendant qu'une enfant était forcée de nettoyer l'arme du crime, détruisant ainsi des preuves essentielles. Il est évident qu'il n'est pas compétent pour mener une enquête aussi sérieuse. Si l'on ne compte que sur lui, l'assassin de Madame Renault a de grandes chances de passer entre les mailles du filet.

Alethea insiste pour renvoyer Jane chez elle dans le carrosse de son père. Mais dès qu'elle atteint le village de Steventon, Jane frappe sur le toit et dit au cocher qu'elle fera le reste du chemin jusqu'au presbytère à pied. Tandis que l'attelage s'éloigne, elle marche le long de la rue principale, saluant les tisserands, les fileuses et les ouvriers agricoles qui forment la congrégation de son père. Elle se dirige vers la dernière maison, à l'orée du village, où elle a passé les trois premières années de sa vie. Car c'est Dame Culham, et non Mrs Austen, qui a tenu la main de Jane lors de ses premiers pas chancelants, qui a poussé des cris de joie lorsqu'elle a su utiliser le pot de chambre et qui lui a appris à réciter ses prières du soir. Et maintenant, Jane veut savoir ce que, le cas échéant, Dame Culham peut lui apprendre sur la mort de Madame Renault.

Une clôture en noisetier tressé entoure le cottage que l'ancienne nourrice de Jane partage avec son fils, Jack, et Georgy. La maison est plus grande que les autres habitations, plus modestes, de la rangée. Elle possède un vaste jardin et est en bien meilleur état. À l'arrière se trouve une porcherie à moitié construite, que Jack a assemblée avec des bouts de bois abandonnés. Georgy se promène dans le potager, observant les poules qui griffent les plates-bandes fraîchement ratissées pour picorer. Jack est à côté du tas de bois, fendant des bûches pour le feu sur une souche à l'aide d'une hache. Les manches de sa chemise en lin grossier sont retroussées jusqu'aux coudes, et les muscles de ses avant-bras sont tendus lorsqu'il abat la lame.

— Bonjour, lance Jane derrière le portail.

Georgy sourit et fait un signe de la main.

— Miss Austen, répond Jack en voulant enlever son chapeau.

Ses joues rosissent lorsque, en effleurant des doigts ses boucles sombres, il prend conscience qu'il n'en porte pas.

— Deux fois dans la même journée. C'est un plaisir.

Jane sourit et soulève le loquet de la grille pour pouvoir entrer.

— J'ai été désolée d'apprendre la nouvelle pour la truie des Terry, Jack.

Au cours des deux dernières années, Jack a manifesté le désir de trouver un emploi plus lucratif que celui de s'occuper de Georgy. Il s'est même rendu chez le forgeron pour s'enquérir d'une possibilité d'apprentissage. Heureusement, pour les Austen en tout cas, aucune piste sérieuse ne s'est concrétisée. Il serait presque impossible pour le père de Jane de trouver un compagnon plus approprié pour son frère turbulent. Le dernier plan de Jack pour augmenter ses revenus consistait à investir dans une truie à élever. Malheureusement, avant qu'il ait pu trouver l'argent, le *squire*[1] Terry s'est rendu compte que la truie était déjà grosse et a décidé de la garder pour lui.

Jack hausse les épaules d'un air las, évitant de croiser le regard de Jane.

— Oh, quelque chose d'autre va se présenter.

Jack ne parlait pourtant que de la truie depuis des semaines. Il avait établi comment la nourrir et quel porc de son voisin pourrait être un candidat adéquat pour la saillir.

— Je voulais vous demander si vous aviez remarqué des étrangers dans les environs, ces derniers temps.

Jack doit marcher une bonne dizaine de miles par jour pour garder Georgy à l'œil. Si des inconnus rôdent dans les parages, les deux hommes les ont forcément croisés.

---

1. Titre anglais donné aux membres de la noblesse non titrée, disposant de leurs armoiries et étant souvent des propriétaires terriens.

Jack se passe une main calleuse dans les cheveux.

— Des étrangers ?

— Oui. Des gens qui campent dans les bois, par exemple ?

— Oh, non. Les Roms parcourent ces routes depuis des siècles et ont leurs propres coutumes. On ne les verra plus dans le coin avant le printemps, pour la foire aux chevaux de Wickham.

— C'est vrai. Et vous n'avez pas entendu parler d'autres personnes qui passeraient par là ?

Jane danse d'un pied sur l'autre, plissant les yeux pour regarder Jack dans la lumière déclinante du soleil.

— C'est parce que sir John a dit à Mr Craven qu'il avait des problèmes avec des intrus dans les bois derrière Deane House.

Jack secoue la tête.

— Georgy et moi partons souvent vagabonder par là, mais je ne peux pas dire que nous ayons vu de campements. Je suis désolé, miss Austen.

Dame Culham ouvre la porte latérale du cottage d'un coup de hanche, un panier d'épluchures et de restes cuisinés à la main. C'est une jolie femme d'une cinquantaine d'années. Son teint est clair, sa chevelure brune, et le tour de ses yeux sombres est marqué par de profondes rides de rire.

— Voilà, Georgy. Veux-tu donner ceci aux poules, mon chéri ?

Elle hésite à la vue de Jane.

— Que faites-vous là ?

— Bonjour, Nan. C'est un plaisir de vous voir aussi.

Jane utilise le petit nom que les enfants Austen donnaient à leur nourrice. D'après le registre paroissial, il s'agit de Mrs Anne Culham, mais, en tant qu'enfants en bas âge, leurs petites bouches avaient du mal à prononcer « Anne » ou

« Mrs Culham » – et il n'aurait pas fallu qu'ils l'appellent « Maman ».

— Je suppose que vous voulez entrer.

Dame Culham tend le panier à Georgy avant de retourner à l'intérieur.

— Comment va votre mère ?

Jane la suit, savourant l'atmosphère chaleureuse de la cuisine. Elle est modeste, mais bien rangée, pleine de bols dépareillés et de meubles de pacotille que Jane reconnaît de son enfance. Des bouquets d'herbes sont suspendus aux poutres en chêne du plafond bas, et un chaudron en acier est suspendu par une chaîne au-dessus de la flamme de la cheminée de l'alcôve.

— Toujours aussi imprévisible, j'en ai bien peur.

Dame Culham s'essuie les mains sur son sarrau.

— Est-ce qu'elle boit la tisane de pissenlit et de bardane que j'ai préparée pour elle ?

— Non. Je crois qu'elle préfère encore les amers.

Jane s'assied à la table en pin frotté. La surface est saupoudrée de farine, et un bol en terre cuite trône au centre, drapé d'une mousseline.

Dame Culham enveloppe du suif dans du papier brun et le fixe avec de la ficelle, puis le place dans une boîte en fer rouillée.

— Comment espère-t-elle aller mieux, dans ce cas ?

Jane tire sur les attaches de sa cape, la laissant tomber autour de ses épaules.

— Ah, ça !

Les fleurs de lavande contrastent parmi les verts discrets de la sauge et du thym, suspendus à l'envers pour sécher au-dessus de la cheminée. Jane imagine Dame Culham saupoudrant une pincée de fleurs séchées dans de l'eau chaude et plongeant un chiffon dedans pour laver le corps de Madame Renault avec autant de tendresse qu'elle a nettoyé la saleté sur les genoux écorchés de Jane.

Dame Culham émet un petit claquement de bouche.

— Dites-moi tout. Pourquoi êtes-vous ici ?

— Il doit y avoir une raison pour que je vous rende visite ?

Avec une cuillère en bois, Dame Culham remue le contenu fumant de la marmite sur le feu.

— Je dirais que c'est souvent le cas.

Elle fait bouillir un collier de mouton avec du romarin. Jane n'a pas besoin de regarder à l'intérieur du chaudron : elle le devine à l'odeur. Son estomac en gargouille.

— Comment vont les affaires, Nan ? Avez-vous assisté à beaucoup de naissances, ces derniers temps ?

— Oui. J'ai été appelée pas plus tard qu'hier soir.

— Tout s'est bien passé, j'espère ?

— Comme Dieu l'a voulu.

Une boucle, sur la nuque de Dame Culham, est sortie de son foulard. Il fut un temps où ses cheveux avaient la couleur du caramel. Aujourd'hui, ils sont argentés. Quand cela s'est-il produit ?

Jane se mord la lèvre.

— J'imagine que, dans votre métier, vous avez dû vous y habituer. À la mort, je veux dire.

— Nous devrons tous nous y habituer à un moment ou à un autre, Jane.

— Oui… mais vous avez dû effectuer des tâches plutôt pénibles.

Jane passe le bout de son doigt sur un nœud à la surface de la table.

— Vous occuper de Madame Renault à Deane House, peut-être.

— Nous y voilà.

Dame Culham appuie ses poings sur ses larges hanches.

— Comment ai-je deviné que vous chercheriez à bavarder de cette malheureuse ?

— Je ne suis pas là pour les commérages. C'est juste qu'ils n'ont pas attrapé le tueur.

— Et je m'attends à ce que vous pensiez pouvoir faire un meilleur travail que le magistrat.

Jane se redresse, ses omoplates frôlant les barreaux de bois du dossier de la chaise.

— Et pourquoi pas ?

— Oh, rien ne vous en empêche, répond Dame Culham en s'essuyant la joue du revers de la main. Rien du tout. J'ai toujours dit que, de tous les enfants Austen, vous seriez celle qui pourrait faire tout ce qu'elle voudrait. À condition que vous puissiez y consacrer sérieusement votre esprit vagabond.

Jane continue de jouer machinalement avec le nœud de la table, le bout de son doigt s'enfonçant profondément dans la rainure.

— Alors, qu'est-ce que vous pouvez me dire sur Madame Renault ?

— Rien du tout.

Dame Culham tourne le dos à Jane, s'acharnant furieusement sur l'os de mouton avec sa cuillère en bois.

— Vous n'avez pas besoin de me préserver de quoi que ce soit. C'est moi qui l'ai identifiée.

— Évidemment, il a fallu que ce soit vous.

— Nous avons essayé de lui fermer les yeux, mais ils ne voulaient rien savoir. À votre avis, quelle en est la raison ?

Jane comprend un peu comment le corps se dégrade dans les heures et les jours qui suivent la mort, mais, en tant que sage-femme, Dame Culham est une experte. Ses mains sûres donnent la vie, tout comme elles préparent les corps à retourner à la terre.

Elle hausse les épaules.

— Je pense qu'il était trop tard. Elle était déjà raide.

— Et combien de temps cela prend-il, en général, pour se produire ?

— Quelques heures.

Jane repense au témoignage d'Hannah.

— Donc, si Madame Renault n'était pas dans le placard à la tombée de la nuit, mais qu'à vingt-deux heures, elle était morte depuis assez longtemps pour que son corps se soit raidi, il s'ensuit qu'elle a été tuée entre seize et dix-neuf heures.

Dame Culham la regarde dans les yeux par-dessus son épaule.

— Je suppose. À moins qu'elle n'ait été déplacée par la suite.

Jane imagine l'énorme flaque de sang autour de la tête de Madame Renault.

— Non. Elle avait perdu trop de sang. La déplacer aurait laissé beaucoup de traces. Et elle a été frappée avec un chauffe-lit qui, je pense, provenait du placard à linge.

Dame Culham laisse échapper un profond soupir, et sa poitrine s'affaisse.

— Je vous conseillerais bien de vous occuper de vos affaires et de ne pas vous mêler des problèmes des autres, mais vous ne m'écouteriez pas pour autant...

Elle s'interrompt et fronce les sourcils, traçant des lignes profondes sur son visage habituellement joyeux, avant de reprendre :

— J'espère que vous découvrirez le coupable, je le souhaite vraiment, Jane. Quand je pense à ces pauvres âmes qu'on a laissées mourir d'une manière aussi malveillante...

Jane se penche en avant, les coudes sur la table.

— Ces ?

Dame Culham est si peu loquace qu'elle commet rarement des erreurs de langage. Quelqu'un d'autre a-t-il été tué ? Si c'était le cas, Jane en aurait sûrement déjà entendu parler.

— Je parlais d'*elle*. Cette Madame Renault.

Elle agite la cuillère en bois, projetant des éclaboussures de bouillon dans l'âtre.

— Alors pourquoi avoir utilisé le pluriel ?

— Le quoi ?

— Pourquoi avez-vous dit « ces pauvres âmes » ? Comme s'il y en avait plusieurs ?

— Oh, Jane, vous et vos questions, maugrée Dame Culham en levant les yeux vers les poutres en bois qui soutiennent le plafond bas. Savez-vous que j'ai souffert de renvoyer vos frères et votre sœur chez votre mère ? Mais quand elle est venue vous chercher, je me suis réjouie de la paix que cela allait apporter à ma pauvre tête !

Jane fait la moue et baisse le nez. Elle regarde Dame Culham par en dessous, comme Henry le fait parfois lorsqu'il parle aux femmes.

Dame Culham soupire.

— Elle attendait un enfant. Je dirais qu'elle était enceinte d'environ cinq mois. Satisfaite ?

Jane s'affaisse complètement sur sa chaise. Ainsi, ce n'est pas seulement la modiste qui a été tuée : la vie innocente qui grandissait en elle s'est également éteinte. Pauvre Mr Renault. Lui a-t-on déjà annoncé la mort brutale de sa femme ? Et si Madame Renault avait d'autres enfants ? Comment feront-ils sans leur mère ? C'est trop douloureux à envisager.

Des sabots de chevaux claquent dans la rue. Dame Culham jette un coup d'œil à travers la vitre plombée.

— Que diable font-ils ici ?

Par la fenêtre, Mr Craven descend de sa jument noire. Mr Fletcher, propriétaire de l'auberge Deane Gate et gendarme de la paroisse, arrive dans une charrette découverte.

Jane sent son estomac se nouer. La présence du magistrat et de l'agent de police ne peut signifier qu'une seule chose : ils sont venus arrêter l'un des villageois pour le meurtre.

Elle suit Dame Culham à l'extérieur.

Mr Craven est dans le jardin et parle à Jack et Georgy. Mr Fletcher descend de la charrette et s'approche du portail ouvert. C'est un homme de grande taille, avec un nez tordu qui semble avoir été cassé lors d'une bagarre par le passé.

Jack se renfrogne.

— Je vous dis que Georgy ne sait rien du tout à propos de cette histoire de collier.

Mr Craven plisse les yeux et avance vers Georgy pour s'adresser directement à lui.

— Mister Austen, plusieurs témoins affirment vous avoir vu ce matin à l'auberge Deane Gate, exhibant un collier de femme. J'exige que vous nous le montriez immédiatement.

Tous les muscles de Jane se crispent. Pourquoi Mr Craven s'adresse-t-il à Georgy sur un ton aussi vif ? Il ne peut quand même pas penser que son frère sait quoi que ce soit sur le meurtre. Elle traverse l'herbe, s'interposant entre Georgy et le magistrat.

— Mister Craven, qu'est-ce que cela signifie ? Ce n'est pas la peine de parler ainsi à mon frère.

Mr Fletcher entre dans le jardin. Il désigne son propre cou et trace un demi-cercle sur sa poitrine.

— Allez, Georgy, montre-nous ton joli collier.

Il sourit d'un air encourageant. Il lui manque une dent de devant.

— Celui que tu m'as montré pendant que Jack allait chercher ta tarte, poursuit-il.

Georgy sourit. Il plonge une main dans sa culotte et fouille. Lorsqu'il ouvre le poing, il tient quelque chose de brillant. C'est une chaîne en or jaune, parsemée de perles de rocaille.

Jane chancelle comme si le sol sous ses pieds s'était incliné.

— Ah, miss Austen. Vous tombez bien, dit Mr Craven en jetant un coup d'œil à Jane sous ses sourcils broussailleux. Voulez-vous regarder le collier que tient votre frère et me dire si vous l'avez déjà vu ?

Jane déglutit.

— Je... je l'ai déjà vu, oui.

Les mots pèsent lourd sur sa langue.

— Sur la personne de qui ?

Un frisson glacial parcourt le corps de Jane.

— Madame Renault, quand je l'ai rencontrée au marché... Mais cela n'a aucun sens. Il doit y avoir une erreur.

Mr Craven fait un geste du pouce en direction du véhicule.

— Mettez-le dans la charrette.

Mr Fletcher remonte les manches de son manteau. Ses bras sont aussi épais que des jarrets de porc.

— Oh, que Dieu nous vienne en aide..., s'alarme Dame Culham, qui se tient à côté de Jane. Non, non, ce n'est pas juste. Il ne ferait de mal à personne.

— Écartez-vous, mistress Culham, dit le magistrat en posant sa main sur l'avant-bras de la nourrice.

Mais elle n'a pas besoin de s'écarter. Derrière les femmes, Georgy se faufile hors du jardin en dépassant le portillon. Il grimpe dans la charrette et sourit tandis qu'il fait miroiter la chaîne en or de Madame Renault devant le gendarme de la paroisse. Jane se précipite.

— Attendez ! Où l'emmenez-vous ?

À côté d'elle, Jack enjambe dans un mouvement de ciseaux la clôture en noisetier pour atteindre la charrette avant elle.

Mr Craven enfourche son cheval.

— À la prison du comté de Winchester, répond-il.

Jane sent son pouls battre la chamade dans sa gorge. Elle ne peut pas laisser Mr Craven emmener Georgy. Que diront sa mère et son père lorsqu'ils apprendront qu'elle a laissé faire ? Son cher, tendre et candide frère. Elle doit le protéger à tout prix.

— Winchester ? S'il vous plaît, arrêtez. Georgy n'a pas pu faire ça.

Jack s'agrippe des deux mains à la charrette, comme s'il pouvait l'empêcher de rouler grâce à sa force brute.

— Laissez-moi au moins aller avec lui ! intervient-il. Il n'a pas l'habitude d'être seul. Et vous aurez besoin de moi si vous voulez comprendre ce qu'il essaie de dire.

Mr Craven soupire bruyamment, mais hoche la tête d'un geste sec, et Jack saute dans la charrette à côté de Georgy, tout sourire, qui tient toujours fièrement le collier de Madame Renault. Les délicats maillons dorés scintillent au soleil.

Dame Culham saisit Jane par les épaules, enfonçant vigoureusement ses doigts dans sa chair, et la secoue pour la faire sortir de son désarroi.

— Courez, Jane. Allez dire à votre père qu'ils emmènent notre Georgy. Aussi vite que possible.

Jane déglutit. Ce n'est pas possible. Mr Craven ne peut pas emmener Georgy pour l'accuser du meurtre de Madame Renault. Pas Georgy – il est l'âme la plus douce qui soit. Des taches blanches brouillent la vision de Jane. C'est comme si quelqu'un maintenait un oreiller sur sa bouche et son nez. Elle a du mal à respirer.

Dans la charrette, Georgy sourit, saluant joyeusement Jane de la main, tandis que les chevaux soulèvent leurs sabots et que les roues se mettent en mouvement en grinçant.

Toute cette situation est absurde. Jane doit arrêter cela. *À tout prix*. Mais comment ?

5

Jane se tient à la fenêtre du salon familial, l'estomac noué, guettant le retour de son père parti à Winchester. Au cours des deux dernières nuits, depuis l'arrestation de Georgy, des visions de son frère avec des fers aux pieds et des menottes aux poings sont venues troubler son sommeil. Ses yeux la piquent et sa gorge lui fait mal, car elle s'inquiète sans cesse pour lui.

Une fois, lorsqu'elle était petite, Jane avait demandé à son père pourquoi Georgy n'était pas comme les autres enfants Austen. Mr Austen avait froncé les sourcils et lui avait fermement répondu que Georgy était exactement comme Dieu avait prévu qu'il serait et qu'il n'appartenait pas à Jane de remettre en question le dessein du Seigneur. Jane s'était fâchée, contrariée de voir que Georgy ne pouvait former ni mots ni lettres. Mr Austen avait poussé un soupir résigné.

— Oui, mais nous avons un réconfort. Dans sa perpétuelle innocence, Georgy ne peut pas être un enfant mauvais ou méchant.

Lorsque Mr Craven a demandé à Jane si elle reconnaissait le collier et de confirmer à qui il appartenait, il ne lui est pas venu à l'esprit de mentir. Et maintenant, elle ferait n'importe quoi, tout ce qu'elle peut, pour épargner son frère.

Dès qu'Henry a reçu le message de son père, il a supplié son commandant de lui accorder une permission et a fait d'une traite le voyage d'Oxford jusqu'à Steventon. Son cheval, un énorme étalon pie nommé Severus, semblait à moitié mort lorsqu'ils sont arrivés au presbytère, le pauvre. Aujourd'hui, Henry ne tient plus en place. En manches de chemise, il fait les cent pas devant l'âtre, laissant une trace sur le tapis dont la trame est déjà bien usée. La grande silhouette sombre de James, en tenue d'ecclésiastique, reste immobile à côté de la cheminée. À table, Mrs Austen resserre ses bras autour d'elle et contemple le feu qui crépite comme s'il pouvait apporter une solution à ses malheurs. Anna, privée d'attention, gémit et tape du poing sur sa chaise haute.

Finalement, alors que le froid s'insinue jusqu'aux tréfonds de Jane et que le ciel blanc tire sur le bleu lavande, elle aperçoit Mr Austen qui avance sur son fidèle destrier à l'allure d'un condamné.

Mrs Austen se jette sur lui dès qu'il a franchi la porte d'entrée.

— Comment va notre garçon ? Est-ce qu'il mange ? A-t-il dormi ? Dites-moi la vérité.

Elle arrache son pardessus à son mari et le jette à Sally.

La servante brosse la fine poudre de flocons de neige, puis suspend le lourd vêtement de laine sur une patère près du feu pour le faire sécher. Sally sert les Austen depuis moins de douze mois, mais son visage est marqué par le désespoir.

— Il est perdu, effrayé, vexé d'être gardé à l'intérieur des murs.

Mr Austen semble avoir vieilli d'une décennie depuis son départ. Son dos s'est voûté, et les lignes verticales sur ses joues se sont encore plus creusées.

— Ils n'ont pas voulu le libérer sous caution, mais je me suis arrangé pour que Jack et lui soient hébergés par le gouverneur, dans sa propre maison. Elle est attenante à la prison. Sa femme fera la cuisine et s'occupera d'eux.

— Nous ne pouvons pas laisser Jack rester avec lui, dit Mrs Austen. C'est trop demander. L'un de nous doit partir.

Henry et James échangent un regard accablé. Jane sait exactement ce qu'ils pensent. Frank et Charles sont à l'autre bout du monde ; Neddy ne peut pas risquer d'impliquer sa bienfaitrice dans un scandale ; Henry est engagé dans l'armée ; et James doit penser à sa congrégation, sans parler d'Anna, orpheline de mère. Aucun des frères de Georgy n'est en mesure de l'accompagner en prison.

— Nous pourrions envoyer Jane, je suppose, propose Mrs Austen en faisant un geste vers sa fille supplémentaire. Ce n'est pas comme si elle faisait quelque chose de vital, ici.

— Non, nous n'enverrons pas Jane, réplique Mr Austen, dont le visage s'empourpre. Veiller sur Georgy, c'est la vie de Jack, ça l'a toujours été. Il a insisté pour rester. Si nous le renvoyons, le pauvre garçon pensera que nous lui reprochons d'avoir permis à Georgy, d'une manière ou d'une autre, de se retrouver dans cette situation.

James s'appuie des deux mains sur la grosse poutre en chêne qui domine l'âtre en briques pour former un manteau de cheminée rustique.

— Ils ne peuvent pas penser sérieusement que notre Georgy est capable d'ôter la vie ?

Jane contourne son père.

— Et il aura sûrement un alibi. On ne le laisse jamais seul.

Mr Austen passe la main sur son visage fatigué.

— D'habitude, non, en effet... Mais ce soir-là, Jack était dehors, en train de faire des courses, lorsque Dame Culham a été appelée pour un accouchement imprévu. Des jumeaux, apparemment – ils sont arrivés tôt. Georgy dormait déjà, épuisé par l'une de ses longues promenades, et le ventre plein de gâteau, ajoute-t-il en laissant échapper un petit rire. Dame Culham a donc jugé bon de le laisser quelques heures.

— Je vois, dit James. Mais cela ne veut pas dire qu'ils peuvent l'accuser de meurtre.

Mr Austen s'affaisse dans le fauteuil en cuir abîmé à côté de l'âtre.

— Non, et ils ne l'ont pas accusé de meurtre.

Une lueur d'espoir naît dans le cœur de Jane. Mr Craven doit avoir compris qu'il s'agit d'un terrible malentendu et arranger en ce moment même la libération de Georgy.

— Ils l'accusent d'avoir volé le collier, poursuit Mr Austen. Et comme il était clairement en sa possession...

Mrs Austen pousse un cri étranglé. Jane ferme les yeux pour empêcher les larmes de couler. Le vol de tout objet d'une valeur supérieure à douze pence est considéré comme un vol qualifié – un délit passible de la peine capitale. Il arrive que des jurés compatissants dévaluent à dessein les objets volés de quelques pence, voire de quelques shillings, afin d'éviter à l'accusé la peine de mort. Mais le collier en or de Madame Renault, avec ses nombreuses perles de rocaille, vaut certainement une petite fortune – plusieurs centaines de livres. Un juge ne permettrait jamais à un jury de se parjurer en dévalorisant grossièrement un tel objet. Si Georgy est reconnu coupable, il pourrait être pendu pour ce crime.

James appuie ses deux mains sur la cheminée, les bras tremblants.

— Qu'allons-nous faire ?

— Trouver un avocat pour plaider sa cause. Rassembler autant de témoignages que possible pour attester de sa bonne moralité…

Mr Austen s'interrompt, la bouche ouverte.

Jane pose une main hésitante sur l'épaule de sa mère.

— Ne devrions-nous pas expliquer les difficultés de Georgy ? Ce ne serait pas juste de lui faire subir un procès.

Henry croise les bras.

— Le faire déclarer fou, tu veux dire ?

Mr Austen fronce les sourcils.

— Non, ils le déclareraient coupable par défaut et l'enfermeraient dans un asile. Si tu savais à quoi ressemblent ces endroits, Jane, tu ne suggérerais pas cela. Une bête dans une ménagerie attirerait plus de compassion.

Sa voix se fait plus forte et plus pressante lorsqu'il poursuit :

— De plus, Georgy n'est *pas* fou. Il sait distinguer le bien du mal. Depuis le jour de sa naissance, malgré ses nombreuses difficultés, il s'est battu pour mener une vie aussi digne que possible. Et je ne vais pas condamner mon propre fils. Ni maintenant ni jamais.

Jane s'accroche à sa mère tandis que celle-ci sanglote. Henry frappe le mur avec son poing, laissant une marque dans le plâtre et faisant pendre de travers un alphabet brodé.

— Si seulement il pouvait nous dire où il a trouvé ce maudit collier.

La broderie est l'œuvre de Cassandra. Jane est plus que douée avec une aiguille et du fil, mais quel est l'intérêt de broder des mots alors qu'il est tellement plus rapide d'écrire à la plume et à l'encre ? Sous l'alphabet et la rangée de chiffres, sa sœur a écrit au point de croix : « Ne t'appuie pas sur ton intelligence, mais de tout ton cœur, mets ta confiance dans le Seigneur. »

Jane regrette qu'Henry n'ait pas mis son poing dans la citation.

— Mais Georgy a-t-il *trouvé* le collier ? demande-t-elle. Et si quelqu'un, le meurtrier peut-être, le lui avait donné pour éloigner les autorités de sa propre piste ?

Jane sent son estomac se serrer à l'idée que quelqu'un ait pu délibérément mettre Georgy en danger.

Henry croise les bras.

— En fait, c'est une bonne remarque. Tout le monde sait que notre Georgy est suffisamment candide pour accepter un tel cadeau sans se douter de rien. Et, bien sûr, il ne serait pas en mesure d'expliquer d'où il le tient.

Mr Austen ferme les yeux et secoue la tête.

— Jack et moi avons bien essayé de le persuader de nous en apprendre davantage, mais cela l'a encore plus bouleversé.

Anna pousse un cri aigu. Jane abandonne sa mère pour soulever le bébé par les aisselles. Anna raidit son petit corps, si bien que Jane doit pratiquement arracher de la chaise haute ses cuisses rebondies et ses orteils rigides. Sa tête duveteuse sent le lait chaud et la maison.

— Quand vont-ils le juger ?

Des ombres noires se dessinent sous les yeux de Mr Austen, et sa voix devient grave.

— Les prochaines assises sont prévues pour la première semaine de février.

Jane essaie de déglutir, mais c'est comme si un gros morceau de silex lui bloquait la gorge. Si les Austen veulent sauver la vie de Georgy, ils n'ont que sept semaines à peine pour le faire. Les crimes graves, tels que le vol, ne sont traités qu'une fois par an, lorsqu'un juge se rend à Winchester et désigne un jury de douze hommes. Pendant deux ou trois jours, ils entendent les affaires en souffrance et vident la prison. Les personnes reconnues coupables sont sorties de la salle d'audience et pendues sous les huées de la foule.

— Nous ne pouvons pas nous contenter de faire confiance à la justice pour prouver l'innocence de Georgy. Nous devons découvrir ce qui est réellement arrivé à Madame Renault et le démontrer avant qu'il soit trop tard, déclare la jeune femme.

James et Henry la regardent en clignant des yeux. Mrs Austen tord son mouchoir détrempé entre ses poings. Jane peut voir à leurs expressions douloureuses que l'angoisse liée à la situation périlleuse de Georgy obscurcit leur esprit, d'ordinaire très vif. Ils sont comme des souris assommées, sauvées des griffes du chat mais trop stupéfaites pour s'échapper.

Mr Austen laisse échapper un profond soupir.

— Cette pauvre femme... Je m'étais porté volontaire pour l'enterrer, aussi, avant que tout cela arrive à Georgy. Des dispositions ont-elles été prises pour creuser le sol ? Ce sera un travail difficile, avec le gel.

James hoche la tête.

— C'est réglé, Père.

— Pourquoi est-ce *vous* qui l'enterrez ? demande Jane. L'église d'Ashe est à deux pas de Deane House.

Mrs Austen se plaint souvent que son mari est trop serviable pour son propre bien. Il est le genre d'ecclésiastique qui rend les six pence à une femme nouvellement mère après l'avoir bénie et baptise un enfant naturel sans demander de détails sur le père dévoyé. Jane l'aime d'autant plus pour sa bonté de cœur et soupçonne que, secrètement, sa mère l'aime aussi pour cela. Mr Austen lève les mains dans un geste d'impuissance.

— Le révérend Lefroy semblait réticent, alors j'ai proposé mes services. Par ailleurs, j'ai pensé que les Harcourt n'apprécieraient pas qu'on leur rappelle l'incident si près de chez eux.

Jane tressaille à la mention de l'oncle de Tom. Dans toute l'horreur de l'incarcération de Georgy, elle a à peine remarqué que Tom ne lui a toujours pas rendu visite. Elle doit lui faire passer un message. Plus que jamais, elle a besoin de son aide.

— Êtes-vous certain de vouloir célébrer l'office ? demande Henry.

— Pourquoi ne le ferais-je pas ? réplique Mr Austen en jetant un coup d'œil autour de lui.

Refuser d'enterrer Madame Renault maintenant signifierait que la famille a quelque chose à se reprocher – ce qui impliquerait encore plus Georgy dans le crime.

— La malheureuse doit être enterrée. Ce n'est pas sa faute si Georgy s'est retrouvé mêlé à son affaire d'une manière ou d'une autre.

— C'est très chrétien de votre part, mon cher.

Mrs Austen prend le banyan et le bonnet de son mari des mains de Sally et les lui tend d'un air las. La domestique va chercher un verre de porto dans le buffet.

— C'est ce que je pensais, jusqu'à ce que sir John propose de payer les arrangements.

Mr Austen se lève pour passer ses longs bras minces à travers les manches amples de son banyan et pose son bonnet sur ses cheveux d'un blanc éclatant. Une fois assis, il prend le verre tendu par Sally et la remercie d'un signe de tête en buvant une gorgée.

— Il a fait ça ? Mais pourquoi les Harcourt paieraient-ils ?

Henry marque une pause dans ses allées et venues, donnant un moment de répit au tapis. Celui-ci était autrefois d'un rouge éclatant, tissé de motifs moghols. Aujourd'hui, il est d'un corail délavé par le soleil, avec seulement des traces de motifs géométriques fanés.

Mr Austen hausse les épaules.

— Je suppose que sir John se sent quelque peu responsable d'elle. Elle est morte dans sa maison, après tout.

Jane grimace devant la désinvolture avec laquelle les hommes se sont mis d'accord sur les détails de l'enterrement de Madame Renault. Comme si le cadavre de la modiste était un inconvénient dont il fallait s'occuper, et non les restes d'une personne qui méritait d'être enterrée avec une solennité chrétienne.

Elle berce Anna dans ses bras. Les paupières de l'enfant se baissent, mais chaque fois que ses yeux se ferment, elle se réveille en sursaut.

— Et les siens ? Ne veulent-ils pas qu'elle soit enterrée plus près d'eux, à Basingstoke ?

Le front déjà profondément creusé de rides de Mr Austen se plisse encore davantage.

— Je crains que personne ne se soit manifesté pour la réclamer. Jusqu'à présent, en tout cas. J'ai fait publier un avis dans le journal local. Peut-être que l'une de ses connaissances le verra.

Jane serre Anna plus fort. Elle imagine Mr Renault, s'inquiétant de savoir où se trouve sa femme enceinte, puis lisant les détails de son meurtre brutal dans le *Hampshire Chronicle*. Quelle façon dévastatrice de recevoir la nouvelle. Il ne parle peut-être même pas anglais. C'est peut-être pour cela que l'histoire ne lui est pas encore parvenue. Il est possible que les Renault soient arrivés récemment en Angleterre. Mr Renault s'est peut-être fié à sa femme pour traduire à sa place. Oh, Seigneur, faites que quelqu'un lui annonce la nouvelle avant les funérailles, afin qu'il puisse faire un dernier *adieu** à sa femme et à l'enfant qu'elle portait.

Mr Austen montre son pardessus de laine accroché à la patère devant la cheminée, qui dégouline de neige fondue sur le carrelage.

— Cela me rappelle que je suis passé à l'auberge Wheatsheaf sur le chemin du retour et que j'ai récupéré le courrier.

Henry fouille dans les poches, récupère une poignée de lettres et les distribue à chacun. L'une d'elles est adressée à Jane.

Reconnaissant la calligraphie élaborée, Jane met Anna en équilibre sur sa hanche et saisit le billet entre ses dents, utilisant sa main libre pour briser le sceau.

— C'est de la part de la cousine Eliza.

— Eliza ? répètent James et Henry en même temps.

Tous deux se redressent légèrement.

Eliza de Feuillide est la fille de feu la sœur de Mr Austen, tante Phila. Depuis la mort de son mari, un noble français exécuté par le nouveau régime, Eliza vit chez des amis dans le Northumberland. Il est étrange pour Jane de penser que sa cousine, si sociable, est en deuil. Eliza est toujours gaie, même quand la vie s'ingénie à la rendre triste.

— Elle dit qu'elle veut absolument passer Noël avec sa famille et que nous devons nous attendre à sa venue à Steventon le 20 décembre.

Jane lit la lettre à haute voix, tandis qu'Anna saisit le papier et le tire vers sa bouche.

James examine les poignets fatigués de ses manches de chemise.

— Mais c'est dans moins d'une semaine.

Mrs Austen se lève de sa chaise, les poings serrés sur ses hanches menues.

— Il est trop tard pour la dissuader. Le temps que notre message parvienne dans le Northumberland, elle sera déjà partie. Elle ne se laisserait pas convaincre, de toute façon. Si Eliza savait que Georgy a des ennuis, elle insisterait pour venir quand même et faire tout ce qu'elle peut pour l'aider. Jane, viens avec moi. Nous devons aérer le linge et préparer une chambre.

Jane place Anna dans les bras tendus de James. Il serre sa petite fille contre sa poitrine tandis que Jane saisit son poignet en forme de saucisse et détache ses petits doigts de la lettre. La perspective de la compagnie d'Eliza lui remonte le moral. L'audacieuse cousine de Jane a échappé à la Révolution en France, survécu aux émeutes de Mount Street à Londres et a même vaincu un bandit de grand chemin. Si quelqu'un sait comment s'y prendre pour résoudre ce meurtre, c'est Eliza.

6

Le 16 décembre 1795, c'est le vingtième anniversaire de Jane. Tom n'est toujours pas passé à Steventon, mais Jane reste optimiste car elle s'est invitée à un déjeuner avec sa chère amie, qui se trouve être la tante de Tom, Mrs Lefroy. Elle se doute que Tom craint de manquer de délicatesse en demandant sa main à son père alors que le sort de Georgy est en jeu. Il *pourrait* néanmoins déclarer ses intentions à Jane elle-même, d'autant plus que c'est le jour de son anniversaire. Le scandale de l'arrestation de Georgy ne l'aura pas découragé. Il est plus fidèle que cela. C'est du moins ce qu'elle espère.

En conséquence, Jane s'habille avec beaucoup de soin. Elle subit les redoutables fers à friser plutôt que de se fier à la stabilité de ses ondulations naturelles, et s'autorise à emprunter la robe bleue de Cassandra. Jane a sa propre robe, faite dans le même coton, mais comme elle n'en a pas pris autant soin, la couleur est délavée.

Dans le salon familial des Austen, sa mère et son père sont assis à la table recouverte de lin, en robe de chambre et en bonnet.

Anna, qui a les joues rouges, mordille son poing potelé dans sa chaise haute, et James est accroupi devant le feu, un morceau de pain planté sur une fourchette à griller. Un courant d'air froid parcourt le presbytère, malgré la flambée dans la cheminée.

Mrs Austen esquisse un sourire crispé, qui dévoile ses dents mais ne parvient pas à relever les coins de sa bouche.

— Tous mes vœux de bonheur, ma chérie.

— Merci, Mère.

Jane s'assied et se sert une tasse de thé : noir mais, hélas, sans sucre. Au centre de la table trône un gros paquet emballé dans du papier brun. Au lieu de se réjouir, Jane est envahie par la culpabilité. Comment sa mère et son père peuvent-ils célébrer le jour de sa naissance alors que la vie d'un autre de leurs enfants reste en péril ?

— Mais vous n'auriez pas dû. Pas dans les circonstances actuelles.

Mr Austen jette un coup d'œil par-dessus son journal et dirige son regard vers le colis.

— C'était déjà prêt. En outre, nous devons continuer à vivre avec autant de normalité que possible. Le Seigneur sait que Georgy est innocent, et notre famille n'a aucune raison d'avoir honte. S'en tenir à notre routine habituelle, dans la mesure du possible, est le seul moyen de survivre à cette tourmente.

Par le passé, Jane admet avoir considéré ses parents comme des gens froids pour leur fermeté face aux difficultés. Aujourd'hui, elle a plus de sympathie pour leur pragmatisme. Son angoisse constante au sujet du sort de son frère pèse comme une pierre dans sa poitrine, mais pleurer et se lamenter dans son lit toute la journée ne sauvera pas Georgy. Elle doit garder la tête froide si elle veut attraper le meurtrier.

— Je suppose que vous avez raison.

James détache sa tartine grillée de la fourchette, se brûlant avec le pain en le poussant dans son assiette.

— Aïe ! s'exclame-t-il en soufflant sur le bout de ses doigts avant de secouer sa main. Tu ne vas pas ouvrir ton cadeau, Jane ? Cela ne te ressemble pas de faire preuve d'autant de retenue.

Jane écarte son thé et tire le paquet vers elle.

— Eh bien, je suis presque une femme adulte, maintenant. Une créature des plus raffinées et des plus rares. Encore un an, et j'aurai atteint ma majorité.

Le cadeau est lourd. Il faut espérer qu'il ne s'agit pas d'un cadre de tambour pour la broderie, ou d'une autre absurdité de ce genre. Elle prend soin de dénouer la ficelle et de déplier le papier. Elle ne le déchire pas – même le papier brun est cher, et Jane ne manque jamais une occasion de le réutiliser.

Sous le papier, elle trouve une boîte en bois, dont le grain verni est trop fin pour qu'il s'agisse d'un simple contenant. Il y a un mécanisme de fermeture en forme de diamant, ainsi que des poignées en laiton de chaque côté. Le couvercle est fixé par des charnières. Elle ouvre la boîte comme un livre. Chaque côté de la boîte est incliné, en enfilade l'un de l'autre, ce qui forme un support – un support d'écriture.

Jane se couvre la bouche d'une main. La boîte s'est transformée en un pupitre portatif recouvert de cuir vert foncé.

— Eh bien, dit Mr Austen, est-ce que tu l'aimes ?

Elle secoue la tête, incrédule face à la prévenance de son cher père – sans parler de sa générosité.

— Plus que je ne saurais le dire.

Lors de ses voyages pour rendre visite à la famille élargie des Austen, Jane a regardé avec envie, dans les salles à manger de divers relais de poste, les gentlemen utiliser leur écritoire portative. Depuis la première fois qu'elle en a vu une, elle rêvait d'avoir la sienne. À l'intérieur de la boîte se trouvent plusieurs casiers contenant un petit pot d'encre en verre, un pot d'argent miniature refermant de la poudre, des liasses de papier découpé à la bonne taille, et même un couteau pour aiguiser sa plume.

Le père de Jane ne lui a pas simplement offert une boîte en bois. C'est un moyen de transporter tout ce dont elle a besoin pour composer ses histoires partout où elle va, en enfermant ses idées en toute sécurité jusqu'à ce qu'elle soit prête à les partager.

Mrs Austen remplit la théière avec l'eau brûlante d'une bouilloire en cuivre.

— Nous avons pensé que tu pourrais y garder *Lady Susan*. Ainsi, tu n'auras plus d'excuse pour ne pas terminer ce récit, quel que soit l'endroit où la vie te mènera. Le Seigneur seul sait où ce sera.

— Par le sang du Christ ! s'écrie Mr Austen en secouant les pages de son journal.

Jane a trouvé deux clefs dans l'un des compartiments de la boîte et est trop occupée à verrouiller et déverrouiller le petit tiroir de son nouveau bureau portatif pour demander à son père pourquoi il jure ainsi. Elle fait coulisser le tiroir en tenant la poignée en laiton, regardant sans cesse à l'intérieur comme si quelque chose pouvait apparaître là par magie.

Mrs Austen souffle sur la vapeur qui s'échappe du riz au lait dans le bol en bois d'Anna.

— Qu'y a-t-il, mon cher ?

— C'est Madame Renault – la nouvelle de son décès est parvenue jusqu'au *Times*.

James se fige, le couteau à beurre en l'air.

— Oh, mon Dieu. Les journalistes n'ont pas parlé de Georgy et du collier, n'est-ce pas ?

Il est difficile de comprendre comment quelqu'un qui a rencontré Georgy pourrait le croire capable de faire du mal à Madame Renault, mais, entre les mains peu scrupuleuses de la presse londonienne, il sera transformé en monstre.

Mr Austen examine l'article.

— Non, ils ne citent personne nommément. Il s'agit d'un article dans les pages Société qui explique comment la découverte macabre d'une femme volée et assassinée a entaché les fiançailles d'un futur baronnet et d'une héritière du coton. Tout le monde saura de qui il s'agit, bien sûr. Sir John crachera son venin.

— Tout comme Mrs Rivers.

Les traits raffinés de Mrs Austen accusent la fatigue, et des cernes se dessinent sous ses yeux habituellement brillants.

— Ce n'est pas vraiment l'entrée dans la haute société qu'elle espérait, poursuit-elle en tendant une tasse de lait chaud à Anna.

La petite fille saisit le poignet de sa grand-mère et fait pleuvoir du lait sur la table.

Jane place un bras protecteur autour de son écritoire et la rapproche d'elle.

— Les journalistes devraient lancer un appel à témoins, et non pas publier les détails de la mort de Madame Renault pour émoustiller les gens.

Elle claque le couvercle de sa boîte et le referme avec la clef.

— C'est rageant. Mr Craven fait fausse route dans son enquête. Il est clair que cette femme n'a pas été tuée dans le cadre d'un vol. Pas un vol prémédité, en tout cas.

Mr Austen incline la tête.

— Comment cela ?

Jane garde ses paumes à plat sur le couvercle de son écritoire, rassurée par la texture du bois massif et lisse.

— Parce qu'un voleur professionnel aurait apporté sa propre arme, quelque chose comme un couteau ou un pistolet. Il n'aurait pas eu besoin d'utiliser l'un des chauffe-lit de lady Harcourt, n'est-ce pas ?

— Il aurait pu s'agir d'un opportuniste, rétorque Mrs Austen. Un autre marchand qui avait remarqué le collier et qui était trop tenté pour résister ? Il se peut que l'on ait essayé de le voler à son insu, mais qu'elle s'en soit aperçue et ait crié à l'aide ? Si le voleur voulait seulement la faire taire, et non la tuer, cela pourrait expliquer pourquoi il s'est débarrassé des preuves. Le collier était trop reconnaissable pour qu'un *amateur** puisse s'en défaire.

— Cela n'a aucun sens non plus, contre Jane, irritée que tout le monde soit prêt à accepter ce mobile sans discuter. Pourquoi la choisir, *elle* ? Et pourquoi dans le placard à linge des Harcourt, précisément ?

Mrs Austen frissonne et resserre sa robe de chambre plus étroitement autour de ses épaules.

— Comment le savoir ? Cette pauvre bonne que vous avez évoquée… Elle a dû mettre un temps fou à enlever les taches de sang sur le parquet, sans parler de faire briller le cuivre.

Jane prend une profonde inspiration.

— C'est exaspérant. Il doit y avoir un moyen d'identifier le vrai coupable. Si nous y parvenions, Mr Craven serait obligé d'abandonner les poursuites contre Georgy.

Sa famille la regarde fixement, plongée dans un silence inhabituel. James se penche en avant, les coudes sur les genoux.

— Mais, Jane, nous faisons tout ce que nous pouvons. Nous avons parcouru la campagne sur des miles et des miles, mais jusqu'à présent, nous n'avons trouvé aucune trace des intrus. Ils ont dû fuir le comté. Nous devons élargir les recherches – impliquer certains des propriétaires terriens du

Sussex au cas où les malfaiteurs se dirigeraient vers la côte.

Jane serre les dents. Aucun étranger ne campait sur le domaine des Harcourt. Pourquoi sir John tenait-il tant à faire croire le contraire ? Elle est de plus en plus méfiante quant aux raisons qui l'ont poussé à inventer une telle histoire, et le souvenir de Mrs Twistleton prenant la défense du baronnet ne fait qu'accentuer ses doutes.

Mr Austen se frotte les yeux.

— Si mon enfant le plus intelligent ne parvient pas à débrouiller cette affaire, quel espoir ont les autorités ?

— C'est gentil de votre part, Père, répond James en posant son menton dans sa main. Mais j'avoue que cela me laisse perplexe. Ils n'ont pas pu brouiller les pistes complètement. As-tu regardé la lettre que j'ai rédigée pour l'avocat ? Neddy a confirmé qu'il était satisfait de l'arrangement et qu'il fallait lui envoyer directement la facture.

Mr Austen adresse à Jane un clin d'œil rapide comme l'éclair, ce qui réconforte son cœur meurtri.

— Je l'ai fait, James, merci. Je dirais que c'est prêt à partir.

Les yeux baissés, Jane essaie de dissimuler son sourire en coin. Une fois, alors qu'elle était seule avec son père dans son bureau, il avait déclaré que l'un des tours les plus astucieux dont elle usait était de permettre à James de croire qu'il était plus intelligent qu'elle – afin qu'elle puisse plus facilement le déjouer.

Madame Renault a été tuée avant dix-neuf heures. Jane a vérifié l'invitation au bal des Harcourt : les invités étaient conviés à partir de vingt heures. Cela signifie que le meurtre a eu lieu à un moment où il y avait beaucoup moins de monde dans le domaine qu'elle ne le pensait au départ – les Harcourt, les Rivers, les domestiques et les marchands. Cette information réduit considérablement sa liste de suspects. Il ne lui reste plus qu'à examiner chacun d'entre eux et à piéger le meurtrier pour qu'il se dévoile.

Ashe se trouve à un peu moins de deux miles de Steventon. C'est une bonne promenade par une belle journée, et Jane l'a souvent faite – mais jamais auparavant avec un meurtrier dans les parages. Malgré sa détermination à ne pas laisser le criminel lui voler sa liberté personnelle comme il a volé la vie de Madame Renault, elle hâte le pas et sursaute à chaque bruissement dans les haies. Lorsqu'elle atteint l'église St Andrews, son cœur bat plus vite que celui d'un loir. Ne voulant pas paraître troublée lorsqu'elle retrouvera son amant secret pour la première fois depuis leur rencontre amoureuse dans la serre, elle décide de traverser le cimetière pour recouvrer son calme. Les pierres tombales sont plus élaborées que celles de St Nicholas, mais elles sont recouvertes du même lichen tacheté et de boules de mousse verte et duveteuse.

Mrs Lefroy ouvre la porte du presbytère d'Ashe et passe la tête, coiffée d'un turban doré dans la lumière pâle du soleil, dehors. Elle a atteint l'âge mûr, mais c'est une excellente cavalière, et l'exercice entretient sa silhouette gracieuse.

— Entre, Jane, entre...

Jane se demande si Tom et elle parviendront un jour à accueillir leurs futurs visiteurs avec le même raffinement dégagé et chaleureux que l'oncle et la tante de son prétendant. Elle l'espère, en tout cas.

Les Lefroy ont amélioré leur maison de la même façon qu'ils ont enrichi la société du Hampshire de leur panache culturel. Le bâtiment en briques rouges, autrefois fatigué, arbore désormais une élégante façade de style palladien, et du lierre s'insinue sous les fenêtres à guillotine fraîchement peintes. Jane franchit le seuil et suit son hôtesse, jetant subrepticement un coup d'œil autour d'elle à la recherche de Tom. Ses bottes ne sont pas dans les casiers à chaussures, pas plus que son manteau n'est accroché à la rangée de crochets en laiton. Mrs Lefroy avance dans le couloir étroit, vêtue d'une somptueuse robe à motifs cachemire, et se dirige vers sa plus belle salle de séjour, qu'elle appelle son « *salon** ». Celui-ci est tapissé d'un treillis vert, rempli de meubles faussement français et bordé de bibliothèques.

Tom brille par son absence.

— Mr Lefroy ne se joint-il pas à nous ?

Mrs Lefroy prend le panier de Jane pour qu'elle puisse retirer sa cape et son bonnet.

— George est sorti, il organise l'aide aux pauvres pour l'hiver, répond-elle, faisant référence à son mari, le révérend George Lefroy.

— Non, je voulais dire Mr Tom Lefroy.

— Tom ? répète Mrs Lefroy en portant ses longs doigts blancs à sa gorge. Pourquoi se joindrait-il à nous ?

Jane baisse la tête, sentant son visage se décomposer.

— Oh, aucune raison particulière.

Si Tom n'a pas fait part à sa famille de leur attirance mutuelle, il ne peut pas être sérieux dans ses intentions à l'égard de Jane. Peut-être l'a-t-il évitée volontairement et s'est-il enfui lorsqu'il l'a vue arriver, soit parce qu'il est horrifié à l'idée d'être lié à une femme dont le frère a été accusé de vol qualifié, soit parce qu'il ne l'a jamais vraiment aimée. Jane s'agrippe au dossier d'un fauteuil pour se ressaisir, puis le contourne et se laisse tomber sur le siège.

Mrs Lefroy pose le panier de Jane sur son buffet en acajou.

— Tu cueilles des prunelles ? Prépares-tu du cordial ?

Jane fronce le nez.

— Comment ? Oh, non – de l'encre.

— Tu parviens donc à écrire ? Dans ces circonstances ?

Mrs Lefroy se perche sur le bord d'une chaise longue.

— Non, pas vraiment. Mais j'ai pensé qu'une bonne marche à l'air frais pourrait m'aider à me vider la tête.

Jane fléchit ses pieds gelés en direction du feu. Elle a essayé de faire avancer *Lady Susan*, mais elle n'a même pas réussi à écrire un mot à Cassandra. Elle a commencé une lettre à sa sœur bien-aimée, mais, au lieu de son habituel tour d'horizon bon enfant des potins du village, elle s'est retrouvée à gribouiller :

Steventon, mercredi 16 décembre 1795

Ma très chère Cassandra,

Qui a pu tuer l'infortunée modiste, Madame Renault ?

La lettre s'arrête là, à trois lignes seulement. Inachevée, reposant sur le plateau de cuir vert de son écritoire portative, posée sur sa commode. À côté, le chapeau de paille qu'elle a acheté à Madame Renault est exposé sur un support en bois, taillé pour elle par Frank. L'invitation en vélin rigide au bal tragique des Harcourt est appuyée contre le miroir.

— Cela doit être terrible pour vous tous, remarque Mrs Lefroy en tapotant la main de Jane. Mon mari s'est déjà porté volontaire pour témoigner de la moralité de Georgy, mais il faut que vous me fassiez savoir si nous pouvons faire autre chose pour aider.

Jane s'efforce d'esquisser un semblant de sourire en observant la cheminée en chêne. Des guirlandes de raisin et des urnes étrusques sont sculptées sur le pourtour. Sur le manteau, une horloge en laiton égrène les minutes et les heures.

— Merci, je transmettrai.

La pièce s'emplit d'un puissant parfum de café lorsqu'une femme de chambre apporte une cafetière Staffordshire fleurie sur un plateau et la pose sur la table d'appoint. Mrs Lefroy ferme les yeux en respirant l'arôme.

— Ta pauvre mère. Comment s'en sort-elle ?

— Je ne sais pas. Mais elle semble toujours y arriver.

Lorsqu'elle était plus jeune, Jane pensait que ses parents étaient immunisés contre l'interminable série de malheurs qui les frappait. Malgré tous leurs déboires – maladies et deuils au sein de la famille élargie, désastres agricoles et lutte permanente pour gagner suffisamment d'argent pour couvrir leurs dépenses –, ils donnaient l'impression de continuer à vivre dans la bonne humeur.

Aujourd'hui, elle perçoit leur détresse au sujet de Georgy à leurs traits tirés et à la lenteur de leurs pas. Leur stoïcisme n'a peut-être pas de limites, mais il a son prix.

Mrs Lefroy se penche en avant, versant un café noir et épais dans deux petites tasses.

— Et cette malheureuse femme… Je suis allée la voir mise en bière.

Jane enroule autour de son doigt l'une des boucles qu'elle a durement gagnées et tire dessus.

— Madame Renault.

— Oui, qu'elle repose en paix. Lady Harcourt est dévastée, elle aussi. Elle avait de si grands espoirs pour cette soirée, et la voir se terminer avec une telle tragédie... Elle s'est investie corps et âme dans l'organisation de ce bal. Je ne l'avais pas vue aussi animée depuis des années. Tu sais à quel point elle est hébétée d'habitude. Et qui peut lui en vouloir ? Elle a traversé tant d'épreuves. Entre la perte d'Edwin et les nombreuses *indiscrétions** de sir John, ajoute Mrs Lefroy d'un ton désapprobateur. Que Jonathan rentre à la maison et s'établisse, c'est sa seule lueur d'espoir à l'horizon.

Du coin de l'œil, Jane étudie la lèvre retroussée de Mrs Lefroy en buvant une gorgée de café. Les ragots salaces de Mary sur la gouvernante de sir John pourraient-ils être fondés ? S'il avait effectivement invité une femme déchue à gérer son ménage, cela expliquerait certainement la dévotion aveugle de Mrs Twistleton à son égard.

— Oh, oui, toutes les indiscrétions de sir John, répond Jane. Ciel, sa consommation d'alcool aussi... et ses jeux d'argent...

Mrs Lefroy secoue la tête d'un air réprobateur, alors que Jane s'apprête à assener le coup de grâce.

— ... sans parler de Mrs Twistleton.

— Peuh... *Mrs* Twistleton. Je ne comprends pas pourquoi sir John ressent le besoin de se comporter ainsi sous le nez de sa pauvre femme. C'est une chose de jouer les libertins lorsqu'il est à Basingstoke, mais amener cette gourgandine à Deane House et déshonorer ses vœux de mariage sous son propre toit ! Lady Harcourt serait mortifiée si elle l'apprenait. Cet homme méprisable n'a aucune compassion pour les nerfs à vif de sa femme.

Jane se redresse, les yeux écarquillés.

— Êtes-vous en train de dire que sir John couche avec sa gouvernante ?

Mrs Lefroy sursaute et porte les doigts à ses lèvres.

— Jane, petite chipie ! Qu'ai-je donc dit ? Parfois, tu as toi-même tellement l'air d'une gouvernante que j'oublie quelle innocente tu es. Ne dis pas à ta mère que je t'ai fait part de cette rumeur, je l'ai entendue de ma coiffeuse, la plus terrible des commères. Ce ne sont que des conjectures – je n'aurais jamais dû en dire un mot.

Malgré elle, Jane rit. Si Mrs Lefroy était la meurtrière, Jane est persuadée qu'elle lui tirerait les vers du nez en cinq minutes.

— Je ne dirai rien. Même si je le faisais, elle m'accuserait de me laisser emporter par mon imagination, comme d'habitude.

Mais alors que Jane essuie ses larmes d'hilarité, elle frissonne.

Il arrive à son père de prononcer un vieux sermon, maintes fois répété, qui met en garde contre le chemin glissant qui mène à la ruine et à la destruction. Si sir John et Mrs Twistleton sont coupables de fornication, quels autres péchés ont-ils pu commettre ? Mais ni l'un ni l'autre ne peuvent avoir de raison d'avoir voulu la mort de Madame Renault. À moins que la modiste ne les ait vus et reconnus à Basingstoke, et menacé de dévoiler leur arrangement. C'est une idée qui donne à réfléchir.

Pendant le reste de sa visite, Jane sonde Mrs Lefroy pour obtenir plus de détails sur les liaisons de sir John et le véritable caractère de Mrs Twistleton. Mais Mrs Lefroy a compris les manigances de Jane et refuse de satisfaire la curiosité de sa jeune amie avec d'autres ragots sans fondement, orientant plutôt la conversation vers la littérature.

L'une des raisons pour lesquelles Jane apprécie ses visites au presbytère d'Ashe, c'est qu'elle a un accès illimité à la bibliothèque. Avant que sa jeune visiteuse se décide à prendre congé, Mrs Lefroy place *Evelina* dans son panier d'osier. Jane a lu le roman plusieurs fois, mais son amie sait manifestement que ce texte familier lui apportera du réconfort, même en cette période de grande détresse. Lorsque son hôtesse ouvre la porte d'entrée, Jane sent son cœur faire un bond inattendu. Là, parmi les viornes, flâne une silhouette élancée et familière.

— Ah, voici la délicieuse Miss Austen.

Tom Lefroy serre son chapeau sur sa poitrine et s'incline. À la lumière du jour, il a moins l'air d'un dandy que d'un sportif, avec sa redingote bleu-noir à double boutonnage et ses bottes à revers.

— Ai-je manqué votre visite ? Dans ce cas, permettez-moi de vous raccompagner jusque chez vous.

Mrs Lefroy porte une main à sa poitrine.

— Je pourrais faire venir la voiture ? suggère-t-elle.

— Oh, non, merci. C'est une belle journée et je ne veux pas vous mettre dans l'embarras.

Jane échange un sourire entendu avec Tom, puis franchit la porte du jardin et entre dans le cimetière. La lumière du soleil brille sur les pierres tombales en granit.

Tom se précipite derrière elle.

— Et ce sera un plaisir pour moi.

Dès qu'ils s'engagent dans l'allée, Tom lui tend le bras. Jane glisse sa main dans le petit espace entre son bras et sa silhouette musclée. Ils sont si près l'un de l'autre que leurs hanches se heurtent, provoquant des frissons dans tout son corps.

— J'ai été désolé d'apprendre cette affaire désagréable avec votre frère. J'espère que votre mère et votre père parviennent à endurer cette épreuve.

— Merci.

Jane se mord la lèvre, se demandant comment solliciter au mieux son avis juridique. La situation dans laquelle se trouve sa famille est bien plus qu'une simple « affaire désagréable », et elle a besoin du brillant esprit de Tom pour l'aider à la résoudre.

— Ils vont aussi bien qu'on peut l'espérer. Mais cela a été un choc terrible pour nous tous. Je m'attends toujours à me réveiller et à découvrir que tout cela n'était qu'un horrible cauchemar.

— Je peux l'imaginer.

Il frissonne, comme s'il se débarrassait de quelque chose de déplaisant.

— Alors, ajoute-t-il, vous ai-je manqué ?

Jane ne quitte pas le chemin des yeux.

— Vous m'auriez manqué ? Pourquoi ? Étiez-vous absent ? Si c'est le cas, j'ose dire que je ne l'ai pas remarqué, le taquine-t-elle.

Des feuilles de toutes les formes et de toutes les nuances de brun, de l'or pâle au chocolat le plus profond, parsèment l'allée. Jane les enfonce dans la terre en marchant.

— J'ai dû retourner à Londres. Régler quelques affaires pour mon grand-oncle Langlois. Il doit être mon parrain à Lincoln's Inn, je suis donc à sa merci. Mais il m'assure que je suis libre, maintenant. Jusqu'en février, au minimum.

Une sensation de chaleur éclate dans la poitrine de Jane. Tom ne disparaîtra plus. D'ici février, ils auront arrangé leur avenir tous les deux.

— Alors, vous voici devenu un gentleman oisif.

— Oui, en effet. Vous devez m'envoyer d'autres lettres de lady Susan. Elle m'a complètement captivé.

Jane a l'habitude de recevoir des compliments au sujet de ses histoires de la part de ceux qu'elle aime. D'aussi loin qu'elle se souvienne, elle a toujours causé l'étonnement et l'hilarité de ses amis et de sa famille. Mais Tom est la première personne, en dehors de sa famille proche ou de la poignée d'amis qu'elle connaît depuis toujours, avec qui elle a osé partager son travail.

— Je ne peux pas dire que je sois surprise. Lady Susan est la *coquette** la plus accomplie de toute l'Angleterre.

Tom lui attrape le bras et la tire en arrière.

— Oh, je dirais qu'elle a de la concurrence pour ce titre.

Un grand chêne étend ses branches nues au-dessus du chemin, protégeant Jane et son amant. Tom jette un coup d'œil autour de lui, puis l'attire dans son étreinte chaleureuse et effleure ses lèvres douces des siennes. Chaque terminaison nerveuse du corps de Jane frémit. Elle se languit de ce moment depuis leur dernière séparation. Maintenant qu'il est enfin arrivé, elle aimerait pouvoir le plonger dans l'ambre et le figer pour l'éternité.

Lorsque Tom s'écarte enfin, ses lèvres forment un sourire triste.

— Qu'avez-vous fait pendant mon absence ? demande-t-il alors. À part recevoir vos nombreux admirateurs, parmi lesquels j'imagine figurer en dernier. Avez-vous griffonné toute la journée ? ajoute-t-il en avançant de quelques pas.

Mais Jane reste plantée sur place.

— Pas vraiment. Comme je l'ai dit, j'ai été préoccupée par la situation difficile de mon frère Georgy. J'aimerais pouvoir faire quelque chose pour l'aider.

Elle regarde fixement Tom pour mieux l'inciter à donner une réponse.

— J'avoue que j'ai réfléchi à son cas. Toutefois, je doute que vous aimiez ce que j'ai à dire...

Tom s'arrête, les mains sur les hanches et le regard tourné vers le ciel en attendant que Jane le rattrape.

— Mon conseil serait d'éviter un procès en le faisant interner.

— Interner ?

— Oui. Il n'est pas tout à fait bien, votre frère, n'est-ce pas ? dit Tom en se tapotant sa tempe du doigt.

Jane avait fait la même suggestion à ses parents mais, de la part de Tom, l'idée de faire déclarer Georgy fou semble tout à fait dénuée de cœur. Pas étonnant que son père l'ait rejetée d'emblée.

— J'ai évoqué cette possibilité, mais mon père a dit que cela reviendrait à déclarer Georgy coupable par défaut. Et qu'un asile serait encore pire que la prison.

Une grande flaque d'eau boueuse, couvrant la largeur du chemin, s'étend devant eux. Tom, protégé par ses bottes à revers, la traverse en faisant jaillir l'eau sous ses pas.

— Dans ce cas, la seule autre option pour votre frère est de plaider coupable pour le vol et de se mettre à la merci du tribunal. Il n'y a pas de garantie, mais, à condition que vous tombiez sur un juge compréhensif, sa peine peut être réduite à la déportation.

Jane soulève ses jupes et se fraie un chemin prudent sur les racines du grand arbre pour le suivre.

— La déportation ?

— Oui, il serait expédié dans une colonie pénitentiaire, probablement en Australie, et obligé d'y rester pendant quatorze ans.

— Je sais ce que signifie la déportation, mais... Jane hésite.

On ne peut pas faire confiance à Georgy pour qu'il se promène en dehors du village sans s'attirer des ennuis. Elle ne peut envisager qu'il survive à un transfert forcé à Botany Bay pendant plus de dix ans. Compte tenu de ses problèmes de santé, il est peu probable qu'il réchappe ne serait-ce qu'à la traversée.

— Je sais que ce n'est pas l'idéal, mais c'est le mieux que je puisse vous proposer. Si votre frère passe en jugement et plaide innocent, et que le jury le déclare coupable – ce qui ne manquera pas d'arriver, étant donné qu'il avait clairement le collier en sa possession et qu'il n'a aucune explication crédible à fournir sur la façon dont il l'aurait obtenu légalement –, alors...

Le beau visage de Tom s'assombrit.

— Grand Dieu, Jane, j'espère ne pas être le premier à vous l'annoncer, mais... ce sera la peine capitale. Il n'y a aucun doute là-dessus.

— Ils vont le pendre pour un collier ?

— Pour tout ce qui vaut plus d'un shilling.

Jane cherche un espoir auquel se raccrocher. Elle savait tout cela, mais écouter Tom l'expliquer en termes juridiques crus rend les choses encore plus horribles.

— Mais les jurys n'ajustent-ils pas parfois la valeur des objets volés pour épargner la potence à l'accusé ?

— Quelques pence, pas des centaines de livres. Aucune justice digne de ce nom ne le permettrait. C'est un parjure.

— Mais ce n'est pas juste.

— C'est la loi, Jane, dit Tom en laissant retomber ses bras le long du corps. Votre meilleure option est d'éviter que l'affaire soit jugée en faisant déclarer votre frère dément.

— Non, ce n'est pas notre meilleure option. Ce n'est même pas une option – se coucher avant que le jeu ait commencé.

Jane prend une inspiration, luttant pour réprimer l'irritation dans sa voix.

— Notre meilleure option serait de découvrir ce qui est réellement arrivé à Madame Renault, afin de pouvoir laver le nom de Georgy.

— Qui ?

Tom la regarde, le visage inexpressif.

— Madame Renault. La modiste retrouvée morte au bal. La femme à qui appartenait le collier que l'on accuse mon frère d'avoir volé. Comment se fait-il que vous ne connaissiez même pas son nom ?

Il se frappe le front de sa paume.

— Oh, c'est vrai. Oui, je crois que j'en ai entendu parler.

Ils marchent le long de la route principale dans un silence gênant. Plusieurs carrosses et quelques cavaliers passent, ce qui oblige Jane à renoncer à lui tenir la main. Au lieu de quoi elle lui jette de longs coups d'œil de côté.

— Savez-vous pourquoi Madame Renault doit être enterrée à St Nicholas plutôt qu'à St Andrews ? Après tout, Ashe est bien plus proche de Deane House.

Le froid a paradoxalement réchauffé le teint pâle de Tom, et ses yeux bleus brillent sous le ciel clair.

— J'imagine que c'est parce que mon oncle ne souhaite pas se charger des funérailles d'une papiste[1] sans le sou. C'est bien bête de la part de votre père de s'être porté volontaire pour le faire.

— Elle n'était pas sans le sou. C'était une marchande. Et je pensais que vous, entre tous, feriez preuve de plus de tolérance que cela, compte tenu de votre lignée.

Tom est peut-être né en Irlande, mais il descend d'une longue lignée de huguenots français.

— Exactement. Je suis enclin à faire preuve envers les catholiques de la même tolérance dont ils ont fait preuve envers nous quand ils nous ont obligés à quitter la France.

Jane regarde Tom. Elle étudie les traits qu'elle a appris à admirer, dont elle a appris à rêver même : ses cheveux clairs, la courbe fière de ses

1. Nom péjoratif donné aux catholiques romains. *(N.d.É.)*

pommettes et ses lèvres tentatrices. Seul le bêlement des moutons dans le champ voisin trouble le silence. Que sait-elle de son véritable caractère ? Qui est le jeune homme qui se cache derrière ce beau visage et ce charme indéniable ?

Après avoir traversé le village de Deane et tourné vers le chemin qui mène à Steventon, Jane prend une grande inspiration.

— N'êtes-vous pas curieux de savoir qui l'a tuée ? Vous espérez être appelé au barreau, après tout.

Tom plisse les yeux.

— C'est le travail du magistrat d'identifier le coupable et de porter plainte. Un avocat se concentre sur l'élaboration de l'argumentaire à utiliser au tribunal pour convaincre le jury, sans l'ombre d'un doute, que l'accusé est coupable – ou non.

Jane fronce les sourcils et baisse les épaules. Elle attendait plus de Tom. Elle les imaginait déjà se pencher ensemble sur le problème, l'examinant sous tous les angles jusqu'à ce qu'ils trouvent une solution. En tant que frère de Jane, Georgy mérite plus de considération que cela de la part de Tom.

— Justement. Georgy n'est pas coupable.

Tom lui jette un coup d'œil par-dessus son épaule.

— Mais comment le savez-vous ?

Jane s'arrête, à bout de souffle.

— Georgy n'est pas un voleur et il n'est certainement pas capable de faire du mal à qui que ce soit.

— Mais comment pouvez-vous le prouver ? N'est-il pas possible qu'il l'ait fait par accident ? Sans connaître sa propre force ?

— Tom ! Vous ne l'avez jamais rencontré.

Comment Tom peut-il dire des choses aussi horribles sur son frère ? Ils sont arrivés à un embranchement – l'un des chemins mène au cœur du village de Steventon, l'autre au presbytère.

— Ce n'est pas ce que je voulais dire.

Il lève les mains, comme pour se défendre d'un coup, et explique :

— Je me fais l'avocat du diable, je vous montre comment pense un avocat. Ce sont les arguments qui seront présentés contre votre frère au tribunal. Si vous et votre famille êtes décidées à laisser l'affaire aller jusqu'au procès, vous devez vous préparer si vous voulez avoir une chance de le défendre.

Jane parle en serrant les dents :

— Il n'a rien fait de tout ça.

— Je ne dis pas qu'il l'a fait. S'il vous plaît, ne soyez pas fâchée contre moi. Je peux sembler insensible, mais en réalité, j'essaie de vous aider.

Il prend la main de Jane, glisse un doigt à l'intérieur de son gant pour lui caresser le poignet. Ses yeux, de la couleur du ciel par une chaude journée d'été, plongent dans les siens.

— C'est dommage que nous n'ayons jamais terminé notre conversation au bal.

Le moment est-il venu ? Va-t-il enfin demander à Jane la permission de parler à son père ?

— Non, nous ne l'avons pas terminée.

— Voyons si nous pouvons trouver une grange accueillante. Il doit bien y en avoir une par ici. Nous pourrons alors conclure notre conversation.

Jane baisse la tête. Son cœur est aussi lourd qu'un sac de farine.

— Je ne pense pas.

S'entretenir avec Tom après la tombée de la nuit dans la serre pendant le bal, où tout le monde buvait et s'amusait, c'était une chose. Se faufiler en plein jour dans une grange où les métayers de son père pourraient la voir et la dénoncer à sa mère en est une autre.

De plus, après les paroles insensibles de Tom, Jane n'est pas d'humeur à flirter.

— Bonne journée à vous, mister Lefroy. Merci de m'avoir raccompagnée. Vous n'avez pas besoin de m'emmener plus loin.

— Jane ! la rappelle Tom. Miss Austen !

Mais Jane a tourné les talons et se dirige vers le presbytère sans un regard en arrière. Tom est manifestement trop assuré qu'elle l'apprécie. Peut-être que si elle lui rappelle qu'elle a la possibilité de renoncer à leur relation, cela l'encouragera à se démener un peu plus pour obtenir sa main.

*

* *

1. À Cassandra Austen

Miss Austen,
chez le révérend Fowle,
Kintbury,
Newbury

Steventon, ~~mercredi 16 décembre 1795~~
jeudi 17 décembre 1795

Ma très chère Cassandra,

Qui a pu tuer l'infortunée modiste, Madame Renault ? Ne gaspille pas d'encre à m'exhorter de ne pas m'impliquer dans l'enquête. Si tu ne sais pas encore que cela ne ferait que renforcer ma détermination, tu n'as pas la moitié de l'intelligence que je te reconnais. Il est dans l'ordre des choses que la Justice soit aveugle, mais son serviteur, le magistrat, devrait avoir une vue plus perçante. Si l'oncle de Mary, qui est trop borné pour comprendre que notre Georgy ne peut même pas écraser une mouche sans se plaindre de l'effusion de sang inutile, c'est à moi qu'il revient de lui arracher les écailles des yeux. Quant à la pauvre Madame Renault, dont le corps a été malmené et la vie soufflée avant l'heure, je crains bien que son esprit ne trouve pas le repos tant que je n'aurai pas découvert le meurtrier. Mais qui, dans notre cercle de connaissances et au-delà, a pu commettre une telle atrocité, ma sœur bien-aimée, et pourquoi ?

- *Un voleur sans cervelle (sans cervelle, en effet, pour voler une humble marchande tout en permettant aux femmes du beau monde de conserver leurs bijoux, puis pour renoncer entièrement à son butin).*
- *Mrs Twistleton (une fois qu'une femme a succombé au péché, lui est-il possible de se remettre sur le droit chemin ?).*
- *Sir John Harcourt (adultère licencieux tuant pour protéger son nom ?).*

Je sais que cela te causera une douleur insupportable de considérer l'un de nos amis ou voisins comme coupable de cet acte de dépravation. Toi qui vois la lueur du bien briller dans les cœurs les plus noirs et qui pries pour que les âmes les plus ternies se repentent. Mais je sais aussi que tu partages ma foi inébranlable en l'innocence de Georgy, et c'est pourquoi je te prie d'entreprendre cet examen à mes côtés. Veille à ce que personne d'autre ne lise cette lettre. En fait, une fois que tu l'auras lue, déchire-la en lambeaux et donne-la à manger aux cochons de Mr Fowle.

Bien affectueusement,
J.A.

P-S : Je t'ai déjà présenté mes excuses à propos de ta mousseline de soie. Je t'en prie, n'aie pas l'outrecuidance de m'en garder rancune. Vraiment, compte tenu des circonstances tragiques dans lesquelles le bal des Harcourt s'est terminé, tu devrais me remercier d'avoir évité les taches de sang le long de l'ourlet.

7

Les funérailles sont des affaires publiques plutôt que privées, et il n'est donc pas d'usage que les femmes anglicanes bien élevées y assistent. C'est pourquoi Jane est emmitouflée dans son manteau, le dos appuyé contre le solide tronc rouge du vieil if du cimetière de l'église St Nicholas. Ses énormes branches au feuillage persistant s'étendent autour d'elle et constituent un excellent poste d'observation qui lui permet d'espionner les événements sans se faire repérer. Elle espère apercevoir Mr Renault dans la foule endeuillée. Cependant, alors que son père conduit la procession hors de la petite église de silex, Jane ne compte qu'un misérable total de cinq hommes qui le suivent, dont deux sont ses propres frères, James et Henry.

Son cœur se serre lorsqu'elle prend conscience que, des trois personnes restantes dans le cortège funèbre, aucune n'a connu la défunte de son vivant. Sir John s'accroche au bras de son fils pour se soutenir, mais les yeux de Jonathan Harcourt s'égarent, et il trébuche dans l'herbe. Mr Fitzgerald est raide comme un piquet, ses traits ciselés ne trahissant aucune émotion.

Jane se souvient de l'air de calme presque surnaturel du futur ecclésiastique lors de la découverte du cadavre de Madame Renault. Est-ce parce qu'il savait déjà ce qu'il allait trouver, ayant laissé sa victime se vider de son sang pendant qu'il s'habillait pour le bal ? En tant que membre de la famille Rivers, il était à proximité lorsque la modiste a été assassinée, mais quelle raison aurait-il pu avoir de vouloir sa mort ?

Les porteurs emportent le cercueil dans un coin du cimetière, s'arrêtant non loin de l'endroit où sont enterrés les pauvres de la paroisse. Madame Renault a son propre cercueil, au moins. Elle ne subira pas l'indignité d'être plongée dans la terre froide, enveloppée seulement dans son linceul. Le père de Jane prononce quelques mots au bord de la tombe, mais elle est trop loin pour les entendre.

Sir John paiera peut-être une pierre tombale. Est-ce la culpabilité ou la pitié qui motive sa générosité ? Jonathan sort un mouchoir de sa poche de devant et le presse sur ses yeux. Sir John lui jette un regard noir, et Jonathan renifle, roule le mouchoir en boule et le replace dans son manteau. Le pauvre Jonathan a toujours été une âme sensible, une qualité que son père tyrannique déteste manifestement. Il doit tenir de sa mère, plus anxieuse, car il ne cessait de fondre en larmes devant les railleries des autres écoliers. Il pleurait même lorsque Mrs Austen revenait du poulailler avec un poulet sans tête se balançant à son côté. C'était idiot, car il mangeait ensuite son dîner avec autant d'entrain que les autres.

Pendant la cérémonie, Mr Fitzgerald baisse la tête, et les frères de Jane gardent un air neutre de circonstance. Alors que le sacristain dépose la première pelletée de terre sur le cercueil, sir John saisit le bras de son fils et le tire vers le carrosse frappé de leurs armoiries. Jonathan semble hébété, mais son père l'entraîne à travers la pelouse. Sir John est une abominable brute, certes, mais est-il pour autant capable d'ôter la vie ?

Mr Fitzgerald détache son cheval de course noir du porche d'entrée du cimetière. Une fois en selle, il donne un coup sec sur la croupe du cheval avec sa cravache et s'élance dans la ruelle. Pendant ce temps, Mr Austen et James se retirent dans l'église de silex. Henry passe devant l'if où se cache Jane, s'approchant si près que les branches se courbent et bruissent. Il disparaît par la porte en fer rouillée dans le mur d'enceinte du cimetière.

Une fois le cortège funèbre dispersé, Jane se dégage des branches du vieil arbre et s'accroupit. Il est trop tard dans l'année pour les fleurs, mais elle trouve un brin de houx aux baies rouge sang. Le sacristain s'appuie sur le manche de sa pelle, s'épongeant le front avec un chiffon sale, tandis que Jane lance le houx dans le trou fraîchement creusé. Il atterrit avec un bruit sourd sur le couvercle du cercueil.

Elle grince des dents, promettant silencieusement à Madame Renault que sa courte vie ne sera pas oubliée. Avec Dieu pour témoin, Jane jure qu'elle trouvera celui qui a manié ce chauffe-lit, qu'elle sauvera son frère et qu'elle fera en sorte que le meurtrier paie pour son crime. Le gredin a déjà privé Madame Renault et son enfant à naître de leur vie. Jane ne peut pas le laisser voler celle de Georgy.

Après avoir récité ses prières et formulé son serment le plus vindicatif, Jane suit les traces d'Henry jusqu'à la porte qui donne directement sur les terres privées des Austen. Elle emprunte un chemin caillouteux entre les dépendances délabrées, passant devant la grange à fourrage et le poulailler. Alors qu'elle atteint l'écurie, une silhouette sombre surgit dans son champ de vision.

— Aaaah !

Des bras puissants lui enserrent fermement la taille, la faisant tournoyer dans les airs. Les poignets de son assaillant sont enfermés dans des manchettes jaune moutarde, cousues à des manches rouge sang. Des boutons en laiton s'enfoncent dans l'abdomen de Jane. Elle frappe et donne des coups de pied derrière elle de toutes ses forces, mais sa défense énergique ne fait qu'encourager son ravisseur à la balancer plus rapidement encore, tout en déviant ses attaques.

C'est Henry, le farceur. Il devait être à l'affût. Lorsqu'il la dépose enfin à terre, Jane lui donne un coup sur l'épaule.

— Tu as failli me faire mourir de peur, espèce de monstre.

— Oh, j'ai vu ça, réplique Henry en se moquant de son agressivité. Alors comme ça, tu crois pouvoir te faufiler partout pour nous épier ?

— Tu savais que j'étais aux funérailles ?

— Je connais bien tes petits tours.

Il sourit, les yeux pétillants de malice, et ajoute :

— Je t'ai appris la plupart d'entre eux.

— Espèce de voyou, tu m'as fait une telle frayeur.

Mais Jane rit aussi, essuyant des larmes d'hilarité sur ses joues tout en pressant une main sur sa poitrine pour essayer d'apaiser les battements de son cœur.

— Tu es ignoble, le frère le plus horrible qui ait jamais existé.

Henry se rengorge, bombant le torse.

— Mais je suis toujours ton préféré.

— Non, réplique Jane qui continue de rire. Tu ne l'es pas. C'est un mensonge. Je ne t'ai jamais aimé du tout.

— Alors, qui est-ce ?

Jane réfléchit.

— Neddy, répond-elle ensuite. Parce qu'il est tout simplement prudent que le frère le plus riche soit aussi le préféré.

Henry sourit et offre son bras à Jane.

— Je suis d'accord. Neddy est aussi mon préféré, pour la même raison.

Jane s'appuie sur Henry, et ils descendent côte à côte la pente vers le presbytère. Au-dessus d'eux, le ciel est d'un gris cendré, et les collines ondulantes s'étendent jusqu'à l'horizon. Leur seule compagnie est le bétail. Les poules naines et les autres volailles de leur mère se promènent librement dans la cour. Certaines poules marchent le bec au sol, la queue en l'air, et grattent la terre de leurs grosses griffes rouges pour débusquer leur proie. D'autres gonflent leurs plumes et creusent des trous en forme de cuvette dans le sol pour s'y blottir.

Jane se demande ce que son frère a pensé de la nature impersonnelle du service funèbre de Madame Renault. Sous ses fanfaronnades se cache un cœur compatissant.

— C'était une cérémonie pathétique, n'est-ce pas ?

Henry passe une main dans ses cheveux courts et regarde les moutons qui bêlent en se serrant les uns contre les autres pour se réchauffer dans le champ balayé par le vent.

— La pauvre femme. Peux-tu imaginer que pas un seul ami ne daigne se tenir au bord de ta tombe ?

Jane serre son frère plus fort.

— Je ne peux pas croire que personne ne soit venu. Qu'en est-il de sa famille ? Ou même de son mari ?

— Nous ne savons pas quel genre de vie elle menait. Si elle était impliquée avec les vagabonds qui campaient sur le domaine de sir John…

— Tu ne crois pas à cette fable, tout de même ? demande Jane en levant les yeux vers le profil de son frère, pour jauger sa réaction au fur et à mesure qu'elle parle. Je ne vois pas la moindre raison de soupçonner de prétendus intrus. James n'a toujours pas trouvé de preuve de l'existence d'un camp – en dépit de ce que sir John a dit à Mr Craven. En fait, cela me rend plutôt méfiante quant aux raisons qui ont poussé sir John à raconter une telle histoire.

Henry hausse les sourcils.

— Tu penses que sir John l'a tuée ?

Jane hésite. Elle ne veut pas être réprimandée pour avoir calomnié les voisins. Ou qu'on se moque d'elle et qu'on la traite de fantaisiste.

— Pas *nécessairement*, mais il faut enquêter sur lui comme sur tous les autres. Savais-tu qu'il a un arrangement plutôt… sordide avec sa gouvernante, Mrs Twistleton ?

— Voyez-vous cela. Le vieux bouc. Qui t'en a parlé ?

Jane pousse un soupir exaspéré. C'est bien le genre d'Henry d'être plus intéressé par les ragots que par la recherche de ce qui pourrait se cacher derrière un acte aussi sinistre.

— Ne t'occupe pas de ça. Nous devons passer au crible toutes les personnes qui étaient présentes lors de la mort de Madame Renault. Je t'ai déjà dit pourquoi je pense qu'elle a été assassinée au moins une heure avant l'arrivée des invités au bal. Il reste donc les Harcourt, leurs domestiques, les marchands et même Mr Fitzgerald, explique Jane en dénombrant sur ses doigts chacun de ses suspects potentiels. Les Rivers sont arrivés tôt, pour s'habiller… et Mr Fitzgerald était plutôt stoïque à la découverte du cadavre de Madame Renault. Tu n'as pas trouvé ?

Henry grimace.

— Oui, mais j'ai supposé que cela avait plus à voir avec les horreurs dont il a dû être témoin dans son enfance. Grandir en Jamaïque n'a pas dû être facile. As-tu lu la brochure que je t'ai laissée ?

— Pas encore, mais je le ferai. Je te le promets.

Il est noble de la part d'Henry d'accorder à tout le monde le bénéfice du doute, et en temps normal, Jane l'admirerait pour cela. Mais en ce moment, rien n'est normal et, pour la jeune femme, toutes les personnes de sa connaissance sont coupables jusqu'à preuve du contraire.

— Pourquoi ne lui parles-tu pas ? Et à sir John ? Vois ce que tu peux trouver.

Henry prend une posture avachie, les mains sur les hanches.

— Jane, si l'un d'eux a tué cette femme, il est peu probable qu'il me l'avoue. Tu ne crois pas ?

— Mais tu dois le faire. Moi, je ne peux pas – il serait inconvenant que je les approche. Les messieurs ne se font-ils pas des confidences, comme les dames ? Invite-les tous les deux à jouer aux cartes et vois ce que tu peux obtenir d'eux.

Il est frustrant pour Jane de mener son enquête à distance. Comment peut-elle progresser alors que les convenances la restreignent au point qu'elle est obligée de se cacher sous les branches d'un arbre ?

Henry lève les bras au ciel.

— Mr Fitzgerald, peut-être. Mais avec les règles de jeu qu'impose sir John, je serai ruiné avant qu'il partage avec moi ne serait-ce que le nom de son tailleur.

— C'est un parieur ?

— Les gentlemen n'en sont-ils pas tous ? ironise Henry.

— Tu ne paries pas, toi.

— Je le ferais, si seulement je pouvais me le permettre.

— Hmm…

D'abord les catins, et maintenant les jeux d'argent à gros enjeux. La « bonne réputation » de sir John s'étiole chaque jour.

— Et Jonathan Harcourt ? Vous deux étiez amis à l'école.

— Pas du tout.

Il n'a pas tort. Les garçons Austen forment une bande turbulente – toujours impatients d'être dehors à se mesurer les uns aux autres dans un sport violent. Jonathan, lui, s'asseyait et peignait tranquillement pendant des heures, une fois ses leçons terminées. Il avait probablement plus de points communs avec Cassandra ou Jane qu'avec n'importe lequel de leurs frères.

Henry se frotte la mâchoire. L'ombre de barbe qui court le long de sa mâchoire ne date pas que d'aujourd'hui. Son commandant aurait réprimandé un tel manque de tenue, mais Henry se laisse aller depuis qu'il est rentré à la maison.

— Il est beaucoup plus probable qu'elle ait été tuée par l'une de ses associées de Basingstoke. Elle était modiste, après tout.

— Et ?

Jane le regarde fixement, attendant une explication.

Henry hausse un sourcil.

— Elles ont… une certaine réputation.

— Vraiment ? En tant que quoi ?

Jane est déconcertée. Elle n'a jamais vu Henry regarder de haut les commerçants auparavant.

— Eh bien, en tant que dames de…

Il pince les lèvres et une rougeur gagne ses joues creuses.

— ... de moralité négociable ?

— Mais tante Phila était modiste, n'est-ce pas ? Avant qu'elle parte en Inde et qu'elle épouse Mr Hancock ?

Henry sourit.

— Oui, je crois que c'est le cas.

Jane lui donne un coup de poing, plus fort cette fois, sur le haut du bras.

— Tu ne penses pas que c'est pour cette raison que Madame Renault était au bal, n'est-ce pas ? Pour un rendez-vous avec un gentleman ?

— Je n'ai aucune idée de ce qu'elle faisait là. J'aurais préféré ne jamais ouvrir ce placard.

Henry se frotte le bras et plisse les yeux en regardant sa sœur.

— Ah, oui..., fait-elle. Tu ne m'as pas encore expliqué ce que tu comptais faire là-dedans avec l'aimable Mrs Chute.

Henry lance à Jane son plus beau regard de chien battu.

— Viens, je te défie à la course jusqu'à la maison.

Il se met à courir. Les poules gloussent et s'éparpillent dans un vol désordonné.

Jane le poursuit.

— C'est vous qui avez une moralité négociable... lieutenant Austen !

8

Une chaise de voyage roule sur la route entre Popham et Steventon. Jane, qui se tient à la fenêtre depuis le petit déjeuner, scrutant la ligne d'horizon pour guetter son arrivée, s'élance hors du presbytère, suivie de près par ses deux frères. Eliza sort le haut de son corps de la portière de la voiture. C'est une mère et une veuve d'une trentaine d'années, mais à voir son visage de jeune fille et sa ravissante silhouette, on pourrait croire qu'elle est une jeune mariée de vingt-cinq ans. Eliza brille d'un tel éclat que les autres femmes s'offusquent parfois de paraître ternes en comparaison. Pas Jane : elle est toujours heureuse de profiter du rayonnement de sa cousine.

— Mes chéris de Steventon, comme il est bon de vous voir ! s'écrie Eliza alors que le cocher ralentit la voiture.

Son tricorne miniature, avec son voile de dentelle noire, est placé selon un angle si excentrique qu'il dément en quelque sorte la sobriété de sa robe de demi-deuil.

Jane souhaite déjà éloigner Eliza du reste de sa famille et la consulter en privé au sujet de son enquête sur le meurtre de Madame Renault, mais aussi sur Tom. Il ne s'est pas présenté au presbytère depuis qu'il a raccompagné Jane d'Ashe à Steventon, mais il lui a laissé un mot – caché derrière un morceau de silex détaché dans le mur de l'église St Nicholas et adressé à « Miss Western ». Depuis que Jane a eu la témérité de demander à Tom s'il portait son effroyable manteau clair en référence au fictif Mr Jones, il s'adresse à elle par écrit en l'appelant du nom de la bien-aimée du célèbre enfant trouvé.

Il prend sans doute cette précaution pour protéger la réputation de Jane en cas de découverte des billets. Peu importe qu'elle lui ait assuré, longuement et à plusieurs reprises, que ce pseudonyme n'était pas nécessaire car, ayant elle-même détaché le morceau de silex avec son canif, elle est certaine que personne d'autre n'est au courant. Cependant, Tom prend manifestement plaisir à ces pitreries « tomesques ». Si amusant que cela puisse être, Jane ne peut s'empêcher de penser que son prétendant aurait vraiment dû choisir un meilleur exemple de stabilité amoureuse à imiter.

Ma dame,

Puisque vous avez fait de mon cœur un prisonnier, je vous prie de ne pas juger la folie de mes lèvres tant que vous n'aurez pas prêté l'oreille à mon plaidoyer. Pardonnez ma présomption et mes fautes. Dans cette affaire, l'argument a été prononcé dans l'intention d'être utile : ce n'est qu'en répétant les accusations qui seront faites par d'autres que je peux étayer votre défense. Sachez cependant qu'aucune misère sur terre ne peut égaler la mienne alors que je me crois coupable d'ajouter à votre détresse. C'est pourquoi je vous demande de vous réfugier dans ces bras, qui sont toujours ouverts pour vous accueillir.

Votre serviteur dévoué,
Thomas Jones

Jane n'a pas encore répondu. Bien qu'il lui soit désagréable de continuer à punir Tom pour ses paroles insensibles après qu'il s'est excusé, elle ne voit pas d'autre moyen de l'inciter à prouver son amour pour elle – en trouvant un meilleur moyen de sauver Georgy et en rendant publiques ses intentions à son égard. De la fenêtre de sa voiture, Eliza porte ses doigts gantés à ses lèvres rouge cerise et écarte les bras, envoyant ses baisers indistinctement vers les Austen, tous leurs moutons et même le taureau du *squire* Terry, qui vit dans le champ en haut du chemin. Elle porte ses cheveux légèrement poudrés et épinglés dans le dos, laissant échapper trois grosses boucles qui se drapent astucieusement sur une épaule. Jane se demande si, comme Henry, Eliza n'a pas déjà renoncé à la formalité de la poudre. Elle a toujours été à la pointe de la mode. Peut-être que James a raison et que les cheveux poudrés resteront *de rigueur**, malgré la taxe croissante sur la poudre. Jane, en simple fille de la campagne, ne s'en est jamais souciée. Elles sont peut-être cousines germaines, mais Eliza est une femme d'un tout autre genre – *elle* a déjà dansé dans la même pièce que la reine Marie-Antoinette.

James et Henry se bousculent pour aider leur séduisante visiteuse à descendre. James l'emporte et revendique le privilège de tenir la main délicate d'Eliza tandis qu'elle descend de la chaise de voyage, révélant un bas de soie noir et un élégant escarpin. Le talon fait au moins cinq centimètres de haut, et la boucle en argent brille de mille feux.

James, rougissant, s'incline devant Eliza, tandis qu'Henry se penche dans la voiture pour prendre son fils dans ses bras. À neuf ans, Hastings est toujours aussi beau et élégant. Ses joues roses sont même devenues assez grosses. Il souffre d'une maladie flegmatique similaire à celle de Georgy. Hastings est lui aussi sujet à des convulsions, surtout lorsqu'il fait ses dents. Cependant, grâce à la persévérance de sa mère, l'intelligent Hastings baragouine maintenant en français et en anglais, et a même appris ses lettres. De quoi Georgy serait-il capable s'il avait été le seul enfant d'une mère aussi dévouée ? Jane balaie cette idée d'un revers de main. Ses parents ont fait de leur mieux.

Pendant qu'ils prennent le thé, Mr Austen transmet la nouvelle de la difficile situation de Georgy à une Eliza de plus en plus désemparée, tandis que Mrs Austen serre son mouchoir et ravale ses sanglots. Ils sont assis dans le meilleur salon – la pièce un peu plus grande réservée aux visiteurs –, qui donne sur le jardin. Les murs tapissés de jaune sont ornés de petites peintures à l'huile sur étain et d'un ensemble d'estampes agricoles françaises. James et Henry sont assis de part et d'autre de leur invitée, sur le canapé exigu, tandis que Mr et Mrs Austen disposent chacun d'un fauteuil. Jane se perche sur l'accoudoir de celui de son père.

Eliza agite les mains devant ses joues rougies.

— Oh, c'est épouvantable, tout simplement épouvantable. Mon pauvre Georgy. Je vous en prie, dites-moi ce que je peux faire pour vous aider. Avez-vous engagé un avocat ?

Jane se renfrogne.

— La loi se fiche éperdument de notre Georgy. Nous devons découvrir ce qui est réellement arrivé à la femme morte. J'ai fait quelques recherches discrètes…

James soupire.

— Pas maintenant, Jane. Tu ne vois pas que tu bouleverses Eliza ?

Celle-ci renifle, ses joues roses striées de larmes teintées de khôl.

Mr Austen tapote la petite main sertie de diamants d'Eliza.

— Ne t'inquiète pas, ma chère nièce. James a en effet engagé un avocat, et Neddy insiste pour couvrir les frais. Un homme de Winchester, dont j'ai instruit le fils ici, au presbytère.

Les épaules de Jane s'affaissent. Il ne sert à rien d'essayer d'obtenir l'aide d'Eliza alors que le reste de sa famille est présent. James pourrait convaincre Eliza qu'il vaut mieux laisser les autorités s'en charger, ou Henry se moquerait de Jane parce qu'elle tente de résoudre le crime. Sa mère et son père sont totalement sourds aux appels de Jane qui leur demande de travailler ensemble pour dévoiler la vérité. Sans la présence de Cassandra, Jane ne peut compter sur personne pour la soutenir. Anna est la seule à la prendre au sérieux, fixant Jane d'un œil morne, quand celle-ci murmure ses théories sur le meurtrier de Madame Renault tout en la berçant pour l'endormir. Non, Jane doit attendre son heure et faire preuve de prudence pour rallier Eliza à sa cause.

Eliza presse un mouchoir bordé de dentelle sur ses yeux, ce qui a pour effet de l'enduire de khôl noir.

— Quelle tragique tournure ont prise les événements ! Je suis désolée de m'être immiscée dans un moment aussi pénible.

Hastings s'étale sur le tapis de Turquie et joue à faire coucou avec Anna. La petite fille est ravie d'avoir un nouveau compagnon et s'esclaffe follement chaque fois que le visage excité du garçon apparaît derrière ses mains.

— Eliza, tu es de la famille.

C'est avec des yeux embués que Mr Austen prend la main de sa nièce dans la sienne. Cela fait presque quatre ans que la mère d'Eliza, la tante Phila, a succombé aux ravages d'un cancer du sein. Depuis la mort de sa sœur, les retrouvailles de Mr Austen avec sa nièce sont devenues poignantes.

— Tu es toujours la bienvenue, dans les bons comme dans les mauvais moments.

Eliza fait une jolie moue et pose son autre main sur celle de son oncle. Anna s'est mise dans un tel état de frénésie qu'elle en a le hoquet. Son visage effaré amuse tout le monde.

— Et le pauvre Jonathan Harcourt, dont l'union avec Miss Rivers est entachée d'un si terrible scandale.

Eliza froisse son mouchoir entre ses mains.

Jane, elle, croise les bras sur sa poitrine.

— Comme il est fâcheux de la part de Madame Renault de se faire tuer à Deane House et de gâcher le grand moment de Sophy, dit-elle. Apparemment, c'est elle qui a eu l'idée de renoncer à une annonce dans le journal pour que Jonathan, à la place, lui demande sa main publiquement lors du bal. Sans doute pour pouvoir se vanter de sa stratosphérique ascension sociale par rapport au reste d'entre nous. Elle va le regretter, maintenant qu'il l'a laissée en plan.

Jane se souvient de l'inquiétude de Sophy quant à la constance de Jonathan.

« Vous serez mariés d'ici la fin de l'année.

— Mais tout peut arriver d'ici là, Maman. »

Pourquoi Sophy était-elle si troublée ? Est-il possible que la modiste ait été témoin d'une indiscrétion de sa part et qu'elle ait été là pour soutirer de l'argent à Sophy en échange de son silence ? Avec toutes ses chevauchées en solitaire, Sophy a eu de nombreuses occasions d'avoir une liaison compromettante.

— Peut-être qu'elle n'est pas pressée d'épouser ce bon vieux Johnny Pisse-au-lit, dit Henry.

— Beurk, s'exclame Mrs Austen en écartant son mouchoir trempé. J'espère qu'il a dépassé ce stade, maintenant.

— Pauvre Jonathan, intervient James en secouant la tête. Te rappelles-tu comme il sursautait quand Père le regardait d'un air contrarié parce qu'il ne comprenait pas ses participes ?

Henry entrelace ses doigts derrière sa tête et étend ses longues jambes en croisant les chevilles.

— Il était encore plus effrayé par vous, Mère. Il s'évanouissait presque de peur chaque fois qu'il perçait sa chemise aux coudes.

— Ce cher Jonathan, soupire Mrs Austen. C'était un garçon anxieux. Je suppose que c'est son tempérament d'artiste.

— Et c'était une modiste française, dites-vous ? demande Eliza.

Jane acquiesce.

— Je l'ai rencontrée lorsque j'ai acheté un chapeau de paille au marché de Basingstoke.

Les yeux bruns d'Eliza se mettent à briller.

— Puis-je le voir ?

— Certainement.

Jane quitte la pièce, suivie de près par Eliza.

Il y a longtemps, Jane et Cassandra ont accepté de partager une chambre afin de pouvoir garder la petite chambre voisine comme « dressing-room ». En réalité, il s'agit de leur salon privé, mais il est si petit que ce serait ridicule de l'appeler ainsi. Jane ouvre la porte qui grince et passe devant son piano, sur lequel sont empilés des partitions de musique et des cahiers. Eliza se glisse derrière elle. Les murs de la petite chambre sont recouverts de papier bleu clair à rayures blanches, et des rideaux à rayures bleues assortis sont accrochés aux fenêtres. Sur le sol recouvert d'un tapis brun, Cassandra a rangé ses aquarelles et ses boîtes de travail, en rangées bien ordonnées.

Une fois à l'intérieur, Eliza serre les deux mains de Jane et couvre son visage de baisers.

— Oh, ma douce petite Jane. C'est si bon de te voir. Et tu es devenue une telle beauté.

— Loin de là, réplique Jane avec une grimace.

Elle jette un coup d'œil dans le miroir au-dessus de sa commode. Les baisers d'Eliza ont laissé ses joues parsemées de rouge – comme si elle avait attrapé une terrible vérole.

— Je t'assure. Il suffit de regarder ta silhouette gracieuse, tes traits doux, tes yeux éblouissants...

Eliza pose sa main sur la joue de Jane.

— Je ne pense pas avoir rencontré une autre famille aussi gâtée en termes de physique et de personnalité que les Austen.

Eliza penche la tête et lève un sourcil soigné.

— Et j'ai entendu dire que je n'étais pas la seule à le penser. J'exige que tu me dises immédiatement tout à propos de ton ami irlandais.

— Comment as-tu appris pour mon « ami irlandais » ?

Eliza tapote le côté de son nez délicat.

— J'ai mes sources.

Ses yeux se dirigent vers la commode, où le chapeau de paille de Madame Renault trône fièrement sur son support en bois. L'écritoire portative de Jane est ouverte, et sa dernière lettre à Cassandra, avec sa liste de suspects, repose sur le dessus en cuir vert. Derrière elle, l'invitation au bal des Harcourt prend la poussière.

— C'est ce chapeau ?

— Oui. Oui, c'est lui.

Jane retient son souffle. Ce chapeau est l'une des plus belles choses qu'elle ait jamais possédées, mais elle craint qu'Eliza ne le considère comme provincial ou démodé. Il s'agit d'un simple chapeau de *bergère**, mais la bande de dentelle ivoire qui le recouvre et retombe de chaque côté est magnifique. Elle présente un motif très texturé, avec des fleurs et des feuilles tourbillonnantes qui s'assemblent de manière complexe.

— Il est très joli.

Eliza soulève le chapeau de son support. Elle le tient en équilibre sur un doigt et le fait tourner, l'examinant sous toutes les coutures.

— Mais il n'est pas français.

Jane fronce les sourcils. Si Madame Renault s'avère être une simple Mrs Reynolds et que Jane a été escroquée de ses douze shillings et six pence pour un chapeau anglais ordinaire, elle n'est pas certaine de vouloir le savoir.

— En es-tu sûre ?

Eliza fixe Jane avec un regard d'acier.

— Je m'y connais en dentelle, Jane.

— Je ne voulais pas insinuer que…

— Et ceci est exquis.

Eliza passe le bout de son doigt sur le ruban.

— Regarde, vois-tu la façon dont les fils ont été noués pour former le motif ? Les Français ne s'embarrassent plus de ces méthodes traditionnelles minutieuses. Non, ils achètent des tissus fabriqués à la machine et y brodent le motif. C'est trop fin pour être français. Je dirais plutôt que c'est de la dentelle de Bruxelles.

— Bruxelles ?

Jane se remémore le globe en bois dans la salle de classe de son père. Bruxelles faisait partie des Pays-Bas autrichiens, mais c'était avant que la nouvelle République française commence à annexer ses voisins.

— Je parierais ma fortune dessus.

Eliza laisse la bande de dentelle couler sur le dos de sa main comme de l'eau.

— D'où Madame Renault vous a-t-elle dit qu'elle venait, en France ?

Jane reste silencieuse un moment.

— Je ne pense pas qu'elle l'ait jamais dit. Avec son accent, nous avons juste…

— Présumé ? réplique Eliza d'un ton réprobateur. Oh, *ma chérie**, il te faudra travailler plus dur que cela si tu veux attraper un meurtrier.

Elle prend la lettre inachevée de Jane à Cassandra par un coin.

— C'est ta liste de suspects, je suppose ?

— Je ne dirais pas cela. Mais ce sont des gens à qui j'aimerais parler dans le cadre de mon enquête.

Jane se mord la lèvre, attendant la réprimande d'Eliza pour s'être laissé emporter.

Au lieu de quoi Eliza s'installe à l'une des extrémités du tabouret de piano de Jane.

— Très bien. Maintenant, dis-moi tout ce que tu peux sur chacun d'eux. Je veux savoir exactement ce qu'ils avaient à gagner avec la mort de Madame Renault.

— Ne devrais-je pas m'en remettre au magistrat ? J'ai essayé d'obtenir l'aide de mes frères, mais je crains qu'ils ne me trouvent insensée.

Eliza lève le menton, qu'elle a délicat.

— Jane, si j'avais laissé à mon mari ou aux autorités le soin de me protéger de la violence qui s'est déchaînée en France, j'aurais littéralement perdu la tête.

Elle tapote l'espace vide sur le siège à côté d'elle.

— Maintenant, viens, nous avons du travail.

— Eh bien, dit Jane, si tu présentes les choses ainsi…

Eliza a raison. Elle a *prouvé* qu'elle avait raison. L'audacieuse cousine de Jane a fui la France avec son jeune fils au premier signe d'insurrection. Elle a persuadé son mari, le capitaine de Feuillide, de la rejoindre en Angleterre. Mais lorsque les Jacobins ont jeté en prison une amie à lui, une marquise âgée, le vaillant capitaine a insisté pour revenir et a même tenté de soudoyer le Comité de salut public pour qu'il la libère. C'est *lui* qui a alors été accusé de trahison et exécuté.

Eliza ne confie pas son destin, ni celui de ceux qu'elle aime le plus, aux mains maladroites d'autrui – et Jane ne le fera pas non plus.

9

Les jours suivants, Jane interroge les voisins sous prétexte d'accompagner Eliza alors que cette dernière leur rend visite pour les vœux de Noël. La présence de sa cousine si pleine de vie lui facilite grandement la tâche. Henry et James, qui sont parfaitement satisfaits de laisser leurs sœurs parcourir la campagne à pied, insistent cependant pour conduire Eliza partout en carrosse. Comme la comtesse de Feuillide a toujours été une visiteuse régulière à Steventon, elle reçoit un accueil enthousiaste de la part du large cercle de connaissances des Austen. Il n'y a pas un seul foyer respectable en Angleterre qui refuserait l'entrée à une comtesse, même si son titre est français. Les voisins rendent la pareille à Jane, l'invitant, ainsi que la sympathique comtesse, à revenir les voir jusqu'à ce que, finalement, tout le voisinage soit plongé dans la confusion et que personne ne puisse plus trouver personne parce qu'ils se rendent tous visite les uns aux autres.

À Kempshott Park, Jane prévoit de découvir les secrets que la famille Rivers pourrait cacher. Elle a informé sa complice de son plan d'attaque en trois volets : en plus de demander si les Rivers ont vu ou entendu quelque chose d'inhabituel avant l'arrivée des autres invités, et d'enquêter sur les liens potentiels entre Sophy et la victime, elle veut qu'Eliza s'informe sur le passé de Mr Fitzgerald. Il s'agit pour ainsi dire d'un étranger. Au cours de la longue décennie pendant laquelle les Rivers ont été les proches voisins des Austen, Jane n'a jamais entendu parler d'un « Mr Douglas Fitzgerald » jusqu'à ce qu'il soit présenté, il y a quelques semaines, comme le fils naturel du capitaine Rivers.

Mrs Rivers, veuve habituellement glaciale, fait entrer Jane et Eliza dans son salon et insiste pour qu'elles se réchauffent devant la cheminée de style rococo, ornée de coquilles et de volutes sculptées. La pièce est envahie de tissus à pompons et franges, et toutes les surfaces possibles ont été recouvertes de feuilles d'or. Mrs Rivers fait un geste vers un canapé en acajou, incrusté de porcelaine. Au lieu de s'asseoir elle-même, elle agite les mains et tourne en rond.

— Où Sophy a-t-elle bien pu aller ? Elle n'a pas l'intention de vous offenser.

— Je suis sûre qu'elle ne va pas tarder à arriver.

Jane accompagne sa réponse d'un sourire, appréciant particulièrement la déférence de la veuve à l'égard d'Eliza, qu'elle considère comme d'un rang supérieur. Les Rivers ont si peu de profondeur que Jane pourrait marcher au beau milieu d'eux, comme elle le ferait au milieu d'une mare, sans que son jupon soit éclaboussé.

Mrs Rivers n'offre pas de rafraîchissements, mais comme leur précédente visite était à la ferme des Terry, Jane a eu sa dose de *plum-pudding* et de thé tiède.

La deuxième fille aînée des Rivers (dont le nom est peut-être Claire – Jane ne s'en souvient pas, et le moment favorable pour le lui demander est largement dépassé) est assise dans un coin, travaillant sur un canevas de broderie. Elle fronce les sourcils en tirant un fil de soie à travers le lin tendu.

— Je ne sais pas, Maman. Elle est probablement en train de comploter avec Douglas.

Mrs Rivers rougit.

— Tiens ta langue, Clara ! Comment oses-tu insinuer que ta sœur se comporte de manière inconvenante ?

Clara – pas Claire, donc, pense Jane – en reste bouche bée. Elle ressemble à une version plus naturelle de Sophy : elle a les mêmes cheveux clairs et les mêmes traits réguliers, mais sans l'habituel sourire en coin.

— Quoi ? Je voulais seulement dire qu'ils sont toujours en train de chuchoter à l'écart.

Clara se tourne vers Jane et Eliza et ajoute :

— Ils s'imaginent qu'ils sont trop bien pour se mêler au reste d'entre nous.

Mrs Rivers fait un geste dédaigneux de la main.

— Suffit, mon enfant. Assez d'idioties.

La porte du salon s'ouvre, et Mr Fitzgerald entre avec nonchalance, un petit livre relié de cuir noir sous le bras. Il s'habille déjà comme un ecclésiastique, mais il doit recourir aux services d'un tailleur que ne peuvent s'offrir Mr Austen ou James. Son manteau et sa culotte noirs sont coupés dans la laine la plus fine et parfaitement ajustés à sa longue carrure musclée.

— Miss Austen. C'est un plaisir.

Il s'incline devant elle.

— Mister Fitzgerald, le salue Jane. Voici ma cousine, la comtesse de Feuillide. Je ne crois pas que vous ayez été présentés.

Il s'incline de nouveau, encore plus gracieusement.

— Mistress.

Eliza pivote sur son siège, offrant à Mr Fitzgerald le meilleur angle de vue sur sa silhouette gracieuse. Elle a expliqué à Jane comment, de profil, une dame peut arquer son dos et soulever sa poitrine pour se montrer sous son meilleur jour. Eliza balaie maintenant du regard le physique avantageux de Mr Fitzgerald, le caressant pratiquement du bout des cils.

Jane presse ses lèvres l'une contre l'autre. Si Mr Fitzgerald n'y prend garde, la coquette comtesse sortira son éventail de son réticule et enverra des messages codés de séduction.

Mrs Rivers pianote sur le buffet en acajou du bout des doigts.

— Clara, va chercher ta sœur.

Clara soupire, jetant sa broderie dans le panier à couture à ses pieds.

— À quoi bon ? Si elle n'est pas avec *lui*, elle sera dans l'écurie, empestant l'odeur fraîche du cheval, comme d'habitude.

— Clara ! hurle Mrs Rivers.

Clara fait un pied de nez à sa mère en partant. Mr Fitzgerald essaie de ne pas trahir son amusement en s'asseyant à un bureau dans le coin le plus éloigné de la pièce.

Eliza rejette une boucle rebondie sur son épaule.

— Dites-moi, mister Fitzgerald, qu'est-ce qui vous amène dans le Hampshire ?

— La famille, mistress. La même raison que vous, je suppose ?

Eliza sourit poliment, montrant ses petites dents blanches.

— Et vous resterez longtemps ?

Mr Fitzgerald ouvre son livre, humecte son doigt et tourne les pages.

— Cela dépend. J'espère être ordonné au cours de la nouvelle année.

— Vous allez devenir ecclésiastique. Comme c'est charmant.

Eliza effleure la cheville de Jane avec le bout pointu de sa chaussure.

— Ne crois-tu pas, Jane ?

Comme elle a la chance de vivre à une époque où les progrès philosophiques et scientifiques avancent à pas de géant, Jane ne comprend pas pourquoi tant de jeunes hommes, y compris ses propres frères, se contentent de devenir ecclésiastiques. Mais on lui a inculqué les bonnes manières, et au lieu de répondre « Pas vraiment », elle demande simplement :

— Qu'est-ce qui vous a fait choisir l'Église ?

— Si un homme doit avoir une profession, je dirais que berger des âmes est la meilleure qui soit, répond Mr Fitzgerald, l'air impassible. Ne pensez-vous pas ?

— Et le devez-vous ? demande Eliza en allant droit au but. Avoir un métier, je veux dire.

— En effet, mistress. Mon père est très généreux, mais il y a une limite à ce qu'il peut faire pour me rendre indépendant.

— Ridicule, réplique Mrs Rivers en s'agitant derrière son neveu. À quoi sert d'amasser une telle fortune s'il ne peut pas la transmettre à son fils ?

Elle pose une main sur son épaule et poursuit :

— Il n'a pas encore abandonné, Douglas. Vous le savez bien. Votre mère ne lui laissera pas un instant de répit tant que l'affaire de votre héritage ne sera pas réglée. Nous en remontrerons à ces imbéciles à l'assemblée qui se mêlent de tout ! Comment osent-ils dire au capitaine Rivers ce qu'il doit faire de son propre argent ?

Mr Fitzgerald trouve la page qu'il cherchait dans le livre, qu'il tient ouvert des deux mains.

— S'il vous plaît, ma tante. Pouvons-nous discuter de cette question en privé ?

— Y a-t-il un obstacle juridique à votre héritage ? demande Jane.

Est-ce parce que Mr Fitzgerald est le fils illégitime du capitaine Rivers ? Ce n'est pas possible : il ne peut y avoir de retenue sur de l'argent liquide.

— Il y a quelques… obstacles à surmonter, oui, répond Mr Fitzgerald en serrant la mâchoire. Il est donc préférable que je me prépare à faire mon propre chemin. Mon père a dans le Cumberland des relations qui pourraient m'offrir de quoi vivre, mais rien n'est encore réglé. En fait, j'aimerais voyager un peu plus avant de m'installer.

Mrs Rivers bâille.

— Montrez vos aquarelles aux dames, Douglas.

— S'il vous plaît, ma tante. Ne me forcez pas.

— Enfin, Douglas. Pourquoi pensez-vous que le capitaine Rivers a dépensé tout cet argent pour votre éducation ? Si vous voulez être accepté en tant que gentleman, vous devez vous rendre plus agréable.

Les orteils de Jane se recroquevillent dans ses chaussures de marche. Mrs Rivers manque décidément de tact.

— Eh bien, je suis désolé de décevoir mon père, mais je pense qu'il serait juste que vous lui écriviez immédiatement et que vous lui fassiez savoir que mes compétences artistiques laissent gravement à désirer. Vous devriez lui conseiller de me retirer sur-le-champ de la société, afin d'éviter tout nouvel embarras. C'est au point que Clara pensait que ma représentation de la montagne était une assiette de *gelato*.

— *Gelato ?* demande Jane.

Mr Fitzgerald lui adresse un sourire gêné.

— Excusez-moi, c'est le mot italien pour dire « crème glacée ».

— Oh, cela vient du mot latin pour « gelé ».

Jane se met à rire, presque avec la même délicieuse féminité qu'Eliza, mais dans son esprit, elle trace du doigt un chemin sur le globe en bois de son père. Étant donné que la majeure partie de l'Europe est fermée aux voyageurs en raison des tentatives agressives de la France d'étendre son empire, quel itinéraire Mr Fitzgerald aurait-il pu emprunter pour se rendre dans les Alpes italiennes ? Et aurait-il pu passer par Bruxelles ?

— Exactement.

Mr Fitzgerald brandit son livre.

— Puis-je vous lire un poème à la place ?

Jane plisse les yeux, essayant de déchiffrer les lettres dorées du titre de l'autre côté de la pièce. Si elle ne se trompe pas, il s'agit des *Poèmes de William Cowper.* Jane n'a pas eu l'occasion de lire beaucoup Cowper, car le recueil de vers de ce poète que possède son père est généralement rangé dans le sac d'Henry plutôt que dans la bibliothèque. Elle décide qu'elle ira chercher un exemplaire dans le cabinet de lecture de Mrs Martin, afin de pouvoir juger par elle-même si le poète est digne de l'adulation de tous ces jeunes hommes.

— Si vous y tenez, répond Mrs Rivers, qui se laisse aller sur un siège en étudiant les corniches élaborées qui décorent le plafond en plâtre.

Mr Fitzgerald se racle la gorge.

C'était à la belle saison du printemps,
Endormi à l'aube du jour,
J'ai rêvé ce que je ne peux que chanter[1]...

La porte s'ouvre à la volée, et Sophy fait irruption dans la pièce.

— Miss Austen, mistress. Je suis vraiment désolée de vous avoir fait attendre.

Ses joues sont si colorées qu'elles rivalisent avec le maquillage d'Eliza.

Mrs Rivers lui jette un regard noir.

— Qu'est-il arrivé à tes cheveux ?

1. Extrait du poème anti-esclavagiste de William Cowper, *The Morning Dream*, 1788.

— Rien, répond Sophy en portant une main à sa coiffure.

— Ils sont plats, réplique Mrs Rivers en plissant les yeux. Tu t'es fait coiffer ce matin. Je sais que tu aimes cette Française, avec toutes ses histoires scandaleuses, mais les boucles devraient tenir plus longtemps que cela.

Sophy tourne le dos à sa mère et regarde le parc par la fenêtre.

— Je suis allée faire un petit tour à cheval. C'est tout. Mon chapeau a dû écraser mes cheveux.

Mrs Rivers traverse la pièce pour ébouriffer les boucles de Sophy.

— Encore ? Sophy, ne peux-tu donc t'en passer ? J'ai assuré à lady Harcourt que tu avais abandonné l'équitation. C'est un passe-temps si dangereux, qui ne convient guère à une épouse et à une mère. Tu devras y renoncer une fois que tu seras mariée, alors autant t'y habituer dès maintenant.

Jane tapote son annulaire. C'est le moment idéal pour qu'Eliza mette sur le tapis le sujet qui les intéresse. Cette dernière toussote derrière sa main fermée.

— Félicitations, miss Rivers. J'ai entendu dire que les cloches du mariage allaient sonner de manière imminente.

Sophy tourne instantanément la tête vers les dames sur le canapé.

— Merci, mistress. Mais vos félicitations sont prématurées. Aucune annonce n'a été faite.

Mrs Rivers laisse échapper un gros soupir.

— Faut-il que tu sois si pointilleuse, ma chérie ? Tout le monde sait que les fiançailles ne sauraient tarder.

Sophy serre les poings.

— L'étiquette est importante, Maman. Nous ne voudrions pas embarrasser les Harcourt. Je ne suis pas fiancée, et vous ne me rendez pas service en insinuant le contraire.

— J'ai entendu parler du terrible incident survenu à Deane House, intervient Eliza en se lançant dans leur habituel interrogatoire, désormais bien rodé. Cela a dû être terrible pour vous.

— Affreux. Tout simplement affreux.

Sophy touche le camée en ivoire de son collier tout en secouant ses boucles fraîchement ébouriffées.

— Jane et moi nous demandions si vous aviez vu ou entendu quelque chose dans les heures qui ont précédé le début du bal.

Sophy serre plus fort son camée.

— Quelque chose ?

— N'importe quoi qui pourrait aider à expliquer ce qui s'est passé, dit Jane. Vous vous êtes habillée là-bas, je crois. Étiez-vous à l'étage tout l'après-midi ?

Les yeux de Sophy se tournent vers Mr Fitzgerald. Il baisse le nez et rive son regard aux pages de son livre.

— Eh bien, oui. Nous y étions tous.

— Quelqu'un était-il avec vous ? Votre femme de chambre, peut-être ? demande Jane.

— Où voulez-vous en venir ? grince Sophy. Êtes-vous venues pour nous souhaiter un joyeux Noël, ou pour m'accuser de meurtre ?

— Loin de nous cette idée, répond Jane, battant en retraite. Je me demandais si vous aviez été témoin de quelque chose qui pourrait s'avérer utile, c'est tout. Ou si vous aviez reconnu la femme ?

— La reconnaître ? D'où ?

— Du marché couvert de Basingstoke.

— B... Basingstoke ?

Sophy éclate de rire, comme si Jane avait fait une plaisanterie géniale. Ce qui n'est pas inhabituel, sauf que cette fois-ci, Jane n'arrive pas à imaginer ce qu'elle a dit de si drôle.

— Basingstoke ? Avez-vous entendu cela, Maman ?

Mrs Rivers pouffe. Même Mr Fitzgerald semble avoir du mal à garder contenance.

— Oh, Jane. Vous êtes drolatique. Je suis sûre que *vous* trouvez de très jolies petites choses au marché couvert de Basingstoke, mais ce n'est pas vraiment comme chez Lock, à Mayfair, n'est-ce pas ? Oh, non. Nous remplissons nos armoires à Londres, au début de chaque saison mondaine.

Les joues de Jane sont plus brûlantes que le soleil. À ses côtés, Eliza elle-même reste sans voix. À ce stade, dans tous les entretiens précédents, la conversation s'est orientée vers une manifestation de sympathie pour la femme décédée. Quelques dames ont admis l'avoir reconnue selon la description donnée, et l'une d'entre elles lui avoir acheté un bonnet. Personne d'autre n'a reproché à Jane son budget vestimentaire dérisoire ou ses goûts particuliers en matière de mode.

Mais les yeux gris de Sophy sont toujours aussi durs. Le sort de Madame Renault ne la touche pas. Mrs Rivers s'installe à côté de sa fille.

— Pourquoi ne joues-tu pas quelque chose pour nous, ma chérie ?

— Certainement, Maman.

Sophy se dirige triomphalement vers le piano.

— Que voulez-vous entendre ? L'une des études de Cramer ?

Elle entrelace ses doigts et étire ses mains au-dessus de sa tête. Les manches ajustées de sa robe révèlent la forme de ses bras. Les nombreuses heures qu'elle passe à cheval lui ont donné une silhouette inhabituellement tonique pour une jeune femme. Si Madame Renault s'est rendue à Deane House avec l'intention de soutirer de l'argent à Sophy, peut-être parce qu'elle a été témoin de quelque chose qui pourrait faire regretter aux Harcourt leur association avec les Rivers, alors Sophy possède certainement la force et le tempérament vindicatif nécessaires pour manier le chauffe-lit qui a tué la modiste.

Sophy soulève le couvercle de l'instrument et regarde Jane avec insistance.

— Ou je pourrais jouer l'une de ces mélodies *irlandaises* qui vous plaisent tant, Jane ?

Jane sent son visage irradier avec l'intensité d'une barre de fer posée sur la fournaise. À en juger par l'expression hautaine de Sophy, nul doute qu'elle fait référence à l'engouement de Jane pour Tom. Elle a dû les voir se promener ensemble pendant qu'elle était à cheval. Ou bien l'un des frères de Jane a pu laisser échapper un mot.

Non. Ce doit être Mary Lloyd qui a lancé la rumeur. Jane a essayé de ne pas dévoiler l'étendue de ses sentiments pour Tom, même à ses amis et à sa famille. La seule personne à qui elle l'a dit explicitement est Cassandra, qui est à Kintbury avec Martha Lloyd, et qui écrit à sa sœur, Mary, chaque jour.

Avec un sentiment d'impuissance, Jane prend conscience qu'elle n'a pas explicitement demandé à Cassandra de garder pour elle sa confidence. En fait, elle s'était plutôt vantée des attentions de Tom. Le secret n'aura été préservé que jusqu'au retour du courrier.

Mais Sophy est intelligente, car il s'agit d'un double sens – il y a là également une référence à une humiliation antérieure. Lors de la fête de bienvenue pour le retour de Jonathan, Jane avait diverti la compagnie avec plusieurs airs tirés des *Mélodies irlandaises* de Moore. Après coup, Sophy avait généreusement loué le jeu de Jane. Trop généreusement. Jane a confiance en ses capacités, mais elle est aussi consciente de ses limites en tant que musicienne essentiellement autodidacte. Lorsque Sophy avait fini de louer le « style simple et charmant » de Jane, elle avait fléchi les doigts, s'était assise et s'était empressée de se livrer à sa propre prestation de virtuose. Cela avait été mortifiant.

Il n'est pas étonnant que Jonathan n'ait jamais témoigné à Jane le moindre intérêt, même si elle n'a jamais voulu qu'il le fasse. Pas après avoir rencontré Tom, en tout cas. Mais Jane devait avoir l'air d'une parfaite idiote, tandis que Sophy trompait tout le monde en faisant croire qu'elle était généreuse et accomplie. Jane reste assise en silence, tripote ses gants et fulmine, tandis que Sophy joue la mélodie familière avec son irritante légèreté et ses doigts rapides comme l'éclair.

Après quoi Jane prend congé, puis Eliza et elle quittent précipitamment le manoir. Elles panseront leurs plaies en privé et élaboreront un nouveau plan pour interroger Sophy et Mr Fitzgerald. Mais si la véhémente protestation d'innocence de Sophy avait pour but de la soustraire aux investigations de Jane, elle a échoué. Aujourd'hui, plus que jamais, Jane aimerait voir sa rivale entraînée dans la disgrâce.

*

* *

2. À Cassandra Austen

Miss Austen,
chez le révérend Fowle,
Kintbury,
Newbury

Steventon, mercredi 23 décembre 1795

Ma chère Cassandra,

Oui, je suis vraiment désolée mais tu dois absolument passer Noël avec les Fowle, comme prévu.

Console-toi en te disant que tu ne pourrais pas faire plus pour la cause de Georgy à Steventon qu'à Kintbury. Pour l'instant, ta place est auprès de ton fiancé. Dieu seul sait combien de temps cela prendra pour le jeune Mr Fowle de faire l'aller-retour jusqu'à Sainte-Lucie. Son absence pourrait durer jusqu'à deux ans, et tu regretteras certainement d'avoir laissé passer l'occasion de flâner pendant des heures avec ton bien-aimé une fois qu'il sera parti. De plus, avec tous les allers-retours à Winchester pour prendre des nouvelles de ce cher Georgy, Père dit que nous ne pouvons pas vraiment nous passer de quelqu'un pour venir te chercher.
Maintenant, qui a pu tuer l'infortunée modiste, Madame Renault ? Avec l'aide de notre comtesse en visite, j'ai élargi ma liste de suspects potentiels pour y inclure :

- *Sophy Rivers (la modiste aurait-elle caché l'un des secrets de la petite Sophy sous ses nombreux chapeaux ? Sophy jure qu'elles ne se sont jamais rencontrées, mais peut-être proteste-t-elle trop).*

Accuse-moi de fonder mes soupçons sur mon seul dégoût pour notre voisine si tu veux, mais je crois que j'ai l'œil pour repérer une meurtrière.
Tes prières sont très appréciées, mais notre mère te demande aussi d'espionner la cuisinière de Mrs Fowle et d'obtenir la recette de sa sauce au poisson. Celle au vin de Porto, avec les anchois. Apparemment, c'est la préférée de Georgy, et elle se conserve très bien en bouteille.

Avec notre affection à tous,
J.A.

P-S : Lorsque tu auras fini de lire cette lettre, plie-la en forme de bateau et fais-la naviguer sur la rivière Kennet.

10

La veille de Noël, James conduit Jane et Eliza à Basingstoke en carrosse. Il propose d'accompagner les dames, de porter leurs achats et de les escorter de boutique en boutique, mais Eliza le persuade qu'il serait poli qu'il rende visite aux membres du clergé de la ville pendant qu'elle et Jane font leurs « courses entre femmes ». En effet, Jane a maintenant épuisé tous les contacts respectables des Austen et ne sait toujours pas qui a assassiné la modiste. Et il lui serait impossible de commencer à enquêter sur l'aspect le plus sordide de la vie de Madame Renault si son frère aîné le plus protecteur était présent pour surveiller ses moindres faits et gestes.

Malgré les avertissements d'Henry sur ce qu'elle pourrait trouver, il est temps pour Jane d'étudier exactement comment Madame Renault gagnait sa vie. Comme Sophy l'a fait remarquer en des termes très humiliants, Basingstoke n'est pas une métropole. Et Madame Renault était une marchande – elle évoluait dans la sphère publique. Pour Jane, il est incompréhensible qu'aucun de ses proches ne se soit manifesté. Si elle doit interroger tous les habitants de la petite ville pour trouver quelqu'un qui admette avoir connu la modiste de son vivant, elle le fera.

Après s'être débarrassées de James, ces dames se rendent directement sur la place du marché couvert. Elles montrent aux marchands la dentelle de Madame Renault, en leur demandant s'ils la reconnaissent ou s'ils se souviennent de son fabricant. Malheureusement, Basingstoke regorge de clients qui achètent des bibelots à offrir à leurs proches pour Noël, ainsi que des fruits secs et des noix pour agrémenter leurs repas de fête. Les marchands n'apprécient guère qu'on les détourne de cette intense activité commerciale. La plupart d'entre eux affirment ne pas reconnaître la dentelle caractéristique et n'avoir jamais entendu parler d'une « Madame Renault ».

Fatiguée d'être bousculée par la foule, Jane fait une pause dans son travail de détective pour se rendre à la mercerie. Alors que la mercière emballe ses achats et ceux d'Eliza, Jane tente de nouveau sa chance. La marchande acariâtre lui confie que, bien qu'elle n'en soit pas du tout sûre, elle pense que « la fille aux chapeaux d'apparence étrangère » loue une chambre à l'auberge Angel Inn. Jane connaît bien cet établissement. Ou plutôt, elle connaît la salle de réception située au premier étage de ce bâtiment labyrinthique à colombages. Une fois par mois, l'Angel Inn y organise un bal, que Jane manque rarement. D'ailleurs, elle prévoit d'assister au prochain, la veille du Nouvel An. Elle espère que le ruban doré irisé qu'elle a acheté pour orner sa robe pâle attirera l'attention de Tom, comme une bougie allumée attire un papillon de nuit. Eliza, dans son infinie sagesse sur les affaires de cœur, prétend que l'intimité de la danse peut inciter un gentleman à franchir les dernières étapes de sa cour.

Plusieurs jours se sont écoulés depuis que Jane a vu Tom pour la dernière fois, mais elle a accepté ses excuses avec la bonne grâce de l'angélique Miss Western, et leur correspondance furtive a repris avec empressement. Ses paroles lui font encore mal, mais Jane sait qu'elle est sensible dès qu'il s'agit de Georgy. C'est le cas de tous les enfants Austen. Les écoliers du presbytère de Steventon, et même les enfants du village, ont appris à leurs dépens qu'aucun des frères de Jane ne tolérerait la moindre moquerie à l'égard de Georgy. Même Cassandra n'hésitait pas à ramasser une pierre pour le défendre. Si seulement un nez ensanglanté ou une raclée à l'aide d'une branche pouvait le sauver maintenant !

Jane serre fermement le bras d'Eliza tandis qu'elles suivent Mr Toke, le propriétaire de l'auberge Angel Inn, dans un coin tranquille de la salle à manger commune au rez-de-chaussée. Il s'agit d'une partie plus miteuse de l'auberge, que Jane n'a jamais vue auparavant. Des travailleurs s'y pressent, trempant du pain dans des bols en bois et buvant de l'ale dans des bocks en étain. L'odeur des corps non lavés et du chou trop cuit est étouffante. Heureusement, Eliza est toujours aussi imperturbable.

— Alors, était-elle là ? La modiste ? Il est impératif que nous découvrions où elle logeait.

Mr Toke s'essuie les mains sur son tablier taché.

— Oui, elle était ici. Arrivée en août, au moment de la récolte. Une femme vive. Un peu hautaine, mais jamais d'ennuis. Quand elle a disparu, nous avons pensé qu'elle avait déménagé à la cloche de bois. Mais sir John a envoyé un message et, eh bien…

Il soupire bruyamment.

— Ma femme a été très peinée d'apprendre comment elle était morte.

Jane serre son panier contre elle.

— Nous aussi.

Mr Toke gratte ses moustaches argentées et reprend :

— Nous étions sur le point d'organiser la vente de ses biens pour régler sa dette. Non pas que quelques vieilles bobines auraient suffi. Mais sir John a dit de lui envoyer la facture. Un brave homme, le baronnet. C'est mon plus estimé client.

Une fois de plus, la générosité de sir John dérange Jane. D'abord, il paie les funérailles de la morte. Maintenant, il promet d'effacer ses dettes. Il doit y avoir une raison à une telle philanthropie. Sir John est un propriétaire responsable, mais pas dépensier. Jane peut citer plusieurs cottages du domaine de Deane dont les toits auraient grand besoin d'être refaits.

Et personne n'a parlé de Mr Renault.

Le mari de Madame Renault ne logeait peut-être pas avec sa femme à Basingstoke. Il est probablement ailleurs, travaillant ou s'occupant de leurs enfants, tandis qu'elle lui envoie de l'argent provenant de la vente de ses chapeaux ou d'un autre emploi moins respectable. Et si Mr Renault ne sait pas que sa femme est morte ? Jane sera-t-elle celle qui annoncera la terrible nouvelle aux proches de Madame Renault ?

— Son mari ne peut-il pas payer ? demande Jane.

Mr Toke fronce les sourcils.

— Pas de mari. Elle nous a dit qu'elle était veuve. J'suppose qu'il a été tué au combat. Y en a tellement sur le continent.

Jane baisse les yeux sur les planches éraflées. La guerre en Europe a emporté le mari d'Eliza, une partie de sa fortune et l'héritage de son fils. Jane a le cœur brisé chaque fois qu'elle pense à Frank et Charles patrouillant dans la mer des Caraïbes à la recherche de navires ennemis.

Elle fait le calcul. Si Madame Renault était enceinte de cinq mois lorsqu'elle est décédée, elle a dû concevoir l'enfant en juillet. Celui-ci aurait pu être de son mari, engendré avant que le père meure et que la mère se réfugie en Angleterre.

Il se peut aussi que Mr Renault ait été déjà mort – ou qu'il n'ait jamais existé. Peut-être Madame Renault a-t-elle été attirée à Basingstoke par le père de son enfant illégitime.

Jane se rapproche de Mr Toke et s'écarte du chemin d'une servante qui passe en tenant un plateau de bois chargé de chopes de bière qui débordent. Elle craint que sa cape ne conserve l'odeur de l'auberge pendant des jours.

— Cela signifie-t-il que ses effets personnels sont toujours là ?

Mr Toke passe une main grasse dans ses cheveux gris clairsemés.

— Oui, miss. Aucune des servantes n'ira dans sa chambre. Ces petites bécasses pensent qu'elle est hantée. J'attends que sir John règle la note. Ensuite, nous emballerons ses affaires et les lui enverrons.

Jane a le souffle coupé.

— Pouvons-nous les examiner ?

Mr Toke plisse le nez, l'air fatigué.

— Je ne devrais pas vraiment, miss.

Sans un mot, Eliza fouille dans sa poche et en sort une poignée de pièces d'argent, qui tintent lorsqu'elle les dépose dans la paume tendue de Mr Toke. Il glisse l'argent au plus profond de son tablier.

— Eh bien, juste pour quelques instants. Quel mal cela peut-il faire ?

Les dames suivent Mr Toke dans la cour, montent un escalier sombre et étroit, longent un passage exigu, puis descendent quelques marches jusqu'à ce qu'elles arrivent devant une série de portes. Cet enchevêtrement confus d'entrées et de niveaux différents rappelle étrangement le presbytère de Steventon.

Mr Toke prend un trousseau de clefs et ouvre une mansarde donnant sur l'écurie. Elle fait à peu près la même taille que le dressing-room de Jane, mais semble beaucoup plus grande en raison de son ameublement très dépouillé. Les murs sont recouverts d'un enduit rose qui s'écaille. Un crucifix en bois est suspendu à un clou au-dessus d'un lit. Un édredon en patchwork est tendu sur le matelas et rentré dans les coins.

Eliza fait un geste vers une table de travail, où une courte longueur de dentelle ivoire est épinglée à un cadre en bois attaché à un coussin.

— Je te l'avais dit, de la dentelle de Bruxelles.

Le bord inachevé du motif floral se dissout en deux douzaines de fils de coton. Chaque longueur est enroulée étroitement autour d'une bobine de bois distincte. Il s'agit manifestement d'un travail hautement qualifié. Chaque centimètre du motif complexe a dû prendre des heures à Madame Renault. Comme la dentelle aurait été belle, si seulement elle avait eu l'occasion de l'achever ! Eliza prend un chapeau de paille sur une petite pile. Il est semblable à celui de Jane, mais sans la dentelle, il paraît terne et ordinaire.

— Elle a dû les acheter déjà faits et ajouter la dentelle.

Jane s'avance au centre de la pièce et tourne lentement sur elle-même, observant chaque coin.

— Elle n'était donc pas modiste.

Jane est submergée par la sensation vertigineuse d'être plus proche de Madame Renault qu'elle ne l'a jamais été, et en même temps plus éloignée, pourtant.

Eliza remet le chapeau en équilibre sur la pile.

— Elle n'était pas modiste, et elle n'était pas française.

Mr Toke se tient dans l'embrasure de la porte.

— Vous en avez vu assez, mesdames ? J'ai des clients à nourrir et à abreuver.

Jane aperçoit un livre familier sur la table de chevet, à côté d'un chapelet composé de perles en bois sombre. Il s'agit précisément de l'exemplaire des *Poèmes de William Cowper* qu'elle avait décidé d'emprunter au cabinet de lecture. Elle l'ouvre et trouve une étiquette collée à l'intérieur.

— Ce n'est pas à elle. Il fait partie de la collection de Mrs Martin. Devons-nous le retourner pour vous ?

— Je devrais attendre que sir John s'en occupe.

— C'est possible. Mais je doute qu'il vous remercie d'avoir encouru une amende.

Jane brandit le livre ouvert, montrant l'étiquette caractéristique du cabinet de lecture de Mrs Martin.

— Prenez-le. Et maintenant, vous feriez mieux de partir.

Jane glisse l'ouvrage dans son panier.

— À quelle fréquence sir John vient-il ici ?

Mr Toke fait tourner sa langue dans sa bouche.

— Vous avez dit qu'il était votre client le plus estimé. À quelle fréquence visite-t-il votre établissement et que fait-il ici ?

— Oh, assez souvent. Lui et ses amis gentlemen louent une salle privée pour les soirées cartes. Ou s'il y a un combat de coqs, il débarque et s'en donne à cœur joie.

Henry avait donc raison. Sir John est un joueur. Tous les gentlemen jouent, mais seul un homme qui a du mal à contrôler ses pulsions parierait sur quelque chose d'aussi vulgaire qu'un combat de coqs.

Jane regarde le lit simple.

« Les modistes ont une certaine réputation... »

Techniquement, Madame Renault n'était pas modiste – mais c'était une femme vivant en marge de la société, et elle devait avoir désespérément besoin d'argent. À cinq mois de grossesse, elle sentait que les choses s'accéléraient et savait qu'elle allait accoucher, ce qui compromettait sa capacité à subvenir à ses besoins. Les circonstances ont-elles pu la rendre suffisamment désespérée pour qu'elle tente de soutirer de l'argent à sir John ? Soit par le chantage, soit par un arrangement avec le baronnet licencieux ?

— Est-ce qu'il garde une chambre ici ?

Mr Toke recule d'un pas.

— Excusez-moi, jeune fille ?

Eliza met une main sur sa bouche.

Jane insiste :

— Ou bien garde-t-il ici une chambre pour quelqu'un d'autre, peut-être ?

— Qu'insinuez-vous, miss ?

Jane sent ses joues la brûler, mais elle doit connaître la vérité.

— Je n'insinue rien. Je me demandais, étant donné que sir John est un client régulier et que Madame Renault logeait ici, s'ils n'auraient pas pu se croiser. Se connaissaient-ils l'un et l'autre, savez-vous ?

Mr Toke ouvre la porte en grand d'un coup sec et conduit Jane vers la sortie.

— Je n'aime pas votre ton. Sachez que nous sommes un établissement respectable. Nous gagnons notre croûte en divertissant les meilleures familles du comté, pas en fermant les yeux sur le vice. Maintenant, il est temps pour moi de vous escorter hors de mes locaux.

De retour dans la rue venteuse, Jane a le visage en feu alors qu'elle feuillette le livre. Comment Mr Toke ose-t-il l'accuser *elle* d'inconvenance ? Elle n'a pas le temps de faire preuve de diplomatie : cela fait presque quinze jours que le meurtre a eu lieu, et ni elle ni le magistrat ne sont plus près de découvrir le coupable. Il doit y avoir une raison pour que sir John assume les obligations de Madame Renault, et Jane est prête à parier le contenu de son porte-monnaie qu'il s'agit d'une raison infâme.

Eliza regarde Jane feuilleter les pages tandis qu'elle boutonne le col de son manteau lavande et frissonne de froid. Coincé à la fin du petit volume, un mince morceau de papier semble avoir été utilisé comme marque-page.

Jane s'échine à interpréter les annotations et les chiffres étranges.

— Oh, ce n'est qu'un reçu.

Sous son voile, Eliza arque un sourcil.

— Tu pensais que ce serait un mot d'amour de sir John ?

Jane range le reçu dans sa poche, résolue à l'étudier plus tard avec attention. Décoder des rangées de chiffres lui a toujours pris plus de temps que lire des lignes de mots.

— Sinon, pourquoi paie-t-il pour tout ? Et quand le mari de Madame Renault est-il mort ? Je te l'ai dit, Dame Culham a déclaré qu'elle attendait un enfant depuis environ cinq mois.

Au plus profond de ses tripes, Jane soupçonne que l'identification du père de l'enfant de Madame Renault permettra de percer le mystère de sa mort.

Eliza glisse son bras dans celui de Jane.

— Oh, *ma chérie**. On n'a pas *toujours* besoin d'un mari pour faire un enfant.

Jane tique. Elle a été élevée dans une ferme, pas dans un couvent.

— Je le sais, Eliza. Je ne suis peut-être pas aussi mondaine que toi, mais je ne suis pas complètement idiote.

11

Mrs Martin gère son cabinet de lecture de la boutique d'apothicaire de son mari sur la route de Londres. Jane s'est montrée très enthousiaste lorsqu'elle a lancé son entreprise car, à l'âge de quinze ans, elle avait lu tout ce dont elle avait envie dans la collection de son père. Elle espère que le registre des lectures de Madame Renault permettra d'en savoir plus sur sa vie, et peut-être sur sa mort, bien que Jane déteste penser à l'impression que les gens pourraient se faire de sa propre personnalité s'ils découvraient les volumes scandaleux qu'elle a empruntés à Mrs Martin au fil des ans.

Une cloche tintinnabule lorsque Jane pousse la porte. La boutique sent le sucré et le poivré, le frais et le renfermé à la fois. Des étagères en acajou et des armoires vitrées tapissent les murs du sol au plafond. La plupart d'entre elles sont remplies de bocaux en verre, de bouteilles aux formes bizarres et de bols en terre cuite contenant tous les remèdes connus du monde moderne. La collection de livres de Mrs Martin n'occupe qu'une partie d'un mur.

Contrairement à ce qu'on trouve dans une bibliothèque de particulier, les reliures ne sont pas assorties, les livres sont de taille irrégulière et dans des états de réparation divers. Certains sont neufs, reliés de cuir noir brillant avec un lettrage doré sur le dos, tandis que d'autres sont fendus sur la tranche ou maintenus entre deux planchettes recouvertes de papier marbré par de la ficelle.

Mr Austen et Mrs Lefroy ont constitué leurs bibliothèques en sélectionnant des textes qui promettaient d'éclairer l'esprit ou qui présentaient au moins une certaine valeur littéraire, tandis que Mrs Martin ne tient compte que de la popularité, ce qui donne lieu à une sélection merveilleusement variée. Chaque fois que Jane parcourt les étagères, elle rêve de placer discrètement *Lady Susan* parmi les volumes. Anonymement, bien sûr. Elle ne souhaite pas devenir une paria. Copié de sa plus belle écriture, dans l'un de ses élégants carnets en vélin, l'ouvrage ne semblerait pas si déplacé parmi la collection hétéroclite de Mrs Martin. Jane s'attarderait alors au comptoir de l'apothicaire et écouterait les premières critiques vraiment impartiales de ses écrits. Les bonnes gens de Basingstoke seraient-ils consternés ou captivés par les frasques de son héroïne ? Peut-être les deux.

— Oh, miss Austen, lance Mrs Martin de derrière le comptoir.

C'est une femme sympathique d'une trentaine d'années qui porte une chasuble en dentelle pardessus sa robe rouge à pois.

— J'ai bien peur que tous mes exemplaires des œuvres de Mrs Radcliffe ne soient partis, poursuit-elle. Puis-je vous proposer autre chose ?

— Je n'emprunte rien aujourd'hui, mistress Martin, mais je vous rapporte quelque chose. Nous avons trouvé ceci dans la chambre de la défunte Madame Renault à l'auberge Angel Inn.

Jane brandit le livre.

— En y réfléchissant bien, ajoute-t-elle, puis-je le garder un moment ?

— C'est donc cette pauvre fille qui a été tuée.

Mrs Martin serre les lèvres et secoue la tête. Ses boucles blond foncé rebondissent près de ses tempes.

— Nous l'avons lu dans le *Hampshire Chronicle*. Pourtant, j'ai prié pour que ce ne soit pas vrai. Elle a épelé son nom différemment, voyez-vous.

Mrs Martin plonge sous le comptoir. Elle réapparaît et dépose un épais livre de comptes relié de cuir. Elle ouvre le livre et le tourne sur le côté pour que Jane et Eliza puissent le voir aussi. Sur la première page figure la longue liste de tous ses adhérents. Jane lit son propre nom, celui de Cassandra et celui de Mr Austen en haut de la page. Bien qu'elle prétende ne pas avoir le temps de lire, Mrs Austen dévore tout ce que son mari et ses filles empruntent dès qu'ils laissent leurs livres sans surveillance.

Jane retient son souffle lorsque Mrs Martin passe son doigt sur la liste, jusqu'à ce qu'elle atteigne la dernière entrée, écrite récemment à l'encre noire : « Madame Zoé Renard ».

— J'ai dû mal entendre, souffle Jane, mortifiée par sa négligence.

Sa faute d'orthographe pourrait bien être la raison pour laquelle aucune des connaissances de Madame Renard n'a assisté à ses funérailles.

— Elle n'a prononcé son nom qu'une seule fois. Et avec son accent – elle mettait tellement l'accent sur la première syllabe…

— Et elle a été battue à mort, dit-on ? À Deane House ? Oh, mon Dieu, où en est le monde ?

Le cœur de Jane se serre lorsque Mrs Martin plonge sa plume dans un encrier et barre le nom de Madame Renard.

— Une petite dame, c'est ça ? demande Jane. Elle faisait de la dentelle et décorait des chapeaux. Occasionnellement, elle louait un étal sur la place du marché. D'ailleurs, je crois que c'est l'un de ses bonnets que vous portez.

— Oui, c'est exact.

L'arrière de la chevelure de Mrs Martin est rentré dans un bonnet de coton soigné, garni d'une jolie collerette. Le motif en dentelle épaisse, composé de fleurs et de feuilles tourbillonnantes, est similaire à celui du chapeau de Jane.

— Nous sommes parvenues à un accord pour payer sa cotisation.

— Nous sommes censés gérer une entreprise, et non vous fournir la dernière mode française, lance Mr Martin par la porte ouverte de son laboratoire, situé à l'arrière de la boutique.

Il se tient devant une balance, équilibrant soigneusement des poids de plomb d'un côté et une fine poudre marron clair de l'autre. L'apothicaire a au moins dix ans de plus que sa femme, mais il est tout aussi soigné, avec des moustaches bien taillées et un tablier amidonné par-dessus sa chemise et son gilet en lin.

Mrs Martin croise les bras et s'appuie sur le comptoir.

— Ne vous occupez pas de lui. Continuez. Que disiez-vous ?

Eliza enlève son gant pour passer un doigt sur la dentelle de la coiffe de Mrs Martin.

— C'est de la dentelle de Bruxelles. Plus fine que la française, même. Madame Renard a-t-elle jamais dit d'où elle venait ?

Mrs Martin se redresse.

— Non, elle était très discrète. Elle ne causait pas beaucoup. Elle aimait emprunter de la poésie. Rien de vulgaire. Pas de ces romans gothiques que vous aimez tant, miss Austen.

La bibliothécaire parcourt le registre jusqu'à la page réservée aux emprunts de « Miss J. Austen », afin d'y ajouter les détails de son dernier emprunt.

Au-dessus, les crimes de Jane contre les goûts raffinés en matière de littérature sont classés par ordre chronologique.

Malgré elle, Jane grimace. Elle ne devrait pas être gênée devant Eliza. En plus d'écouter avec ravissement des bribes de *Lady Susan*, sa cousine a passé ces dernières soirées à régaler la famille avec les intrigues à moitié oubliées des romans à scandale qu'elle a lus en France. Il y en a un en particulier, intitulé *Rencontres hasardeuses*, ou quelque chose de similaire, que Jane aimerait beaucoup lire.

— Pouvons-nous voir ce que Madame Renard a emprunté ?

Mrs Martin parcourt les pages de son livre de comptes.

— Elle n'a pas eu le temps d'emprunter beaucoup de livres. Elle n'a adhéré qu'en octobre, après que je l'ai rencontrée sur le marché. Nous avons commencé à parler à propos du bonnet, voyez-vous. Je ne comprenais pas son fort accent. Elle m'a dit qu'elle apprenait encore l'anglais et qu'elle le lisait mieux qu'elle ne le parlait. Je lui ai donc fait part de ma collection de livres, et, l'instant d'après, nous étions en train de convenir d'un arrangement. Elle a aimé le Cowper. Elle l'a repris plusieurs fois.

Jane sent son cœur s'alourdir à la pensée de Madame Renard lisant de la poésie seule dans sa chambre mansardée. Mais elle ne pouvait pas être entièrement seule : quelqu'un a bien engendré ce bébé. Mr Toke n'a pas voulu donner le nom de son amant, mais peut-être que Mrs Martin l'a vue sortir au bras d'un homme.

— Connaissiez-vous l'une de ses relations ?

Mrs Martin cligne des yeux.

— Je ne l'ai jamais vue se promener avec quelqu'un.

— Personne ? Pas même un ami gentleman, peut-être ?

— Ce n'était pas son genre. Elle était très bien élevée. Elle était tellement huppée que je me suis demandé si elle ne faisait pas partie de ces malheureux *émigrés**. Une dame qui a connu des temps difficiles, peut-être. Le professeur de danse de l'auberge Angel Inn est un comte français en exil et il existe une très bonne coiffeuse qui prétend être une *ci-devant vicomtesse**, quoi que cela veuille dire.

Jane saisit l'avant-bras d'Eliza.

— Si le capitaine de Feuillide n'avait pas été aussi galant, il aurait fait partie de ces « malheureux *émigrés** ».

Au lieu de quoi il a été guillotiné et jeté dans une fosse commune.

— Je devrais acheter de la magnésie pour ma mère pendant que nous sommes ici.

Le bras d'Eliza tremble, mais sa voix est parfaitement calme.

— Et je prendrai une teinture de réglisse et de consoude pour mon petit garçon. Il souffre terriblement de troubles flegmatiques.

Mr Martin prépare leur commande. Pendant qu'il s'affaire, Mrs Martin sort un catalogue d'éditeur et demande l'avis de Jane sur les ouvrages « racoleurs » qui pourraient s'avérer les plus populaires auprès de ses adhérents. Parmi les titres répertoriés, Jane est très enthousiaste en repérant *Camilla*, une publication à venir par « l'auteur d'*Evelina* ». Elle décide de persuader son père de s'abonner à son tour à cette publication, afin qu'ils puissent avoir leur propre exemplaire pour la bibliothèque du presbytère. Elle préfère ne pas s'en remettre uniquement à Mrs Martin – de peur d'être obligée d'attendre que Mary Lloyd ait terminé le livre pour pouvoir le lire. En plus de *Camilla*, Jane conseille à Mrs Martin d'acheter un roman sensationnel, à venir en trois volumes, intitulé *Le Moine*, qui se veut tout à fait terrifiant. Elles cherchent une traduction anglaise des *Rencontres hasardeuses*, mais il n'est pas répertorié sous ce titre, et Eliza ne se souvient pas du nom de l'auteur. Mr Martin entre alors dans la boutique et pose deux petits bocaux en verre sur le comptoir, à côté d'un pilon et d'un mortier surdimensionnés.

Eliza sourit gentiment.

— Madame Renard vous a-t-elle acheté quelque chose ?

— Pas que je me souvienne.

Mr Martin insère un bouchon de liège dans le col de chaque pot et le scelle avec de la cire. Le sourire innocent d'Eliza pourrait être dessiné avec le même rouge.

— Rien pour des petits maux de dame ? Une teinture pour rétablir le cours des choses, peut-être ?

Jane admire la façon dont sa cousine garde un visage complètement impassible, alors qu'elle demande à l'apothicaire si Madame Renard a demandé de la menthe pouliot, ou une autre herbe qui pourrait provoquer une fausse couche.

Mr Martin fronce les sourcils.

— Certainement pas. Je ne serais pas près d'oublier ça.

La cloche tinte lorsque la porte de la boutique s'ouvre, coupant court à l'interrogatoire de l'apothicaire que mène Eliza. Les dames se déplacent le long du comptoir, permettant à Mr Martin de s'occuper de la nouvelle arrivante.

— Un autre flacon de *Black Drop*[1] ? Je vous en ai donné un il y a quelques jours seulement.

---

1. Remède breveté très répandu au XIXe siècle composé d'opium, de vinaigre, d'épices et parfois de sucre, et utilisé pour soigner

Jane aperçoit le profil de la cliente du coin de l'œil. C'est une femme séduisante, aux cheveux blond cendré et aux sourcils étonnamment foncés. Celle-ci répond d'une voix mielleuse :

— Si vous le voulez bien, sir.

C'est alors que Jane se retourne et la reconnaît : Mrs Twistleton. Elle porte son habituelle robe de soie noire sous une cape de velours vert émeraude.

— Dites à votre maître qu'il doit être prudent avec cette teinture, avertit Mr Martin en agitant le doigt. Elle peut être nocive en grande quantité.

— Ce n'est ni à moi ni à vous, sir, de questionner le baronnet. Et si vous ne pouvez pas exécuter la commande, je conseillerai à sir John d'aller voir ailleurs, ajoute-t-elle en levant le menton et en regardant Mr Martin dans les yeux.

L'apothicaire soutient son regard pendant quelques instants pleins de gêne, puis pousse un soupir audible et retourne à son laboratoire.

Mrs Twistleton sourit légèrement, ce qui retrousse un peu les coins de sa bouche.

— Je prendrai aussi de l'eau de rose, dit-elle à Mrs Martin en lui accordant à peine un coup d'œil.

Mrs Martin émet un reniflement de désaccord.

— Rose ? Êtes-vous sûre de ne pas vouloir dire muguet ? C'est le parfum habituel de lady Harcourt.

— Vous êtes bien observatrice. L'eau de rose est pour moi. Vous pouvez la mettre sur un compte séparé. C'est peut-être le parfum préféré de ma maîtresse, mais je trouve le muguet plutôt démodé et étouffant. Pas vous ?

---

les douleurs, les états dépressifs et d'autres problèmes psychologiques. Contenant plus d'opium que la plupart des médicaments à base de cet élément, il était particulièrement addictif.

À voir le pli de la lèvre supérieure de Mrs Martin tandis qu'elle prépare la commande de la gouvernante, Jane devine que la bibliothécaire est au courant de l'histoire douteuse de Mrs Twistleton. Il doit être exaspérant pour elle et son mari de devoir se soumettre à une telle femme qui se drape dans son nouveau manteau de respectabilité. Une fois que Mrs Twistleton a récupéré ses achats et les a mis dans son panier, elle se tourne vers la sortie. Jane s'élance vers la porte, saisit la poignée et l'ouvre d'un coup sec avant que la gouvernante y parvienne.

Mrs Twistleton sursaute.

— Miss Austen, je ne vous avais pas vue.

— Mistress Twistleton, dit Jane qui reste aux côtés de la gouvernante tandis qu'elle se faufile dans la rue. Auriez-vous un moment ? Je voulais vous poser des questions sur le terrible incident du bal. J'essaie d'identifier le meurtrier.

Sans ralentir, Mrs Twistleton tire sa capuche sur sa tête. Elle est garnie de fourrure de renard.

— Je dois me dépêcher. Il faut que je prenne le fiacre qui me ramène à Deane. De plus, vous savez très bien qui est le meurtrier. Vous avez entendu Mr Craven. C'était l'un des vagabonds qui s'introduisaient dans le domaine.

— Mais avez-vous vu des preuves de l'existence d'un camp ? L'équipe de recherche n'a trouvé aucune trace de quelqu'un dormant à la belle étoile.

Jane se dépêche pour ne pas se faire distancer.

— Je sais qu'il a prétendu ne l'avoir jamais vue, mais pensez-vous qu'il y ait une possibilité que sir John ait reconnu la femme morte ?

Mrs Twistleton recule, le visage tordu de colère.

— Écoutez, miss Austen ! Aucun d'entre nous à Deane House ne connaissait cette malheureuse.

Je sais que votre frère a été arrêté pour avoir volé son collier, et il est tout à fait naturel que vous vouliez rejeter la faute sur quelqu'un d'autre, mais cela ne vous donne pas le droit de porter des accusations fallacieuses. Ne vous avisez pas de mettre en doute la parole de sir John. Vous m'entendez ? Maintenant, bonne journée à vous, j'ai un fiacre à prendre.

La gouvernante fait volte-face et s'en va, tandis que Jane reste figée.

Elle entend les pas pressés d'Eliza qui la rattrape.

— Où t'es-tu enfuie ? Nous étions en train d'interroger la bibliothécaire.

Jane ne lâche pas des yeux la silhouette encapuchonnée de Mrs Twistleton, qui s'éloigne dans la rue bondée.

— C'est la gouvernante de la maison de sir John *et* la femme qu'il entretient.

Eliza écarquille les yeux.

— Tu penses qu'elle sait quelque chose ?

— C'est sûr ! Elle s'est mise à cracher comme un chat sauvage lorsque j'ai demandé si sir John pouvait avoir reconnu Madame Renard.

— Aurait-elle pu être jalouse à propos de son amant ? Considérer Madame Renard comme une rivale, peut-être ?

— Je ne sais pas…

Jane ne veut pas être naïve, mais la description qu'a donnée Mrs Martin de Madame Renard, une jeune femme fière, correspond à l'image qu'elle se fait de la malheureuse dentellière. Elle a beau essayer, elle n'arrive pas à imaginer Madame Renard s'abandonnant à sir John. Plutôt que de coucher avec lui, elle a peut-être été témoin d'une indiscrétion entre lui et sa gouvernante. Malgré les affirmations de Mr Toke, l'auberge Angel Inn serait un endroit commode pour le baronnet s'il s'adonnait à d'autres vices, en plus du jeu.

— Peut-être que c'est simplement son apparition à Deane House qui a entraîné sa mort, poursuit Jane. Mrs Twistleton aurait pu paniquer, pensant que Madame Renard était sur le point de révéler sa véritable nature à sa nouvelle patronne. Lady Harcourt n'aurait pas manqué de la renvoyer, la laissant sans homme pour l'entretenir ni moyens de subsistance.

Les lèvres rouges d'Eliza forment un O parfait.

— Tu envisages que la gouvernante ait pu tuer Madame Renard ?

Jane frissonne. Le voyage jusqu'à Basingstoke lui a donné l'impression d'avoir besoin d'un bon nettoyage dans un bain chaud.

— Je ne sais pas. J'essaie d'imaginer toutes les versions possibles de l'histoire de Madame Renard et de les examiner en regard des faits pour voir laquelle correspond le mieux. Sir John et Mrs Twistleton pourraient même l'avoir tuée ensemble. Peut-être que Madame Renard a découvert leur arrangement et qu'elle avait tellement besoin d'argent qu'elle a essayé de les faire chanter. Mais ils ont décidé qu'il serait plus opportun de s'en débarrasser.

Eliza porte la main à sa gorge.

— Bonté divine, Jane ! Vu la façon dont ton esprit fonctionne, je suis heureuse de ne pas avoir été là quand c'est arrivé. Dieu seul sait quelles affaires privées tu aurais pu déterrer pour m'accuser des pires maux.

Jane glisse son bras sous celui de sa cousine et se penche vers Eliza pour que leurs fronts se touchent.

— Tu as bien raison. Je sais très bien que vous êtes capable de tout, comtesse.

12

Le jour de Noël, Mr Austen dirige l'office à l'église St Nicholas. Il monte en chaire, embue les verres de ses lunettes et les frotte avec son mouchoir avant de lire à haute voix l'exemplaire en lambeaux du même sermon qu'il prononce à cette occasion depuis dix ans. Personne n'y voit d'inconvénient. Le manque d'originalité du discours est compensé par sa brièveté. La petite foule de tisserands, de fileurs et d'ouvriers agricoles qui s'est rassemblée pour célébrer le culte dans l'église humide et pleine de courants d'air est aussi impatiente que Jane de retourner au coin du feu et de profiter de cette rare journée de loisir. Cela dit, elle s'en veut de célébrer les fêtes de fin d'année alors que Georgy est emprisonné pour un crime qu'il n'a pas commis.

Pour apaiser sa conscience, elle essaie de décoder le reçu qu'elle a trouvé dans le livre que Zoé Renard a emprunté au cabinet de lecture, dans l'espoir qu'il pourra l'aider à prouver l'innocence de son frère. Malheureusement, l'écriture est tellement déformée et effacée qu'elle n'arrive pas à la déchiffrer. Elle se résout à en faire part aux membres de sa famille. Peut-être l'un d'entre eux sera-t-il capable de le lire. Après tout, ils sont experts dans l'art de débrouiller son écriture désordonnée, même lorsqu'elle écrit à la hâte, poursuivant une histoire qui se déroule dans son imagination.

La famille se réunit dans le meilleur salon, tandis que Sally prépare le festin de Noël. Jane et Mrs Austen portent leurs plus belles robes du matin, pâles avec des jupons rose perse. Eliza est en gris cendré, d'une teinte plus foncée d'un ton ou deux. La taille des robes de sa cousine se rapproche de plus en plus de son buste. Jane ne sait trop quoi penser de cette nouvelle mode, si ce n'est que les culottes courtes qu'Eliza porte en dessous semblent bien plus confortables que ses propres sous-vêtements.

Ce matin-là, Henry a effectué l'aller-retour à Winchester pour rendre visite à Georgy. Il fait de son mieux pour assurer à la famille qu'il est toujours de bonne humeur et que le directeur de la prison et sa femme s'occupent de lui avec diligence. Dans un souci d'objectivité, Jane a demandé à Henry et James d'obtenir un alibi plus précis de la part de Jack pendant leur séjour à la prison. Il est inquiétant de constater qu'ils n'ont toujours pas fourni de réponse crédible.

Jane se mordille l'ongle du pouce.

— Avez-vous demandé à Jack où il se trouvait la nuit où Madame Renard a été assassinée ?

James, assis à côté d'Eliza sur le canapé, se gratte la joue.

— Il ne peut pas se porter garant de Georgy car il était en train de faire des courses.

Jane ne peut se résoudre à considérer son compagnon de jeu d'enfance comme un suspect potentiel, mais elle commence à s'inquiéter légèrement car, même lorsqu'on le presse, Jack persiste à rester vague.

— Je le sais, mais quelqu'un peut-il se porter garant de *lui* ?

Sally, qui apporte un plateau de sorbets au citron à table, perd l'équilibre. Elle parvient à rattraper la plupart des coupes, mais deux lui glissent entre les doigts et s'écrasent sur le sol. Mrs Austen se précipite à son secours avant qu'Anna puisse atteindre le verre brisé.

James reste bouche bée.

— Jane, tu n'accuses pas Jack Smith d'avoir quelque chose à voir avec la mort de Madame Renard, n'est-ce pas ?

— Non... pas précisément, répond Jane, dont les joues s'empourprent. Mais il est juste que tout le monde s'explique sur la soirée où elle a été tuée, ne serait-ce que pour pouvoir être écarté de l'enquête.

— Enfin, Jane, dit Henry en s'appuyant sur la cheminée pour se réchauffer, Jack s'est occupé de Georgy toute sa vie. Il est aussi anéanti par cette situation que n'importe lequel d'entre nous.

La famille de Jane la regarde comme s'il lui avait poussé une tête supplémentaire, avec des cornes. Cela va à l'encontre de son instinct de soupçonner Jack, mais examiner toutes les possibilités est le seul moyen qu'elle connaisse pour trouver la vérité.

— Je ne fais que dire...

Mr Austen la coupe d'un ton inhabituellement sévère :

— Jane, Jack Smith n'a rien à voir avec ce qui est arrivé à cette femme. C'est un bon chrétien.

— Je sais cela...

Mrs Austen intervient à son tour, après avoir tendu à Sally une pelle à poussière et une balayette.

— Il fait partie de la famille. Et il ne se plaint jamais de ses responsabilités. Il n'a même pas fait d'histoires quand ton père lui a refusé une avance sur son salaire.

— Il a demandé une avance ?

Jane sent son estomac chavirer. Non, ce n'est pas possible. Même s'il avait désespérément besoin d'argent, Jack ne tomberait pas aussi bas. Jamais il ne s'emparerait de ce qui ne lui appartient pas.

Mrs Austen hoche la tête.

— Oui, pour acheter la truie des Terry. Mais nous lui avons expliqué que nous ne pouvions pas nous le permettre. Pas à l'approche de Noël, avec le mariage de ta sœur à préparer.

— Quand était-ce, Père ?

Mr Austen se frotte les yeux.

— Je ne sais pas. Quelques jours avant le bal, je suppose.

Ses parents sont trop aveugles pour le voir, mais Jack essaie de voler de ses propres ailes depuis des années. Et s'il en avait eu assez d'attendre que « quelque chose se présente » et avait décidé de prendre ce qu'il voulait à la place ?

S'il *était* le voleur, cela expliquerait comment Georgy est entré en possession du collier – il l'aurait trouvé parmi les affaires de Jack. Mais est-ce que Jack aurait pu commettre un meurtre ? Certainement pas. À moins que rien de tout cela n'ait été planifié et qu'il n'ait été pris d'une peur panique. Comme le suggérait sa mère, le coupable aurait pu être un opportuniste qui voulait seulement voler, et non tuer sa victime.

— Mais alors, ne voyez-vous pas pourquoi il est particulièrement important de déterminer où il se trouvait cette nuit-là ?

— Jane ! s'emporte Mr Austen, faisant sursauter la jeune femme et sa mère. Je ne te laisserai pas lancer des accusations à tout bout de champ. C'est un jeu dangereux.

Jane en a le souffle coupé. Elle a toujours considéré le soutien de son père comme allant de soi.

— Je ne fais qu'étudier toutes les possibilités.

— C'est peut-être vrai, mais tu ne peux pas pointer du doigt nos amis, répond Mr Austen.

Nous ne voulons pas voir un autre innocent condamné. Si tu ne fais pas attention, tu vas déclencher une chasse aux sorcières.

— Bien sûr. Je suis désolée, Père. Je promets de ne plus en parler.

Jane baisse la tête, agrippant les pans de sa robe. Elle n'aurait pas besoin de harceler ses frères pour interroger Jack si elle pouvait le faire elle-même.

— S'il vous plaît, emmenez-moi la prochaine fois que vous rendrez visite à Georgy.

Le silence se fait dans la pièce, à l'exception du babil d'Anna et des pas d'Hastings qui poursuit le bambin autour du canapé. Il est humiliant pour Jane de devoir compter sur les autres pour la transporter. Cela signifie qu'elle doit demander leur approbation implicite pour chacun de ses mouvements.

Sophy a raison sur ce point. Cela doit être libérateur d'être une cavalière aussi sûre d'elle, et d'aller et venir à sa guise. Savoir qu'elle disposera un jour d'une énorme fortune ne peut pas faire de mal non plus.

James se tourne vers Mr Austen.

— Alors, Père ?

Mr Austen se couvre les yeux d'une main.

— Tant qu'elle promet de bien se comporter, elle peut y aller.

Jane hoche sèchement la tête. Elle veut voir Georgy, bien entendu. Mais si les autres n'ont pas le courage de demander à Jack où il était cette nuit-là, elle doit le faire. Il est douloureux d'imaginer qu'il ait pu être impliqué d'une manière ou d'une autre dans la mort de Madame Renard, mais tant qu'elle ne connaîtra pas la vérité, Jane n'exclura personne de son enquête.

Au cours de l'heure qui suit, Eliza, pleine de vivacité, ramène les Austen à plus de légèreté en grattant sa guitare. Toute la famille se joint à elle pour chanter *Nos Galan*[1]. La comtesse interprète un duo avec James et Henry à tour de rôle. Jane n'a jamais vu ses frères aussi enthousiastes à l'idée de montrer leur talent musical. Ils ont des voix décentes, mais aucun ne possède la détermination nécessaire pour devenir un musicien accompli. Surtout pas Henry qui, dans sa jeunesse, était connu pour changer d'instrument chaque semaine.

Une guirlande de papier que Jane et Hastings ont construite ensemble se déploie sur toute la longueur de la poutre au-dessus de la table de la salle à manger, malgré les tentatives d'Anna de détruire leur ouvrage. Bien sûr, les décorations ne sont pas aussi nombreuses ni aussi artistiques que celles que Cassandra aurait produites si elle avait été là. Si Eliza et Hastings n'avaient pas été présents, Jane doute qu'elle aurait eu l'énergie de s'en préoccuper. Avec Georgy en prison, un Noël puritain aurait été plus approprié.

La jeune femme se demande si Tom apprécie son festin de Noël chez les Lefroy. Ce doit être une affaire plus conventionnelle, avec plus de viande et moins d'interruptions de la part des enfants. Est-ce le genre de repas auquel il s'attendra une fois qu'ils seront mariés ? Ou se contentera-t-il du style de vie familiale plus chaotique des Austen ?

Dès que le bénédicité est prononcé, elle demande :

— Quelle dinde allons-nous manger ?

Sally sert tous les plats à la fois, devenant de plus en plus rouge et proche des larmes à chaque assiette qu'elle place à côté du centre de table fait par Jane, composé de branchages de résineux. Vraiment, avec les invités supplémentaires, ils auraient dû engager une autre fille pour l'assister pendant la journée.

---

1. Chanson d'hiver traditionnelle du pays de Galles. Le titre signifie « veille du Nouvel An » en gallois.

Mrs Austen installe Anna et Hastings au bout de la table, loin de la cheminée.

— La noire tachetée.

— Oh, je l'aimais bien, dit Henry.

Il s'assied en face de Jane et des autres femmes, sur un banc avec James.

Mr Austen prend place sur son siège en bout de table.

— Je pense que vous l'aimerez encore plus avec du *plum-pudding* et de la sauce au beurre fondu.

— C'est vrai.

Henry remplit son assiette de rôti de bœuf, de pommes de terre et, plus imprudemment, selon Jane, de topinambours.

Mr Austen tend le couteau et la fourchette à découper à son fils aîné.

— Tu veux bien, James ?

James saute sur l'occasion de jouer le rôle du pater familias.

— Certainement, Père.

Il déboutonne ses manchettes et retrousse ses manches jusqu'au-dessous du coude. Eliza fait circuler le pichet de vin blanc. Tout le monde remplit son verre, tandis que James s'escrime sur l'énorme volaille bouillie.

— Veux-tu que je prenne mon sabre et que je te donne un coup de main ? le taquine Henry.

Une goutte de sueur se forme sur le front de James.

— Non, non. Je ne laisserai pas cette vieille carne avoir raison de moi.

Jane se tourne vers sa mère, qui est occupée à remplir les assiettes des enfants.

— Avez-vous déjà pris du *Black Drop* ?

Mrs Austen glisse une serviette sous le menton d'Hastings.

— Oui, ça m'est arrivé. C'est terriblement fort. Cela a provoqué les renvois les plus effroyables…

Jane lève la main.

— C'est assez d'informations, merci.

Mrs Austen se retourne pour faire face aux adultes et boit une gorgée de son vin.

— Pourquoi ? Tu pensais essayer pour soulager ton agitation ?

— Certainement pas. Vous savez que le laudanum me perturbe le cerveau et que je ne supporte pas d'être ainsi anesthésiée. Nous sommes tombées sur la gouvernante des Harcourt en ville. Apparemment, ils en consomment beaucoup à Deane House.

Mrs Austen pose son verre de vin sur la table.

— Je pense que c'est pour les nerfs de lady Harcourt. Caroline a toujours été d'un tempérament plutôt… fragile, ajoute-t-elle en pinçant les lèvres. Et le désastre du bal n'a pas dû arranger les choses.

Jane secoue une serviette et la pose sur ses genoux.

— Combien en prendrait-on, en général, pour se calmer les nerfs ?

— Je ne sais pas. Une goutte ou deux par jour ?

— Alors elle ne devrait pas boire une bouteille entière en moins d'une semaine ? Pas toute seule ?

Henry avale ce qu'il a dans la bouche.

— Dieu du ciel ! Je dirais que c'est suffisant pour assommer un escadron entier.

— Et tu t'es trompé lorsque tu as fait des insinuations licencieuses sur Madame Renard, parce que nous avons appris à la connaître aujourd'hui. Nous savons de source sûre, par Mrs Martin, que c'était une femme respectable. Il se trouve qu'elle n'était même pas modiste. C'était une dentellière, à moins que les dentellières ne jouissent d'une réputation similaire à celle des modistes…

Henry déglutit. Sa pomme d'Adam frôle sa cravate en lin amidonné.

— Que veux-tu dire par « une réputation similaire » ? demande Eliza en posant son verre.

— Non, répond Henry qui se met à tousser et à rougir. Pour autant que je sache, les dentellières ont tendance à être de gentilles vieilles dames.

Eliza se penche sur la table.

— Mais quelle est la réputation des modistes ?

— Vas-y, Henry, l'encourage James avec un sourire narquois. Tu es un homme du monde. Dis-nous, s'il te plaît, quelle est la réputation des modistes ?

Henry boit une gorgée de son vin et lance un regard acéré à Jane.

Mrs Austen se redresse.

— Ce n'est pas du tout une conversation que nous devrions avoir devant les enfants.

Jane jette un coup d'œil à Anna et à Hastings.

— Ils n'écoutent pas.

À l'autre bout de la table, Anna enfourne de manière frénétique des morceaux de pomme de terre écrasés dans sa bouche. Elle les serre tellement fort qu'une bouillie blanche s'échappe par les interstices entre ses doigts. Hastings porte sa plus belle veste courte, et ses boucles dorées reposent sur ses épaules. Il est assis, immobile, les mains sur les genoux, le regard dans le vide. C'est comme si son corps était présent, mais que son esprit était entièrement ailleurs.

— Hastings... Hastings ? demande Eliza.

Elle se lève d'un bond, envoyant sa chaise s'écraser sur le sol derrière elle.

Les yeux du petit garçon se retournent dans leurs orbites, ne laissant voir que le blanc. Il tressaille. Son corps est secoué de spasmes, de soubresauts, et sa tête est ballottée de haut en bas. Alors que son torse se raidit, il se cogne contre la table. Eliza se précipite vers lui. Mais Henry, qui est plus près, attrape Hastings, projeté en avant par les mouvements frénétiques de son propre corps. L'enfant s'agite sauvagement tandis qu'Henry le guide avec douceur jusqu'au tapis turc.

— Vite ! dit Mrs Austen en prenant une cuillère en argent. Mets-lui ça dans la bouche avant qu'il se morde la langue.

— Éloignez-vous, vous allez l'étouffer ! gronde Eliza entre ses dents serrées.

En un instant, la cousine de Jane s'est transformée en tigresse protégeant son petit. Eliza tombe à genoux tandis qu'Hastings tressaille, son petit corps se balançant par à-coups sur le sol.

Mr Austen retire la serviette de table qu'il avait glissée dans son col.

— Oh, mon Dieu !

James regarde fixement, bouche bée. Il est figé, le couteau et la fourchette à découper encore dans les mains. Anna devient écarlate et se met à pleurer. Mrs Austen l'enlève de sa chaise haute. Elle serre le bébé contre sa poitrine, ferme les yeux et détourne son visage de la scène.

— Chut, dit Henry en levant les mains et en s'accroupissant à côté d'Eliza et d'Hastings. Tout va bien, tout va bien.

Mais tout ne va pas bien. Eliza a les yeux rouges et débordants de larmes. Hastings tremble et s'agite alors que de l'écume se forme au coin de ses lèvres. Henry prend un coussin de velours sur le canapé. Eliza pousse un cri d'effroi lorsqu'il le glisse sous la tête agitée de son fils.

— Chut... Je ne vais pas le toucher, je te le promets. Ça va passer. Nous allons juste attendre que ça passe.

Et Jane se souvient. Le plus difficile, lorsque Georgy était au presbytère, ce n'étaient pas ses errances ou son incapacité à parler. Tout cela n'était pas grave, en fait. Le problème, c'étaient les crises d'épilepsie soudaines. Elles venaient de nulle part, comme la main invisible d'un démon malveillant qui s'emparait de son frère et le secouait avec une violence terrible. Ses parents ne pouvaient rien faire pour empêcher les crises, et il n'y avait aucun moyen de les arrêter une fois qu'elles s'étaient installées. Tout comme Hastings, Georgy était entièrement secoué de soubresauts et de spasmes. Jane regardait, horrifiée, jusqu'à ce que les mouvements s'atténuent et que les intervalles entre les secousses s'allongent. Georgy s'étendait alors dans les bras de leur mère, frissonnant, ses cheveux trempés collés sur son front. Il serait ensuite épuisé et désorienté pendant des jours.

Chaque fois que cela se produisait, Jane s'inquiétait de perdre un peu plus de Georgy. Sa compréhension diminuait, et il oubliait les sons qu'il avait appris à former avec sa langue. Jusqu'au jour où, craignait-elle, ils le perdraient complètement.

La gorge nouée, Jane se lève. Elle se rapproche d'Eliza, s'agenouille sur le tapis et saisit la main de sa cousine. Celle-ci s'affaisse sur le côté, posant sa tête sur l'épaule de Jane, qui passe son autre main dans sa chevelure coiffée à la dernière mode. Elle cherche son mouchoir dans sa poche et le presse sur la joue de la comtesse.

— Chut, Henry a raison, chuchote Jane tandis qu'Eliza étouffe ses sanglots. Ça passera, ça passe toujours. Nous devons juste laisser passer.

Plus tard, alors que la pleine lune est accrochée dans le ciel nocturne et que des flocons de neige flottent dans l'air, Jane apporte un plateau à thé jusqu'à la chambre arrière de la maison où se trouvent Eliza et Hastings. Elle frappe doucement à la porte et l'ouvre avec son pied. En paix, Hastings dort profondément au centre du grand lit. Ses joues sont rouges et ses lèvres forment un arc parfait. À la lumière des bougies, il est l'image même d'un chérubin. Eliza est assise dans un fauteuil voisin et regarde son fils, le visage aussi coloré et gonflé que sa robe de chambre matelassée rose carmin. Elle a brossé ses cheveux et les a laissés libres autour de ses épaules. Sans la poudre, leur teinte est proche de celle des cheveux châtains de Jane.

— Je t'ai apporté du thé, annonce Jane.

Eliza essaie de sourire, mais son sourire n'atteint pas ses yeux sombres. Elle lève ses mains tremblantes pour attraper le plateau que lui tend Jane, laquelle garde ses mains sur celles d'Eliza jusqu'à ce que le plateau soit en équilibre sur les genoux de sa cousine.

— Comment va-t-il ? demande Jane en tirant le tabouret à trois pieds de la coiffeuse pour s'asseoir à côté de sa cousine.

Les longs cils sombres d'Eliza projettent des ombres sur ses traits tirés.

— Oh, tu sais, il va s'en remettre, il a juste besoin de se reposer.

— Cela arrive-t-il souvent ?

— Plus tellement, maintenant. Chaque fois, je prie pour que ce soit la dernière. Et là, au moindre rhume, au moindre changement de temps...

La voix d'Eliza se brise. Elle porte la main à sa bouche avec émotion.

— J'ai essayé de m'assurer qu'il était assez emmitouflé pour le voyage, mais ce sont sûrement les courants d'air dans la chaise de voyage qui ont provoqué sa crise. Et Georgy ?

Jane baisse le regard. C'est la question qu'elle n'ose jamais poser à son père ou à ses frères lorsqu'ils reviennent de Winchester. L'idée que Georgy ait à traverser l'une de ses crises sur le sol sale d'une prison devant des étrangers est trop difficile à supporter.

— Je ne pense pas qu'il en ait encore. Plus maintenant.

— C'est bien.

Eliza boit une gorgée de son thé.

— Beurk… Quelle dose de sucre as-tu mise là-dedans ?

Jane grimace.

— Nous venons de recevoir un nouveau pain de sucre, et Mère a dit que ce serait bon pour le choc. J'aurais peut-être dû te trouver du *Black Drop* à la place.

Eliza réussit à esquisser un sourire, léger mais sincère.

Jane glisse une main dans sa jupe et fouille jusqu'à ce qu'elle trouve le reçu dans sa poche. Elle le sort, le pose sur ses genoux et lisse les plis du papier délicat.

— J'ai réfléchi à cela. L'écriture est difficile à déchiffrer, mais je peux distinguer une date et quelque chose à propos de deux bijoux.

Elle le tend à Eliza, espérant ainsi détourner l'attention de sa cousine de ses inquiétudes maternelles apparemment sans fin.

Eliza pose sa tasse de thé sur la commode, tenant le reçu à la faible lueur d'une bougie de suif.

30 août 1795

Un collier de dame, or 18 carats, perles	*36 gns*
Une bague d'homme avec intaille	*14 gns*
Total	*50 gns*

3 novembre 1795
Reçu

— Tu vois ? On dirait la chaîne de Madame Renard, dont Georgy s'est emparé d'une manière ou d'une autre, et une bague d'homme. Peut-être une chevalière, sertie d'une pierre précieuse gravée. Mais ça n'a aucun sens. Pourquoi Zoé Renard dilapiderait-elle son argent dans des bijoux tout en se tuant à la tâche et en vivant si humblement à l'auberge Angel Inn ? Et regarde le prix qu'elle a payé.

Jane touche du doigt la colonne de chiffres sur le côté droit du billet.

— Tu n'as pas vu la chaîne, mais elle est exquise. Avec toutes les perles, j'aurais pensé qu'elle valait plusieurs centaines de livres. Mais ici, il est dit qu'elle n'a payé que cinquante guinées pour la bague *et* le collier.

Eliza le retourne pour examiner l'autre côté, tenant le papier usé dangereusement près de la flamme pour observer l'écriture.

— Je ne pense pas qu'il s'agisse d'un reçu. Pas d'un bijoutier, en tout cas.

Jane penche la tête, essayant de suivre le raisonnement d'Eliza en étudiant ses traits.

— Mais c'est forcément cela. Je l'ai lu une centaine de fois, et ce sont les seuls mots que j'arrive à déchiffrer.

— Mais regarde… Il y a une autre date, le 3 novembre. Et est-ce bien « Reçu » qui est écrit en dessous ?

— Oui, cela doit être la date à laquelle elle a reçu les bijoux après avoir passé sa commande en août. Si le montant est si bas, c'est peut-être parce qu'il s'agissait d'un simple acompte.

— Non. Tu as raison. Elle n'était pas le genre de femme à avoir les moyens ou l'envie d'acheter des babioles.

Eliza brandit le billet en l'air. Ses yeux sombres brillent.

— Ce n'est pas un bijoutier, c'est un *prêteur sur gages*. Madame Renard a dû mettre en gage le collier et la bague au mois d'août, peut-être pour payer son loyer à l'auberge Angel Inn.

— Oh…, bafouille Jane.

Elle n'a jamais possédé de bijoux, et en a encore moins mis en gage.

— C'est pour cela que le montant est si bas ?

Eliza inspire un peu d'air entre ses dents serrées.

— Quand les gens sont désespérés, ils acceptent tout ce qu'on leur propose, répond-elle. Je me demande comment elle a trouvé l'argent pour récupérer ces objets. Elle n'a pas pu vendre autant de chapeaux.

— Pourquoi n'a-t-elle pas vendu les bijoux dès le départ ? Elle en aurait tiré beaucoup plus, n'est-ce pas ?

Eliza hausse les épaules.

— Ces pièces avaient peut-être une valeur sentimentale pour elle. Le collier aurait pu être un héritage.

— Oui. Et la bague…

Jane se lève, bondissant sur ses pieds.

— La bague, Eliza. C'est une bague de gentleman ! Un gage d'amour, offert par quelqu'un qu'elle aimait profondément – le père de son futur bébé, certainement.

Eliza porte un doigt à ses lèvres et jette un coup d'œil à son fils assoupi.

— Pardonne-moi, murmure Jane. Elle a dû venir à Basingstoke pour le chercher, poursuit-elle, parce qu'elle était désespérée et qu'elle portait son enfant. Et quand elle l'a trouvé, c'est *lui* qui lui a donné l'argent pour récupérer les bijoux.

Eliza plie la note et la rend à Jane.

— Tu t'emportes.

Jane se sent envahie par une soudaine légèreté, la même euphorie qui la saisit lorsqu'une nouvelle histoire se déroule dans son esprit.

— La bague est un indice. Un véritable indice – le premier digne de ce nom sur lequel nous sommes tombées. Personne n'a parlé d'une bague.

— Parce que le voleur s'en est emparé ?

— C'est possible, oui. Mais si Mère a raison et que le voleur s'est débarrassé du collier parce qu'il était lié au meurtre, pourquoi garder la bague ? Une intaille serait encore plus identifiable.

Jane pose les mains sur ses hanches et se balance d'avant en arrière, réfléchissant à toutes les tournures que cette histoire pourrait prendre.

— Il aurait été plus logique de vendre le collier et de mettre la bague entre les mains de Georgy.

— Tu as raison. L'or et les perles sont assez faciles à revendre.

— Et si le voleur n'avait pas volé la bague – parce que Madame Renard ne la portait pas au moment des faits ? Supposons que l'homme qui la lui a donnée l'ait reprise après qu'elle l'a réclamée au prêteur sur gages.

— Pourquoi aurait-il fait cela ?

— Parce qu'il ne voulait pas que quelqu'un sache qu'il y avait un lien entre eux, n'est-ce pas ? Sinon, il se serait présenté à son enterrement.

Jane frissonne au souvenir des funérailles solitaires de Madame Renard.

— C'est une chose, pour un gentleman anglais, d'offrir sa bague à une femme qu'il a rencontrée sur le continent, c'en est une autre, pour celle-ci, de l'exhiber ici. Basingstoke est une petite ville. Le nombre de familles établies dans le Hampshire est limité. Une chevalière, surtout si elle porte un blason, pourrait être reconnue.

— Elle pourrait être dans sa chambre, avec le reste de ses affaires.

— Non. Ne te rappelles-tu pas ? Mr Toke a dit que la vente de ses biens n'aurait pas suffi à couvrir son loyer. Le propriétaire a dû la reprendre pour protéger son identité.

Eliza pose le dos de sa main sur le front d'Hastings.

— Bien joué, *ma chérie**. Mais s'il te plaît, ne réveille pas mon fils. Il a besoin de se reposer.

Jane a l'impression que sa poitrine est sur le point d'exploser. Elle a envie de s'élancer à travers le comté pour vérifier les doigts de tous les gentlemen qu'elle croise.

— Mais ne comprends-tu pas ? Si nous trouvons la bague, nous trouverons son amant secret. Et qui de plus indiqué pour nous mener à son meurtrier ?

*

* *

3. À Cassandra Austen

Miss Austen,
chez le révérend Fowle,
Kintbury,
Newbury

Steventon, jeudi 31 décembre 1795

Ma très chère Cassandra,

Si tu me demandes encore une fois de veiller sur Mère, je t'accuserai de me trouver indifférente, ce qui ne peut être vrai. Comme tu le sais, je suis une observatrice très attentive des maux de Mère et je te les énumère – indexés selon son humeur et l'endroit du corps – dans une lettre sur deux. Revenons à la question plus urgente de savoir qui a tué l'infortunée ~~modiste~~ dentellière, Madame Renault-Renard.

Ce n'était pas n'importe qui – elle n'était pas une modiste, dans les deux sens du terme. Mais ma liste de suspects s'agrandit encore un peu plus :

- *Jack Smith (s'agit-il d'un vol qui a mal tourné ? J'en doute – mais Mère dit qu'il ne faut pas exclure un voleur opportuniste, et je dois admettre que c'est l'explication la plus simple pour expliquer pourquoi Georgy avait le collier).*

Quant à la raison de sa présence ici, aurait-elle pu être attirée à Basingstoke par le propriétaire d'une chevalière en or ornée d'une pierre précieuse gravée ? Et, si c'est le cas, comment puis-je trouver l'homme en question ?

Je n'ai aucune idée de la façon dont ma robe bleue s'est retrouvée dans ton sac de voyage à la place de la tienne. Cela doit être dû à la négligence de Sally dans l'entretien de nos garde-robes. Je la réprimanderai très sévèrement pour toi. Déchire cette lettre en bandes, trempe-les dans de la farine et de l'eau et utilise-les pour te confectionner un chapeau de mariée en papier mâché. Je suis sûre que tu seras très élégante.

Ta sœur affectueuse,
J.A.

13

L'année se termine par une nuit de gel, claire et froide. La lune est décroissante, entrant dans son dernier quartier, mais suffisamment brillante pour éclairer les chemins de campagne alors qu'Henry et James se relaient pour conduire l'attelage à la fête de la Saint-Sylvestre qui se tient dans la salle de réception de l'auberge Angel Inn. Jane est assise dans le carrosse avec Eliza, regardant par la fenêtre les étoiles scintillantes qui parsèment le ciel d'encre. Au fond d'elle-même, elle aspire à retrouver la jeune femme joyeuse qu'elle était avant de suivre son frère dans le placard à linge des Harcourt et de découvrir le cadavre de Zoé Renard. Mais comment le pourrait-elle alors que Georgy est en danger ?

Au lieu de quoi elle apaisera sa conscience en faisant ce qu'elle peut pour sauver son frère – en dansant avec autant de gentlemen que possible, tout en examinant discrètement leurs mains à la recherche d'une chevalière sertie d'une pierre précieuse gravée. Si elle parvient à trouver le père de l'enfant que portait Madame Renard, il pourra peut-être désigner son meurtrier. Ce n'est qu'une fois sa mission accomplie qu'elle s'autorisera à discuter avec Tom si souvent que les langues des commères locales s'agiteront plus vite que les queues des chiens de chasse de James lorsqu'ils la voient arriver avec un os à moelle.

Eliza a mis du rouge sur les lèvres et les joues de Jane, et un peu de son parfum français derrière ses oreilles et le long de sa gorge. Sa cousine a également maquillé le visage de Sally, ce qui a fait sourire la domestique pour la première fois depuis le jour de Noël. Sally se montre si peu loquace ces derniers temps que Jane craint que, dans sa détresse à l'égard de Georgy, sa mère n'ait négligé de remettre à la bonne ce qui lui était dû. Comme il est de coutume de donner un pourboire aux domestiques pour le Boxing Day, Sally s'attendait forcément à quelque chose. Jane décide de rectifier le tir dès qu'elle le pourra, ne serait-ce que pour encourager Sally à faire plus attention lorsqu'elle la coiffe.

Sans Cassandra pour contrôler son sens des convenances, Sally est plus libre que jamais avec le papier à friser et les pinces. La domestique a la main lourde, et son sens du style est loin d'être sobre. En conséquence, les cheveux de Jane sont arrangés de telle sorte que ses mèches de couleur châtain explosent en une profusion de boucles en tire-bouchon à partir du sommet de son crâne. Eliza a enroulé le ruban doré irisé autour de la robe pâle de Jane tant de fois que la taille semble plus haute, dans le nouveau style qu'elle porte elle-même. Dans tous ses atours, Jane est plus belle qu'elle ne l'a jamais été et, elle le craint, plus belle qu'elle ne le sera jamais.

Lorsqu'ils arrivent dans la cour de l'auberge Angel Inn, James ouvre la porte du carrosse et se jette sur la main d'Eliza, laissant Jane prendre le bras d'Henry en descendant de voiture. Cela ne la dérange pas : Henry est resplendissant dans son costume militaire, et Jane préférerait être vue au bras d'un soldat, ou même d'un marin, plutôt qu'au bras d'un ecclésiastique n'importe quel jour de la semaine – et plus encore le dimanche.

À la façon dont Henry se raidit et jette un regard dans le dos d'Eliza lorsqu'elle monte d'un pas chaloupé l'escalier en colimaçon et entre dans la salle de réception au bras de leur frère aîné, Jane sent qu'il n'est pas aussi satisfait qu'elle de leur binôme. La robe d'Eliza, en soie grège, scintille à chaque mouvement des hanches. Henry a toujours été épris d'elle. Maintenant qu'il a une vingtaine d'années, l'écart d'âge de dix ans s'est comblé entre eux, et Jane sent quelque chose de dangereusement charnel dans son obsession pour leur éblouissante cousine.

À la lumière des lampes, l'auberge Angel Inn semble être un établissement beaucoup plus réputé qu'il ne l'est. Jane se hisse sur la pointe des pieds lorsqu'ils entrent, scrutant la foule à la recherche de Tom. La salle de bal est vaste, carrée, avec beaucoup d'espace pour danser, et l'air est chargé d'un parfum de clou de girofle et d'agrumes. Sur le pourtour de la piste, les plus prestigieuses familles du comté sont réunies autour de tables rondes recouvertes de lin blanc et ornées de candélabres en métal argenté auxquels du lierre est entrelacé. Les membres desdites familles – Chute, Digweed et Terry – sont couverts de poudre, de bijoux et d'un léger voile de transpiration. Sur une estrade, sous un lustre en laiton étincelant, l'orchestre joue une valse. Ce soir, il est composé de cordes, de bois et de cuivres, ainsi que d'un piano à queue. La beauté de la musique ravive l'humeur de Jane.

De l'autre côté de la piste de danse, son amie Alethea tend un long bras blanc, enfermé dans son gant d'ivoire, et agite frénétiquement la main. Elle a relevé ses cheveux auburn sur sa tête et orné sa coiffure de plumes d'autruche.

Son père, Mr Bigg-Wither, a pris possession de l'une des meilleures tables, près d'une fenêtre, pour prendre l'air tout en surveillant la piste de danse. Alethea se trémousse sur son siège. Ses oreilles et sa gorge scintillent de diamants, et la mousseline de sa robe éthérée semble miroiter de tourbillons de sequins d'or et d'argent. Elle sourit largement à l'approche de Jane et de son groupe, tapote le siège vide à côté d'elle et bat des cils en direction d'Henry et de James.

— Oh, bien, vous avez amené des hommes.

James rougit, s'accrochant au bras d'Eliza comme s'il en allait de sa survie, tandis qu'Henry libère Jane pour agripper l'autre bras de leur cousine. Il semble que ses deux frères se servent d'Eliza comme d'un bouclier contre les femelles prédatrices. Ils n'ont pas à s'inquiéter d'Alethea. Jane est certaine que l'intérêt de son amie pour James et Henry ne s'étend pas au-delà des limites de la piste de danse. Une centaine de personnes sont présentes. Si l'on exclut ceux qui ne sont pas disposés à danser, il devrait y avoir assez de monde pour former au moins vingt-cinq couples.

Jane sort son crayon et son carnet de poche pour noter ses observations.

— Ne sois pas si maladroite, Alethea. Tu vas effrayer ces petites choses fragiles.

Alethea fait la moue.

— Mais il y a trop de femmes, comme d'habitude. Regarde autour de toi, nous sommes deux fois plus nombreuses que les hommes. Crois-moi, Jane, nous allons devoir jouer les messieurs à tour de rôle d'ici la fin de la soirée.

Jane continue de scruter la foule à la recherche de Tom. D'habitude, elle se contenterait de faire équipe avec Alethea, mais ce soir, elle a envie d'accorder sa main – dans les deux sens du terme.

— Que fais-tu ? demande James en désignant d'un geste le carnet de Jane. Dois-tu vraiment… ?

— Je prends des notes pour mon prochain projet. Il y aura une scène de bal. Comme un peintre s'inspire de la vie, un écrivain ne peut-il pas le faire ?

Ce n'est qu'un demi-mensonge. Jane prépare sa prochaine histoire et veut y inclure un bal spectaculaire dans une salle de réception de Bath. N'ayant pas encore visité la ville, elle devra s'inspirer de son environnement actuel. Mais elle est également en train de dresser une liste de tous les messieurs présents afin de pouvoir cocher ou barrer leur nom pour indiquer s'ils portent une chevalière ornée d'une intaille.

James referme sèchement ses doigts sur le carnet.

— C'est inconvenant. Les gens vont penser que tu écris sur eux. Range-le.

Jane sent son visage s'enflammer à cette réprimande de son frère aîné en public.

— Je vais plutôt préparer une liste de tours de danse. Cela vous conviendra-t-il ? Alethea, tu peux commencer par James. Tu verras qu'il s'est beaucoup amélioré. Nous lui avons fait répéter les pas.

Alethea trépigne.

— Comme c'est intelligent ! Il faut que je commence à former mon petit frère.

— Et quand les Lloyd arriveront, ajoute Jane en pointant son crayon vers James, tu devras inviter Mary deux fois.

— Pourquoi Mary aurait-elle deux danses ? proteste Alethea avant de glisser sa main dans le creux du bras libre de James, avec l'intention de l'entraîner vers la piste de danse.

Eliza retire rapidement son bras de l'emprise de celui de James, le privant de tout appui.

— Qui d'autre dansera avec Mary, compte tenu de son malheur ?

— Ne sois pas si méchante, Jane, la gronde James en fronçant les sourcils. Ses cicatrices de vérole ne sont pas si graves.

Jane hausse les épaules.

— C'est toi qui te préoccupes de ses cicatrices. Je parlais de son caractère.

James prend une couleur betterave tandis que le reste du groupe ricane discrètement.

— Maintenant, Henry...

Mais le jeune homme passe un bras autour de la taille d'Eliza pour la diriger à l'écart.

— Ne t'avise pas de faire cela. Je peux prendre mes propres dispositions.

Henry et Eliza sont tous deux d'une beauté si dévastatrice qu'ils font sensation dans la foule alors qu'ils se fraient un chemin vers la table des rafraîchissements, où Mr Toke, propre et soigné, sert du punch contenu dans une gigantesque soupière en argent. Jane ne peut qu'espérer que l'aubergiste ne reconnaîtra pas, grâce à ses atours, l'impudente jeune fille qu'il a précédemment expulsée de ses locaux.

Une toux polie retentit derrière elle. Elle se retourne et tombe nez à nez avec un manteau ivoire familier. L'odeur de l'eau de Cologne à la bergamote et aux épices emplit ses narines, et le rouge lui monte aux joues. Tom la salue avec une solennité feinte, s'inclinant très bas pour lui faire le baisemain. Jane a l'impression que sa bouche lui brûle la peau à travers le cuir de chevreau de son gant.

— Miss Austen. Puis-je avoir l'honneur de réclamer la première danse ?

— Vous pouvez, sir.

Jane fait une révérence alors qu'il refuse de relâcher sa main.

Tom retrousse les lèvres sur un sourire sensuel.

— Et la suivante ? demande-t-il, tandis que Jane en a le souffle coupé. Et très probablement celle encore d'après ?

Elle se met à rire pendant qu'il l'entraîne sur la piste de danse. À chaque pas, Jane se sent pousser des ailes.

Jonathan Harcourt et Sophy Rivers, dont les fiançailles ont été officiellement annoncées dans le *Times*, sont invités à ouvrir le bal. Ils se tiennent l'un face à l'autre, en tête de la ligne de danseurs. Les yeux de Sophy sont aussi durs que du silex au-dessus de l'éclat de son collier de diamants, et sa mine sinistre ne ressemble guère au portrait du camée qu'elle porte habituellement. Elle devrait être dans son élément, dansant une gigue pour célébrer son ascension vers la haute société. Au lieu de quoi elle a plutôt l'air d'une guerrière formant un bouclier de protection avec son éventail en plumes d'autruche. Jonathan regarde ses souliers. C'est un homme élancé, plus grand que ses deux parents. Il se baisse un peu, comme pour s'excuser de sa taille inattendue.

Eliza et Henry sont les suivants dans la file d'attente. Ils rougissent et se jettent des coups d'œil furtifs, ressemblant plus à de jeunes amoureux que le couple officiellement fiancé. Jane se demande si sa cousine se rend compte de l'effet qu'elle produit sur Henry. Si c'est le cas, il est tout à fait irresponsable de sa part de continuer à le provoquer.

James et Alethea se joignent à eux, avec Mary Lloyd, grisée d'avoir réussi à attirer le fringant Mr Fitzgerald pour une danse. Les musiciens prennent leurs archets pour jouer une allemande. Jonathan et Sophy définissent les pas et, un par un, tous les couples les répètent, jusqu'à ce que la ligne entière soit emportée par le mouvement.

Durant cette unique danse, Jane a le sentiment que son monde est redevenu léger, lumineux et étincelant. Ses entrailles vibrent de plaisir lorsque Tom lui prend la main et la fait tourner dans une pirouette. Il se penche si près d'elle que son souffle chaud lui chatouille le cou.

— Dommage qu'il n'y ait pas de serre, ici.

— Pourquoi donc, mister Lefroy ? Qu'entendez-vous par là ?

Jane rougit au souvenir de leur flirt insouciant au bal des Harcourt, avant que la soirée tourne au drame. Devant tout le clan venu de Steventon, Tom avait eu l'audace de lui demander si elle était frileuse et l'avait comparée à une « fleur de serre laissée dans le froid ». Une étincelle s'était allumée en elle lorsqu'il avait ponctué son commentaire d'un subtil clin d'œil. C'était ainsi que Jane avait su qu'il l'attendrait dans la serre. C'est le seul homme qu'elle ait jamais rencontré qui puisse suivre le rythme vif de son esprit.

— J'entends par là que je donnerais n'importe quoi pour être seul avec vous en ce moment, murmure-t-il, alors que Jane est incapable de détacher les yeux de ses lèvres douces. Rendez-vous demain. Devant l'église de votre père, à midi ?

Elle hoche la tête pour acquiescer tandis que son pouls s'accélère. Demain, c'est le jour de l'An. Quoi de plus approprié pour régler les détails de leur nouvelle vie ? Sans le maintien ferme de sa ceinture dorée, Jane est sûre que son cœur éclaterait dans sa poitrine.

La musique s'arrête. Jane et Tom se séparent, avec un temps de retard sur les autres couples. Ils se sourient avec ravissement d'un côté et de l'autre de la ligne de démarcation et applaudissent les musiciens.

Tom lui prend la main et l'entraîne vers la table des rafraîchissements. Jane prend soin de rester à proximité de la foule, hors du champ de vision direct de Mr Toke. Sir John passe à côté d'elle en portant deux coupes pleines de punch. Il ne porte pas de bague, mais ses doigts sont peut-être trop larges pour cela. Jane récupère son carnet de poche et trace une croix à côté de son nom.

Le baronnet se dirige vers sa femme, assise à côté de Mrs Rivers sur un canapé près de l'orchestre. Lady Harcourt se tient raide comme un piquet et observe son fils de ses yeux de rapace, lequel se tient silencieusement devant une Sophy à l'air assombri. Sir John pose l'une des boissons sur un piédestal à côté d'un vase de fleurs séchées et sort une petite fiole de verre de son gilet pour en faire couler quelques gouttes dans l'autre coupe.

Jane sent son ventre se serrer lorsqu'il tend le punch corrompu à sa femme. Elle n'en est pas sûre, mais elle pense que lady Harcourt ne sait pas que son mari a mélangé sa boisson avec ce qu'elle soupçonne fortement être du *Black Drop*. Lorsque Tom tend son verre de punch à Jane, elle l'avale à grandes gorgées pour calmer l'inquiétude qui monte en elle et lui tord l'estomac. La boisson est forte, mais Jane laisse peu de temps au brandy et au rhum pour imprégner sa langue. Il y a trop de monde à proximité pour qu'elle partage avec Tom son observation à propos de l'acte furtif de sir John.

De nouveau sur la piste de danse, Jane coupe la ligne des danseurs pour se retrouver épaule contre épaule avec Sophy Rivers. Elle se hisse sur la pointe des pieds et se penche pour chuchoter à l'oreille de Tom.

— Pouvez-vous m'accorder une faveur ?

Il se penche en arrière sur ses talons.

— Cela dépend...

— Pouvons-nous les interrompre ? dit-elle en désignant Sophy et Jonathan d'un signe de tête.

L'occasion d'interroger Jonathan sur le comportement étrange de son père est trop belle, et le punch a rendu Jane audacieuse. Elle veut essayer de sonder Jonathan au sujet de l'horrible relation qui lie ses parents, afin de mieux comprendre le caractère du baronnet. Le mépris désinvolte de sir John envers la santé de son épouse et sa propension à accueillir des femmes déchues dans sa maison, sans parler de son lit, rendent Jane soupçonneuse quant à ce qu'il pourrait être capable de faire d'autre. Et comme elle devra bien finir par se séparer de Tom si elle veut atteindre son objectif d'inspecter les doigts de chaque gentleman présent dans la pièce, autant commencer maintenant.

— Je n'aime pas beaucoup vos demandes de faveur. Pas quand elles m'éloignent de vous.

Jane fait la moue.

— C'est important. Je vous expliquerai pourquoi plus tard, ajoute-t-elle.

Tom soupire. Mais au lieu de prendre la main de Jane lorsqu'ils se croisent de nouveau au cours de la danse, il prend celle de Miss Rivers. Quand Jane attrape celle de Jonathan, ce dernier sursaute, puis se détend visiblement, semblant presque soulagé de danser avec la fille de son ancien maître d'école plutôt qu'avec sa *fiancée**.

— Miss Austen ?

— Mister Harcourt. Pardonnez-moi de vous interrompre, mais je n'ai pas eu le plaisir de discuter avec vous depuis votre retour de votre Grand Tour.

Jane sourit gentiment tandis qu'ils se font face, attendant leur tour pour danser de nouveau.

— Non. Mais j'ai apprécié votre récital lors de la fête donnée pour mon retour, répond Jonathan, sans aucune trace de moquerie dans ses yeux bleu clair.

Il est habillé tout en noir, avec seulement une chemise et une cravate blanches pour atténuer toute cette noirceur. Même ses cheveux noir de jais sont ramenés en queue et attachés par un ruban noir.

— Merci, c'est très aimable. Mais je suis consciente qu'il y avait des talents bien supérieurs au mien qui se sont exprimés ce jour-là. Dites-moi, comment va votre mère ? Elle doit être ravie de vous avoir à la maison.

Jonathan cille.

— Ma mère ?

— Oui. Cela doit être un tel réconfort pour elle de vous retrouver, et de vous voir sur le point de vous marier. Ses nerfs s'améliorent-ils ?

Un frémissement traverse ses lèvres pâles, avant qu'il les resserre en une fine ligne.

— Ma mère se porte aussi bien que possible, merci. Comment va votre famille, miss Austen ? J'ai été navré d'apprendre ce qui est arrivé à Georgy. Je prie pour que l'affaire soit résolue et qu'il soit bientôt libéré.

Jane hésite, imaginant son frère croupissant en prison pendant qu'elle s'acoquine avec le *beau monde**. Il est étrange que ce soit Jonathan qui se souvienne de lui.

— C'est gentil de votre part de dire cela. Ma famille est... essaie de faire face.

Elle cherche un moyen de l'interroger sans s'exposer. Elle ne peut pas demander à Jonathan s'il sait que son père couche avec un membre du personnel, qu'il empoisonne lentement sa mère et qu'il pourrait bien être responsable du meurtre qui a gâché son bal de fiançailles.

— Vous avez étudié l'art, n'est-ce pas ? Je me souviens des caricatures amusantes que vous dessiniez lorsque vous étiez l'élève de mon père.

Jonathan lui tend les mains. C'est leur tour de faire une arche pour que les autres danseurs puissent passer dessous.

— En effet, oui.

En saisissant ses doigts fins, elle sent le tremblement de son bras. C'est comme si elle le soutenait.

— Rappelez-moi où vous êtes allé, voulez-vous ?

Jonathan déglutit et attend qu'un autre couple passe avant de répondre.

— Bruxelles.

Jane a le sentiment d'entendre le sang rugir dans ses oreilles. La scène autour d'elle se brouille tandis qu'elle se concentre sur Jonathan.

— Bruxelles ?

« Il est parti sur le continent pour étudier l'art. »

Qu'est-ce que Jonathan a fait d'autre, là-bas ? Rencontrer Madame Renard et engendrer son enfant ?

Impassible, les yeux vides, il reprend :

— À l'Académie royale. Enfin, jusqu'à ce que les Français l'envahissent.

Les autres invités se baissent et se faufilent sous leurs bras tendus. Les traits de Jonathan sont si dépourvus d'émotion que l'on dirait Hastings juste avant sa crise d'épilepsie.

La respiration de Jane s'accélère. Si seulement il était possible de voir directement dans l'esprit d'une autre personne, de savoir exactement ce qu'elle pense. La fête de bienvenue pour le retour de Jonathan, au cours de laquelle Sophy a humilié Jane au piano, a eu lieu en septembre, ce qui signifie qu'il aurait pu rencontrer et mettre enceinte Madame Renard à Bruxelles en juillet. Jane se le rappelle parce qu'elle portait sa robe bleue. Quelques semaines plus tard, elle l'a abîmée en la salissant tellement à la fête des moissons que Sally a dû la tremper dans du jus de citron et la laisser sécher au soleil, ce qui a fait disparaître sa belle couleur vive.

Mais Jonathan n'est pas le genre de jeune homme à ruiner la réputation d'une jeune femme et à la laisser sans ressources, n'est-ce pas ? Aurait-il vraiment pu séduire Madame Renard, lui donner sa bague en guise de promesse, puis l'abandonner pour retourner en Angleterre et épouser son héritière ? Il a toujours été d'une si grande gentillesse.

Mais les hommes changent. Les garçons deviennent des créatures totalement différentes. Et Jane sait, d'après les femmes meurtries et battues qui se présentent parfois à la porte arrière du presbytère pour demander l'aide du recteur, que la conduite d'un homme derrière des portes closes peut être très différente du visage sympathique qu'il présente en public.

Elle prend une inspiration.

— J'imagine que cela vous manque ?

Jonathan a la voix chargée d'amertume lorsqu'il répond :

— C'est vrai.

Jane lâche ses mains et fait un pas en arrière. Le dernier couple passe sans leur arche. Jonathan continue de la scruter, ses sourcils sombres serrés l'un contre l'autre.

— Dieu sait que je souhaiterais n'avoir jamais, au grand jamais, remis les pieds sur ces côtes.

Jane tressaille devant la véhémence de ses propos. La danse se termine, et les autres couples applaudissent avant de s'éloigner deux à deux de la piste. Jonathan lève les mains et continue ses applaudissements lents et mous. Au petit doigt de sa main gauche, il porte une chevalière en or sertie d'une pierre brun-rouge.

Jane ne peut en détacher les yeux. Jonathan était à Bruxelles au moment où Madame Renard est tombée enceinte *et* il porte une bague avec une intaille. Elle déglutit pour humidifier sa gorge serrée – la découverte menace de l'étrangler. Il la regarde avec tristesse, remarquant manifestement son malaise. Elle recule en titubant, n'étant pas prête à le confronter à ses soupçons. Jonathan, un jeune homme qu'elle connaît depuis toujours, ne peut pas être mêlé au triste sort de Madame Renard. C'est impensable.

14

Plusieurs carrosses sont arrivés, et la salle de bal grouille de monde. Jane tremble, se heurte à des convives et jette un coup d'œil par-dessus son épaule alors qu'elle se perd dans la foule, à la recherche de Tom. Elle a besoin d'un allié à qui se confier, quelqu'un qui ne l'accusera pas de se laisser emporter par son imagination. Jonathan n'a pas bronché ni rougi de culpabilité, mais Jane ne peut chasser de son esprit ses confidences sur sa vie à Bruxelles, ni la chevalière qui brille à son petit doigt.

L'odeur de la transpiration fraîche et de la fumée de tabac lui obstrue la gorge. Elle se hisse sur la pointe des pieds. Tom est au fond de la pièce, en pleine discussion avec son oncle et sa tante. Mrs Lefroy agite un doigt vers lui et son mari, George. Elle les gronde, visiblement. Elle les a peut-être surpris en train de se rendre en cachette aux tables de jeu. Mr Lefroy tapote le bras de sa femme pour la calmer, tandis que Tom, renfrogné, est campé sur ses jambes écartées, les mains posées sur ses hanches minces.

Jane attire l'attention de Tom, mais d'un geste habile, il lui enjoint de ne pas intervenir. Découragée, elle se faufile dans la foule vers Mr Toke et son bol de punch. Elle a tellement soif, à cause de l'exercice et de l'inquiétude causée par sa rencontre avec Jonathan, qu'elle finit sa coupe d'un trait et la tend pour qu'on la resserve, sans se soucier désormais que le propriétaire puisse la reconnaître. Il peut difficilement l'expulser devant tout le comté. S'il essayait, il mettrait certainement un terme à la fête.

Non loin de là, Eliza appuie son dos contre un pilier et agite un éventail en papier devant son visage. Jane s'approche de sa cousine en titubant, comme un bateau à la recherche de la terre ferme. Sir John se tient trop près d'Eliza. Son énorme perruque pend sur son gros ventre tandis qu'il brame vers elle.

Eliza referme son éventail d'un geste sec.

— Vraiment, sir, ce n'est ni le moment ni l'endroit. Et c'est mon oncle, Mr Austen, qui s'occupe de mes affaires.

Jane jette un coup d'œil à sir John et passe son bras sous celui d'Eliza pour tenter de l'entraîner, mais la salle est tellement bondée qu'elles sont coincées par la masse des corps. Chaque direction dans laquelle elles s'engagent est bloquée par des messieurs au dos large, vêtus de vestes à queue-de-pie, et par des dames aux coiffures imposantes piquées de plumes d'autruche. Le baronnet grogne contre le groupe de gentlemen à côté de lui, sans quitter des yeux Jane et sa cousine.

Jane ne peut faire part de ses soupçons quant à une liaison entre Jonathan et Madame Renard car le père du jeune homme risque de l'entendre. Aussi préfère-t-elle recueillir l'opinion d'Eliza sur Tom avant que son soupirant soit de retour à ses côtés.

— Alors, qu'as-tu pensé de lui ?

— Il est des plus insolents.

Eliza jette un coup d'œil à sir John, ouvre son éventail et l'agite vigoureusement. Les plis du papier sont peints d'une scène bucolique : un berger et une bergère vêtus de couleurs vives s'ébattent dans la campagne française tandis qu'Eliza se rafraîchit.

— Non, pas *lui*. Mon ami irlandais.

Jane penche la tête vers le fond de la pièce, où Mrs Lefroy a pris le bras de Tom et l'entraîne vers la sortie. Mr George Lefroy les suit à quelques pas. Ils doivent être en train de sortir pour prendre l'air. La salle de réception est de plus en plus chaude et étouffante. La sueur s'accumule sur la lèvre supérieure de Jane, et sa robe est humide sous ses bras. Elle prie pour que les auréoles sur la mousseline ne se voient pas. Si seulement Mr Toke demandait à ses hommes d'ouvrir d'autres fenêtres.

— Oh ! fait Eliza en tournant son regard sombre vers l'endroit où Tom drape la cape de Mrs Lefroy sur ses épaules. Eh bien, il est très agréable. Extrêmement charmant, et d'une beauté diabolique. Et, d'après ce que j'ai vu, il est parfaitement épris de toi. Que sais-tu de sa famille ?

Jane sent les petits cheveux sur sa nuque se hérisser.

— Sa famille ?

— Oui. Il est très jeune. Il n'a pas encore vingt ans, as-tu dit ? Et c'est un avocat qui débute dans la vie. Sans mécène, j'imagine qu'il lui faudra de nombreuses années avant de pouvoir prendre femme. Alors peux-tu me parler de sa famille, n'importe quoi qui la concerne ?

— Eh bien…

Jane déglutit. Un valet de pied passe avec un plateau et des coupes de vin blanc. Elle se saisit d'un verre et en avale le contenu. Qui s'avère tiède et sucré, avec un arrière-goût de vomi.

— Son père était capitaine dans l'armée. Mais lui et la mère de Tom sont maintenant installés en Irlande.

Eliza referme son éventail et le tapote contre sa pommette.

— Est-ce qu'il est fils unique ?

— Non, il a cinq sœurs aînées.

Eliza écarquille les yeux.

— Cinq ? répète-t-elle. L'une d'entre elles est-elle mariée ?

— Non...

Jane baisse le regard sur le sol, où ses souliers de satin rose dépassent du bas de sa robe. Avec un peu de vinaigre blanc, du savon de soude et beaucoup d'huile de coude, Sally a éliminé les plus grosses taches d'herbe, mais il reste une teinte jaune sur les pointes.

— Je crois qu'elles sont toutes chez eux.

— Alors, ton Mr Lefroy devra subvenir à leurs besoins à *tous* ?

Eliza ouvre son éventail et s'en sert pour dissimuler sa bouche pendant qu'elle parle.

— Je me demande, Jane, ce que ta lady Susan dirait d'un tel mariage.

Jane croise le regard en coin de sa cousine.

— Elle dirait de trouver un vieil homme riche et stupide à épouser – et de prendre Mr Lefroy pour amant.

Eliza tressaille.

— Eh bien, il n'y a pas lieu d'être aussi cynique. Mais je te conseille un peu de discrétion pour protéger ton précieux cœur.

Jane prend une profonde inspiration, se préparant à argumenter. Sa mère et son père n'avaient presque rien quand ils ont commencé, mais cela n'a pas empêché la jeune Cassandra Leigh d'épouser George Austen, l'ecclésiastique fringant mais sans le sou qui l'avait fait chavirer. À force de travail et de détermination, ils ont réussi à se créer une vie.

Jane ne s'intéresse pas aux poulets, ni à aucun autre type d'élevage, mais elle pourrait diriger une école pour filles. Cela pourrait difficilement être pire que l'école où Cassandra et elle ont été envoyées. Jane ferait de son mieux pour garder ses élèves en vie, au moins. Entre la négligence de la maîtresse d'école et la propagation du typhus, les filles Austen ont eu de la chance d'avoir survécu à leur bref séjour à l'école.

Eliza se redresse, fait ressortir sa poitrine et agite furieusement son éventail. Jane suit le regard de sa cousine vers Mr Fitzgerald, harangué par Mrs Rivers.

— Voilà un jeune homme qui a de l'avenir. J'ai enquêté sur sa situation, comme tu me l'as demandé.

— Vraiment ?

Jane reste très méfiante à l'égard de Mr Fitzgerald. Il était peut-être à Bruxelles au moment où Madame Renard a conçu son enfant. Il est tout aussi susceptible d'avoir engendré son bébé que Jonathan.

— C'est le seul fils reconnu du capitaine Rivers, et le favori. En principe, il devrait recevoir l'essentiel de l'énorme fortune de son père. Mais, comme l'a mentionné Mrs Rivers, il y a un obstacle juridique à surmonter. En l'état actuel des choses, il ne peut hériter que de deux mille livres sterling. Et pas de terre ou de propriété dans les Antilles, je le crains.

— Alors qu'est-il venu faire ici ? Honnêtement ?

— Il est venu voir sa famille.

— Les Rivers ? demande Jane en arquant un sourcil. Pourquoi quelqu'un passerait-il du temps avec eux, à moins d'y être absolument obligé ?

Eliza grimace.

— Tu as raison pour Sophy. Elle tenait vraiment à en découdre avec toi, l'autre jour. J'ai toujours pensé que tu exagérais à son sujet parce qu'elle est tellement meilleure que toi dans tous les domaines – je croyais que c'était la jalousie qui parlait.

— Elle n'est pas meilleure que moi dans *tous les domaines*. Et pourquoi devrais-je être jalouse d'elle ?

— Eh bien, trente mille raisons me viennent à l'esprit. Pas toi ?

— Hmm...

Jane regarde Sophy, l'air revêche, qui danse un menuet avec Jonathan à l'autre bout de la pièce. Elle a toujours été une harpie, mais elle s'est montrée particulièrement virulente en réfutant tout lien avec Madame Renard. L'enquête de Jane a-t-elle touché un point sensible ? Et pourquoi ne se vante-t-elle pas d'avoir harponné l'héritier d'une baronnie ? Les flammes de son triomphe se sont-elles éteintes sous la culpabilité des péchés qu'elle a commis pour parvenir à cette position exaltante ? Ou bien soupçonne-t-elle son fiancé d'être aussi inconsistant que son débauché de père ? Jonathan est peut-être en mesure d'offrir à Sophy un statut et la sécurité, mais avant tout, chaque femme veut être aimée et chérie.

Le regard dur de Sophy est dirigé vers sa mère, qui continue à réprimander le très élégant Mr Fitzgerald. Les fibres de la perruque du jeune homme brillent à la lumière des bougies. Il doit vraiment y avoir du fil d'argent entrelacé dans ces boucles de crin.

— Mr Fitzgerald doit être ici pour demander de l'argent à ses relations, dit Jane. Il a un appétit de voyage et, à en juger par sa mise, il brûle ses fonds aussi rapidement que le reste de sa famille prodigue.

— Pas nécessairement. Il peut y avoir une autre raison.

— Comme ?

Eliza s'évente à la vitesse d'un colibri en vol.

— N'est-ce pas évident ? réplique-t-elle.

— Pas pour moi.

— Allons, Jane. Tu as dit que tu n'étais pas idiote. C'est un célibataire qui espère une bonne fortune. Je suppose qu'il est à la recherche d'une femme.

— Je ne suis pas *tout à fait* sûre de te suivre, Eliza.

— Oh, billevesées ! C'est ce que disait Mrs Rivers. S'il veut être accepté dans la gentry anglaise, il doit se rendre agréable et trouver une jeune femme convenable à épouser. Même s'il ne pourra jamais prétendre à la totalité de la fortune de son père, la part qui lui a déjà été attribuée est suffisante pour bien démarrer dans la vie. Il est éduqué, accompli, sans oublier qu'il est très élégant. Tu devrais le considérer sérieusement, Jane. Avec les relations de ton père, je suis sûre qu'il pourrait assurer à Mr Fitzgerald une situation très confortable…

Mrs Rivers fait un geste énergique en direction de Jane et Eliza. Baissant ses larges épaules, Mr Fitzgerald s'incline devant sa tante et se tourne vers les dames. Jane garde son sourire et répond à Eliza en serrant les dents :

— J'essaie d'attraper un meurtrier, pas un mari.

— Tu ne peux pas faire les deux en même temps ? Ce serait plus efficace.

— Non. D'ailleurs, tu sais que mon affection est ailleurs.

— Oui. Malheureusement, je vois bien que c'est le cas.

Mais Jane est dans l'impossibilité de défendre le cas de Tom, car Mr Fitzgerald se tient devant elles et s'incline.

— Miss Austen, puis-je avoir l'honneur ?

— Moi ? demande Jane en portant une main à sa poitrine.

A-t-elle bien entendu ? Comment Mr Fitzgerald a-t-il pu la remarquer, elle, dans l'ombre de la lumière d'Eliza ? Peut-être qu'Eliza a raison et que Mrs Rivers l'a envoyé pour la courtiser. C'est vrai : Jane a plus de liens avec l'Église anglicane qu'elle ne saurait le dire. Eliza pousse Jane d'une main dans le bas du dos, la propulsant en avant si rapidement que celle-ci doit saisir le bras de Mr Fitzgerald pour ne pas basculer. Alors qu'il l'entraîne sur la piste de danse, elle remarque qu'il ne porte aucune bague à ses longs doigts élégants – mais cela ne prouve pas nécessairement son innocence. Il est peut-être simplement réticent à l'idée d'exhiber en public tout ce qui pourrait le lier à Madame Renard.

Lorsque Jane jette un coup d'œil par-dessus son épaule en direction d'Eliza, elle devine au plissement des yeux de sa cousine qu'elle rit derrière son éventail peint. Henry apparaît à ses côtés avec deux coupes de punch. Il baisse la tête, comme pour chuchoter à l'oreille de leur cousine, mais en profite pour presser ses lèvres sur le point de son cou où l'on sent le pouls. Eliza ferme les paupières, ravie, tandis que ses traits s'adoucissent. Que croit-il faire ? Quant à Eliza, quelle quantité de punch a-t-elle déjà ingérée ?

L'orchestre renonce à toute tentative de sophistication et entame une ballade plus populaire, adaptée à une contredanse anglaise. Jane ne serait pas surprise qu'il reprenne *Mr Beveridge's Maggot* avant la fin de la soirée.

Heureusement, Mr Fitzgerald est un excellent danseur, qui sait rendre élégants les pas les plus banals. Il entraîne Jane dans des pirouettes et des virages avec une douce assurance qui apaise son esprit chagrin.

Elle renverse la tête en arrière et le scrute, déterminée à connaître la raison de sa présence.

— Appréciez-vous votre visite dans le Hampshire, mister Fitzgerald ?

Sa voix est riche et profonde tandis qu'il répond :

— En effet. J'apprécie par-dessus tout vos contredanses.

À côté de l'orchestre, Mrs Rivers est en train de glapir, alors que Sophy fronce le nez, comme si elle était plongée jusqu'aux genoux dans un tas de poisson pourri.

— Votre famille semble moins amusée. Nos danses campagnardes ne satisfont-elles pas leurs goûts plus raffinés ?

Mr Fitzgerald regarde Jane de toute sa hauteur.

— Sophy ? Je suppose qu'elle n'a pas été aussi chanceuse que moi dans le choix de ses partenaires de danse.

Ses épais cils noirs se recourbent aussi parfaitement que si Sally les avait travaillés au fer. Jane se penche dans les bras de Mr Fitzgerald tandis qu'il la tient par la taille et qu'ils traversent ensemble en pas chassé jusqu'au bout de la ligne.

— Mais qui Miss Rivers pourrait-elle préférer à Mr Harcourt ? De tous les gentlemen ici présents, il n'y a que son père qui ait un rang supérieur à lui. Et je doute qu'elle veuille danser avec sir John.

Le baronnet est resté près du pilier, aboyant sur le groupe de vieux messieurs. Il est étrange qu'il reste dans la salle de bal si tard. La plupart des hommes de son âge et de ses inclinations sont aux tables de cartes à cette heure-ci. Derrière lui, lady Harcourt est allongée, à moitié comateuse, sur un canapé.

— Qui, en effet ? répète Mr Fitzgerald avec un sourire, alors qu'ils arrivent au bout de la ligne.

Jane a le tournis. Elle met cela sur le compte du vin blanc.

— Avez-vous reçu des nouvelles concernant vos moyens de subsistance ? demande-t-elle, espérant ainsi l'inciter à lui faire part de la nature exacte de sa situation financière.

Un léger pli apparaît sur le front luisant de Mr Fitzgerald.

— Pas encore. Mais mon ordination a été confirmée pour le début de la nouvelle année. Et, comme je l'ai dit, j'aimerais voir un peu plus le monde avant de m'installer.

C'est ce que Jane soupçonnait. C'est un jeune homme oisif, sans consistance, qui a le goût des belles choses de la vie. Un vrai Rivers, donc, malgré la différence de nom de famille.

— Des voyages ? Avez-vous l'intention de retourner sur votre île natale ? Je suis sûr que vos parents aimeraient vous voir exercer votre vocation.

Il fronce les sourcils, la mine sombre.

— Non, miss Austen. Je crains qu'il n'en soit pas question. Autant ma mère a souffert de me renvoyer, autant cela lui briserait le cœur de me voir revenir.

Jane ne le quitte pas des yeux, désireuse qu'il continue.

— Oh ?

Elle entend la voix d'Henry dans sa tête. « Grandir en Jamaïque n'a pas dû être facile. »

Elle n'a pas encore lu la brochure – elle devrait vraiment prendre le temps de le faire.

— C'est difficile, voyez-vous. Il y a des lois là-bas, de nouvelles lois introduites de plus en plus fréquemment, conçues pour empêcher un homme de couleur de vivre pleinement. Même avec la protection de mon père, il y a une limite à mes privilèges – des restrictions quant aux fonctions publiques que je peux occuper, à la quantité de terres que je peux posséder, à la part de la fortune de mon père dont je peux hériter. La liste s'allonge de jour en jour.

Jane est stupéfaite. Toute discrimination à laquelle Mr Fitzgerald est confronté en Angleterre est probablement implicite. Même dans ce cas, la richesse de sa famille et son rang l'emporteront sur la plupart des préjugés à son égard. Elle se mordille l'intérieur de la joue, cherchant une remarque spirituelle pour rompre la tension.

— On dirait que c'est comme être une femme.

— Pas tout à fait. Et, inutile de le dire, *mes* sœurs se trouvent doublement persécutées.

Mr Fitzgerald déglutit avant de reprendre la parole.

— Veuillez m'excuser, miss Austen.

Il lâche la main de Jane et, la laissant sur place, se précipite vers Sophy et Mrs Rivers – lesquelles semblent s'affronter sur le côté de la piste de danse.

Jane sent ses joues la brûler. Elle a offensé Mr Fitzgerald avec sa comparaison simpliste. Elle mérite l'humiliation publique d'être abandonnée en pleine danse. Comment sa quête insignifiante d'indépendance peut-elle se comparer au combat de Mr Fitzgerald pour la liberté ? À quel point les choix de vie de Jane seraient-ils plus restreints si elle était non seulement une femme, mais aussi une femme de couleur ?

Après tout, tout le monde dans son entourage supposé poli, gentil et bien élevé reconnaît que Mr Fitzgerald est le fils naturel du capitaine

Rivers. Mais personne n'a daigné demander l'identité de sa mère – une femme redoutable qui n'aura de cesse que la fortune de son fils ne soit assurée. Parfois, Jane pourrait se mordre la langue pour sa tendance à parler à la hâte et à regretter ses paroles aussitôt.

Avant qu'elle s'en rende compte, un autre gentleman lui prend la main et la ramène doucement dans la formation. Alors que Jane sourit à son sauveur, elle est confrontée aux énormes sourcils noirs et argentés de Mr Craven.

— Que faites-vous ici ?

Il ouvre la bouche sans émettre un son. Les boutons recouverts de soie de son gilet saumoné s'étirent sur son ventre.

— J'ai accompagné ma sœur et ma nièce. Je reste avec elles à Deane pour les fêtes de fin d'année.

— Vraiment ?

Jane se crispe à l'idée de croiser l'homme responsable du sort de Georgy lors de sa promenade quotidienne. Malgré son regret d'avoir offensé Mr Fitzgerald, le punch et le vin qu'elle a bus lui ont délié la langue et elle ne peut l'empêcher de s'égarer davantage.

— Dites-moi, croyez-vous vraiment mon frère capable de voler le collier de cette pauvre femme et de la laisser pour morte ?

Un voile brillant se forme sur le front de Mr Craven.

— Je ne l'ai pas accusé de meurtre.

— Vous auriez tout aussi bien pu le faire. S'il est reconnu coupable, vous l'aurez condamné à la peine de mort.

Jane s'efforce de respirer lentement et régulièrement pendant qu'ils dansent. Elle aimerait pouvoir soulever ses jupes et s'enfuir. Ou, à défaut, frapper Mr Craven à la tête jusqu'à ce qu'il comprenne et relâche Georgy. Elle est en train de perdre ses nerfs sous le regard de toutes les familles respectables du Hampshire et au-delà. Pour le bien de Georgy, elle doit garder son sang-froid.

Mr Craven fronce ses sourcils, semblables à ceux d'un blaireau, en signe de concentration.

— Miss Austen. Je suis *sincèrement* désolé pour la situation difficile dans laquelle se trouve votre famille, et je comprends que tout cela doit être terriblement bouleversant pour vous. Mais, en tant que magistrat, je ne peux me baser que sur les preuves qui m'ont été présentées.

Jane serre la mâchoire.

— Alors je vais vous apporter votre preuve, mister Craven.

— Vous avez vu de vos propres yeux votre frère sortir ce collier de sa poche.

— Cela ne veut pas dire qu'il l'a volé. Et il n'a certainement pas tué Madame Renard. Il n'a pas ça en lui.

Mr Craven penche la tête.

— Qui cela ?

Ils sont en train de danser un huit autour d'un autre couple, qui s'avère être James et Mary. Jane est obligée d'attendre qu'elle et Mr Craven aient fini de sautiller avant de pouvoir s'expliquer.

— Madame Renard. Je suis désolée, j'avais mal entendu son nom. J'aurais dû vous le dire.

— Vous auriez dû, en effet.

— J'ai trouvé un livre emprunté dans sa chambre à l'auberge Angel Inn, et celui-ci m'a conduite à son compte au cabinet de lecture.

— C'est plutôt ingénieux de votre part.

C'est au tour de Jane et de Mr Craven de rester immobiles pendant que James et Mary sautillent autour d'eux. Jane est reconnaissante de pouvoir reprendre son souffle.

— Celui qui a tué Zoé Renard a arraché cette chaîne de son cou et l'a probablement placée sur Georgy, précisément parce qu'il savait que mon frère serait incapable de se défendre.

Jane a besoin de toute sa volonté pour empêcher sa voix de monter dans les aigus.

— Et je vais le prouver, continue-t-elle. Dites-moi, que faudrait-il pour que vous libériez mon frère ?

Mr Craven prend la main de Jane pour la dernière étape de la danse.

— Eh bien… Une preuve matérielle reliant une autre personne au crime, ou quelqu'un d'autre venant avec une confession signée, le dédouanerait.

Ils tournent en cercle avec James et Mary.

Jane se crispe à l'idée que James lui inflige une nouvelle réprimande publique pour le manque de respect envers l'étiquette dont elle fait preuve en harcelant le magistrat à propos de l'affaire de Georgy sur la piste de danse. Mais James n'écoute pas. Au contraire, il saute dans tous les sens avec un abandon peu caractéristique en tenant Mary Lloyd dans ses bras. Chose choquante, Mary semble s'amuser, elle aussi. Lorsqu'elle lève les yeux vers James, son visage rayonne de légèreté, et ses yeux bruns brillent d'une telle chaleur qu'elle a l'air vraiment jolie.

La musique s'arrête, et Jane libère ses mains de l'emprise moite de celles de Mr Craven.

— Alors c'est exactement ce que je vais trouver pour vous, dit-elle. Bonsoir, sir.

Elle applaudit si furieusement que ses paumes la piquent, tout en jetant un regard noir à Mr Craven à travers la rangée des danseurs.

*
* *

4. À Cassandra Austen

Miss Austen,
chez le révérend Fowle,
Kintbury,
Newbury

Steventon, vendredi 1er janvier 1796

Ma très chère Cassandra,

Bien sûr que je n'étais pas sérieuse quand je parlais de réprimander Sally pour avoir confondu nos robes bleues alors que c'était ta faute. Pour qui me prends-tu ? Notre mère, et de ce fait toute notre famille, serait à la dérive sans Sally. Pardonne-moi, tu devras te tourner vers Mary pour connaître tous les potins du bal. Mes pensées sont fixées sur qui aurait pu tuer l'infortunée ~~modiste~~ dentellière, Madame Renard. Ta nature pleine de bonté te fera paraître la chose incroyable, mais sur ma liste complète des personnes suspectes figurent maintenant :

- *le voleur le plus incompétent de toute l'Angleterre (et très probablement de tout l'Empire britannique).*
- *Mrs Twistleton (Madame Renard était-elle sur le point de dénoncer la gouvernante comme étant une femme de petite vertu ?).*
- *Sir John Harcourt (sa tentative de faire taire la dentellière au sujet de ses maîtresses a-t-elle mal tourné ?).*
- *Sophy Rivers (Mrs R. aurait-elle pu savoir quelque chose qui empêcherait Sophy d'obtenir son titre ?).*

- *Jack Smith (Je ne supporte pas non plus de l'envisager, mais comment Georgy s'est-il procuré ce collier ?).*

Quant au mystérieux père de l'enfant que portait Madame Renard, je crois qu'il s'agit d'un homme qui a passé l'été à Bruxelles et qui possède une chevalière en or. Ce qui nous renvoie à :

- *Douglas Fitzgerald (je n'ai pas vu de bague, mais tu sais combien les Rivers aiment briller).*
- *Jonathan Harcourt (Je ne l'imagine pas gâcher une assiette de* petits-fours*, *et encore moins profiter d'une jeune femme innocente. Et toi ?).*

Oui, c'est très généreux de la part de Neddy d'insister pour que la facture de l'avocat lui soit envoyée directement, mais ce n'est pas comme s'il allait devoir se priver pour régler la dépense, n'est-ce pas ? Il n'est pas nécessaire de le canoniser. Toi ou moi (mais surtout toi, car tu n'as jamais été douée pour les comptes), nous donnerions nos deux derniers pence, et plus encore, si cela pouvait aider Georgy. Mais j'en ai trop dit, comme d'habitude. Coupe cette lettre en morceaux et utilise-la pour pailler la rhubarbe de Mrs Fowle. Si Dieu le veut, mon amertume sauvera du gel les puddings d'été de l'année prochaine.

Bien à toi,
J.A.

15

Le lendemain matin, lorsque Jane refait enfin surface, Sally piétine dans la cuisine avec ses sabots de bois. La domestique fait tinter la vaisselle et sonner les couverts, comme pour protester contre toutes les injustices du monde. Dans le salon familial, Anna hurle lorsque Hastings fait tomber une pile de spillikins[1] sur le sol carrelé. Mr Austen est assis dans son fauteuil en cuir usé, devant le feu, et froisse son journal. À table, Eliza trépigne, Mrs Austen racle son assiette et James respire bruyamment. Jane gémit en s'affalant sur une chaise à dossier dur. Elle appuie ses coudes sur la nappe en lin et se met la tête entre les mains, regrettant profondément sa décision d'alterner le punch de Mr Toke et le vin maladivement pâle toute la soirée.

Henry pousse une terrine vers elle.

— Prends des œufs brouillés, avec beaucoup de sel.

Pour la première fois depuis l'arrivée d'Eliza, il est venu prendre son petit déjeuner en manches de chemise, sans se raser.

— Cela t'aidera, je te le promets, reprend-il.

— Leur seule vue me retourne l'estomac, rétorque Jane.

1. Ancêtre du jeu de mikado (appelé *pick-up sticks* en Angleterre).

Elle doit se ressaisir. Il est onze heures passées, et elle doit rencontrer Tom dans l'heure qui suit. Elle est tellement nauséeuse qu'elle n'a même pas le courage de choisir une belle tenue et porte sa robe du matin de couleur fauve avec des jupons de flanelle. Ce n'est pas une tenue digne d'un moment décisif dans la vie d'une jeune femme. Elle espère que l'émotion qui habitera Tom lorsqu'il lui fera enfin sa demande en mariage effacera tout souvenir de la tenue minable qu'elle a sur le dos.

James gratte la lame émoussée du couteau à beurre sur son propre pain noirci.

— Des tartines grillées, alors ?

Des miettes s'éparpillent dans son assiette et sur la nappe d'un blanc immaculé. Jane secoue la tête. Le mouvement fait rebondir contre son crâne la douleur sourde emprisonnée dans son cerveau.

— Du thé. Beaucoup de thé.

Eliza prend la théière et remplit une tasse. Comme d'habitude, elle est impeccablement soignée, dans une jolie robe du matin gris souris. Ses yeux sombres pétillent, et il y a même une touche de rougeur sur ses joues. La cousine de Jane est plus habituée à une vie sociale animée. Elle aura appris à se ménager lorsqu'elle était débutante à Paris. Soit cela, soit elle a accompli un tour de passe-passe avec ses cosmétiques français.

— Un peu de sucre pourrait aussi t'aider. Dommage que nous n'ayons pas de café. C'est bien plus efficace pour raviver l'esprit.

Mr Austen secoue son journal.

— Du café ? Nous ne sommes pas à Godmersham, tu sais.

Godmersham Park est le luxueux domaine du Kent que Neddy doit hériter de sa mère adoptive, Mrs Knight. Aucun des Austen n'a encore été invité à le visiter, mais dans leur imagination, c'est le pays de cocagne.

Jane fait glisser la tasse et la soucoupe vers elle d'une main tremblante.

— Alors, allons-y pour du thé.

Elle place son doigt recourbé dans l'anse, mais elle tremble si violemment qu'elle doit serrer la tasse des deux mains pour ne pas la renverser. Lorsqu'elle la pose, il y a autant de liquide brun foncé dans la soucoupe que dans la tasse.

Mrs Austen soupire bruyamment.

— Je suis heureuse que vous ayez tous passé un bon moment.

Henry sourit, s'adosse à sa chaise et croise les bras sur sa large poitrine.

— Je dois dire que oui. Jane, surtout. Elle a dû danser avec tous les célibataires convoités de la pièce. Et avec beaucoup d'autres qui ne l'étaient pas, d'ailleurs.

Jane sent la tête lui tourner à l'évocation des tours et détours au rythme de la musique. Elle n'a jamais retrouvé Tom. Harry Digweed lui a dit que les Lefroy étaient partis, car Mrs Lefroy souffrait d'un mal de tête. Harry a alors demandé à Jane de danser avec lui à la place, et elle n'a pas pu dire non, car il savait alors qu'elle était libre d'accepter.

Harry ne porte pas de bague, et il était arrivé en retard au bal des Harcourt à Deane House à cause d'un incident très amusant impliquant un tétras déterminé, deux de ses frères et un éclat de plomb de chasse. Jane ne se souvient plus des détails, mais l'anecdote l'avait fait éclater de rire sur le moment.

Mrs Austen tapote la main de sa fille.

— Oh, ma chérie, il y a encore de l'espoir pour toi…

Jane essaie de faire la grimace, mais sa langue est trop gonflée.

— Si seulement James avait été plus libéral dans ses attentions. Je t'ai dit de danser deux fois avec Mary Lloyd, pas de la laisser t'accaparer toute la soirée.

James examine ses ongles.

— Mary est une excellente danseuse.

Comme à l'accoutumée, il est vêtu avec soin de sa tenue de clerc. Seuls son front moite et ses yeux rouges trahissent le plaisir qu'il a eu hier soir.

Jane soupire.

— Alethea aussi. Pourtant, après la première danse, tu l'as complètement snobée.

— Mary a dit qu'Alethea serait parfaitement heureuse de danser avec Miss Terry.

— Ce n'est pas la question, répond Jane. Chaque femme devrait pouvoir profiter d'au moins deux danses avec un homme avant d'être obligée d'endurer l'indignité de danser avec quelqu'un de son propre sexe.

Mrs Austen s'illumine.

— Laisse-le tranquille, Jane. S'il était heureux de danser avec Mary, il devait danser avec Mary. Tu devrais aller la voir, James. Prends Anna avec toi. J'ai un plat que je dois rendre à sa mère, et tu pourrais prendre un peu de mon fromage blanc en guise de cadeau. Je viens d'en finir une nouvelle brassée.

Jane se demande si sa mère ne se distrait pas de son chagrin à l'égard de Georgy en préparant la prochaine génération d'Austen. Que Dieu vienne en aide à James si c'est le cas.

L'intéressé rougit en prenant une gorgée de son thé.

— Du calme, Mère.

— Dites-moi, de quoi Jonathan et Sophy avaient-ils l'air ensemble ? demande Mrs Austen.

— Toujours aussi suffisants.

Henry adresse à Jane un sourire taquin.

— En fait, Eliza et moi avons trouvé que Jonathan montrait un peu plus d'entrain quand il dansait avec *toi*, Jane.

Mrs Austen écarquille les yeux.

— Tu as dansé avec Jonathan ? Oh, quel dommage que Sophy soit arrivée la première. Tu aurais pu être très bien installée à Deane House.

— Mère ! s'exclame Jane avec un frisson.

Si Jonathan tient vraiment de son débauché de père, il est possible qu'il ait séduit Madame Renard alors qu'il étudiait à Bruxelles, avant de l'abandonner le cœur brisé et enceinte de leur enfant pour rentrer en Angleterre. Il est certain qu'une approche aussi laxiste de la morale le mettrait hors course en tant que prétendant potentiel, même selon les critères de la mère de Jane.

Mrs Austen couvre la main de sa fille avec la sienne. Ses doigts sont longs, frais et légèrement calleux à cause du temps qu'elle passe dans son jardin.

— Mais penses-y, ma chérie. Avec un homme comme Jonathan pour mari, tu ne manquerais jamais d'encre, de papier ni de sucre. Tu pourrais employer une armée de nourrices pour t'aider à élever vos enfants. Et tu n'aurais certainement pas à te couvrir les mains de sang en tordant le cou à tes poulets.

En fin de compte, on pourrait bien persuader sa mère de fermer les yeux sur les aventures extraconjugales d'un riche gendre. Même Jane peut voir l'attrait de la chose. Ce serait en effet un bonheur de faire venir de Basingstoke des bouteilles d'encre fraîches, au lieu d'aller chercher les ingrédients et de la préparer elle-même.

Dans la lumière froide du matin, Jane admet que diriger un pensionnat de jeunes filles serait une torture – sans parler de devoir s'occuper en permanence de ses propres enfants, accrochés à son tablier. Elle adore la petite Anna, mais elle ne vit que pour les moments calmes de sa journée. Lorsqu'elle reste longtemps en compagnie d'autres personnes, Jane aspire à la solitude de son dressing-room, où elle peut libérer son esprit des corvées domestiques en faisant courir ses doigts sur les touches noires et blanches de son piano, et inscrire de saisissantes lignes de mots sur une page blanche.

— Merci, Mère. Vous marquez un point.

— Je ne serais pas si sûre de la fortune des Harcourt, remarque Eliza.

— Que veux-tu dire ? demande James. Ils sont l'une des familles les mieux établies de tout le Hampshire.

— Loin de moi l'idée de spéculer sur l'état de leurs affaires... et je ne voudrais pas provoquer de rumeurs... mais sir John a passé la majeure partie de la soirée à me harceler pour obtenir un prêt.

Malgré ses protestations, il est clair que la cousine de Jane est dans son élément. Quel dommage que son séjour à la cour du roi Louis XVI ait été écourté.

— Il a fait cela ? demande James.

— Tout à fait, répond Henry en posant les deux mains à plat sur la table. Et il s'est montré très insistant. J'ai dû intervenir et lui dire de laisser Eliza tranquille.

James repose sa tartine grillée dans son assiette.

— Mais pourquoi sir John aurait-il besoin d'un prêt ?

— Il m'a dit vouloir investir dans une entreprise particulière, poursuit Henry. Il n'a pas les fonds nécessaires, mais il a promis un retour sur investissement spectaculaire pour Eliza.

Jane tremble à l'idée que sir John réclame à cor et à cri le reste de la fortune de sa cousine pour mettre ses grosses mains dessus. Les soucis d'argent pourraient-ils expliquer pourquoi une femme morte a été retrouvée dans le placard à linge des Harcourt ?

— Quel culot de sa part ! s'exclame-t-elle. Tu ne donneras pas ton accord, n'est-ce pas ?

Eliza rit, mais sans amusement.

— Il faudrait déjà que je dispose de tels fonds. Comme tu le sais, une bonne partie de ma fortune a littéralement été engloutie en France.

Le capitaine de Feuillide avait utilisé la dot d'Eliza pour effectuer des travaux d'irrigation sur son domaine, mais comme il a été reconnu coupable de trahison, la République française a confisqué les nouvelles terres arables, ce qui signifie qu'Eliza ne verra probablement jamais aucun retour sur son investissement. Heureusement, Mr Austen a refusé de débloquer la totalité de l'argent d'Eliza, qui conserve donc au moins une partie des dix mille livres qui lui avaient été accordées par son parrain extraordinairement généreux, Warren Hastings.

Henry tape du poing sur la table.

— Tu la récupéreras. Nous mettrons fin à cette insurrection, nous rétablirons l'ordre dans le monde, même en France. Hastings héritera alors de tout ce qui devrait lui revenir de droit.

Eliza sourit faiblement, les lèvres serrées.

— Bien sûr, dit-elle. Mais d'ici là, j'ai l'intention d'être extrêmement prudente avec les fonds qui me restent. Je serai une véritable avare et j'économiserai chaque penny pour préparer l'avenir et l'installation dans la vie de mon fils chéri.

Elle chatouille Hastings sous le menton alors qu'il attrape une tranche de pain grillée dans l'assiette de sa mère.

Mrs Austen serre l'avant-bras d'Eliza, et elles échangent un sourire crispé.

— Très sage, ma chère.

— Ma chère nièce, lance Mr Austen de son fauteuil, je crains que tu ne sois la dernière personne sur terre à pouvoir être considérée comme une avare. Ton idée de la frugalité est de prendre au dîner une bouteille de champagne au lieu de deux.

Tout le monde rit, et Eliza plus gaiement encore que les autres. Personne ne dit ce que, selon Jane, ils doivent tous penser : tout comme Georgy, il est peu probable qu'Hastings puisse un jour subvenir à ses besoins. Eliza devra assumer la responsabilité de s'occuper de son fils pour le reste de leur vie à tous les deux.

Jane examine le profil de Mr Austen.

— Sir John vous a-t-il jamais payé, Père, pour l'enterrement de Madame Renard ?

Il fixe les yeux sur sa feuille de journal.

— Pas encore, mais je suis sûr que cela viendra. Vous savez que les gens croient que les ecclésiastiques vivent de prières et de bons vœux. Plus ils sont riches, plus j'ai du mal à exiger d'eux la dîme.

Jane se tourne vers Eliza, qui hausse les sourcils. Jonathan serait-il à ce point désireux de consolider les finances familiales en épousant l'héritière Sophy qu'il assassinerait sa maîtresse enceinte si elle osait l'en empêcher ? Certainement pas. Les soucis d'argent des Harcourt ne peuvent pas être si graves. Ils possèdent tant de terres et, selon la rumeur, lady Harcourt aurait apporté une somme importante lors de son mariage avec sir John. Cela dit, les problèmes financiers expliqueraient pourquoi elle a échangé les baguettes de diamants de son diadème contre des strass.

Jane avale la dernière goutte de son thé et se lève de table.

— Je crois que je vais sortir prendre l'air.

James lève les yeux. Une lueur subtile passe dans ses yeux gris-noisette.

— Te rends-tu à Deane, par hasard ? Si c'est le cas, aimerais-tu un peu de compagnie ?

— Non, merci.

La dernière chose que Jane souhaite, c'est que son frère l'accompagne à son rendez-vous amoureux.

Elle porte une main à sa tempe et la frotte fermement.

— J'ai besoin de paix et de tranquillité.

Il fait un froid glacial, avec un ciel bleu clair et une brise arctique. Jane est heureuse qu'il fasse sec. Ses doigts seront maladroits dans ses moufles, mais il n'est pas nécessaire qu'elle titube dans ses chaussures ferrées en plus. Le thé a fait son effet. Si elle a l'estomac en vrac désormais, c'est à la perspective de mettre au point son avenir avec Tom, et non à cause de l'excès d'alcool de la veille. Elle attache sa cape et remonte son capuchon. Avec un peu de chance, lorsqu'elle retrouvera Tom, le froid aura ravivé son teint, et il ne remarquera pas sa robe fatiguée.

Elle traverse le jardin de sa mère, dont les plates-bandes sont débarrassées des mauvaises herbes, à l'exception des plus tenaces. Le givre scintille sur les orties. Dans la basse-cour, les poules – les naines et les autres – ébouriffent leurs plumes dorées en griffant le sol dur, projetant des mottes de terre derrière elles dans leur quête incessante d'une friandise savoureuse. Dans l'écurie, Greylass et les autres chevaux soufflent de la vapeur par les naseaux et donnent des coups de sabot contre les portes de leurs box. Cassandra doit manquer au poney. Jane prend la résolution de lui apporter une carotte. Mais, alors même qu'elle y pense, elle sait déjà qu'elle oubliera et se reproche son manque d'attention.

À l'entrée privée des Austen donnant sur la cour de l'église St Nicholas, au sommet de la petite colline, des cristaux de glace scintillent sur les volutes rouillées du portail en fer. Les gonds grincent, et le loquet se bloque lorsque Jane pousse le portillon. À l'intérieur du cimetière, tout est calme et silencieux. Des touffes de lierre s'échappent du mur de silex. De la mousse et du lichen, dans de subtiles nuances de vert et de gris, marbrent les pierres tombales en granit usées par le temps. En passant, Jane lit les mots gravés dans la roche. Lord et lady Portal reposent côte à côte dans leurs sépultures assorties, tandis que des générations de Bolton sont blotties sous une dalle plate. Ce sont des personnes que Jane n'a jamais rencontrées, mais qu'elle considère comme de vieux amis.

Tom se tient devant l'église, la tête baissée et les mains enfoncées dans les poches de sa redingote. Le cœur de Jane s'emballe tandis qu'elle l'observe avant qu'il la remarque. Une écharpe en laine bleu lapis, dont les pompons battent au vent, lui entoure le cou. Laquelle de ses cinq sœurs l'a tricotée pour lui ?

Il rayonne lorsqu'il croise enfin le regard de Jane.

— Vous êtes venue.

La chaleur envahit le corps frissonnant de Jane.

— Et vous êtes là.

Elle se précipite vers lui, et la vapeur blanche de sa respiration se mêle à la sienne dans l'air froid.

Il ferme les yeux et se penche vers elle, ses cils blonds se découpant sur ses pommettes ciselées.

— Je suis là, murmure-t-il en l'embrassant.

Ses lèvres sont chaudes, mais le bout de son nez est glacé.

— Je suis vraiment désolé pour le bal. Ma tante...

— … a eu mal à la tête. Je sais.

Jane passe son bras au creux du sien.

— Ce n'est pas grave, ajoute-t-elle, nous sommes ensemble maintenant.

Il pose sa main gantée sur la sienne, et ils s'engagent dans le chemin.

— C'est vrai, nous voilà ensemble.

Jane est contente de laisser Tom ouvrir la voie. Elle se moque de savoir où ils vont, tant qu'ils avancent au même rythme. Ils serpentent à travers les bois et rejoignent le sentier qui mène à Popham. Le vieux chemin traverse des champs où pâturent des moutons laineux et des vaches brunes et luisantes. Tom lui tient la main alors qu'elle enjambe un échalier. Elle saute dans ses bras, et ils s'embrassent encore et encore, jusqu'à ce que Jane soit étourdie de plaisir. Alors qu'ils se promènent, il est inhabituellement silencieux, un pli lui barrant le front, tandis qu'il fixe la route.

Il doit être nerveux. Tant de choses dépendent d'une simple question. Il sait sûrement qu'elle dira oui. Elle dira oui, n'est-ce pas ?

Si seulement la question n'était pas aussi délicate et qu'ils pouvaient avoir une conversation raisonnable à ce sujet. « Voulez-vous du sucre dans votre thé ? — Oui, s'il vous plaît, je l'aime bien sucré. — Allons-nous nous marier ? — Non, merci, je préfère le célibat. » Et voilà, c'est fait, sans rancune.

Pour faire retomber la tension, Jane révèle que Madame Renard et Jonathan Harcourt pourraient s'être rencontrés et être devenus amants à Bruxelles.

— Vous voyez, ils ont tous les deux un lien avec la ville. Et si l'on ajoute la bague, cela doit être plus qu'une coïncidence. Vous ne croyez pas ?

— Et donc, vous pensez qu'il l'a tuée ?

— Eh bien…

Jane hésite. Elle n'est pas allée aussi loin, mais Tom la regarde comme si elle accusait Jonathan de sacrifier des nouveau-nés sur l'autel de l'église St Andrews et de souper avec le diable dans la salle à manger de Deane House tous les soirs.

— Ce ne sont que des conjectures, ne voyez-vous pas ? Je crains qu'une accusation aussi ténue ne tienne jamais devant un tribunal. Vous ne savez même pas s'ils étaient à Bruxelles en même temps. Ni s'ils se sont rencontrés.

— Mais qu'en est-il de la bague ?

Tom saisit les doigts de son gant gauche entre ses dents pour le retirer.

— Une bague de gentleman avec une intaille ?

Il porte une chevalière très semblable à celle de Jonathan, sauf que la pierre précieuse de Tom est noire alors que celle de Jonathan est d'un rouge brunâtre. Jane enlève ses moufles et serre les doigts de Tom dans les siens tout en examinant la bague. C'est une pierre d'onyx, gravée d'une croix huguenote et d'une colombe.

— Mon grand-oncle Langlois me l'a donnée. Cela m'évite de chercher un sceau. Allez-vous m'accuser moi aussi d'avoir frappé à mort Madame Renard ?

— Ne soyez pas stupide, voyons.

Jane repousse son bras. Sous ses nombreuses couches de vêtements, ses muscles sont agréablement fermes.

— D'abord, votre effroyable queue-de-pie aurait été trempée de sang.

Leurs regards se croisent, et Tom éclate de rire. Sans doute s'imagine-t-il une fois de plus à la place de son homonyme littéraire, sa veste blanche abîmée après avoir défendu l'honneur de Miss Western devant une compagnie de soldats ivres.

Avant que l'un ou l'autre remette ses gants ou ses moufles, Tom prend la main de Jane et lui serre les doigts. Il presse sa paume nue contre la sienne tout en l'entraînant plus loin. Ils émergent du couvert des arbres et entrent dans un champ qui s'élève sur une colline escarpée. Jane hésite à pousser plus loin son argumentation sur Jonathan, de peur que Tom ne la prenne pour une idiote. Essayer d'attraper un meurtrier est peut-être stupide, mais la situation de Georgy est extrêmement sérieuse. Et, avec sa formation juridique, Tom devrait être le compagnon idéal pour son enquête afin de prouver l'innocence de son frère.

— Puisque vous êtes l'expert, dites-moi comment on gagne un procès au tribunal.

— Eh bien...

Tom s'arrête et pose une main sur sa hanche. Il esquisse un sourire incrédule, comme s'il était déconcerté d'avoir cette conversation avec elle.

— Pour convaincre un jury, le plus important est d'établir que l'accusé avait les moyens, le motif *et* l'opportunité de commettre le crime. La plupart des actes de violence sont dénués de sens, mais cela n'empêche pas un jury de vouloir une raison. Faute de quoi il est difficile pour toute personne moralement intègre de concevoir un tel acte. Quelqu'un a-t-il demandé à votre frère où il se trouvait le soir du bal ?

— Il était seul au cottage. Jack faisait des courses, et Nan a été appelée pour mettre au monde des jumeaux. D'habitude, ils ne le laissent pas seul, mais Georgy dormait, et c'était une urgence...

— Que savez-vous sur ce Jack Smith ? demande Tom. Ce prétexte des courses me semble être un coup de bluff. Aurait-il pu être impliqué, à votre avis ?

— C'est ce que j'ai dit, mais mon père et mes frères refusent de lui demander une explication plus rigoureuse.

— Et c'est le gardien de Georgy ?

— Depuis son enfance.

— Voilà qui explique beaucoup de choses. Il doit vouloir un vrai travail et sa propre vie. Ce ne doit pas être facile pour lui de devoir suivre en permanence les caprices d'un autre. On pourrait comprendre qu'il en vienne à regretter un tel fardeau.

Jane tire sur les cordons défaits de sa cape.

— Il y a autre chose. Jack a essayé de réunir l'argent nécessaire pour investir dans son propre bétail. C'est seulement une truie qu'il souhaite élever, mais c'est manifestement très important pour lui. Il a demandé à mon père une avance sur son salaire quelques jours avant le bal, mais il a refusé.

— Il a donc des raisons d'en vouloir à votre famille. Il semble plausible que *lui* ait commis le vol, qu'il l'ait raté et qu'il ait tué sa cible au passage. Votre frère a dû tomber sur le butin avant que Jack puisse s'enfuir.

Une image de Jack et d'elle-même, enfants, surgit dans l'esprit de Jane. Ils sont main dans la main, barbotant dans le ruisseau qui coule derrière le cottage de Dame Culham. La lumière du soleil scintille sur les galets mouillés et dans les yeux bruns de Jack. Dame Culham est assise sur la berge, ses pieds et ses chevilles se balançant dans l'eau fraîche, tandis que Georgy repose, la tête sur ses genoux.

Jane déglutit.

— Mais si Jack l'a *vraiment* fait, il n'aurait pas autant insisté pour aller en prison lui aussi, n'est-ce pas ?

— Il veut peut-être garder un œil sur votre frère. Veiller à ce qu'il porte le chapeau. Je suppose qu'il a toujours la bague à portée de main. Il décampera dès que le procès sera terminé. Ces bijoux lui auraient permis de récolter suffisamment d'argent pour permettre à un homme comme lui de repartir à zéro quelque part.

Jane a la tête qui tourne en regardant la campagne environnante. Elle ne peut se résoudre à imaginer un monde dans lequel le compagnon de son frère pourrait le trahir aussi totalement. Autour d'elle, les champs s'étendent jusqu'à l'horizon. Seuls quelques clochers ponctuent les collines verdoyantes.

Pour tenter de retrouver son équilibre, elle fixe son regard sur la grange à colombages des Terry, au pied de la colline, sur la route de Winchester. Elle est connue dans les environs sous le nom de « grange rouge » parce que le plâtre brille d'un éclat cramoisi au coucher du soleil. Aujourd'hui, dans la pâle lumière de l'hiver, c'est plutôt la « grange grise et terne ».

— C'est le genre de motif qu'il faut pour convaincre un jury ?

Tom croise les bras sur sa poitrine, contemplant les nuages gris comme du plomb qui s'amoncellent à l'horizon.

— Oui. N'est-ce pas ce à quoi tout se résume en fin de compte ? L'amour ou l'argent. En général, c'est soit l'un, soit l'autre.

Jane est tentée de dire à Tom que Zoé Renard était enceinte. Pour expliquer que, si Jonathan Harcourt était le coupable, le motif pour lequel il aurait tué la dentellière aurait pu être également pécuniaire. Si l'amante de Jonathan avait révélé qu'il était le père de son bébé, cela aurait réduit à néant ses chances d'épouser l'héritière Sophy et de réclamer sa dot de trente mille livres. Et comme sir John harcèle Eliza pour obtenir un prêt et que lady Harcourt échange ses diamants contre des strass, il y a de fortes chances qu'ils soient en proie à des difficultés financières.

Mais tout cela semble tellement tiré par les cheveux. Jane a appris à ses dépens que c'est une chose d'avoir ces fantaisies dans la tête, mais que c'en est une autre de les libérer dans le monde réel. Il ne fait aucun doute que Tom se moquera d'elle pour avoir osé imaginer un tel scénario. Madame Renard était peut-être une veuve respectable, portant l'enfant de son mari et tuée au hasard d'une attaque par un voleur sans cervelle.

Au bas de la colline, à côté de la ferme des Terry, une jeune cavalière vêtue d'un habit d'équitation bordeaux trotte le long du chemin sur un hongre alezan. Lorsqu'elle atteint la grange, elle descend gracieusement de son cheval et accroche les rênes à un poteau de clôture avant de se glisser à l'intérieur. Jane protège ses yeux de l'éblouissement du ciel argenté avec sa paume.

— Était-ce Miss Rivers ?

Tom plisse les yeux en regardant au loin.

— Je crois, oui.

— Que fait-elle dans la grange rouge ?

— Peut-être que son cheval a perdu un fer. Nous devrions voir si elle a besoin d'aide.

— Son cheval ne m'a pas semblé boiteux.

Un bruit de sabots ferrés claquant contre la pierre retentit tandis qu'un autre cavalier s'avance sur le chemin en provenance de la direction opposée. L'homme porte un grand manteau et un tricorne. Il arrête brusquement son cheval de course noir en arrivant à la grange. L'animal hennit et se cabre, agitant ses sabots avant en l'air. Imperturbable, le cavalier saute à terre, attache son cheval à côté de celui de Sophy et jette un coup d'œil dans les deux sens, dévoilant son visage.

C'est Mr Fitzgerald. Personne ne pourrait s'y tromper. Il remonte son col et suit Miss Rivers à l'intérieur de la grange.

Jane sent son estomac chavirer. C'est tellement évident – les Rivers sont des arrivistes. Le père de Mr Fitzgerald l'a envoyé en Angleterre pour devenir un « gentleman ». S'il découvre que son fils a forniqué avec une marchande, il sera furieux – assez furieux pour lui couper les vivres et renoncer à ses tentatives de contester les lois de la Jamaïque qui empêchent Mr Fitzgerald d'hériter de son énorme fortune. Zoé Renard a dû suivre Mr Fitzgerald à Deane House, à la recherche de son soutien – mais c'est *lui* qui l'a tuée pour ne pas ébruiter leur liaison, et il a tenté de lui voler son collier. Il a besoin d'argent. Si Sophy Rivers se trouve dans cette grange, aussi couverte de bijoux qu'à son habitude, elle pourrait être sa prochaine victime…

— Oh, mon Dieu. J'avais tout faux.

Jane passe en courant devant Tom, dévalant la colline.

— Jane, arrêtez-vous.

Mais Jane ne peut pas s'arrêter : la pente oblige ses jambes à aller toujours plus vite, ce qui lui donne de la vitesse à mesure qu'elle court. C'est comme rouler sur la pente à l'arrière du presbytère.

— Cowper ! s'écrie-t-elle dans le vent.

Ce n'est pas une coïncidence si Madame Renard aimait le même poète que celui que Mr Fitzgerald avait choisi de lire à haute voix.

— Je ne pense vraiment pas que…, crie la voix de Tom, quelque part derrière elle.

Jane plaque violemment ses deux mains sur le battant en bois brut de la grange pour s'empêcher de tomber. Dans un craquement, la porte s'ouvre en grand.

16

Jane pénètre en titubant dans la grange. Entre deux meules de foin branlantes, Mr Fitzgerald tient dans ses bras une Sophy pantelante. Leurs visages sont pressés l'un contre l'autre. Jane n'a pas pu sauver Zoé Renard, mais elle sauvera Sophy.

— Laissez-la partir, espèce de canaille !

Mr Fitzgerald se redresse. La poitrine de Sophy se soulève sous les boutons à moitié défaits de sa veste d'équitation, et ses joues sont empourprées.

— Jane ? Que faites-vous ici ?

Mr Fitzgerald tourne le dos à Jane. Son chapeau gît, abandonné sur le sol jonché de foin, à côté des gants de Miss Rivers.

Jane tend la main à Sophy.

— Sophy, où est votre collier ?

Sophy jette un coup d'œil à sa poitrine exposée.

— J'ai pensé qu'il n'allait pas avec cette tenue. En quoi cela vous regarde-t-il, de toute façon ?

Sophy et Mr Fitzgerald *s'embrassaient*-ils ?

— Ne vous approchez pas de Mr Fitzgerald. Vous ne pouvez pas lui faire confiance. À quel point le connaissez-vous ?

— Franchement, Jane. Depuis le temps, j'aurais pensé que c'était évident.

— Jane !

Tom entre avec fracas dans la grange, glissant sur le foin en vrac répandu sur les dalles de pierre.

— Miss Rivers, mister Fitzgerald, salue-t-il en prenant le bras de Jane pour la tirer vers la porte. Nous devrions partir.

Ils étaient donc *vraiment* en train de s'embrasser, et très passionnément d'ailleurs. Jane reste sur ses positions et montre du doigt Mr Fitzgerald.

— Mais c'était *lui*. C'est le meurtrier. C'est pourquoi il était si calme lorsque nous avons découvert le cadavre. Il savait déjà que Madame Renard était là. Il l'a séduite lors de son voyage dans les Alpes italiennes. Elle a dû le suivre jusqu'au Hampshire, et il a dû l'éliminer, au cas où le capitaine Rivers aurait découvert leur liaison et l'aurait déshérité.

Mr Fitzgerald se retourne pour faire face à Jane, une expression d'horreur abjecte se dessinant sur ses traits. Sophy se place devant lui, protégeant son corps avec le sien.

— Comment osez-vous ? lance-t-elle d'une voix tremblante. Douglas n'a pas quitté le pays depuis qu'il est arrivé ici quand il était enfant, et il n'a *certainement pas* assassiné quelqu'un. S'il était calme, c'est parce que c'est un excellent ecclésiastique.

Jane hésite.

— Mais sa peinture de la vue sur la montagne ?

Tom essaie toujours de la tirer en arrière par le bras.

— Scafell, miss Austen, proteste Mr Fitzgerald. C'est dans le Cumberland. Comme je vous l'ai dit, j'ai rendu visite aux relations de mon père pour voir s'il était possible d'y vivre.

— Mais qu'en est-il du *gelato* ? demande Jane, se souvenant de la tournure de phrase inhabituelle de Mr Fitzgerald.

Au moment même où elle le dit, elle sait qu'elle se raccroche aux branches. Elle veut tellement sauver Georgy qu'elle établit des liens là où il n'y en a pas.

Sophy retrousse sa lèvre supérieure avec morgue.

— Douglas est un homme cultivé, Jane. Il parle couramment plusieurs langues modernes, ainsi que les classiques.

— En effet, ajoute Mr Fitzgerald. Et il y a un très bon pâtissier italien à côté de mon université à Durham.

— Si vous vous apprêtez à porter des accusations détestables, je peux vous expliquer où se trouvait Douglas avant le bal, déclare Sophy, frémissante de rage. Nous étions ensemble dans ma chambre – faisant exactement ce que nous faisions aujourd'hui avant que vous nous interrompiez si grossièrement.

Jane tressaille de tout son corps. Elle a fait la pire erreur de sa vie. De la vie de n'importe qui. De plusieurs vies malheureuses enchaînées. Elle est une véritable bouffonne. Comment elle a pu se croire assez intelligente pour résoudre l'affaire du meurtre et sauver Georgy, c'est un mystère.

— Oh ! dit-elle en levant les mains. Je suis terriblement désolée...

Sophy se tient droite, se serrant plus étroitement contre Mr Fitzgerald. Dans sa tenue d'équitation, avec ses cheveux clairs et ses joues rouges, elle est bien plus remarquable qu'elle ne l'était en robe de bal.

— On ne me fera pas honte. Il ne s'agit pas d'une affaire sordide. Nous sommes fiancés.

— Fiancés ? répète Jane en écho, perdue. Mais qu'en est-il de Mr Harcourt ? Cela ne fait que quelques heures que nous avons porté un toast à vos fiançailles avec lui.

— Hier soir, j'ai dû me plier aux manœuvres de ma mère pour m'obliger à épouser Jonathan

Harcourt. Mais depuis ce matin, j'ai mis fin à cet arrangement et je me fiche de savoir qui le sait.

— Ce matin ?

— Oui.

Sophy lâche Mr Fitzgerald et se rapproche de Jane.

— Ne comprenez-vous toujours pas ? reprend-elle. Et tout le monde dit que vous êtes *si* intelligente. Laissez-moi être claire… Comment s'est passé votre anniversaire, Jane ?

C'est le jour de l'An – l'anniversaire de Sophy. Elle a presque exactement un an de plus que Jane.

— Vous avez vingt et un ans !

— En effet. Depuis ce matin, j'ai atteint ma majorité. Ce qui, selon les termes du testament de mon père, signifie que toute ma fortune est à ma disposition. Je ne tolérerai plus de me faire dicter ma conduite – et à chaque mot, Sophy se rapproche de Jane, jusqu'à ce qu'elles soient nez à nez – par une petite bigote méchante et bornée.

Jane plaque ses deux mains sur sa bouche traîtresse, sentant des vagues de honte s'abattre sur elle et menacer de la faire chavirer. Il était tellement plus facile d'accuser de meurtre un étranger, Mr Fitzgerald, que d'envisager que l'un de ses propres compagnons d'enfance puisse être responsable d'un crime aussi horrible.

— Sophy, mister Fitzgerald, pardonnez-moi.

Mr Fitzgerald rejette ses excuses d'un geste du poignet, ce qui, étant donné que Jane vient de l'accuser de débauche et de meurtre de sang-froid, est bien plus généreux que ce qu'elle mérite. Elle ferme les yeux alors qu'elle plonge dans des abîmes de honte jusqu'ici inexplorés. Tom passe son bras autour de sa taille, la tirant vers la sortie.

— Comme vous l'avez dit, miss Rivers, ce ne sont pas nos affaires.

Sophy revient aux côtés de son amant, la voix radoucie.

— Dès que Douglas aura été ordonné, nous partirons en Écosse et nous nous marierons là-bas.

Mr Fitzgerald met la main sur son cœur.

— Mais, ma chérie, vous méritez bien mieux qu'une vulgaire fugue.

— Douglas, *vous* êtes la seule chose indispensable à mon bonheur. Si cela signifie rompre les liens avec le reste de mon odieuse famille, qu'il en soit ainsi.

Mr Fitzgerald prend le poignet de Sophy, presse sa main contre ses lèvres et embrasse ses doigts. Ils plongent dans les yeux l'un de l'autre, et Jane est stupéfaite par l'intensité du regard qui passe entre eux.

— Eh bien..., dit Tom en toussant derrière son poing fermé, les joues cramoisies. Nous sommes vraiment désolés de vous avoir dérangés. N'est-ce pas, miss Austen ?

— Oui, en effet. Plus que je ne saurais jamais le dire.

Jane baisse les yeux sur ses chaussures de marche tandis que Tom la guide vers la porte ouverte.

— Vraiment, je ne pourrais être plus contrite.

— Dites-le à qui vous voulez, lance Sophy derrière eux. Allez directement voir votre bonne amie, Mary Lloyd, si vous le souhaitez. Ou faites une annonce dans le *Hampshire Chronicle*. Je suis sûre que cela revient au même.

Jane se retourne.

— Honnêtement, Sophy. Je ne ferais jamais...

— Et ne faites pas semblant d'être aussi prude. Tout le comté sait ce que vous avez fait dans la serre, le soir du bal des Harcourt.

Jane pousse une exclamation de surprise.

Tom la prend par la taille et l'emmène hors de la grange.

— Exactement, acquiesce-t-il. Cela ne nous regarde pas. Nous ne dirons pas un mot.

Tom continue de se moquer de Jane tout au long du chemin qui les ramène à Steventon. Jane est bonne joueuse, mais au moment où ils reviennent sur leurs pas à travers la forêt, elle est à bout de patience.

— Je ne vois pas ce qu'il y a de si drôle.

Elle croise les bras sur sa poitrine et fait la moue alors qu'ils s'arrêtent à côté de l'église St Nicholas.

Tom est plié en deux, se tenant aux genoux de sa culotte pour se soutenir.

— Si vous aviez vu votre tête.

— Saviez-vous ce qui se passait entre eux ?

— Eh bien, je savais que quelque chose clochait. Elle devait être la future mariée la moins enthousiaste que j'aie jamais vue.

Il lui adresse un sourire, sous ses yeux bleus railleurs.

— J'espère que vous n'allez rien dire. Ce serait tellement injuste, après que vous avez fait irruption entre eux comme ça. Et ça ne ferait que rejaillir sur nous.

Jane ne compte plus le nombre de secrets qu'elle garde. Il y a la grossesse de Zoé Renard, les fiançailles clandestines de Sophy Rivers et de Mr Fitzgerald, sans parler de sa propre liaison secrète avec Tom.

— Je ne dirai absolument rien. Pour commencer, je ne peux pas laisser ma mère découvrir que Jonathan Harcourt est de nouveau sur le marché du mariage.

Le visage de Tom se décompose.

— Sinon, elle me fera monter à Deane House pour jouer du piano dans ma plus belle robe de mousseline plus vite que vous ne pouvez dire « Gretna Green ».

Jane tourne les talons et s'éloigne à grands pas à travers le cimetière.

— Attendez ! la rappelle Tom.

Mais il rit trop fort pour la rattraper avant qu'elle ait franchi le portillon et soit entrée sur le terrain privé des Austen.

S'il est vrai que Jane s'est comportée de manière totalement irresponsable et qu'elle s'est attiré quantité de railleries bien méritées, elle peut au moins effacer deux noms sur sa liste de suspects. Ni Mr Fitzgerald ni Sophy n'ont tué Madame Renard. Ils ont clairement un alibi – et le secret qu'ils gardaient si précieusement était leur attachement l'un à l'autre. Ce qui signifie, de façon indirecte, que Jane est un peu plus proche d'appréhender le véritable tueur.

*

* *

5. À Cassandra Austen

Miss Austen,
chez le révérend Fowle,
Kintbury,
Newbury

Steventon, vendredi 1er janvier 1796

Ma chère Cassandra,

Deux lettres en une journée, quel panier percé est ta sœur ! Pardonne-moi cette dépense forcée mais, par le biais d'une enquête énergique, je dois te dire que j'ai éliminé deux de mes précédents suspects.

Ce n'était pas Sophy – la reine des glaces a un cœur. Ce n'était pas non plus Mr Fitzgerald – il n'a plus de soucis d'argent. Es-tu sûre de vouloir te marier ? Dis-moi comment c'est d'être enfermée avec Mr Fowle à Kintbury. N'as-tu jamais souhaité pouvoir voler une voiture et rentrer à la maison en vitesse pour retrouver tes aquarelles et notre convivialité au coin du feu ? Déchire cette lettre et utilise-la pour garnir la cage du canari de Mrs Fowle.

Bien à toi,
J.A.

17

En fin d'après-midi, alors que des ombres noires et la lune argentée remplacent la faible lumière du jour, Jane cherche Eliza dans le presbytère. Sa sœur étant partie à Kintbury, elle a appris à compter sur l'exubérance d'Eliza pour tenir le coup. Elle ne peut sans doute pas partager toutes ses frustrations avec sa cousine comme elle le ferait avec Cassandra, mais la vivacité d'Eliza lui remonte le moral. Jane la trouve seule dans la chambre du fond, debout dans sa robe de chambre, ses cheveux coiffés en une longue tresse qui repose sur son épaule. Une bougie de suif vacille sur la commode. La lueur projette l'ombre allongée d'Eliza en diagonale sur le papier peint aux motifs en épis, tandis qu'elle plie le linge et le place entre les mâchoires ouvertes d'un sac de voyage. Jane ouvre la porte qui grince, juste assez pour se glisser à l'intérieur, fine comme elle est.

— Ma mère m'a dit que vous nous quittiez demain. J'espérais que vous resteriez plus longtemps.

Eliza serre l'une des chemises d'Hastings contre sa poitrine et étudie la rangée de points de couture à l'encolure.

— Nous avons été invités à séjourner chez de vieux amis à Brighton. L'air marin fera du bien à

Hastings. Et tes parents ont tellement de choses à gérer en ce moment. Je ne voudrais pas abuser de leur hospitalité.

Sa voix est tendue. Comme d'habitude, Eliza fait de son mieux pour avoir l'air gaie, mais cette fois-ci, elle n'y arrive pas.

Jane s'écroule dans le fauteuil à côté du lit.

— Mais tu vas me manquer.

Elle n'a pas pris la peine d'enlever sa robe de calicot fauve. La boue en a imbibé le bas, et elle laisse une traînée de mouchetures brunes partout où elle va.

Eliza lève son visage à la lumière de la bougie.

— Toi aussi, *ma chérie**.

Ses yeux sont ourlés de rouge, mais ses joues sont pâles.

— Comment s'est passée ta promenade ?

Jane observe le sac de voyage, évitant le regard de sa cousine.

— Très rafraîchissante, ment-elle, encore mortifiée par son coup d'éclat.

La honte s'accroche à chaque centimètre de sa peau comme une chemise de nuit froide et humide. Elle cherche peut-être désespérément à sauver Georgy, mais Mr Fitzgerald ne méritait pas d'être traité aussi affreusement. La panique suscitée par l'imminence du procès de son frère rend Jane négligente. Elle a fait preuve de paresse de raisonnement en supposant que la chaîne de montagnes que Mr Fitzgerald avait visitée se trouvait en Europe. Et il semble que tout le monde lise Cowper. Après avoir feuilleté le recueil de vers qu'elle a trouvé dans la chambre de Madame Renard, Jane commence à comprendre pourquoi.

Pour sa plus grande humiliation, il est clair qu'elle a succombé à ses propres préjugés. Elle n'est pas meilleure que Mr Craven, qui a avalé l'histoire de sir John au sujet d'une bande d'intrus, parce que c'était plus commode que de rechercher la vérité. Et Sophy était aux premières loges pour assister à tout cela. Ce qu'il y a de plus détestable chez Sophy Rivers, c'est qu'elle représente tout ce que Jane aimerait être : belle, riche et fiancée à un jeune homme séduisant, spirituel et honorable.

Eliza lui pince la joue, la forçant à croiser son regard.

— Et ton ami irlandais ? Tu peux tromper ton père et tes frères, ma douce et innocente petite cousine, mais je suis la maîtresse de l'intrigue – et je sais reconnaître une coquette quand j'en rencontre une.

Jane plisse les lèvres, les pinçant pour ne rien laisser paraître de son amertume.

— Si tu veux tout savoir, il allait bien.

— Il allait bien, c'est tout ? insiste Eliza, qui refuse de lâcher Jane. Vous n'avez pas trouvé d'accord, alors ?

— Non, nous n'avons pas trouvé d'accord.

Elle s'est montrée irascible en s'enfuyant précipitamment alors que Tom se moquait d'elle. Jane le sait, maintenant. Mais elle n'était pas d'humeur à entamer une conversation sérieuse sur leur avenir alors qu'il s'était montré si irritant. Qu'est-ce que cela ferait d'être mariée à lui et de ne pas pouvoir s'en aller ? Elle frémit.

— Tant mieux, dit Eliza.

Elle range la chemise d'Hastings dans le sac et en prend une autre dans une pile de linge propre.

— J'avais ton âge quand j'ai épousé le capitaine de Feuillide. Je pensais être une femme, prête à aimer et à être aimée. Avec le recul, je n'étais qu'une petite idiote naïve.

Elle enfonce la chemise soigneusement pliée dans le bagage, froissant le coton et réduisant à néant ses efforts méticuleux.

— Le regrettes-tu ?

Jane n'a jamais osé être aussi franche avec sa cousine, mais elle soupçonne depuis longtemps qu'Eliza n'était pas aussi heureuse qu'elle le prétendait avec son comte français.

— Non, réplique Eliza en secouant si vigoureusement la tête que sa tresse passe par-dessus son épaule et descend le long de son dos jusqu'au creux de ses reins. Comment le pourrais-je, alors qu'il m'a donné mon beau garçon ? Mais j'aurais aimé passer plus de temps à apprendre à connaître moi-même avant d'accepter sa demande. Une fois que c'est fait, il n'y a pas de moyen facile d'échapper au mariage. Profite de ces années de liberté, *ma chérie**, avant qu'il soit trop tard. Mieux encore, profite de tes flirts. Leur souvenir te soutiendra jusqu'à l'âge de la maturité, lorsque les occasions se feront plus rares. C'est du moins ce que l'on m'a dit.

Jane rit. Eliza sourit aussi, mais son sourire n'atteint pas ses yeux.

— Puis-je te demander quelque chose ? dit Jane.

— Tout ce que tu veux. Tant que je ne suis pas obligée de répondre.

— Pourquoi as-tu demandé à Mr Martin si Zoé Renard avait acheté une teinture susceptible de restaurer ses flux menstruels ?

— Parce qu'elle se trouvait dans une situation très difficile. Une jeune femme, seule, à des centaines de miles de sa famille, avec un enfant en route. Personne ne l'aurait blâmée de vouloir provoquer un... accident. Et pourtant, d'après tout ce que toi et Mrs Martin avez dit, Zoé Renard ne semblait pas désespérée du tout. Certes, elle a mis ses bijoux en gage, mais elle a vite trouvé l'argent pour les récupérer. Elle apprenait l'anglais. Et le fait d'adhérer au cabinet de lecture indique qu'elle avait du temps libre. Elle se construisait une vie ici.

Les rideaux sont ouverts, et des étoiles scintillent dans le ciel noir. Jane se souvient de l'assurance de Madame Renard au moment de lui vendre le chapeau. Tandis que Jane s'admirait dans le miroir et ergotait sur le prix, la marchande gardait un masque de sang-froid. Jamais elle n'a détourné le regard ou proposé de baisser le prix. Zoé Renard se comportait comme si elle était sa propre maîtresse, et non comme une femme ruinée et cachant un secret honteux. Sa vie était simple, mais elle était fière de ce qu'elle avait accompli et résolue à atteindre son but.

— Tu as raison. Elle ne se conduisait pas comme si elle manquait d'argent ou de confiance. Qu'est-ce que cela signifie ?

— Peut-être qu'elle n'était pas aussi seule que nous le pensions. Que quelqu'un s'occupait d'elle.

Le coin de la bouche d'Eliza se retrousse en un sourire narquois.

— Tu sais que nous, les femmes, aimons garder nos secrets.

Jane se mordille l'ongle du pouce.

— Quelqu'un à Basingstoke, ou dans les environs, qui lui a donné l'argent pour récupérer ses bijoux chez le prêteur sur gages, mais qui ne voulait manifestement pas que l'on soit au courant de leur relation ?

Les traits délicats d'Eliza se plissent en un froncement de sourcils.

— Peut-être. Tu n'abandonneras pas, n'est-ce pas ?

Elle soulève une autre chemise de la pile. Son sac est presque plein. La chambre sera triste et vide sans ses lotions et potions éparpillées sur la commode, et les jouets d'Hastings empilés sur le lit.

— Absolument pas. Je ne peux pas rester sans rien faire pendant que Georgy souffre pour quelque chose qu'il n'a pas fait. Et puis l'esprit de Madame Renard mérite d'être en paix. Et je ne pense vraiment pas qu'il puisse l'être tant que son assassin ne sera pas traduit en justice.

— Bien. Ne deviens jamais trop docile, d'accord ? Une femme ne peut plier au-delà d'un certain point, sans quoi elle se brise.

Mais l'intuition de Jane lui souffle qu'on a peut-être fracassé le crâne de Madame Renard précisément parce qu'elle n'était pas assez docile. Elle ravale sa bile, chassant de son esprit l'image du visage ensanglanté de la pauvre dentellière.

Le lendemain matin, Jane et sa famille font la queue devant le presbytère pour dire au revoir à Eliza et Hastings. James, vêtu du manteau de son père, monte sur le siège du conducteur de la voiture.

— Merci, merci, mes chéris de Steventon.

Eliza embrasse Mr et Mrs Austen sur les deux joues.

— Vous êtes la charité incarnée pour avoir offert une si belle hospitalité à Hastings et à moi pendant que vous pansiez vos propres chagrins.

— Tu es un baume pour nos âmes troublées, ma nièce, dit Mr Austen.

— Ne t'en fais pas, ajoute sa femme, et promets-nous de nous revenir avant la fin de l'année.

Elle berce Anna, en pleurs, dans ses bras. Le bébé, le visage tout rouge, tend ses bras potelés vers son compagnon de jeu, impuissante à le retenir. Jane serre fort le mince corps d'Eliza contre elle et retient ses larmes lorsqu'elle la laisse partir.

Henry prend Hastings dans ses bras, ébouriffe ses boucles dorées et le dépose dans le carrosse.

Après quoi il se tient au garde-à-vous, de sorte qu'Eliza doit s'étirer sur la pointe des pieds pour lui donner rapidement une bise sur la mâchoire. Il lui jette un regard noir, serrant les dents si fort qu'une veine bleue palpite dans son cou. Il est le seul Austen à ne recevoir qu'un seul baiser. Même Sally, à sa grande surprise, en reçoit deux.

Alors que les roues du carrosse grincent et tournent, Henry rentre en trombe dans le presbytère et claque la porte d'entrée si fort que le treillis couvert de roses qui en entoure le cadre menace de s'effondrer.

— Qu'est-ce qui lui arrive ? demande Mrs Austen.

— Qui sait ? fait Jane en haussant les épaules.

Mais il est évident que la mauvaise humeur d'Henry a tout à voir avec le départ précipité d'Eliza. Jane n'a aucune envie de discuter de la complexité des relations entre Henry et Eliza avec sa mère. Elle préfère ne pas s'y attarder elle-même. Il n'a tout de même pas imaginé que leur cousine le prendrait au sérieux en tant que *prétendant* ? Jane suit le carrosse dans l'allée. Des tas de feuilles mortes reposent au pied de la haie nue et épineuse. Immédiatement après que le véhicule a tourné le coin de la route, une silhouette vêtue d'un manteau brun apparaît.

Jane tient sa main au-dessus de ses yeux, qu'elle plisse face au soleil du matin. Le chapeau de Mary Lloyd se découpe sur le ciel éblouissant.

— Était-ce ta cousine qui partait ? demande Mary. Pourquoi est-ce James qui la conduit plutôt qu'Henry ? Ou ton père ?

Jane s'arrête, attendant que Mary la rejoigne.

— Mon père dit qu'il est trop vieux pour partir en vadrouille par ce temps. Et je pense qu'elle et Henry se sont brouillés.

Mary reste sur place, observant avec mélancolie le virage de la route.

Les feuilles crissent sous les pieds de Jane, et le froid enveloppe ses orteils à travers les fines semelles de ses chaussures de marche en cuir.

— Qu'est-ce que tu fais dehors sans chaperon ? Je croyais que ton oncle te gardait sous clef.

Mary tourne son regard vers Jane. Ses yeux sont anormalement brillants.

— Oncle Richard a été appelé à Deane House. C'est pourquoi je suis ici. Il y a un grand charivari – je suis venue te chercher. Apparemment, ils vont l'arrêter.

— Je le savais ! s'écrie Jane.

Son cri de soulagement surprend Mary.

— Je *savais* qu'il l'avait tuée.

Mr Craven a dû suivre les mêmes indices que Jane pour relier Jonathan Harcourt à la femme décédée. Son enquête aura permis de prouver qu'ils étaient tous les deux à Bruxelles au même moment et que Madame Renard avait mis en gage la bague de Jonathan. Georgy sera libéré et rendu à sa famille immédiatement. Ce cauchemar sera terminé.

18

— Quelle imagination débordante tu as, Jane, remarque Mary d'un ton réprobateur, alors que Jane et elle gravissent péniblement la colline jusqu'à Deane.

Le chemin est sale, et la boue crotte les jupes de Jane, l'alourdissant au fur et à mesure qu'elle avance. Elle aurait dû retourner chercher ses fers pour protéger ses chaussures de marche, mais elle est bien trop pressée d'arriver au manoir Tudor – où, selon Mary, sir John est sur le point d'être arrêté pour défaut de paiement de ses dettes, et non son fils pour son implication dans la mort de Madame Renard.

— Oh, arrête de pavoiser. Peux-tu reprendre les choses depuis le début et tout me raconter de nouveau, s'il te plaît ?

Mary s'accroche au bras de Jane, titubant sur la pente avec ses souliers alourdis par les fers.

— Mais qu'est-ce qui t'a fait penser que Mr Harcourt serait arrêté pour le meurtre ? Ce doit être tous ces romans gothiques que tu lis. Je n'arrête pas d'essayer de lire le dernier sur lequel Martha et toi êtes toujours en train de vous extasier. Celui qui se passe dans la Forêt-Noire, c'est ça ? Mais c'est trop confus. Et ce ne doit pas être très chrétien de nager dans la nécromancie, les sorciers et tout le reste. Non, je préfère de loin les vers de ton frère.

Jane prend une grande inspiration, refoulant sa colère.

— Dois-je te rappeler, Mary, que c'est toi qui as suggéré que l'esprit de Madame Renard communiquerait avec nous au sujet de l'identité de son meurtrier ?

— C'était différent.

— En quoi ?

— Mon oncle a approuvé cela.

Le sang de Jane est en train de bouillir.

— Dans ce cas, pourrais-tu, s'il te plaît, remettre *Les Mystères d'Udolphe* au cabinet de lecture de Mrs Martin afin que quelqu'un de plus à même de l'apprécier puisse le lire ? Maintenant, je t'en prie, arrête de bavarder et raconte-moi tout ce qui s'est passé.

— Je te l'ai déjà dit. Nous étions en train de prendre notre petit déjeuner lorsque l'un des palefreniers de Deane House a frappé à la porte latérale en criant pour appeler le magistrat. Apparemment, Mr Harcourt a demandé à mon oncle de lui pardonner de le faire venir directement, mais le vieux Mr Chute et son huissier menaçaient d'arrêter sir John et de l'emmener à la prison de la Maréchaussée.

— Mr Chute a donc dû prêter de l'argent à sir John. Et même beaucoup, s'il veut le faire jeter en prison.

Jane bondit sur la pointe des pieds en réprimant l'envie de se mettre à courir. Si Mr Chute surveille sa femme d'aussi près qu'il surveille ses shillings et ses pence, Henry a eu de la chance d'échapper aux répercussions de son flirt avec elle le soir du bal des Harcourt. La somme d'argent que sir John devait à Mr Chute était-elle la véritable raison pour laquelle le baronnet voulait mettre la main sur la fortune d'Eliza ? Cette crapule volerait Pierre pour rembourser Paul.

— Je ne sais pas. Mon oncle m'a dit de rester à la maison jusqu'à son retour. Mais je me suis dit que si je venais te chercher, nous pourrions y aller ensemble et essayer d'écouter aux portes. Ensuite, si l'on m'attrape, je pourrai dire que tu m'as forcée.

— Quelle amie loyale tu fais.

Jane se reproche silencieusement d'avoir tiré des conclusions hâtives. Elle a été stupide d'imaginer que les autorités avaient identifié le vrai coupable. Ce colosse léthargique qu'est la loi anglaise ne se réveillera pas pour rendre justice à une jeune femme ordinaire, même si elle est prompte à entrer en action lorsqu'il s'agit de préserver les intérêts d'un riche gentleman.

— Je ne comprends toujours pas. Pourquoi penses-tu que Mr Harcourt a tué la modiste ?

Alors que Deane House est en vue, Jane se défait de l'emprise de Mary et avance à grandes enjambées.

— La dentellière. Et je ne dis pas exactement cela, mais j'ai l'intuition qu'il doit y avoir un lien entre eux.

Elle va abîmer ses chaussures et le bas de sa robe ne s'en remettra peut-être jamais, mais sans l'encombrement des fers à souliers, elle est plus rapide que Mary.

Sir John a-t-il tué Madame Renard parce qu'elle lui faisait du chantage au sujet de son arrangement avec Mrs Twistleton et qu'il ne pouvait plus se permettre d'acheter son silence ? Peut-être Madame Renard en savait-elle tout simplement trop sur les dettes que sir John avait accumulées au cours de ses soirées cartes à l'auberge Angel Inn. Sir John et Mrs Twistleton semblaient aussi horrifiés que tout le monde lorsque son cadavre a été découvert, mais il se peut qu'ils aient fait semblant et qu'ils se soient couverts mutuellement. Ou bien était-ce Jonathan ? A-t-il assassiné sa maîtresse pour l'empêcher de compromettre son mariage lucratif avec Sophy ? La menace de la ruine financière pourrait-elle pousser un homme ordinairement doux à commettre l'acte le plus atroce ?

Alors que Jane s'approche du manoir Tudor, elle remarque dans l'allée une luxueuse calèche, vide, attelée à deux chevaux gris parfaitement assortis. À côté, l'huissier de Mr Chute monte la garde près d'une chaise de voyage dans laquelle est emprisonné sir John. Mrs Twistleton se tamponne le visage avec un mouchoir. Ses yeux sont gonflés, et ses traits habituellement séduisants sont défaits. Sir John se penche à la fenêtre selon un angle périlleux pour lui serrer la main. Sans sa perruque, il paraît plus petit et beaucoup moins imposant. Des cheveux clairsemés sont éparpillés autour de sa tête, sauf à l'arrière de son crâne, où un petit cercle de peau exposée le rend particulièrement vulnérable. Ni l'un ni l'autre ne remarquent Jane qui passe en trombe.

Des cris de colère s'échappent de la porte ouverte de la maison. Jane s'arrête sur le seuil et jette un coup d'œil dans le lugubre hall d'entrée lambrissé de chêne. Mary monte les marches en trottinant derrière elle, ses fers pendant à son bras. Elle a dû les enlever d'un coup de pied et se mettre à courir pour la rattraper. Ensemble, elles se tiennent dans l'ombre, s'efforçant d'observer le drame qui se déroule à l'intérieur sans être vues.

— Messieurs, s'il vous plaît…

Mr Craven se tient juste en dessous du lourd lustre en laiton et tend les deux mains devant lui, comme pour séparer un affrontement de pugilistes assoiffés de sang.

Lady Harcourt est perchée sur le canapé sous l'escalier sculpté, plaquant un petit flacon de sels odorants sous son nez busqué. À côté d'elle, Jonathan Harcourt s'appuie d'une main sur le poteau de l'escalier et se passe les doigts dans ses longs cheveux en désordre. Il est en manches de chemise, sa silhouette longiligne serrée dans un gilet de lin ivoire.

— Emmenez mon père. Mais je vous prie de me donner une semaine, quelques jours au moins, pour faire face aux remboursements. Je vous en conjure, sir.

Il presse ses mains l'une contre l'autre, entrelaçant ses doigts comme pour prier.

— Si vous réclamez tout maintenant, les vautours vont fondre sur nous. Nos métayers seront ruinés en même temps que nous, et ce n'est pas juste pour eux.

Mr Craven laisse retomber ses mains.

— Qu'en dites-vous, mister Chute ? Donnez une chance à ce garçon, hein ? Il a raison. Si vous le faites savoir, tous les créanciers de sir John se manifesteront immédiatement et vous serez obligé de vous battre pour la moindre miette. Vous avez une bien meilleure chance de récupérer ce qu'il vous doit si vous accordez un sursis à Mr Harcourt.

De l'autre côté du hall d'entrée, Mr Chute plisse ses yeux chiasseux et saisit le manche de sa canne à pommeau d'or.

— Très bien. Je suis satisfait.

Sa redingote de velours et sa culotte assortie sont brodées d'une profusion de fleurs en fils de soie de toutes les couleurs de l'arc-en-ciel. Même les boucles de ses brillantes chaussures noires étincellent de diamants et de rubis.

— Mais pour ce qui est de sir John, il ne quittera pas la prison de la Maréchaussée avant que tout ce qui m'est dû jusqu'au dernier penny soit de retour dans mes coffres. M'avez-vous compris, mon garçon ?

— Non. Vous ne pouvez pas l'emmener. Je ne vous laisserai pas faire.

Lady Harcourt se lève du canapé en se tordant les mains. Sa voix tremble comme une corde sur le point de se rompre.

— Ce n'est pas juste. J'ai déjà perdu mon fils.

Elle jette un coup d'œil vers le buste sur le palier. L'Edwin en marbre observe la scène de son regard mort, d'un blanc laiteux.

— Et maintenant, vous voulez me prendre mon mari. Je ne le supporterai pas, je vous le dis.

Jane déglutit. Lorsque Mr Craven a emmené Georgy, elle s'est imaginé courir après le chariot, criant et pleurant, tout en s'arrachant les cheveux par poignées. Au lieu de quoi elle a refoulé ces pulsions primaires, a fait exactement ce que son ancienne nourrice lui avait demandé et s'est précipitée pour alerter son père comme une gentille fille.

— Mère, s'il vous plaît..., dit Jonathan en s'interposant entre lady Harcourt et Mr Chute. Pourquoi n'allez-vous pas vous allonger ? Et prendre un peu de votre médicament ?

Des taches de sueur sont apparues sous les bras de la chemise de Jonathan, et son visage est pâle, couleur de cendres. Il se tourne vers son adversaire.

— Je comprends, merci, sir. Je vais immédiatement organiser une vente aux enchères. Chaque assiette et chaque pièce d'étain – tout ce que nous pouvons vendre pour réunir l'argent – sera vendue. Vous avez ma parole.

Mr Craven se frotte les mains.

— Excellent. Puis-je vous proposer de vous serrer la main pour sceller l'accord, messieurs ?

Mr Chute se caresse le menton avant de saisir la main de Jonathan et de la secouer fermement.

— Très bien. Très bien, approuve Mr Craven.

Il enfonce son pouce dans son revers et jette un coup d'œil à sa montre de gousset.

Jane serre les lèvres. Le magistrat n'a pas évoqué la possibilité d'un lien entre le meurtre de Madame Renard et les énormes dettes des Harcourt. Il est plus préoccupé par le maintien de la paix entre deux voisins fortunés que par la recherche de l'assassin et le blanchiment du nom de Georgy. Elle ne peut pas laisser passer l'occasion de faire pression sur Jonathan.

— Est-ce tout ? demande-t-elle en émergeant à grands pas de sa cachette pour entrer dans le hall d'entrée.

— Miss Austen, que faites-vous ici ?

Le regard de Mr Craven va du visage de Jane à ses souliers boueux, puis remonte.

— Mary ? Est-ce toi, mon enfant, qui te caches dans l'embrasure de la porte ? Je t'avais explicitement dit de rester à la maison.

Les jambes de Jane se transforment en gelée lorsqu'elle se retrouve face au magistrat.

— Un accord entre gentlemen ? Une poignée de main, et vous le laissez s'en tirer ?

— Miss Austen, de quoi diable parlez-vous ? Vous ne pouvez pas faire irruption ici de cette façon.

Jane pointe un doigt tremblant vers Jonathan.

— C'était *vous*, n'est-ce pas ? Vous avez assassiné cette pauvre femme, ici même, et vous avez abandonné son corps dans votre placard à linge.

La poitrine de Jonathan semble se dégonfler, et il se recroqueville sur lui-même.

— Êtes-vous saine d'esprit ? demande Mr Craven, qui en reste bouche bée.

Lady Harcourt pousse un cri hystérique et se jette sur Jane, toutes griffes dehors. Jonathan rouvre ses yeux pâles.

— Mère !

Lady Harcourt vise la tête de Jane. Sa main aux ongles longs passe si près qu'une brise balaie la joue de Jane et ébouriffe ses boucles. La jeune femme recule en titubant, mais Mr Craven attrape lady Harcourt par la taille avant qu'elle puisse l'atteindre.

Jonathan s'élance et prend sa mère dans ses bras.

— Venez, Mère, montez vous coucher. Le choc a été terrible, mais il n'y a pas lieu de s'inquiéter...

Il l'emmène jusqu'à l'escalier sculpté, la traînant à moitié.

— Mistress Twistleton ! Préparez immédiatement la teinture de Mère.

La gouvernante surgit de quelque part derrière Jane.

— Taisez-vous, maintenant, miss, lui dit-elle.

Elle saisit ses jupes à pleines mains, dévoilant des bas de soie brodés alors qu'elle monte l'escalier à toute vitesse derrière Jonathan et sa mère.

Par-dessus l'épaule de son fils, lady Harcourt se tourne vers Jane pour lui lancer un regard mauvais. Ses yeux de fouine brillent d'un éclat pernicieux. Jane sent chacun de ses nerfs tressaillir.

— Miss Austen, vraiment ! lance Mr Craven en se rapprochant. Avez-vous perdu la raison ? Qu'est-ce qui a bien pu vous pousser à porter une telle accusation ?

Mary écarte les cheveux de Jane de son visage.

— Est-ce que tu vas bien ? La vieille bique a failli t'arracher les yeux.

Jane repousse la main de Mary, un peu trop brutalement. Elle lève le menton vers Mr Craven.

— C'est vous qui avez perdu la raison. Vous ne voyez pas ?

Le sang lui bat aux tempes, ce qui lui donne le vertige.

— Les dettes de sir John *doivent* être liées au meurtre.

— Je peux vous assurer, miss Austen, qu'il s'agit d'une affaire entre sir John et Mr Chute. Cela n'a rien à voir avec la femme décédée. J'ai déjà réglé cet incident. Il s'agissait de l'un des vagabonds qui s'étaient introduits dans le domaine de sir John.

— Vous y croyez encore ? Même si vous savez qu'il n'y a aucune preuve de l'existence de vagabonds ?

— Miss Austen, comme je vous l'ai dit hier soir, je n'ai *pas* accusé votre frère de meurtre...

Il baisse la voix jusqu'au murmure, et ses yeux s'adoucissent tandis qu'il se rapproche de Jane.

— S'il vous plaît, ne me forcez pas à le faire...

Avec une clarté écœurante, Jane voit que Mr Craven n'est pas plus dupe qu'elle des accusations de sir John. Il croit sincèrement que Georgy est coupable, non seulement d'avoir volé le collier de Madame Renard, mais aussi de lui avoir ôté la vie. Plutôt que par négligence, il agit ainsi par compassion. Il n'approfondit pas son enquête parce qu'il a peur de ce qu'il pourrait découvrir. Il sait que, si terrible que cela puisse être pour Jane et sa famille si Georgy était pendu en tant que voleur, ce serait encore pire s'il était condamné en tant que meurtrier.

Georgy se verrait refuser le droit chrétien le plus élémentaire, celui de reposer en terre consacrée. Au lieu de quoi, après avoir été pendu sur la place de Winchester sous les huées de la foule, son corps serait transporté à Deane, enchaîné et exposé publiquement à la potence la plus proche, en guise d'avertissement macabre à tous les meurtriers en puissance. Il faudrait des années aux oiseaux et aux asticots pour se débarrasser de ses vêtements et de sa chair. Ce n'est qu'à ce moment-là que les Austen seraient autorisés à le faire descendre pour enterrer son squelette. Et même alors, ils ne pourraient pas l'emmener chez eux pour qu'il repose dans le cimetière de St Nicholas. Georgy reposerait sous le carrefour, le cœur transpercé d'un pieu, son âme marquée comme indigne de rédemption, même au jour du Jugement dernier, et condamnée à errer sur la terre pour l'éternité.

Si le chagrin ne tuait pas les parents de Jane, l'ignominie s'en chargerait sûrement.

Mary glisse son bras autour de la taille de Jane, l'empêchant de basculer sous le poids écrasant de sa prise de conscience.

— Je vais vous laisser.

Mr Chute rompt la tension en adressant aux dames un salut avec son chapeau, avant de se diriger vers la sortie.

Mr Craven lève la main et l'interpelle :

— Et êtes-vous certain de ne pas vouloir laisser sir John rester ici ? Vous êtes dans votre droit, bien sûr, mais…

— Ce fanfaron m'a pris pour un imbécile, réplique Mr Chute en brandissant sa canne en l'air. Une dose de prison pour débiteurs lui apprendra que je ne suis pas un homme dont on peut se jouer.

— Comme vous voulez.

Mr Craven se dirige vers la sortie. Mary le suit, entraînant avec elle Jane, encore abasourdie.

Dans l'allée, Mr Chute fait un signe de tête à son employé et monte dans sa calèche. L'huissier monte sur l'un des chevaux de trait attachés à la chaise de voyage et donne un coup de cravache. Avec un hennissement, les deux bêtes secouent leur crinière et lèvent leurs sabots avant. La calèche grince, et sir John tourne la tête vers Deane House, luttant visiblement pour garder son calme alors qu'il jette un dernier coup d'œil à la demeure de ses ancêtres.

Une fois les deux attelages hors de vue, Mr Craven tend le bras à Jane.

— S'il vous plaît, miss Austen. Me laisserez-vous vous raccompagner chez vous ?

Jane observe avec stupeur ce coude offert, la vision troublée par les larmes qu'elle retient.

— Merci, sir, mais je me débrouillerai toute seule.

Elle retire la main de Mary de sa taille et la repousse doucement. Alors qu'elle descend l'allée en boitillant, elle sent le regard de son amie et de Mr Craven sur son dos. Malgré le poids énorme de leur opinion, elle continue d'avancer en titubant, cherchant désespérément à recoller les morceaux d'elle-même. Pour le bien de Georgy, quand bien même il n'y aurait que cela, elle ne peut laisser ce dernier échec la détruire.

19

Lorsque Jane arrive à la maison, Lycidas, le hongre au comportement impeccable de Mrs Lefroy, est attaché à un piquet de clôture devant le presbytère. Mrs Lefroy a essayé sans relâche de persuader Jane de monter son cheval, mais cette dernière a invariablement refusé. Au lieu de quoi elle regarde, le cœur serré, son amie sauter avec lui par-dessus des haies à hauteur de taille. La perspective de se trouver à une hauteur aussi vertigineuse du sol, entièrement dépendante d'un autre être, lui tord douloureusement l'estomac.

Pour maîtriser un cheval, il faut se détendre sur la selle et utiliser le pouvoir supérieur de l'esprit humain pour plier la volonté de l'animal à la sienne. Après sa chute, Jane a perdu l'arrogance enfantine qui lui permettait d'avoir une confiance aussi totale en elle-même. Elle caresse l'étoile blanche sur la tête de Lycidas et le laisse se blottir contre son épaule avant de rentrer, d'accrocher sa cape et de cacher ses chaussures de marche en piteux état dans le vestibule, près de la porte arrière, avant que sa mère puisse la réprimander.

Ses parents et Mrs Lefroy sont confortablement et sereinement installés, et prennent le thé avec du quatre-quarts dans le meilleur salon. Jane les rejoint, espérant que Tom a enfin envoyé sa tante discuter de leurs fiançailles avec ses parents. Cela risque de prendre du temps pour convaincre Mr Austen du bien-fondé de cette union. Il est vrai qu'elle et Tom n'ont pas les moyens de s'installer immédiatement, mais Jane est persuadée qu'elle pourra fléchir son père. Son couple avec Tom n'est peut-être pas parfait, mais ils pourraient se rendre heureux l'un l'autre – si seulement on leur en donnait l'occasion.

Un bon feu brûle dans l'âtre tandis qu'ils boivent dans le service en porcelaine de Chine bleu et blanc à motifs de saule. Le plus beau service à thé des Austen leur a été offert en cadeau de mariage par leurs riches parents Knight il y a plus de trente ans. La théière est encore utilisable, malgré un petit éclat sur le bec, mais il ne reste que cinq tasses et six soucoupes, et le pot à lait a disparu depuis longtemps. Jane se verse du thé, avale une grosse part de gâteau et régale la compagnie des détails de son après-midi. Dans une tentative désespérée de garder l'ambiance légère, elle ne mentionne pas qu'elle a accusé Jonathan Harcourt de meurtre devant le magistrat du comté.

Mrs Lefroy est élégante, comme toujours, dans son manteau rayé, avec ses cheveux poudrés relevés sur la tête.

— Jane chérie, tu sais vraiment comment raconter une histoire.

Elle se perche sur le bord de la bergère à oreilles, une jambe croisée sur l'autre, comme si elle ne voulait pas se mettre complètement à l'aise.

— Je n'arrive pas à croire que Mr Chute soit allé jusqu'au bout de son envie d'envoyer sir John à la prison de la Maréchaussée. Quelle humiliation pour le baronnet.

Mrs Austen secoue la tête. Pour une fois, elle a quitté son tablier.

— Ne soyez ni emprunteur ni prêteur. Pas si vous pouvez faire autrement, en tout cas.

Mr Austen pose sa tasse et sa soucoupe sur son genou, ses cheveux blancs formant une auréole autour de son visage aimable.

— Et c'est ainsi que l'éternelle roue de la fortune tourne pour les Harcourt. Eh bien, je n'aurais jamais imaginé cela.

Jane lèche les miettes sur ses doigts.

— Ils tombent de haut, hein ? Sir John devait être prêt à tout pour ne pas en arriver là. Je suppose que c'est pour cette raison qu'il a demandé un prêt à Eliza. Il est difficile d'imaginer ce qu'un homme aussi fier pourrait faire dans de telles circonstances pour protéger sa position.

Mrs Lefroy pose sa tasse vide et sa soucoupe sur la table d'appoint en acajou. Elle se lève et regarde la brume crépusculaire par la fenêtre.

— Le jardin est magnifique. Jane, peux-tu me le faire visiter ?

Mrs Austen fronce les sourcils.

— Mais nous venons de tout arracher. J'ai beaucoup de fumier de poulet frais à mettre sur les plates-bandes, mais...

Elle se tourne vers son mari, qui se contente de hausser les épaules.

Mrs Lefroy lance à Jane un regard acéré.

— Eh bien, j'ai besoin d'un peu d'air frais. Pouvons-nous y aller, Jane ?

— Bien sûr.

Jane abandonne son thé à moitié bu.

Dans le vestibule, elle s'empresse d'enfiler sa cape et ses chaussures de marche incrustées de boue avant de sortir par la porte arrière. C'est le crépuscule. L'étoile du soir scintille intensément dans le ciel violet. La lune est divisée en deux moitiés parfaites, l'une baignant dans la brillante lumière argentée, l'autre se dissimulant dans l'obscurité. Les collines ondoyantes du Hampshire entourent les terres des Austen de tous les côtés. Les branches tordues des chênes se détachent comme si elles avaient été découpées au scalpel dans du carton noir. Jane conduit son invitée devant les plates-bandes vides du potager, tandis que Mrs Austen colle le nez à une vitre et fronce les sourcils.

Mrs Lefroy remonte le col de son manteau et glisse son bras au creux de celui de Jane.

— Elle n'est pas très douée pour comprendre les allusions, ta mère, n'est-ce pas ?

Jane rit. Son souffle s'échappe en bouffées blanches, comme celles d'un dragon épuisé.

— Je ne dirais pas que c'est l'un de ses points forts.

Les traits de Mrs Lefroy restent sévères.

— Il était impératif que je te voie seule parce que... Eh bien, je crains de devoir te parler d'un sujet assez délicat.

Les doigts et les orteils de Jane sont tout engourdis.

— Comme c'est intrigant !

La cour de ferme est déserte. Les poulets et les poules naines sont enfermés dans leurs clapiers, à l'abri des renards voraces qui rôdent dans la campagne.

— Oui, mais... Avant de commencer, tu dois savoir que je te demande cela précisément parce que tu m'es extrêmement chère, dit-elle en serrant le bras de Jane. Je te chéris avec autant d'amour et d'attention que n'importe quelle nièce, et c'est *ton* bonheur qui me tient le plus à cœur.

— Oh ?

Jane sent son estomac chavirer à chaque mot prononcé par son amie. Elle fixe son regard droit devant elle pendant qu'elles marchent.

— C'est très gentil de votre part. Vous savez que je vous adore en retour.

Elle essaie de sourire, mais les muscles de son visage sont figés.

Mrs Lefroy retient Jane par le bras, l'obligeant à lui faire face.

— Je vais aller droit au but…

Dans la lumière violette, Mrs Lefroy paraît toute grise.

— Mon neveu t'a-t-il fait une demande ? Parce que, si c'est le cas, je crains qu'il ne se soit mal présenté à toi.

— Mal présenté ?

La bouche de Jane est si sèche qu'elle peine à prononcer les mots. Elle a été si proche de Tom que son souffle chaud lui a chatouillé le cou et que son cœur a battu contre sa poitrine. Comment cet homme, qui partage son monde secret de joie et d'excitation, aurait-il pu lui cacher quoi que ce soit ?

Mrs Lefroy s'assied sur une souche, comme s'il s'agissait d'un tabouret.

— Tu vois, les Lefroy ont été chassés de France très récemment et aucun d'entre eux n'a eu l'occasion de s'établir. Les parents de Tom vivent très modestement. Comme tu le sais, il est le plus jeune d'une famille de six enfants. Les autres sont toutes des filles, qui n'ont pas grand-chose pour se faire valoir.

Jane acquiesce, mais ce simple mouvement suffit à la faire trébucher. Un poids énorme accable sa poitrine. Si lourd qu'il pourrait s'agir de l'une des dalles de calcaire tachetées du cimetière de l'église.

— Oncle Langlois est le seul à avoir des ressources, mais elles sont loin d'être illimitées. C'est lui qui a permis à Tom d'aller à l'université et il parrainera sa place à Lincoln's Inn. Tu comprends donc que tout le monde s'attend à ce que Tom fasse tout ce qu'il peut pour consolider sa position dans le monde grâce à… eh bien, grâce à…

— … un mariage, achève Jane d'une voix morne.

C'est l'horrible vérité qu'elle fuit depuis la première fois qu'elle a regardé Tom dans ses yeux bleus et brillants et senti son cœur palpiter devant le reflet d'elle-même – ou plutôt de la jeune épouse et mère élégante qu'elle pourrait être – dans ses pupilles agrandies.

Cassandra y a fait allusion dans ses lettres, et Eliza l'a mise en garde contre cette même vérité, mais Jane a fait de son mieux pour la mettre de côté.

Enfin, cette vérité l'a attrapée dans ses féroces mâchoires, comme un piège d'acier en manque de proie : Tom Lefroy, le jeune avocat ambitieux de Limerick, ne peut se permettre de s'engager avec la fille d'un pasteur du Hampshire, même s'il le souhaite. Ce serait catastrophique pour tous les deux.

Mrs Lefroy appuie la main contre sa gorge.

— J'en ai bien peur. Il sera *de facto* le chef de sa famille, vois-tu. Ils dépendent tous de lui. Je suis vraiment désolée. J'aimerais qu'il en soit autrement… mais ce n'est pas le cas.

Les rides de son front se tordent et se creusent davantage.

— Alors, je te repose la question, Jane. Mon neveu t'a-t-il fait une proposition de mariage ?

Une masse palpitante bloque la gorge de Jane.

— Non. Rien de tout cela. C'est juste un flirt stupide.

Elle essaie tellement de paraître légère que sa voix grince. Elle pose les mains sur ses hanches et tente de se stabiliser alors que le monde défile trop vite.

Et c'est vrai : Tom ne lui a pas fait de proposition de mariage. Pas explicitement, en tout cas. Peut-être n'a-t-il jamais voulu lui en faire une, et que c'est Jane qui a imaginé l'intention derrière chaque mot d'amour qu'il a prononcé, chaque regard affectueux qu'il a posé sur elle et chaque baiser brûlant qu'il a déposé sur ses lèvres.

— Oh, c'est un soulagement.

Mrs Lefroy vacille et s'éclaircit la voix.

— Je craignais qu'il ne t'ait abusivement fait espérer quelque chose, ajoute-t-elle.

— Pas du tout. Il n'y a pas de mal.

Jane essuie du revers de la main les larmes brûlantes qui coulent sur ses joues.

— Cela vous dérangerait-il de retourner à la maison par vous-même ? Je suis d'humeur à marcher un peu plus loin.

Elle se rue vers le portail en fer, s'agrippant à l'enchevêtrement de lierre qui recouvre le mur de silex.

— Jane..., l'appelle Mrs Lefroy, derrière elle.

Mais Jane s'élance dans le cimetière. Elle se réfugie sous les branches tentaculaires de l'if. Dissimulée par ses aiguilles persistantes, elle se couvre la bouche de ses mains et lutte pour éviter d'exprimer sa détresse au travers de mots pleins de colère sur lesquels elle ne pourra pas revenir.

— Jane ?

Mrs Lefroy franchit la grille et jette un coup d'œil dans le cimetière désert.

— Jane, s'il te plaît.

Elle se fraie un chemin dans l'herbe, cherchant derrière les anges pleureurs et les sépultures jumelles des Portal. Des chauves-souris grincent en jaillissant du toit de l'église, entre les tuiles brisées. Leurs silhouettes s'élancent vers l'horizon violet, puis planent un instant avant de plonger vers le sol.

— Jane. Qu'est-ce que je vais dire à ta mère ?

Enfin, elle secoue la tête et disparaît par le portail, retournant sur les terres privées des Austen.

Ce n'est que lorsque Jane est certaine d'être seule qu'elle libère complètement sa respiration.

Son souffle tremblant s'échappe de sa gorge nouée par les sanglots étouffés. Les oreilles bourdonnantes, Jane martèle de ses poings l'écorce rouge et rugueuse de l'if. Les larmes l'aveuglent tandis qu'elle frappe le tronc puissant de l'arbre. Elle donne des coups de pied et de poing en tous sens, battant les branchages qui reviennent lui fouetter le visage. Deux pierres tombales géantes emprisonnent son cœur, lui écrasent les côtes et lui font perdre jusqu'au dernier souffle d'air de ses poumons.

Le mariage est un marché, un compromis entre la compatibilité et les contraintes. Jane est idiote d'avoir envisagé qu'il pouvait en être autrement. Pendant des semaines, elle s'est laissé berner par le charme de Tom et par son propre désir. Le secret brûlant de leur attirance mutuelle, gardé serré contre son cœur, l'a amenée à penser que, pour elle, le mariage pouvait être quelque chose de différent : un véritable partenariat d'esprits et de cœurs entremêlés.

En faisant preuve d'une naïveté irréfléchie, elle est sans doute devenue la risée du comté. Elle ne vaut pas mieux que Mary, qui se languit ouvertement de James, ou qu'Henry, qui en pince pour Eliza. Elle n'est qu'une jeune femme stupide et infortunée, sans richesse à faire valoir et sans pouvoir sur son propre destin. Elle saisit des poignées d'aiguilles acérées, les arrache des branches et les serre dans ses paumes nues.

Enfermée dans sa cellule verte, elle hurle. Ses ongles cassent et ses phalanges saignent. Elle érafle les pointes de ses chaussures de marche en cuir et s'abîme les deux gros orteils. Ses poings sont douloureux, ses articulations meurtries et sa gorge à vif.

Épuisée, elle entoure de ses bras le tronc vénérable de l'arbre et glisse jusqu'au pied. Dans un bruit sourd, ses genoux touchent la terre froide et humide. Jane s'affaisse, le front brûlant contre l'écorce déchiquetée, tandis que son corps émet des sons gutturaux.

Lorsqu'elle se met à trembler de tous ses membres et à claquer des dents avec une telle férocité que son crâne en est ébranlé, elle s'extirpe enfin des branches et se laisse rouler hors de l'étreinte de l'arbre. Elle se met à quatre pattes, se relève en titubant et se traîne jusqu'à la maison.

Un éclat de couleur incongru attire son attention.

Elle se dirige en boitillant vers le monticule frais où repose Zoé Renard. Un frisson glisse le long de sa nuque, comme si elle avait marché sur sa propre tombe.

Trois fleurs rouge cerise sont disposées en équilibre sur la crête de terre récemment remuée.

Les pétales de ces fleurs compactes ressemblent aux pointes d'une petite couronne et sont en si parfait état qu'ils pourraient avoir été modelés dans la cire. Jane en tient une dans sa main tremblante, l'inspectant au clair de lune. Ce sont des camélias, des fleurs exotiques que Neddy a envoyées un jour à Mrs Austen de l'orangerie de Goodnestone House, la magnifique propriété du Kent appartenant à la famille de sa femme.

Mais Jane n'a jamais entendu parler d'un camélia poussant dans le Hampshire.

Elle enveloppe la fleur dans son mouchoir de poche et la range à l'intérieur de son manteau, trébuchant vers les vitres rougeoyantes et les cheminées fumantes du presbytère de Steventon.

Jane n'est donc pas la seule à pleurer Madame Renard. Dans la mort, comme dans la vie, la dentellière fait l'objet de soins furtifs. Quelqu'un lui apporte des fleurs, des fleurs rares et coûteuses, et les dispose avec art sur sa tombe. Mais de qui s'agit-il ? Et pourquoi cette personne ne s'est-elle pas manifestée pour la réclamer ?

*
* *

6. À Cassandra Austen

Miss Austen,
chez le révérend Fowle,
Kintbury,
Newbury

Steventon, mardi 5 janvier 1796

Ma très chère Cassandra,

Je te remercie, ma sœur bien-aimée, pour ton explosion au vitriol en mon nom lors du retrait de mon ami irlandais. Jamais je n'aurais cru ta douce langue capable de proférer de si vils jurons. Où as-tu appris des tournures de phrase aussi grossières ? Est-ce le résultat de ta proximité avec un marin ? Quelle que soit l'origine de tes nouvelles manières, plus frustes, tu dois laisser les flammes de ta fureur se calmer pour faire place à une irritation plus digne. Je te promets solennellement que chaque partie de ma personne, y compris mon cœur téméraire, reste entièrement intacte. Si tu veux vraiment m'épargner de la peine, je te prie d'avoir la gentillesse de t'abstenir à jamais d'évoquer cette pitoyable affaire. Je suis déjà fatiguée de l'entendre chuchoter partout où je vais. S'il vous plaît, Seigneur, faites qu'une autre jeune fille de la région se ridiculise par amour assez rapidement pour que je puisse être libérée de mon ignominie.

Revenons à la question bien plus urgente de savoir qui, et quoi, a scellé le destin de l'infortunée ~~*modiste*~~ *dentellière, Madame Renard.*

- *Jonathan Harcourt (a-t-il séduit Madame Renard, puis l'a-t-il écartée pour sauver sa famille de la ruine ?).*
- *Sir John (a-t-il tué Madame Renard pour permettre à son fils de s'emparer de l'héritière ?).*
- *Mrs Twistleton (si son protecteur fait faillite, elle ne peut plus compter sur lui).*
- *Jack Smith (est-il en train de nous faire un tour de cochon ?).*

Je confirme que j'ai déjà réglé le compte que tu devais à Mrs Martin. Vraiment, tu n'as pas à t'inquiéter. Les dettes de sir John étaient plusieurs milliers de fois supérieures aux tiennes, et la bibliothécaire n'avait aucune raison de vouloir te faire envoyer en disgrâce à la prison de la Maréchaussée pour tes amendes en retard.

Toujours bien à toi,
J.A.

P-S : S'il te plaît, roule cette lettre en boule et utilise-la pour faire tomber les toiles d'araignée des chevrons de la grange de Mr Fowle.

20

Les bougies à la cire d'abeille scintillent dans leurs appliques en laiton festonnées tandis qu'un majordome en livrée conduit Jane et James à travers les grandes salles de Manydown House. Jane donnerait n'importe quoi pour être chez elle plutôt que de s'aventurer dans une fête à cette période glaciale et inhospitalière de l'année. Après la débâcle de son histoire d'amour malheureuse avec Tom Lefroy, elle n'a aucune envie d'affronter son amie Alethea, ou toute autre personne qui sera présente à la célébration annuelle de la Nuit des Rois de Mr Bigg-Wither. Mais la solitude et même la fierté sont des luxes que Jane ne peut se permettre si elle veut sauver la vie de Georgy. Quelqu'un dans son entourage en sait plus sur Madame Renard qu'il ne le laisse entendre. C'est cette même personne qui a probablement donné à la dentellière l'argent nécessaire pour récupérer ses bijoux et qui a déposé des fleurs sur sa tombe. Et, quel que soit le prix à payer, Jane découvrira qui est cette personne.

La découverte des camélias l'a laissée avec le sentiment tenace d'avoir manqué quelque chose de vital. Elle est déterminée à reparler à tous ceux qui étaient à Deane House ce soir-là – en commençant par Hannah. Sa discussion avec la femme de chambre lui a permis de découvrir l'arme du crime et l'heure du décès de Madame Renard. Qu'aurait-elle pu découvrir de plus si elle n'avait pas manqué de tact au point de rendre la pauvre fille malade ? Et si Jane avait su que la vie de son propre frère dépendrait de la réussite de son interrogatoire ? Comme l'une des poules de sa mère, Jane grattera et griffera la même parcelle de terre brune et nue jusqu'à ce qu'elle trouve le plus petit des vers blancs pour nourrir son enquête.

Le majordome s'incline, puis saisit les deux poignées en laiton et ouvre la double porte de la magnifique salle de bal de Manydown. Sous un lustre de cristal scintillant, quelques familles occupent avec gêne un espace étonnamment vide. Toutes les têtes se tournent pour évaluer les nouveaux venus. Jane agrippe fermement le bras de James tout en scrutant la pièce à la recherche d'Hannah. Comme elle aurait dû s'y attendre, la servante est introuvable. Seuls les valets de pied, dans leur plus belle livrée, sont présents. James, sentant sa déception, lui tapote la main sans baisser les yeux.

Après leur mortifiante rencontre, Mrs Lefroy a envoyé un mot à Jane pour lui faire savoir, avec son impeccable sens des convenances, qu'elle et Mr Lefroy emmèneraient leur neveu visiter le comté voisin pendant le reste de son séjour. À en juger par les expressions de curiosité et de sympathie sur les visages des invités, la nouvelle de son éloignement du Hampshire et de Jane s'est répandue encore plus rapidement que le bourdonnement d'excitation suscité par leur rapprochement initial. Jane a vérifié l'espace derrière le silex détaché dans le mur de l'église St Nicholas tous les jours jusqu'à ce que le départ de Tom soit certain, mais elle n'a eu aucune nouvelle de lui. Les égratignures sur ses mains et les bleus sur ses orteils sont peut-être en voie de guérison, mais la douleur dans sa poitrine s'accentue de jour en jour. Elle lève le menton, déterminée à ne pas dévoiler au cours de la fête à quel point elle est mortifiée. Elle porte sa robe de satin gris orageux par-dessus ses jupons rose persan, ce qui correspond à son humeur de défi.

Comme Sally reste froide et maussade, Jane s'est coiffée elle-même. Elle a laissé quelques boucles naturelles encadrer son visage, tout en épinglant la plupart de ses cheveux châtains en un chignon serré et impénétrable. Mrs Austen jure qu'elle a donné à Sally une bourse généreuse le lendemain de Noël et ne cesse de répéter à Jane qu'elle s'imagine la mauvaise humeur de la jeune fille. Mais Jane peut sentir la froideur qui émane de Sally chaque fois qu'elles se croisent. Peut-être que, comme Jane, elle préfère se replier sur elle-même plutôt que d'être obligée de supporter les questions bien intentionnées des autres.

Bras dessus, bras dessous, Jane et James foulent le parquet ciré de la salle de bal comme un seul homme. Une rangée de colonnes de style corinthien se dresse à chaque extrémité de la luxueuse pièce. Jane sait, pour avoir touché ces colonnes lors de fêtes précédentes, qu'elles sont construites en bois. Cependant, avec leurs tourbillons peints en gris et en blanc, elles font tout leur possible pour convaincre l'observateur peu attentif qu'elles sont taillées dans le marbre. Autour du haut plafond, au-dessus de nombreux niveaux de corniches, une frise étrusque représente les grands hommes du monde antique, allongés en toge sur des canapés et nourris de grappes de raisin par leurs esclaves. Les plâtres sont si délicats qu'on les dirait fabriqués en sucre. Les draperies de soie et les lambris sont dans des nuances d'abricot de bon goût. Jane soupçonne Mr Bigg-Wither d'avoir délibérément choisi cette palette de couleurs pour qu'elle soit assortie au teint roux de sa progéniture.

Et en effet, Alethea est toujours aussi resplendissante lorsqu'elle se dirige vers les nouveaux arrivants.

— Oh, n'y a-t-il que vous deux ?

Jane redresse les épaules et force un sourire sur ses traits pâles.

— Merci, Alethea. Nous sommes ravis de te voir aussi.

Tandis que le mois de janvier s'écoule et que le procès de Georgy aux assises de février approche à grands pas, aucun des Austen ne peut se réjouir. Les missives de James à l'avocat sont de plus en plus tendues. Henry rôde autour du presbytère comme un taureau en cage. Pour le monde extérieur, Mr et Mrs Austen sont des modèles de stoïcisme chrétien, mais Jane sent que sa mère et son père s'enfoncent chaque jour un peu plus dans l'affliction.

Alethea fait la moue en observant la salle peu peuplée.

— Pardonnez-moi. C'est juste que la fête est plutôt ennuyeuse.

C'est vrai. Il y a si peu de monde qu'ils pourraient tous s'entasser dans le meilleur salon des Austen. Le piano à queue de Mr Bigg-Wither garde son couvercle bien fermé et refuse d'émettre le moindre son. Alethea n'est pas assez assidue dans sa pratique pour jouer en public et, comme Jane, aucun des invités n'est d'humeur à se donner en spectacle. Les tapis ont été enlevés pour la danse, mais comme il n'y a pas de musique, la piste est vide. Chaque son résonne, et Jane a la chair de poule qui remonte le long de ses bras exposés. Une table à manger gémit sous le poids considérable d'un buffet composé des plats de saison les plus riches et les plus lourds. Les plateaux de tranches de bœuf, de poulet rôti et de pâtés en croûte restent intacts. À cette vue, la jeune fille a l'estomac retourné. Elle espère que les domestiques auront faim. Sinon, tout sera gaspillé.

Alethea pose une main sur sa hanche et redresse le menton.

— Où est le lieutenant Austen ?

— Il se morfond à la maison. Il est comme cela depuis le Nouvel An, répond Jane.

Malgré le flot de lettres arrivées de Brighton pour Henry, de l'écriture inimitable d'Eliza, il n'a pas retrouvé sa bonne humeur habituelle. Eliza reste tout aussi discrète sur ce qui s'est passé entre eux. Dans ses lettres à Jane, elle esquive toute question sur la raison de son brusque départ. Au lieu de quoi elle insiste pour obtenir des informations sur l'avancement de son enquête. Alors que Jane se confie à Cassandra sans retenue, elle est trop mortifiée pour admettre l'étendue de sa bévue à Eliza. Tout comme elle est trop honteuse pour reconnaître qu'Eliza avait raison de la mettre en garde contre les dangers des jeunes avocats diablement beaux de Limerick.

James tire sur le col de sa nouvelle chemise. Il a supplié Jane de finir de la coudre à temps pour ce soir.

— Nous ne savons pas ce qui a pris à Henry, dit-il, mais il est d'une humeur massacrante. Croyez-moi, vous ne voudriez pas le voir ici.

— Tout le monde nous a abandonnés. Les Lefroy sont partis dans le Berkshire. Pour des « vacances ». À cette époque de l'année ! Le croiriez-vous ?

Les yeux d'Alethea s'adoucissent lorsqu'elle se tourne vers Jane.

— Mais je suppose que tu le sais déjà.

James tousse derrière sa main et s'éloigne. Jane est résolue à rester aussi silencieuse que le piano de Mr Bigg-Wither lorsqu'on en vient à évoquer son ami irlandais. Si elle refuse d'attiser les ragots en trahissant ses émotions, ils s'éteindront d'eux-mêmes bien assez tôt.

— Que s'est-il passé ? demande Alethea en glissant son bras sous celui de Jane. Nous pensions tous que vous étiez destinés à l'autel. Mais Mrs Lefroy a dit que Tom repartirait directement pour Londres à leur retour, et il est peu probable que nous le revoyions avant.

Jane baisse les yeux sur le sol et hausse les épaules. Les pointes tachées de jaune de ses souliers de satin rose la regardent d'un air réprobateur.

— Allons, espèce d'idiote. Tu sais que je te le demande parce que je m'inquiète. Pourquoi ne laisses-tu pas tes amis s'occuper de toi ? ajoute-t-elle en dirigeant Jane vers l'une des quatre cheminées en marbre de Carrare disséminées dans la pièce.

Alors que Jane s'installe dans une bergère à oreilles, Alethea claque des doigts en direction d'un valet de pied. Avec application, celui-ci tend à Jane une énorme coupe en cristal pleine de clairet, tandis qu'Alethea pose en équilibre sur l'accoudoir de son fauteuil une assiette aux bords dorés avec du gâteau des Rois. Mary Lloyd s'installe sur le canapé d'en face. Comme d'habitude, elle porte sa robe de mousseline crème et le châle assorti, mais son apparence est différente. Sauf erreur de la part de Jane, Mary a appliqué un soupçon de rouge sur ses joues et a tracé une fine ligne de khôl à l'endroit où devraient se trouver ses sourcils.

— Pourquoi avez-vous laissé James sans surveillance ? demande Mary en fronçant les sourcils.

Regardez, Mrs Chute lui a mis la main dessus. Nous ne le récupérerons jamais.

James est en effet épinglé à un pilier de faux marbre par une Mrs Chute à l'air joyeux. La jeune mariée enroule un collier de perles autour de son doigt et fait ressortir ses seins, tandis que James se cache derrière le masque qu'il adopte lors des sermons – le menton levé, les yeux fixés au loin alors qu'il déclame devant son public. Alethea se perche sur le bras libre du fauteuil de Jane. Elle pointe son orteil vers le feu, laissant le talon de sa pantoufle se détacher de son pied fin.

— J'étais en train de prendre soin de Jane.

Mary tourne la tête.

— Es-tu malade ? Tu n'aurais pas dû venir si tu couves quelque chose. Et tu devrais vraiment te couvrir la gorge. Tiens, prends mon châle.

— Non, je ne suis pas malade.

Jane se détourne de Mary qui s'agite.

— Alethea, arrête. Je vais parfaitement bien.

— Bien sûr que non.

Alethea trace de petits cercles sur le dos de Jane avec ses doigts qui chatouillent. Jane se tortille et surprend Alethea en train de souffler « Tom Lefroy » à Mary.

— J'ai dit : arrêtez ! Je ne suis pas une mariée éconduite.

Jane repousse la main d'Alethea.

— J'ai rencontré un jeune homme relativement intéressant, reprend-elle. Nous avons eu un bref flirt, et maintenant, il est parti. C'est tout.

Alethea baisse le nez.

— Oh, tu es si courageuse.

— Il n'est pas nécessaire que tu nous joues la comédie, dit Mary. Nous étions aussi impatientes que toi qu'il fasse ce qu'il faut et qu'il te demande en mariage.

— Tu en as assez dit, Mary. Est-ce que j'entendrai toujours parler de cette histoire ? À partir d'aujourd'hui, je vous interdis à toutes les deux de mentionner cette pitoyable affaire, que ce soit en ma compagnie ou en dehors. Je ne veux plus jamais entendre que le nom de Tom Lefroy a été prononcé en même temps que celui de Miss Jane Austen. Vous m'entendez ?

Maintenant que leur relation est terminée, Jane fait remonter à la surface tous les doutes qu'elle avait jusqu'alors refoulés quant à sa décision de jeter son dévolu sur Tom. Elle n'est pas une femme patiente. Elle ne peut pas, comme Cassandra, rester assise à sourire gentiment pendant que l'objet de son affection met une éternité à amasser suffisamment d'argent pour l'épouser. Elle ne peut pas non plus prétendre qu'elle attendait avec impatience des années de corvée et de servitude en tant qu'épouse d'un avocat sans le sou. Comme le dit Mrs Austen : « Lorsque la pauvreté entre par la porte, l'amour s'envole par la fenêtre. »

Mary hoche la tête sans rien dire, tandis qu'Alethea fait la moue.

— Penses-tu que cela pourrait aider ?

— Hmm.

Jane avale une gorgée de clairet. Les riches notes florales réchauffent ses entrailles, apportant un soulagement temporaire à sa nervosité.

— Où est Hannah ? Je ne la vois pas. Va-t-elle rester en cuisine ?

— Elle a dû retourner à Basingstoke pour s'occuper de ses frères et sœurs. Sa mère a été frappée par la gorge putride[1], explique Alethea. Tu vois, même les domestiques évitent notre fête. Je ne sais pas ce qui s'est passé. D'habitude, tout le comté

1. Surnom donné à la diphtérie.

demande une invitation. Cette année, personne ne veut venir.

Jane tapote son verre du doigt. Si elle est dans l'incapacité de poser des questions à l'un de ses témoins, elle aurait peut-être pu s'épargner l'humiliation d'apparaître en public alors que tout le monde chuchote encore à propos de son histoire d'amour malheureuse. Elle se console en se disant que d'ici Noël prochain, son petit cercle de fréquentations sera passé à une discussion sur l'histoire tragique de quelqu'un d'autre. La brève aventure entre Miss Jane Austen et Mr Tom Lefroy est tellement banale qu'elle sera vite oubliée.

— Quand Hannah sera-t-elle de retour ?

— Je ne sais pas, dit Alethea. Quand sa mère ira mieux ? Ou quand la vieille femme sera...

— ... morte ? suggère Mary.

Alethea grimace.

— Je suppose que oui.

— La gorge putride n'est pas une affaire anodine, poursuit Mary en s'attachant à son sujet. J'ai connu de jeunes ouvriers agricoles qui ont été emportés par cette maladie en moins de quinze jours. Hannah pourrait elle-même y succomber. Tu devrais commencer à faire une liste de filles pour la remplacer, Alethea.

Pauvre Hannah, elle a autant de malchance que Jane. Il est peu probable que sa mère ait les moyens d'engager un médecin. Ce qui est peut-être aussi bien : Jane n'est pas convaincue de l'efficacité des sangsues. Un voyage à Bath serait bien mieux, mais elle suppose que c'est hors de question. Tandis que Mary et Alethea bavardent en comparant les remèdes, Jane parcourt du regard la salle à moitié vide et se demande qui d'autre interroger. Il semble qu'elle doive se résigner à attendre que, si Dieu le veut, Hannah revienne à Manydown. Un petit groupe d'invités est rassemblé près de chacune des quatre cheminées. Ils sont si peu nombreux qu'ils pourraient avoir chacun un valet de pied pour s'occuper d'eux. Mr Bigg-Wither se promène d'un convive à l'autre, essayant de persuader quelqu'un de jouer du piano.

— Les Rivers ne viennent pas ? demande Jane en interrompant le débat entre Mary et Alethea sur l'efficacité de l'eau d'orge par rapport à la bière de gingembre.

Si ni Sophy ni Douglas Fitzgerald ne sont les meurtriers, Jane doit découvrir si l'un d'eux a vu ou entendu quoi que ce soit cette nuit-là qui pourrait mener au véritable coupable.

Alethea secoue ses boucles auburn.

— Non. Apparemment, le fringant Mr Fitzgerald est parti à Canterbury pour son ordination. Les autres sont restés ici avec des rhumes de cerveau.

Jane fronce les sourcils.

— C'est bien dommage. Dans les deux cas.

Alethea se met à rire.

— Vraiment, Jane, qu'as-tu contre les ecclésiastiques ?

— Rien. J'en ai déjà assez pour toute une vie. C'est tout.

— Un rhume de cerveau ? répète Mary. C'est ce que Mrs Rivers t'a dit ? Seulement, je suis sûre d'avoir vu Sophy, seule, galoper dans les champs derrière l'auberge Deane Gate, ce matin. Et même elle ne sortirait pas à cheval si elle n'était pas en forme.

— Es-tu sûre que c'était elle ?

Mary lisse sa jupe sur ses cuisses.

— Absolument certaine. Elle a sauté par-dessus la clôture – et c'est la seule femme que j'aie jamais vue faire cela. Même Mrs Lefroy dit que c'est trop haut pour essayer.

— Ce petit serpent, dit Alethea. Comment ose-t-elle prétendre qu'elle n'est pas en état d'assister à la fête de ses voisins alors qu'elle est en mesure de sauter une haie de six pieds ?

Jane continue d'arpenter la pièce.

— Où sont les Digweed ?

— Nous ne les avons pas invités. Par le ciel, nous n'avons pas besoin de compagnie à ce point.

En vérité, Jane sait qu'elle doit affronter Jonathan. Elle ne veut pas se précipiter, se ridiculiser et offenser un innocent, comme elle l'a fait avec Mr Fitzgerald, mais elle n'a pas le temps de faire preuve de délicatesse. Elle fait tourner le vin dans son verre.

— Et les Harcourt ?

— Bah, quel cauchemar ils ont vécu ! dit Alethea dans un soupir. J'ai essayé de persuader Jonathan de venir, mais il craignait de paraître irrespectueux envers son père. Quand je lui ai dit que sir John ne refuserait pas à son fils de venir boire un verre pendant les fêtes, il a répondu qu'il ne voulait pas donner l'impression de se réjouir alors qu'ils étaient à deux doigts de tout perdre, entraînant leurs métayers dans leur chute. Pauvre homme.

Jane passe le bout de son doigt sur le bord de son verre.

— Pourquoi ne l'as-tu pas épousé, Alethea ?

Celle-ci s'étrangle avec son clairet.

— Quel genre de question est-ce là ?

— Oh, je vois. Il est tout à fait acceptable que mes affaires de cœur soient le sujet de conversation préféré de tout le monde, mais Dieu me garde de m'interroger sur les tiennes...

— Ne sois pas si susceptible. Je posais des questions sur Mr Lefroy parce que je me soucie de toi. Je suis ton amie, Jane.

Jane réfléchit. Pourquoi Alethea et Sophy hésiteraient-elles à épouser Jonathan ? En apparence, il est l'homme idéal – assez beau, bien élevé et héritier d'une baronnie. Y a-t-il quelque chose chez les Harcourt qui attire les gens, puis les repousse ? Et cela pourrait-il avoir un rapport avec la raison pour laquelle une femme morte a été retrouvée dans leur placard à linge ?

— Dans ce cas, pourquoi ne me dis-tu pas ce qui s'est réellement passé entre toi et Jonathan Harcourt ?

— Il ne s'est rien « passé », répond Alethea d'une voix aigrelette. Si tu veux savoir, je ne pensais pas qu'il serait juste que j'accepte l'offre de mariage de Jonathan. Edwin venait de mourir. Toute la famille était encore sous le choc. Il a fait sa demande uniquement parce qu'il pensait que cela soulagerait le chagrin de ses parents. Ils préféraient tous deux Edwin, tu sais. Après la tragédie, lady Harcourt ne voulait plus sortir du lit, et sir John s'est presque noyé dans la boisson. Ce cher Jonathan pensait pouvoir rectifier le tir en s'établissant et en assumant la responsabilité de la gestion du domaine. Mais je lui ai dit qu'il ne devait pas laisser la mort de son frère le priver de ses rêves. Son père pouvait vivre encore de nombreuses années, et tu sais que Jonathan a toujours voulu être un artiste.

Jane se remémore l'écolier Jonathan penché sur son bureau au presbytère de Steventon. D'abord craintif, objet des plaisanteries des autres, il avait vite appris à se venger des élèves les plus turbulents en les raillant dans ses caricatures.

— Es-tu sûre qu'il n'y avait pas quelque chose en lui qui te mettait mal à l'aise ? Tu le connais mieux que n'importe laquelle d'entre nous. S'il y avait quelque chose, tu dois le dire.

Alethea plisse les yeux en tamponnant l'encolure de sa robe, tachetée de clairet.

— Non, Jane. Jonathan Harcourt est un homme doux et gentil, et mon ami le plus cher. Je ne pense certainement pas qu'il assassinerait une femme sans défense. Si c'est ce que tu demandes.

— Y a-t-il quelque chose dont vous deux n'avez pas discuté ? ironise Jane en lançant un regard appuyé à Mary.

Celle-ci en reste bouche bée.

— Quoi ? Ce n'est pas comme si tu avais été particulièrement discrète au sujet de tes soupçons, se défend-elle.

— Compte tenu du passif d'Alethea avec Mr Harcourt, je ne pensais pas pouvoir lui faire confiance pour être impartiale, explique Jane.

— Et je suppose que tu peux l'être, toi ?

La voix d'Alethea est si tranchante que plusieurs invités se retournent vers elles.

Jane croise le regard de son amie. Dans leur société polie, il y a des choses que l'on peut dire et d'autres que l'on ne peut pas dire. Jane et Alethea ont déjà dépassé les bornes.

— Tu devrais goûter le gâteau des Rois, Jane, propose Mary pour détendre l'atmosphère. Il est vraiment très bon.

Alethea redresse le menton, les narines dilatées.

— Je ne vois pas pourquoi une femme devrait se sentir obligée d'accepter une offre de mariage simplement parce qu'on le lui propose. J'apprécie la compagnie d'un gentleman, autant qu'un flirt agréable – mais il y a d'autres choses que j'apprécie davantage, comme mon indépendance.

Jane admire les traits fiers d'Alethea. Mr Bigg était déjà un homme riche lorsqu'il a hérité Manydown de sa famille, du côté des Wither, et qu'il a ajouté leur nom de famille au sien en guise de remerciement. Il léguera la maison et ses terres à son fils mais, contrairement à Mr Austen, il a suffisamment d'argent pour laisser ses filles bien pourvues, elles aussi. Alethea ne sera pas forcée de faire un mariage sans amour – ou d'être séparée de quelqu'un qu'elle adore parce que les chiffres ne concordent pas.

— J'admets ton point de vue. Si seulement toutes les femmes pouvaient s'offrir le luxe de choisir.

— Exactement. Je sais que je suis privilégiée. Et c'est précisément parce que je suis si bien lotie que j'ai l'intention de profiter de ma chance. Je n'ai tout simplement pas besoin d'un mari pour partager ma vie. Ou, Dieu m'en garde, ma chambre à coucher.

Jane regarde avec étonnement la réticence d'Alethea – partager sa chambre avec Tom ne figurait pas sur la liste des doutes qu'elle avait refoulés, elle craignait seulement les *conséquences* inévitables du partage d'un lit. Ce n'est pas que Jane n'aime pas les enfants. Elle adore Anna, Hastings et les enfants de Neddy, mais elle a remarqué que les tantes profitent des frivolités de l'éducation des enfants, alors que les mères sont épuisées par les aspects les plus essentiels pour le maintien en vie de leur progéniture.

— Oh, Mr Chute est venu chercher sa femme pour la ramener à la maison.

Mary enjambe pratiquement le canapé et se dirige vers James.

Alethea se penche en arrière sur sa chaise jusqu'à ce qu'elle soit assise épaule contre épaule avec Jane.

— Il n'y a pas assez de couples pour danser. Nous pourrions tout aussi bien jouer aux cartes. Et si nous jouions au *vingt-et-un** ?

— Très bien. Mais faites en sorte que l'enjeu ne soit pas trop important. Contrairement à vous, je ne peux pas me permettre de perdre.

Jane soulève l'assiette à bords dorés et prend une bouchée de son gâteau. Trouvant quelque chose de dur sur sa langue, elle le crache dans sa paume et l'essuie avec sa serviette. C'est un pois sec.

Alethea sourit.

— Oh, tu as de la chance. Tu es notre reine pour la nuit. Je me demande qui sera ton roi.

Des applaudissements fusent de l'autre côté de la salle de bal. Mr Craven se tient au centre d'un cercle d'admirateurs, parmi lesquels se trouve une Mary rayonnante, qui s'est accrochée au bras de James avec l'adhérence d'une patelle sur son rocher.

Sous ses sourcils broussailleux, Mr Craven sourit fièrement, tenant une part de gâteau dans une main et un haricot sec dans l'autre.

— Oh, oui, grommelle Jane en levant sa coupe dans les airs. J'ai tellement, tellement de chance.

21

Quelques jours plus tard, Jane demande à James de la conduire à Basingstoke, sous prétexte de faire une course urgente pour leur mère. Si James demande de quoi il s'agit, ce qui est hautement improbable, Jane prononcera les mots magiques « la boutique d'apothicaire de Mr Martin ». Il rougira et ne demandera pas d'autres détails. Avant de partir, Jane range soigneusement le reçu de Madame Renard dans son carnet de poche. Elle se promet de le montrer à tous les prêteurs sur gages de la petite ville jusqu'à ce qu'elle trouve celui qui l'a écrit : si Madame Renard était vraiment la maîtresse d'un gentleman, il aurait pu l'accompagner pour récupérer ses bijoux. Il pourrait même les avoir récupérés lui-même. Jane espère que l'un des prêteurs sur gages de Basingstoke sera en mesure de lui fournir une description de cet homme. S'il s'agit de Jonathan Harcourt, il pourrait tout à fait avoir été reconnu comme membre de l'aristocratie locale.

Pendant que James attelle les chevaux à la voiture, Jane attache sa cape et se précipite vers le cimetière. Hier soir, alors qu'elle rentrait chez elle après l'office, trois fleurs de camélia d'un blanc crémeux étaient alignées le long de la butte de terre marquant la tombe de Madame Renard. Ce matin, les fleurs sont dans la même position, mais ce sont maintenant des camélias roses. Jane entortille la tige de l'une des fleurs.

— D'où viens-tu ? Et qui t'a mise là ?

Il s'agit d'une espèce plus simple de camélia, avec une seule rangée de pétales et une étamine jaune. Elle la replace soigneusement à l'endroit où elle l'a trouvée. Elle ne peut pas prendre le risque de faire savoir à celui ou celle qui laisse les fleurs qu'elle guette son passage. Mais elle guette, et elle découvrira qui tenait à Madame Renard au point d'apporter des fleurs fraîches sur sa tombe tous les jours.

Le sacristain balaie les feuilles mortes à l'entrée de l'église St Nicholas. Il soulève son chapeau au passage de Jane.

La jeune femme s'arrête et se tourne vers lui.

— Je me demandais, sir : avez-vous vu quelqu'un visiter cette partie du cimetière ces derniers temps ? dit-elle en montrant du doigt la parcelle de Madame Renard.

— Vous voulez dire la tombe de la femme assassinée ?

Le vieil homme enlève son chapeau et fait le signe de croix.

— Non, miss. Pas une âme depuis qu'ils l'ont enterrée. À part vous, bien sûr.

— Et vous êtes là tous les jours ?

Il se redresse et s'appuie sur le manche de son balai.

— Tous les jours. Du lever au coucher du soleil, vous pouvez me trouver ici.

Jane sent un frisson descendre le long de son échine, comme une araignée qui chatouillerait chacune de ses vertèbres avec ses huit pattes poilues.

L'hommage floral peut n'avoir aucun rapport avec l'assassin. Il peut avoir été déposé par des enfants du village, ou une femme émue par le sort de Madame Renard. Mais les enfants ne sont guère susceptibles d'apporter des fleurs aussi exotiques, et une femme viendrait en plein jour.

— Voulez-vous garder l'œil ouvert pour moi ? Me faire savoir si quelqu'un vient ?

L'homme hoche la tête, tenant son chapeau serré contre sa poitrine.

— Certainement, miss.

Une vaste étendue de ciel d'un blanc sale pèse sur les collines verdoyantes qui roulent jusqu'à l'horizon. Jane est assise seule dans le carrosse, frissonnante, tandis que James conduit sur l'étroite route qui mène à Deane. Faute d'une meilleure complice, Jane a invité Mary Lloyd à se joindre à elle dans ses recherches. Ce n'est pas un choix qu'elle a fait de gaieté de cœur. Mais Henry panse encore ses plaies. Eliza et Cassandra l'ont abandonnée. James ne permettra pas à sa plus jeune sœur de se promener sans chaperon dans les rues de Basingstoke où règne le vice, et Jane ne peut pas demander à Alethea, qui est manifestement aveugle en ce qui concerne Jonathan Harcourt. Mary devra donc faire l'affaire.

La porte d'entrée de la maison de Mrs Lloyd s'ouvre sur Mary, rayonnante, vêtue de son manteau couleur de boue et de son habituel chapeau en forme de seau. Elle sautille aux côtés de James, gazouillant comme une mésange des jardins, jusqu'à ce qu'ils atteignent le carrosse. James ouvre la porte, et un souffle d'air sibérien frappe Jane au visage.

Mary penche la tête et regarde James d'un air rêveur.

— En fait, mister Austen, j'espérais pouvoir m'asseoir à vos côtés sur la banquette du conducteur. C'est une si belle journée.

Le vent violent secoue les jeunes arbres comme s'il allait les casser en deux et fait tourbillonner les feuilles mortes en de véritables petites tornades. Jane sort la tête de la voiture.

— Que racontes-tu, Mary ? Il fait un froid de canard. Nous perdrions probablement l'usage de tous nos membres si les chevaux se mettaient à boiter et nous bloquaient pour la nuit.

Mary serre ses bras autour de sa poitrine. Elle porte des gants neufs, couleur jonquille.

— Oui, mais au moins, c'est sec. Et j'espérais entendre encore les merveilleux vers de ton frère.

James effleure le bord de son chapeau. Un lent sourire se dessine sur ses fiers traits d'Austen.

— Aimeriez-vous vraiment cela ? À quel poème pensiez-vous ?

— Je crois qu'il s'agissait de... de la nature ? avance Mary en triturant les cordons de sa cape.

— Ah, oui. Je suis très inspiré par les éléments naturels.

James redresse ses larges épaules avant de tendre le bras à Mary.

— Mais Jane a raison, ajoute-t-il. Il fait bien trop froid pour que vous vous asseyiez à côté de moi. Si nous rentrons assez tôt, je viendrai prendre le thé.

En montant dans la voiture, Mary, à la frêle silhouette, se penche beaucoup trop près de James et se jette dans ses bras.

— Oh, ce serait merveilleux. Mère serait ravie. Vos visites la réjouissent toujours.

James adresse un sourire timide à Mary en refermant la porte. Jane replie ses bras sous sa cape et jette des coups d'œil narquois de l'autre côté de la voiture. Mary est assise en face d'elle, se tortillant sur la banquette de cuir et souriant bêtement par la fenêtre. Elle respire le bonheur.

Jane réussit à tenir sa langue jusqu'à ce qu'ils soient sur la route principale.

— Ne pense pas que je ne vois pas ton manège, Mary Lloyd. Tu fais passer le message à tout le monde que James est à toi.

— Moi ? Ah ! Qu'en est-il de toi ? Tu essaies de mettre tes griffes sur mon oncle.

Jane bafouille.

— De quoi diable parles-tu ?

— De te faire couronner reine de la Nuit des Rois à côté de lui comme roi, répond Mary en la regardant fixement.

— C'est loin d'être de mon fait. Comment aurais-je pu savoir que ma part de gâteau contenait le pois maudit ? Crois-moi, la seule chose que j'attends de ton oncle, c'est qu'il abandonne les poursuites contre mon frère.

Mary tire sur les attaches de son chapeau, desserrant le nœud autour de sa gorge.

— C'est dommage, dit-elle en posant le chapeau sur le siège à côté d'elle. Oncle Richard est très attaché à toi.

Le mouvement de la voiture donne la nausée à Jane.

— Il ne devrait pas. Je ne lui ai pas donné la permission d'être attaché à moi. Dis-lui de me laisser là où il m'a trouvée.

— Qu'est-ce que tu reproches à mon oncle ?

Le moindre grincement des roues de la voiture brinquebalante scie les nerfs de Jane.

— D'abord, je serais de la même famille que toi.

Mary tourne son visage vers la fenêtre et cligne furieusement des yeux. Jane est allée trop loin, cette fois. Elle regrette ses paroles à peine sont-elles sorties de sa bouche. Mary donne l'impression que sa mère l'a giflée. L'espace d'un instant, elle semble sur le point de pleurer. Malgré le froid mordant, Jane a chaud sous sa cape. Elle attend que Mary réponde à sa raillerie incisive par une pique de son cru. Mais, pendant plusieurs instants douloureux, le regard de Mary reste fixé sur les champs qui défilent à l'extérieur de la voiture. Elle prend de courtes inspirations jusqu'à ce que Jane n'en puisse plus.

— Que vas-tu faire à Basingstoke ? demande-t-elle pour faire retomber la tension.

Mary renifle et s'essuie la joue du revers de la main. Lorsqu'elle l'enlève, une trace brunâtre se devine en filigrane sur son nouveau gant.

— Je voudrais de la mousseline verte pour me faire un châle pour le printemps. Même si tu diras probablement que cela me donne l'air encore plus fade – tu me compareras à un brin d'herbe ou à quelque chose d'amusant, et tout le magasin se moquera de moi.

Les bras et les jambes de Jane lui semblent de plomb tandis qu'elle s'enfonce dans le siège rembourré. Elle a besoin de l'aide de Mary. Elle ne peut pas se permettre de se l'aliéner, pas aujourd'hui. Pourquoi sa propre bouche est-elle toujours prête à la trahir ? Comme ce serait plus facile si elle pouvait mener toutes ses interactions par correspondance. Elle n'aurait pas dû se montrer aussi insensible aux sentiments de Mary pour James. Mais Jane n'a ni le temps ni le sens de la diplomatie pour l'apaiser. Février approche à grands pas, et elle est à court d'idées pour sauver Georgy.

— Je vais attraper un meurtrier, lance Jane avant de pouvoir se retenir.

Mary ne peut s'empêcher de tourner la tête vers elle.

— Que dis-tu ?

— Avant de mourir, Madame Renard a mis en gage son collier et une bague d'homme. J'ai trouvé son reçu pour récupérer les deux objets dans le livre qu'elle a emprunté au cabinet de lecture. Nous savons ce qu'il est advenu du collier, mais la bague n'a toujours pas été retrouvée. J'ai besoin que tu m'accompagnes chez tous les prêteurs sur gages de Basingstoke jusqu'à ce que je tombe sur la personne à qui elle s'est adressée, dans l'espoir qu'elle pourra fournir une description de l'homme à qui appartient la bague. C'est mon dernier espoir de sauver Georgy. Je te supplie de m'aider, Mary.

Mary rentre la tête dans les épaules, donnant l'impression qu'elle a un menton supplémentaire.

— Mais, Jane, nous ne pouvons pas aller chez... chez un *prêteur sur gages*, termine-t-elle dans un murmure.

Sous sa lourde cape, Jane continue de transpirer. Des flaques s'accumulent sous ses bras, rendant le dessous de ses manches horriblement humide et frais.

— Nous le pouvons, et nous le ferons. Il faut juste que nous nous débarrassions de James. Évidemment, il ne sera jamais d'accord.

— Mais nous sommes... des *jeunes filles*, fait Mary avec une grimace. Il ne serait pas convenable qu'on nous voie dans un tel établissement.

— Je sais. Mais je dois y aller, Mary. Tu ne comprends pas ? S'il y a la moindre chance que la bague mène au tueur et prouve l'innocence de Georgy, je dois la saisir. La vie de mon frère est en jeu. Tu sais que je ne te le demanderais pas, à toi encore moins qu'aux autres, si je n'étais pas désespérée.

Jane hésite, craignant d'offenser de nouveau Mary.

— S'il te plaît, dis-moi que tu vas le faire. À moins que, comme ton oncle, tu ne penses que Georgy mérite d'aller à la potence.

Mary semble faiblir.

— Jane, comment peux-tu dire cela ? Tu m'as regardée coudre les chemises de Georgy et repriser ses chaussettes pendant que tu nous faisais la lecture. Je lui prépare un *plum-pudding* tous les quinze jours. Je lui rends visite dans le cottage exigu de Dame Culham, qui pue toujours la graisse de mouton, et je lui fais avaler sa dégoûtante tisane de pissenlit et de bardane pendant que je m'enquiers de son bien-être.

La voiture tressaute, faisant vaciller la voix de Mary.

— Tu as peut-être de nombreuses raisons de ne pas m'apprécier, mais la déloyauté envers ta famille n'en fait *pas* partie.

Le cœur de Jane fait des sauts périlleux dans sa poitrine. C'est comme si James avait traversé un pont en dos d'âne.

— Alors, tu vas le faire ? Tu vas m'aider ?

— Je ne sais pas. As-tu parlé du reçu à James ou à mon oncle ? Ils seraient bien mieux placés pour enquêter. Ne devrions-nous pas leur laisser le soin de le faire ?

— Comme tu laisses à mon frère le soin de te remarquer ?

Mary rougit tandis qu'elle s'efforce de réprimer un sourire coupable.

— Très bien, je vais le faire. Mais seulement si tu me promets de m'aider aussi.

Jane est remplie d'une soudaine légèreté. Elle savait que Mary l'accompagnerait – elle serait trop intriguée par ce mystère pour refuser.

— T'aider à quoi ?

Mary se tord les mains entre ses genoux, écrasant le cuir lisse de ses gants.

— James. S'il commence à penser à moi de manière sérieuse, promets-moi de ne pas t'y opposer. Ni de te moquer de cette idée au point de le décourager.

— Mary Lloyd, petite rusée. Je ne savais pas que tu avais ça en toi.

Jane regarde Mary avec un respect renouvelé. Si la jeune femme peut rendre James heureux, Jane est déterminée à être heureuse pour son frère. Et Anna, la pauvre enfant, a besoin d'une mère.

— Pourquoi as-tu pensé que je pourrais m'y opposer ? Vous seriez parfaits l'un pour l'autre.

Mary s'illumine.

— Tu es sincère ?

La lueur d'espoir qui brille dans ses yeux sombres fait vibrer la corde sensible de Jane.

— Oui, James pense qu'il est merveilleux, et toi aussi.

Mary semble soulagée, mais Jane ne veut pas que son amie pense qu'elle s'est ramollie.

— D'ailleurs, plus vite il se remariera et cessera d'encombrer le presbytère, mieux ce sera. Au moins, avec toi comme belle-sœur, je sais à quoi m'en tenir. Tu n'as pas honte ? Le flatter en faisant l'éloge de ses horribles poèmes comme s'il était le Barde[1] lui-même. Je parie que tu ne peux pas en citer un seul mot.

Mary se redresse, arquant son dos qui ne touche plus le siège.

— Je peux.

— Vas-y, alors.

Jane croise les jambes et pose les mains autour de son genou.

— Euh… je crois qu'il y a un vers où il mentionne…

Mary jette un coup d'œil par la fenêtre.

— … le ciel, termine-t-elle.

— Le ciel ? répète Jane.

— Oui, le ciel.

1. Surnom donné à William Shakespeare en Angleterre.

Mary ferme la bouche en serrant les lèvres, mais cela ne dissimule pas la gaieté qui anime ses joues.

Jane s'écroule de rire, aussitôt imitée par Mary. Pendant le reste du voyage, elles peuvent à peine se regarder sans perdre tout contrôle d'elles-mêmes. Au bout d'un moment, Jane pense qu'elle s'est maîtrisée, mais lorsque Mary prononce « le ciel », elle rit tellement qu'elle glisse de la banquette en cuir dans l'espace réservé aux pieds.

Il n'est pas encore midi, mais les marchands et les travailleurs se pressent à l'auberge Angel Inn, entrechoquant leurs chopes d'étain et exhalant l'odeur nauséabonde du tabac tandis qu'ils se répandent sur les pavés. Jane se rapproche de Mary pendant qu'elles attendent. James revient de l'écurie, où il a rangé les chevaux et la voiture, tapant du pied et se frottant les mains.

— Nous nous retrouverons ici à quinze heures, dit-il en ouvrant d'un coup sec le boîtier en argent de la montre de gousset qu'il a héritée de son grand-père maternel. Et pas une minute plus tard. Je dois être à l'église à temps pour l'office du soir.

Jane, qui n'a jamais eu l'occasion de bénéficier d'un tel héritage, arque un sourcil.

— S'agit-il de l'heure de la place du marché ou devons-nous nous fier à l'horloge de St Michael ?

L'horloge de la place du marché est figée depuis l'incendie du Mote Hall en 1656, et le vicaire de St Michael refuse de remonter la sienne. Un cadran solaire antique dicte l'horaire des offices dans l'église Tudor – ce qui serait pratique si seulement Basingstoke avait un climat plus tempéré et si le cadran solaire n'était pas situé dans les limites d'une roseraie murée envahie par la végétation.

James referme la montre de gousset et la range dans sa redingote noire.

— Très drôle, Jane. Assure-toi juste d'être ici avant la tombée de la nuit.

— Ne vous inquiétez pas, mister Austen, répond Mary en glissant son bras sous celui de Jane. Je suis très ponctuelle et je veillerai à ce que nous revenions à quinze heures précises. Mère serait très déçue si vous n'aviez pas le temps de passer à la maison en rentrant à Steventon.

Jane lève les yeux au ciel, mais doit reconnaître que Mary est une excellente organisatrice et accorde manifestement plus d'attention aux devantures de magasins que Jane : elle énumère la liste de tous les prêteurs sur gages de Basingstoke et conduit Jane dans les rues tortueuses de la ville médiévale pour pouvoir rendre visite à chacun d'entre eux de la manière la plus efficace. Le trio distinctif de sphères dorées suspendues à une barre d'or[1] accueille Jane chaque fois qu'elle tourne le coin d'une rue.

À l'intérieur de chaque magasin, Mary parcourt les étagères, fouillant parmi les curiosités, tandis que Jane montre le reçu au propriétaire. Personne ne veut reconnaître l'avoir écrit, et tous les prêteurs sur gages nient avoir négocié des colliers de perles de rocaille ou des chevalières avec intaille au cours des derniers mois. Jusqu'à ce qu'enfin, dans un établissement étroit et poussiéreux, situé en face de la boutique d'apothicaire de Mr Martin sur la route de Londres, un certain Mr Lipscombe gratte son crâne chauve sous sa perruque emmêlée et louche d'un œil injecté de sang sur le bout de papier.

1. Symbole des prêteurs sur gages. À l'époque utilisé seulement en Europe et au Royaume-Uni, il est aujourd'hui international. *(N.d.É.)*

— C'est bien mon écriture. C'était pas une Frenchie, par hasard ?

Derrière lui, une commode en bois poussiéreuse est remplie d'épées, de cuillères, de fourchettes et de chopes – autant d'objets qui peuvent être soulevés et emportés facilement par des doigts habiles, avant que le propriétaire légitime s'en aperçoive et poursuive le voleur. L'établissement de Mr Lipscombe est de loin l'établissement le plus mal famé que les jeunes femmes aient visité, et la puanteur y est accablante.

Jane retient sa respiration en parlant, ce qui donne à sa voix un ton nasillard.

— En fait, elle venait de Bruxelles. Mais nous avons aussi fait cette erreur.

— Un petit bout de femme ?

Il tient sa main à plat devant le nez de Jane. Elle résiste à l'instinct qui la pousse à reculer devant ses doigts sales.

— Les cheveux sombres ? L'air calme.

— Cela lui ressemble bien.

La pauvre Madame Renard en était-elle réduite à confier ses bijoux à cet escroc pour quelques pence ? Elle devait être désespérée.

— Elle ne vous l'avait pas piqué, quand même ? demande Mr Lipscombe en donnant un coup d'ongle sale sur le plateau en verre de son cabinet de curiosités. On est une entreprise réputée, ici.

Jane doute fortement de l'affirmation de l'homme. Lorsqu'elle est arrivée, il se disputait avec une pauvre bougresse au sujet de la valeur d'une montre en or. Lorsque la femme s'est plainte que le montant était bien trop bas pour une vente pure et simple, le prêteur sur gages a souri et a dit que le prix correspondrait bien à l'or une fois qu'il aurait été fondu.

— Non, rien de tel, répond Jane avec une grimace.

Chaque coin de la boutique est jonché d'objets de provenance douteuse. Des coiffures démodées, bouclées et ornées de rubans, sont suspendues à des crochets, comme des scalps d'aristocrates français tombés au champ d'honneur. Des canapés et des chaises dépareillés, irréparables, barrent le chemin vers la porte. Une étagère de vêtements d'occasion, allant de chiffons crasseux à des soies et fourrures ébouriffées, empeste la sueur. Si Mrs Austen savait que Jane est ici, elle serait très inquiète.

Mais si sa mère avait la moindre idée de ce qu'elle faisait, elle lui interdirait de quitter le presbytère. Ces derniers temps, cependant, la mère de Jane est loin d'être aussi envahissante qu'à l'accoutumée. Plus les jours passent et les rapprochent du procès de Georgy, plus Mrs Austen se replie dans sa coquille. C'est comme si la formidable matriarche rétrécissait sous les yeux de Jane.

— Elle...

Jane hésite, ne voulant pas revivre l'horreur en répétant les détails de la mort violente de Madame Renard.

— Vous avez dû entendre parler de la femme retrouvée assassinée à Deane House ?

Mr Lipscombe se penche en avant, appuyant dangereusement son poids sur le verre ébréché.

— Me dites pas que c'était elle ?

Jane sort son mouchoir de sa poche et le presse sur son nez et sa bouche.

— J'en ai bien peur, si.

Il laisse échapper un sifflement.

— Doux Jésus. Et elle était ben gentille, en plus.

— C'est terrible. Nous essayons de...

Jane s'interrompt. On peut la traiter de cynique, mais elle ne fait pas vraiment confiance au prêteur sur gages. Si elle lui dit qu'elle essaie d'attraper l'assassin de Madame Renard, il pourrait refuser de s'impliquer.

— Nous essayons de retrouver toutes ses connaissances, afin d'être sûres qu'elles ont appris la tragique nouvelle. Était-elle seule lorsqu'elle s'est rendue dans votre établissement ? Ou bien son… ?

Jane toussote dans son mouchoir.

— … son ami gentleman était-il avec elle ?

Mr Lipscombe se gratte la tempe sous sa perruque.

— Un ami gentleman ?

— Oui. L'homme qui possédait la chevalière, insiste Jane en montrant le reçu.

— Juste elle. Les deux fois. Je m'en souviens parce que c'était pas une chaîne habituelle. J'espérais en tirer un bon prix. Mais elle est revenue la chercher au bout de quelques semaines.

Il se frotte la nuque. Il a probablement des poux. Toute la boutique en est sans doute infestée. Avec autant de gens qui vont et viennent, et qui laissent leurs affaires personnelles, c'est inévitable.

— Je lui ai dit que si elle voulait de nouveau le mettre en gage, elle avait qu'à venir me voir. Mais elle a dit qu'elle en aurait pas besoin. J'ai pensé que ça voulait dire qu'elle partait quelque part, et que c'était pour ça que je l'avais pas revue ensuite.

— Oh, je vois…

Jane a l'impression que cela la démange de partout. À côté d'elle, Mary se gratte frénétiquement.

— Et la bague ? Vous souvenez-vous de la couleur de la pierre ? Ou de ce qui y était gravé ?

— Ma mémoire n'est plus ce qu'elle était. J'aimerais pouvoir vous aider, mais je vous ai déjà dit tout ce que je savais.

Jane est fatiguée lorsqu'elle sort de la boutique et regagne le pavé. Mary plisse les yeux vers le ciel obscurci.

— Que faisons-nous, maintenant ? Nous avons encore au moins une heure devant nous, d'après moi.

— Je ne sais pas. Ça commence à être sans espoir. Peut-être devrions-nous prendre un thé en attendant James ?

Jamais Jane n'avait imaginé à quel point il serait facile pour un voleur de se débarrasser des bijoux de Madame Renard. Peut-être s'agit-il vraiment d'un vol raté. Tom a raison : l'argent récolté grâce au collier et à la bague suffirait pour qu'un homme comme Jack Smith reparte à zéro, selon ses propres termes. Il pourrait aller dans le Nouveau Monde, peut-être y ouvrir une scierie. Et pourquoi pas ? Jack a peut-être fait croire aux parents de Jane qu'il était satisfait de son sort, mais la jeune femme sait qu'il est capable de bien plus. Son père a pris des garçons plus stupides et les a transformés en érudits d'Oxford. Des garçons dont les familles avaient les moyens de les aider à s'épanouir dans la vie.

Si insupportable que cela puisse paraître, si Jane veut se convaincre en conscience qu'elle a fait tout ce qu'elle pouvait pour sauver son frère, elle doit soumettre son compagnon de jeu d'enfance au même examen que n'importe quel autre suspect. Elle envisage d'employer une ruse pour fouiller la chambre de Jack au cottage, à la recherche de la bague perdue de Madame Renard. Mais Dame Culham n'est pas une femme facile à berner, et Jack n'aurait pas caché une bague volée là où les yeux d'aigle de sa mère auraient pu la trouver.

Non, si Jack a pris l'anneau, il l'aura placé dans les bois, au pied d'un arbre, caché sous une pierre que lui seul, ou peut-être Georgy, pourrait reconnaître.

Ainsi, Jane ne pourra pas se débarrasser du poids de ses soupçons jusqu'à ce que son père ou l'un de ses frères l'escorte pour lui rendre visite, avec Georgy, à la prison de Winchester. Malgré leur promesse de laisser Jane les accompagner, Henry et James ont pris l'habitude de rendre visite à Georgy à cheval, sous prétexte qu'ils n'ont pas le temps de prendre la voiture. Jane sait que c'est un mensonge. Ils essaient de la protéger, mais ils ne la protégeront pas s'ils ne parviennent pas à prouver l'innocence de Georgy et si la dernière fois que Jane voit son frère, c'est au bout d'une corde sur la place du marché de Winchester.

Mary fronce le nez.

— Tu ne peux pas abandonner au premier signe de difficulté, Jane. Tu n'arriveras jamais à rien avec cette attitude. As-tu pensé que si Madame Renard n'avait pas la bague quand son corps a été retrouvé, le voleur s'est probablement enfui avec elle ? Nous devrions voir si quelqu'un a essayé de vendre une telle bague depuis qu'elle a été assassinée.

— Mais Mr Lipscombe nous a dit tout ce qu'il savait, et aucun des autres prêteurs sur gages n'admettra qu'il s'agit d'une bague de gentleman. Je ne sais pas quoi faire. J'ai épuisé toutes les pistes. Si je ne parviens pas à démasquer le vrai tueur d'ici la fin du mois, alors…

Il est impossible pour Jane d'évoquer le procès de Georgy sans se mettre à sangloter. Son frère ne comprendra pas un mot de ce que le juge ou les avocats lui diront, et il aura tellement peur. Jane fera tout ce qu'elle peut pour le protéger d'un tel sort. Il est peut-être temps qu'elle évoque de nouveau la possibilité de le faire interner dans un asile – mais le simple fait d'y songer lui donne l'impression d'être coupable de haute trahison. Mary tape du pied sur les dalles froides.

— Calme-toi, Jane. Les prêteurs sur gages ne sont pas les seuls à acheter et à vendre des bijoux, n'est-ce pas ?

Jane est secouée par les sinistres images sorties de son imagination.

— Tu suggères d'essayer l'orfèvre ?

— Non, je pensais à un « fourgue ». Si le meurtrier s'est échappé avec la bague, il a dû vouloir la vendre rapidement. Nous pourrions aller à la taverne, ou au café, et nous renseigner. C'est là que les gens peu recommandables se rassemblent, n'est-ce pas ? C'est le cas dans les romans, en tout cas.

Jane regarde Mary, dont les traits sont animés d'une vivacité inhabituelle.

— Pour quelqu'un qui était si réticent à aider, tu te laisses emporter terriblement loin, Mary Lloyd.

— Je n'ai jamais été réticente. Je ne sais pas pourquoi tu as une si mauvaise opinion de moi. Tout ce que tu avais à faire, c'était de demander…

Alors que Mary continue de jacasser, une cloche retentit de l'autre côté de la route.

Une petite silhouette ronde sort de la boutique d'apothicaire de Mr Martin, et Jane sent son cœur bondir du trottoir crasseux où il était tombé.

22

— Attendez !

Jane s'avance en travers du chemin d'une voiture qui arrive en sens inverse. Mary lui saisit le bras et la fait reculer d'un coup sec. Le carrosse passe en vrombissant si près que Jane peut sentir la sueur des chevaux. De l'autre côté de la rue, Hannah se tient devant les fenêtres en arc de cercle de la boutique de l'apothicaire. Elle soulève le capuchon de sa cape fauve et secoue son panier d'osier jusqu'à ce qu'il repose dans le creux de son bras. Hannah pourrait être le dernier espoir de Jane de découvrir la vérité sur le meurtre de Madame Renard et de sauver Georgy. Elle ne la laissera pas s'échapper.

— Hannah ! s'écrie Jane.

Dès que la route est dégagée, elle soustrait son bras à l'emprise de Mary et se précipite sur les pavés. Leurs regards se croisent, et Jane lit sur les traits d'Hannah qu'elle la reconnaît, mais la jeune fille se retourne et marche à pas pressés dans le vent. Jane s'élance à sa suite. Elle peut presque toucher la queue de la cape d'Hannah qui flotte dans la brise.

— Hannah, s'il vous plaît. C'est Miss Austen. Nous nous sommes rencontrées à Manydown.

Les épaules basses, Hannah finit par se résigner à faire face à Jane.

— Miss Austen.

Elle incline la tête en guise de salut, mais sa bouche forme une ligne crispée.

Jane hésite. Hannah n'est certainement pas ravie de la voir. Et comme ses questions qui manquaient de tact ont tellement bouleversé la jeune fille qu'elle en a été malade la dernière fois qu'elles se sont rencontrées, Jane peut difficilement la blâmer.

— Comment va votre mère ? Miss Bigg m'a dit qu'elle souffrait d'une gorge putride.

Hannah baisse les yeux sur son panier. Dans ses propres vêtements, avec ses cheveux d'un brun terre d'ombre brûlée qui tombent sur ses épaules, elle paraît encore plus jeune.

— Elle est en voie de guérison. Dieu soit loué. Je viens d'aller lui chercher un autre cataplasme.

— Chez Mr Martin ?

Jane imite le ton que Cassandra utilise avec les paroissiens de leur père : joyeux et amical, sans être trop familier.

— Il est très intelligent, n'est-ce pas ? Nous avons de la chance d'avoir un apothicaire aussi compétent à portée de main. Ma mère compte sur ses médicaments pour ses... eh bien, je suis sûre que vous ne voulez pas vraiment le savoir.

— Bonne journée à vous, miss Austen, dit Hannah en tournant les talons.

— Attendez, s'il vous plaît...

À bout de souffle, Jane fait de son mieux pour rester à hauteur de la domestique qui presse le pas.

— Je voulais vous dire à quel point j'étais désolée de vous avoir bouleversée la dernière fois que nous nous sommes vues. Vous veniez de subir un choc énorme, et je ne pense pas avoir été très aimable. Poser toutes ces questions, si peu de temps après...

Hannah jette un regard en coin à Jane sous sa capuche.

— Merci, miss. C'était très pénible, je dois dire.

— Mais j'apprécierais que nous puissions en reparler. Je suis sûre que vous avez vu ou entendu plus de choses que vous ne le pensez, ce jour-là. Et si vous pouviez m'en faire le récit, juste une fois de plus, je pourrais peut-être en tirer quelque chose d'important.

Hannah regarde la rangée de cottages au bout de la route de Londres, où vivent les employés du moulin.

— Je vous ai dit tout ce que je savais la dernière fois, et il faut que je rentre chez ma mère. Elle va m'attendre, et je dois préparer le dîner des petits.

Le vent glacial fouette le visage de Jane.

— S'il vous plaît, je vous achèterai un petit pain.

— Je ne veux pas d'un petit pain ! Je veux que ce monstre soit arrêté et puni, tout comme vous, réplique Hannah d'une voix stridente. Des vagabonds, a dit le magistrat. Comme si cela expliquait tout. Mais laissez-moi vous dire quelque chose, miss Austen. S'il y avait quelqu'un d'assez désespéré pour camper dans ces bois derrière Deane House – et je ne crois pas un instant que ce soit le cas –, il y a de fortes chances pour qu'il ait été en train de chercher à attraper des lièvres ou de ramasser du bois de chauffage. Pas de vous frapper la tête et de vous laisser pour morte.

Jane hésite. L'image du corps brutalisé de Zoé Renard surgit dans son esprit. Elle sent son estomac se contracter au souvenir du sang sombre et poisseux qui avait éclaboussé son visage et sa robe, et qui s'était accumulé autour d'elle sur le sol. Des litres et des litres de sang, qu'Hannah avait dû mettre des heures à nettoyer.

— Je n'ai jamais voulu être condescendante avec vous. Vous avez raison, nous voulons la même chose. J'ai juste une façon assez maladroite de m'y prendre.

Le menton d'Hannah frémit.

— Si cela avait été l'une d'entre vous, les jeunes filles du bal, ils n'auraient rien négligé pour attraper le coupable. Mais comme c'était l'une des nôtres, une fille ordinaire qui essaie de gagner sa vie honnêtement, qu'est-ce que ça peut faire si quelqu'un lui a fracassé le crâne et a jeté son corps comme un déchet ?

— S'il vous plaît, Hannah... Si je me suis mal exprimée avant, je m'en excuse. Je ne pense pas que Mr Craven ait enquêté correctement sur la mort de cette pauvre femme. Je fais tout ce que je peux pour découvrir qui l'a tuée. Et je me rapproche, je le sens. Si vous pouviez me parler, encore une fois ?

Hannah cligne des yeux, mais elle ne s'éloigne pas.

— S'il vous plaît ?

Finalement, la domestique hoche la tête avec raideur.

Des bruits de pas se font entendre tandis que Mary les rattrape. Jane place timidement sa main dans le creux du bras d'Hannah.

— Mary, voici Hannah. Elle est employée à Manydown. Elle travaillait à Deane House la nuit du...

Jane prend une inspiration.

— ... la nuit du meurtre, achève-t-elle. Elle a accepté de venir avec nous pour répondre à quelques questions sur ce qui s'est passé.

Le visage de Mary se décompose.

— J'en déduis que nous n'allons pas interroger de ruffians à la taverne.

— Non, Mary. Nous emmènerons Hannah boire du thé et discuter sérieusement de la façon dont nous pouvons traduire ce méchant en justice.

Hannah fait la moue, se dandinant d'un pied sur l'autre.

— Eh bien, autant que je prenne un petit pain aussi. Puisque je me joins à vous.

Mrs Plumptre gère la boulangerie au rez-de-chaussée de son magasin, tandis que ses filles s'occupent des clients dans le salon de thé situé au-dessus. C'est l'un des rares établissements de Basingstoke où une dame respectable peut dîner sans être accompagnée. Il est si populaire qu'aujourd'hui, sous l'auvent à rayures vertes, une file de bonnes, d'épouses et de ladies attendent d'acheter du pain et des gâteaux sortis du four en briques. Après avoir demandé des rafraîchissements, Jane ouvre la voie vers l'étroit escalier en colimaçon qui mène aux salons de thé. Ou plutôt au salon de thé au singulier, comme on devrait plutôt le dire vu la taille de l'établissement. Chaque fois que Jane passe devant l'enseigne peinte, ses doigts la démangent de corriger les mots.

Cinq tables bancales s'entassent dans l'espace exigu qui donne sur la route de Londres. Jane choisit une petite table circulaire sous une fenêtre à guillotine. Les autres sont jonchées de vaisselle sale. Le coup de feu du déjeuner est passé, mais le nettoyage n'a pas encore commencé.

Alors que Jane s'installe sur le siège peu profond d'une chaise inconfortablement droite, une combinaison paradisiaque de cannelle, de levure et de lait chaud envahit ses sens. Elle a l'estomac qui gargouille et l'eau à la bouche. En face d'elle, Hannah se recroqueville, son manteau toujours enroulé autour de ses épaules et son panier sur les genoux. Entre elles, Mary fait voler des miettes de la nappe sur le sol.

L'une des nombreuses Miss Plumptre, qu'on ne peut distinguer les unes des autres, monte l'escalier en faisant claquer ses sabots pour leur apporter une théière fumante ainsi que trois tasses et soucoupes dépareillées. Jane tient la table pendant que Miss Plumptre dispose les ustensiles de thé. La serveuse a du mal à tout placer sur la table et fait couler du thé sur la nappe en vichy. Hannah regarde fixement ses genoux, ses joues plates devenues toutes rouges. La servante est probablement plus habituée à se rendre à la boulangerie de Mrs Plumptre qu'à son salon de thé, si tant est qu'elle puisse se permettre de fréquenter l'endroit.

Lorsque le trio est enfin seul, Jane plie une serviette et la cale sous l'un des pieds de la table pour la maintenir stable.

— C'est agréable, ici.

Elle sourit. Le bavardage n'a jamais été son fort, mais elle est trop prudente pour se plonger dans son interrogatoire tête baissée, comme elle l'a fait précédemment, de peur de rendre Hannah malade de nouveau. Au lieu de quoi elle reste silencieuse, attendant qu'Hannah prenne la parole.

Lorsqu'elle le fait, la voix de la jeune fille est à peine plus qu'un murmure.

— Je n'arrête pas de penser à elle. Chaque soir, dès que ma tête touche l'oreiller, je ne vois que le visage de Madame Renault. J'ai beau être épuisée, je ne trouve pas le sommeil tant que je l'imagine allongée là, mourante, toute seule, dans ce placard noir.

— Renard, dit Jane. En fait, elle s'appelait Zoé *Renard*, et c'était une dentellière de Bruxelles.

Elle avait un accent si prononcé que je crains d'avoir mal entendu et d'avoir donné le mauvais nom à tout le monde.

Hannah acquiesce, absorbant ces nouvelles informations.

— Une dentellière de Bruxelles.

— Oui, et même une très bonne, précise Jane qui se réchauffe les mains sur la théière en faïence.

— Pourquoi est-elle venue ici ?

Jane fait trembler la théière entre ses mains, et il lui faut toute sa concentration pour verser le liquide dans les tasses sans tremper la nappe.

— Je ne sais pas, mais elle semblait se construire une vie. Elle avait loué un étal au marché couvert et apprenait l'anglais. Elle était même adhérente au cabinet de lecture de la ville. Mais nous n'avons pu retrouver aucune de ses connaissances, ni découvrir pourquoi quelqu'un aurait voulu sa mort.

Mary ajoute du lait dans deux des tasses. Jane s'empare de la sienne avant que son amie puisse la polluer.

Hannah scrute Jane, son large visage restant impassible.

— Ils disent que votre frère a été envoyé en prison pour cela. Pas le soldat qui l'a trouvée. Le garçon muet qui vit avec sa nourrice ?

Dans la société polie dans laquelle Jane évolue, personne n'oserait aborder le sujet de l'incarcération de Georgy. Les gens expriment leur sympathie pour la « situation difficile » dans laquelle se trouvent les Austen et s'enquièrent du bien-être de Georgy. Ils ne parlent pas de crime et de prison, d'innocence ou de culpabilité. Elle serait idiote de croire que la même courtoisie s'applique dans son dos.

— Pas pour le meurtre, dit Jane en prenant la défense de Georgy. Pour le vol de son collier. Il s'en est emparé, d'une manière ou d'une autre. Ou quelqu'un le lui a donné. Il est plutôt lent dans sa compréhension, voyez-vous. Et il ne peut pas s'expliquer parce que, comme vous l'avez dit, il ne parle pas.

— J'ai une cousine dans un état similaire, répond Hannah en reniflant. Elle s'appelle Sandra. Ma tante s'est mariée si tard qu'elle n'osait pas espérer avoir d'enfants à elle. Quand Sandra est arrivée, elle était si heureuse. Maintenant, elle s'inquiète toujours de ce qu'il adviendra de sa fille si elle meurt avant elle. Celle-ci ne survivrait pas un jour toute seule.

Les yeux d'Hannah s'emplissent de larmes.

— Elle travaille au moulin avec ma tante. Elle parle bien, mais elle n'a développé aucune malice. Ma tante doit la surveiller en permanence, sinon elle se ferait du tort. Notre Sandra est trop confiante. Une si gentille petite chose.

Jane se reproche d'avoir jugé si durement sa mère, qui n'a pas réussi à atteindre les exigences incroyablement élevées d'Eliza en matière de rôle maternel. Les parents de Jane ne sont peut-être pas très aimants en apparence, mais ils travaillent sans relâche pour que tous leurs enfants soient bien traités. Tout au long de sa vie, Georgy a été choyé et protégé. Avant qu'il soit arrêté, il n'avait jamais eu le moindre souci à se faire. D'innombrables fois, Jane a entendu son père arracher à chacun de ses frères le serment solennel que s'il lui arrivait quelque chose, ils s'uniraient pour veiller à ce que Georgy continue d'être pris en charge.

Mr Austen leur fait probablement jurer la même chose à propos de Jane, dans son dos. Quelle horrible pensée que de devoir compter sur la charité de ses frères et sœurs pour couvrir ses dépenses.

— Vous comprenez, alors ?

Hannah hoche lentement la tête en regardant le fond de sa tasse de thé.

— Ce n'est pas un voleur ou un simple d'esprit, qui ne connaissait pas sa propre force, qui a tué cette femme, mais un diable vicieux, qui n'avait que de la méchanceté dans le cœur.

Jane veut aller plus loin, mais elle est terrifiée à l'idée de bouleverser de nouveau la domestique.

— Pourquoi dites-vous cela ?

— Le chauffe-lit... Il était couvert de sang, comme si le tueur s'était mis dans un état de frénésie.

Hannah regarde fixement le panier posé sur ses genoux. Jane et Mary ont les traits défaits sous le coup de l'horreur.

— De plus, il y a toutes sortes de choses dans ce placard. S'il s'était agi d'un voleur, il se serait rempli les poches. Toutes ces bouilloires et casseroles en cuivre valent une petite fortune, sans parler du linge.

Le sol de la pièce tremble lorsque Miss Plumptre monte l'escalier étroit et sinueux avec un plateau surchargé. Elle fronce les sourcils en regardant la table, comme si cela pouvait suffire à faire apparaître plus de place. Jane écarte la théière, les tasses et les soucoupes jusqu'à ce qu'il y ait juste assez d'espace pour qu'elle puisse poser trois petites assiettes de brioches. Le beurrier est en équilibre précaire sur le pot à lait, et Jane doit tenir sa tasse et sa soucoupe.

— La dernière fois que nous nous sommes rencontrées, vous avez admis que vous n'aimiez pas aller à Deane House. Pensez-vous pouvoir nous dire pourquoi ?

— C'est juste que… À Manydown, reprend-elle, sourcils froncés, on ne nous humilie jamais si, par exemple, une cuillère à café disparaît ou que l'on fait tomber un verre. Mr Bigg-Wither est toujours très poli. Ses filles sont pareilles. Même le jeune Mr Harris est un garçon au grand cœur. On ne peut pas en dire autant à Deane House.

Mary sépare sa brioche en deux et la recouvre de beurre. Jane la regarde faire. Elle n'a pas mangé depuis le petit déjeuner et veut faire de même, mais comme Hannah n'a pas touché à la sienne, elle craint que ce ne soit impoli. Au lieu de quoi Jane grappille un raisin de Corinthe sur le dessus de sa brioche.

— Comment est-ce, alors ? Je vous promets que tout ce que vous direz restera entre nous, assure-t-elle, prenant conscience de son erreur pour avoir invité la plus grande pipelette du comté à participer à son enquête secrète.

— C'est justement cela, le problème. On ne peut jamais prévoir comment ce sera là-bas. Autant essayer de deviner le temps qu'il fera d'un jour à l'autre. Parfois, si sir John est à la maison, tout sera calme. Lady Harcourt peut faire la sieste dans le salon, tandis que Mrs Twistleton vaque à ses occupations au rez-de-chaussée. Mais à d'autres moments, lady Harcourt se déchaîne, critiquant tout ce que font les domestiques – en particulier Mrs Twistleton.

— Lady Harcourt manque de confiance en sa gouvernante ?

Jane se remémore sir John en train de verser furtivement des gouttes de laudanum dans le vin de lady Harcourt lors du bal du Nouvel An. Est-ce qu'il la drogue lorsqu'ils sont à la maison, pour maintenir la paix entre sa femme et son personnel ?

— Oui. Et cela rend les choses difficiles pour le reste d'entre nous. C'est pourquoi les domestiques finissent toujours par partir. Il n'y a rien de pire que d'avoir deux maîtresses. Si Mrs Twistleton vous dit d'empiler le bois d'une certaine façon pour allumer un feu, lady Harcourt vous tombera dessus cinq minutes plus tard, vous dira que vous avez mal fait et vous ordonnera de tout recommencer immédiatement. Elle ne donne même pas à Mrs Twistleton son propre trousseau de clefs. Comment peut-elle être respectée en tant que gouvernante sans cela ?

Jane connaît bien la politique des serviteurs et des maîtres. Au presbytère de Steventon, les bonnes se succèdent plus vite que les pains de sucre. Mrs Austen vit dans la crainte constante qu'une jeune fille employée chez elle ne cède aux sirènes d'un autre poste. Rechercher et former une bonne digne de confiance est épuisant. C'est pourquoi Jane est si inquiète au sujet de Sally. Elle n'a toujours pas compris ce qui la contrarie. Il est clair que quelque chose préoccupe la jeune fille. Sally ne fredonne plus en s'affairant dans la cuisine du presbytère et, ces derniers temps, elle ne veut même plus croiser le regard de Jane. Quoi que ce soit, ce doit être vraiment troublant. Mrs Austen réprimande toujours Jane pour qu'elle laisse les servantes tranquilles. Néanmoins, Jane décide de reparler à Sally dès que l'occasion se présentera. Peut-être le problème pourra-t-il être résolu en lui accordant un après-midi de congé ou en l'aidant à cuisiner chaque fois qu'elles reçoivent des visiteurs.

— Pourquoi Mrs Twistleton ne part-elle pas ? Ou, d'ailleurs, pourquoi lady Harcourt ne la renvoie-t-elle pas si elle n'est pas satisfaite de son travail ?

Des taches de couleur apparaissent sur les joues rondes comme des lunes d'Hannah.

— Je ne sais pas, miss.

Mary se penche en avant, agrippant le bord de la table encombrée.

— C'est sir John, n'est-ce pas ? Il a un arrangement avec Mrs Twis...

Jane donne un coup de pied à Mary sous la table.

— Ouille ! s'exclame Mary qui se renfrogne en se frottant le tibia.

— Ne mets pas de mots dans la bouche d'Hannah.

— Je ne peux rien dire à ce sujet, miss. Mais je suis bien placée pour savoir...

Hannah regarde ses compagnes avec méfiance, tandis que toutes trois se penchent et rapprochent leurs têtes les unes des autres.

— ... qu'avant d'être gouvernante à Deane House Mrs Twistleton a passé beaucoup de temps à divertir des clients à l'auberge Angel Inn...

Jane avait donc raison : Mr Toke s'est *vraiment* montré trop susceptible lorsqu'elle a demandé si sir John gardait une chambre à l'auberge. Il tolère manifestement plus de vice dans ses locaux qu'il n'est prêt à l'admettre.

— Je te l'avais dit, lance Mary. Elle ne fait pas mieux que ce qu'elle devait faire avant, alors.

— Essayez de ne pas la juger trop sévèrement. Deborah, c'est le nom de Mrs Twistleton, n'a pas toujours été comme ça. Nous étions voisines. Deborah s'est mariée jeune, et elle et son mari ont eu un enfant. Un enfant malade. Il est mort juste avant son quatrième anniversaire. Ensuite, Deborah s'est un peu perdue... ou plutôt, elle s'est noyée au fond d'une bouteille de gin. Il fut un temps où elle aurait fait *n'importe quoi* pour son prochain verre. Mr Twistleton ne l'a pas supporté. Il est parti.

Il s'est envolé à Londres pour se débrouiller tout seul, à ce que l'on dit.

— Pauvre Mrs Twistleton. C'est très triste, murmure Jane.

Elle sait que les Austen, constamment assaillis par les difficultés, ont été exceptionnellement chanceux en ce qui concerne l'absence de deuil dans leur famille proche. Il est presque inouï qu'une mère, quel que soit son rang, puisse élever ses huit enfants jusqu'à l'âge adulte comme l'a fait Mrs Austen.

— Je suppose qu'elle et sir John avaient leur chagrin en commun lorsqu'ils se sont rencontrés. C'était juste après la tragédie qui a touché l'aîné des Harcourt. Le baronnet était à Basingstoke tous les jours, à boire et à jouer pour oublier sa peine. En peu de temps, tout le monde a su que Deborah et lui avaient fait connaissance. Deborah en était fière. Elle disait qu'il était normal qu'elle le réconforte – lady Harcourt s'était refroidie après la mort de leur fils. Et un homme comme lui ne supporte pas longtemps d'être repoussé.

Mary s'adosse à son siège et croise les bras sur sa poitrine.

— Vous voyez ? C'est une gourgandine impudente.

— Chut, Mary. Continuez, Hannah.

— Au bout d'un certain temps, Deborah a quitté son travail au moulin et s'est installée dans une chambre à l'auberge Angel Inn. Tout le monde savait que le baronnet devait payer pour l'entretenir. Puis elle a quitté Basingstoke. C'est là qu'elle est devenue la gouvernante de sir John. Le fait d'avoir gagné son affection semble l'avoir éloignée du gouffre. Je ne pense pas qu'elle boive encore, maintenant. Et elle ferait n'importe quoi pour qu'il soit heureux.

Jane sirote son thé tiède. Pauvre lady Harcourt, ce doit être mortifiant pour elle d'être obligée de garder une telle femme sous son toit. Il n'est pas étonnant qu'elle ait perdu son sang-froid et qu'elle se soit emportée lorsque sir John a été arrêté. Elle est manifestement très éprouvée.

— Où était Mrs Twistleton dans les heures qui ont précédé le bal ? ose demander Jane, sans pouvoir réprimer un frisson.

— Où n'était-elle pas ? riposte Hannah en se moquant. Toute la maisonnée était si soucieuse que la soirée se déroule comme prévu. Mrs Twistleton passait de la maison au hall d'entrée, surveillant tout ce qui se passait. Chaque fois que je me retournais, elle était derrière moi et me réprimandait pour que je travaille plus vite et que j'apporte plus de soin à ce que je faisais.

Jane tapote de l'ongle sa tasse de thé vide.

— Et les membres de la famille ?

Hannah hausse les épaules, regardant la brioche intacte dans son assiette.

— Ils étaient dans leurs chambres, en train de se préparer. Ils ne sont descendus qu'un peu avant vingt heures, lorsque les carrosses ont commencé à arriver. Nous, les domestiques, avons pu les apercevoir dans leurs plus beaux atours avant d'être évacués en bas. Avec la décoration du grand hall, c'était vraiment un spectacle à voir.

— Je n'arrive toujours pas à croire que j'ai raté tout ça, soupire Mary en s'écroulant dans son fauteuil. Mère et moi avons dû attendre que Mrs Lefroy renvoie sa voiture pour venir nous chercher. Lorsque nous sommes arrivées, Mrs Chute avait fait son horrible découverte, et toute la fête avait été interrompue. Mon oncle est sorti d'un bond pour aller voir ce qui se passait, et j'ai voulu voir moi aussi, mais il a dit au chauffeur de faire demi-tour et de nous ramener directement à la maison.

— Quel malheur pour *toi*, Mary.

Jane se retient de tancer Mary plus vertement pour son manque de compassion.

Mais au fond, elle sait qu'elle n'a pas de leçon de morale à donner. Son propre cœur se serre encore au souvenir des promesses de la soirée. La splendeur de la grande salle était vraiment attrayante, mais c'est Tom, avec ses cheveux clairs et son manteau ivoire déplacé, qui l'a éblouie. Comme leurs jeux secrets ont vite tourné aux larmes ! Elle aurait dû savoir qu'il fallait être sur ses gardes. Voilà le triste reproche qu'elle se fait à elle-même et avec lequel elle va devoir vivre, bien punie, jusqu'à la fin de ses jours.

Hannah sort un mouchoir de poche impeccable et enveloppe sa brioche, qu'elle range soigneusement dans son panier en osier, à côté des paquets de la boutique de Mr Martin.

— Je vous ai dit tout ce que je savais. Maintenant, je dois retourner auprès de ma mère. Elle va s'inquiéter de savoir où je suis allée. Je vous remercie sincèrement pour le thé.

Jane se mord la lèvre.

— Si vous pensez à autre chose, vous le ferez savoir par l'intermédiaire de Miss Bigg, n'est-ce pas ?

— Je le ferai.

Hannah hésite, puis ajoute :

— Et je suis vraiment désolée pour votre frère, miss Austen. Pour son bien, ainsi que pour la mémoire de Madame Renard, j'espère que vous découvrirez qui l'a vraiment tuée.

Les larmes piquent les yeux de Jane.

— Merci, Hannah. C'est très gentil de votre part de dire cela.

Jane et Mary regardent par la fenêtre jusqu'à ce que la servante émerge dans la rue. Elle inspecte tout autour d'elle avant de relever son capuchon, de redresser les épaules et de marcher directement dans la tempête.

— Alors, qu'en penses-tu ? demande Mary.

La silhouette d'Hannah rapetisse. Le vent fait voler sa cape derrière elle. Elle garde la tête baissée et s'enfonce dans sa capuche.

— Je ne sais pas trop quoi penser… si ce n'est qu'il se passe quelque chose de malsain à Deane House.

Jane fixe des yeux sa brioche intacte, regrettant de ne pas l'avoir donnée à Hannah pour qu'elle la rapporte aussi à sa mère, afin qu'elles n'aient pas à partager.

Elle a perdu l'appétit.

*

* *

7. À Cassandra Austen

Miss Austen,
chez le révérend Fowle,
Kintbury,
Newbury

Steventon, mardi 12 janvier 1796

Ma très chère Cassandra,

Je suis heureuse d'apprendre que tu es satisfaite du temps que je passe avec Mary Lloyd. Peut-être auras-tu la bonté de considérer que ma pénitence est suffisante et de me rendre ma Martha. C'est très égoïste de ta part de garder mon amie la plus chère si longtemps. D'autant plus que ta nature facile te permet d'être appréciée instantanément, par tous, partout où tu vas, alors que mon esprit sophistiqué nécessite du temps pour que les autres en acquièrent le goût. Malgré mes recherches, je ne peux toujours pas dire avec certitude qui a tué l'infortunée ~~modiste~~ dentellière, Madame Renard. Tout ce que je peux te dire, c'est que je donnerais n'importe quoi pour avoir une conversation honnête avec :

- *Jonathan Harcourt (à quelle pression a-t-il été soumis pour effacer les dettes de son père ?).*
- *Sir John Harcourt (comptait-il sur la dot de Sophy pour le sauver de la prison de la Maréchaussée ?).*
- *Mrs Twistleton (craignait-elle que lady Harcourt ne la mette à la porte si elle découvrait le genre de femme qu'elle était ?).*
- *Jack Smith (comment Georgy a-t-il pu s'emparer de la chaîne en or de Madame Renard ?).*

Je regrette de ne pouvoir te donner plus d'informations sur le sort de ce cher Georgy car, malgré mes protestations incessantes, notre père et nos frères trouvent toujours plus d'excuses pour refuser de m'emmener à Winchester. Je prie également pour qu'on puisse les croire lorsqu'ils disent qu'il se porte bien. Ou, à défaut, aussi bien que possible. Déchire cette lettre et utilise les morceaux pour tapisser tes fers afin de préserver tes orteils des frimas de l'hiver. Le temps va bientôt se gâter, j'en suis certaine.

Bien à toi,
J.A.

23

Il faut plus de deux heures pour atteindre Winchester au départ de Steventon – un peu plus que d'habitude, car il a beaucoup plu pendant la nuit. Un brouillard épais obscurcit la vue tandis que la voiture s'enfonce dans la campagne du Hampshire. Les routes sont détrempées, et les roues de l'attelage ne cessent de s'enliser et de heurter des racines d'arbres à moitié immergées. Jane sent son estomac se retourner à chaque secousse. Alors qu'il ne reste que quinze jours avant le début des assises de février, James et Henry ont finalement cédé et l'ont autorisée à les accompagner pour demander à l'avocat de faire plus pour aider Georgy.

Ensuite, les frères de Jane la chaperonneront à l'intérieur de la prison pour rendre visite à Georgy. Et Jack Smith, bien sûr. Jane pourra enfin l'interroger en profondeur sur ses allées et venues la nuit du meurtre de Madame Renard. Il est écœurant de penser que la personne en qui la famille a le plus confiance pour s'occuper du bien-être de Georgy est peut-être coupable de lui infliger de telles souffrances. Mais dans son désespoir, Jane ne peut se permettre d'être trop délicate. Si cela est susceptible de sauver son frère, elle ne doit pas hésiter à enquêter sur les possibilités les plus troublantes.

James conduit tandis qu'Henry est assis, morose, à côté de Jane dans la voiture. Elle l'appâte avec des extraits des lettres d'Eliza, mais Henry reste obstinément taciturne. Si seulement James avait accepté l'offre d'Henry de conduire et de l'accompagner dans la voiture à la place. Elle aurait pu se distraire de son inquiétude au sujet de Georgy en se moquant de l'affection grandissante de James pour Mary. Depuis le voyage à Basingstoke, James a accompagné Jane deux fois pour rendre visite aux Lloyd. Jane a tenu parole et n'a rien dit de désagréable sur Mary à James. En revanche, elle ne s'est pas privée de dire toutes sortes de choses stupides à propos de James à Mary et, alors qu'ils flirtaient dans le jardin, elle s'est fait un plaisir d'attirer l'attention de Mary et de lui montrer « le ciel ».

Jane est surprise de se trouver véritablement heureuse pour James. Son frère aîné a beau être un prétentieux, il est toujours là quand l'un des Austen a besoin de lui. Et le remariage de James serait la meilleure issue possible pour Anna. Mrs Austen est trop âgée pour s'occuper d'un petit enfant, Cassandra ne sera plus à la maison très longtemps, et Jane... eh bien, comme le dit sa mère, seul le Seigneur sait où Jane sera.

— Es-tu sûre de vouloir faire ça ? avait demandé James ce matin-là, alors qu'il tenait la porte de la voiture ouverte pour que Jane puisse monter à l'intérieur.

Jane l'avait regardé droit dans les yeux.

— Georgy est autant mon frère qu'il est le vôtre. C'est tout ce qu'il y a à dire à ce sujet.

Alors qu'ils se rapprochent de Winchester et que Jane contemple le cortège de pèlerins et de campagnards qui se dirigent vers les portes de la ville, son courage diminue. A-t-elle l'estomac assez solide pour affronter la tâche qui l'attend ?

Elle sent déjà la bile au fond de sa gorge, et elle tremble de tout son corps à cause du manque de sommeil.

Elle enroule sa cape autour de ses épaules et saisit son panier en saule. Il contient les friandises préférées de Georgy, dont le fromage blanc de Mrs Austen, le *plum-pudding* de Mary et un paquet du pain d'épices de Sally, si corsé qu'il fait venir les larmes aux yeux quand on le mange. Elle espère que cela apportera de la joie à Georgy, au lieu de le rendre encore plus douloureusement nostalgique de la maison.

Une fois les portes franchies et le cœur de la ville médiévale atteint, ils laissent le carrosse dans une auberge animée de Great Minster Street, surplombant la magnifique cathédrale gothique. Ses tourelles pointues et ses arcs ornés s'étendent jusqu'aux cieux, éclipsant toute autre construction. Cet ancien lieu de culte marque les origines du christianisme en Grande-Bretagne, mais sous ses fondations de calcaire se cache un passé païen plus ancien et plus sauvage.

Jane saisit le bras de James tandis qu'ils se fraient un chemin sous les avant-toits des bâtiments en bois à travers les ruelles tortueuses. C'est mercredi, jour de marché. Les gens et les animaux se pressent dans les rues étroites. Des tas de fumier et de paille sont éparpillés sur les pavés. Les fermiers conduisent les cochons et les moutons dans des étables de fortune. Les bêtes ont été transportées dans des enclos pour être vendues et abattues. Dans la cacophonie des grognements et des bêlements, Jane sursaute aux « Attention à vos arrières » criés tandis que des porteurs conduisent des brouettes chargées de marchandises. Au pied de la croix qui marque le centre de la place, Jane aperçoit un marchand qui vend le type de mousseline verte que Mary recherchait. Elle se reproche de se souvenir de telles frivolités à un pareil moment.

L'avocat, Mr William Hayter, les accueille dans son cabinet, au premier étage d'un immeuble penché situé au-dessus d'une orfèvrerie de la rue principale. Jane se souvient de son fils et homonyme : l'écolier William mangeait toujours les perce-oreilles du jardin de sa mère et se donnait la diarrhée. Mr Hayter Sr. est corpulent, avec un teint rougeaud et des yeux exorbités. Il porte une robe noire par-dessus son manteau de soie et ses culottes. Une perruque de crin de cheval mal peignée est posée de travers sur sa tête, comme si elle avait été arrangée à la hâte lorsqu'il les a entendus monter l'escalier.

Un feu généreux brille dans l'âtre, et la petite lucarne est fermée, partiellement recouverte d'une paire de rideaux de velours rubis. Des bibliothèques en acajou remplies de volumineux ouvrages juridiques tapissent les murs, et des liasses de documents de couleur crème, attachées par un ruban écarlate, s'empilent sur toutes les surfaces de la pièce longue et étroite. Après la fraîcheur de la promenade en carrosse, les appartements de l'avocat sont d'une chaleur étouffante. James et Henry se baissent sous le plafond incliné, mais Jane franchit la porte sans avoir à se donner cette peine. Si sa coiffe était plus ornée, avec une plume d'autruche peut-être, elle aurait pu épousseter les poutres – elles en ont certainement besoin.

James enlève son chapeau d'ecclésiastique et le serre contre sa poitrine.

— Mister Hayter. Voici mon frère, le lieutenant Austen, et notre sœur, Miss Austen.

Mr Hayter n'accorde pas un regard à Jane. Il prend les mains de James et d'Henry et les serre vigoureusement avant de les inviter à se diriger vers les deux fauteuils en cuir sang de bœuf placés devant son bureau d'ébène. Le seul autre siège qui ne soit pas entièrement recouvert de papiers est un tabouret à trois pieds situé à côté de la porte. Il est actuellement occupé par un plateau d'argent jonché d'os de poulet rongés et par une chope d'étain vide qui empeste la bière.

Jane ramasse le plateau et cherche une surface vide pour s'en débarrasser. N'en trouvant pas, elle le pose sur le sol à côté du tabouret et s'accroupit avec précaution sur le bord du siège bas en bois.

James se penche en avant, les mains agrippées à ses genoux.

— S'il vous plaît, dites-moi que vous avez fait des progrès depuis notre dernière rencontre.

L'avocat serre son ventre gonflé derrière son bureau et sort une liasse d'un portefeuille en cuir noir.

— Oui, oui. J'ai examiné les détails de l'affaire avec beaucoup de soin, répond-il en agitant les papiers. Laissez-moi voir. Ah, oui, je me souviens. Bon, messieurs, puisque vous refusez catégoriquement d'éviter un procès en déclarant Mr George Austen fou, je vous conseille de plaider coupable. J'insisterai sur les déficiences mentales de votre frère et j'en appellerai à la clémence du juge. Il n'y a pas de garantie, mais avec de la persévérance et en témoignant de sa bonne moralité antérieure, j'ai bon espoir que la peine puisse être commuée en déportation.

Jane ferme les yeux, accablée. Si Georgy plaide coupable pour vol qualifié, la seule alternative à la potence est la déportation en Australie. Même Jack Smith ne pourrait pas suivre Georgy aussi loin. Ce serait une façon plus lente et plus cruelle pour son frère de mourir. Mais même Tom, avec son prétendu brillant esprit juridique, n'a pas réussi à trouver une meilleure stratégie.

— La clémence ? répète Henry, qui se redresse brusquement sur sa chaise. C'est le mieux que vous puissiez faire ? Combien vous paie-t-on déjà ?

James passe sa main sur ses cheveux légèrement poudrés, aplatissant les boucles.

— Avec tout le respect que je vous dois, sir, nous en avons déjà parlé.

Sa voix est étranglée. Il est en colère comme Jane ne l'a jamais vu, mais elle doute que quiconque en dehors de leur famille le remarque.

— Mon frère ne survivrait pas à une journée à Botany Bay, poursuit-il, et encore moins à quatorze ans. Vous devez comprendre qu'il souffre d'une grave maladie. Il a besoin de l'attention constante d'un médecin, et que l'on veille sur lui pour toute chose. Il est incapable de s'occuper de lui-même, et encore moins dans des circonstances aussi extrêmes. Il serait un aimant pour les formes les plus viles d'abus et d'exploitation.

Le visage rouge de Mr Hayter est visible entre les deux larges dos des frères Austen. Jane lève un doigt en l'air pour attirer son attention, mais Mr Hayter n'en tient pas compte. Il laisse tomber les papiers sur la surface du bureau et ouvre les mains, paumes vers le ciel.

— L'un de vous, messieurs, a-t-il trouvé une explication crédible qui justifierait pourquoi Mr George Austen était en possession du collier de la victime ?

James, le visage entre les mains, baisse la tête et se frotte les tempes avec ses pouces.

— Nous pensons qu'il a dû le trouver jeté quelque part. Avant ou après qu'elle a été tuée. Il n'a pas pu le lui prendre. Ils ne se sont jamais rencontrés.

Henry se redresse en rajustant sa veste écarlate.

— Ou bien le tueur le lui a peut-être donné pour détourner l'attention des autorités de sa propre piste. Je crains que notre frère ne manque totalement de malice. Cela lui ressemblerait bien d'accepter un tel cadeau sans poser de questions. Il n'a aucune notion de l'argent. Il ne lui viendrait tout simplement pas à l'esprit de se méfier.

Les yeux de Mr Hayter, semblables à ceux d'un lézard, vont de James à Henry et vice versa.

— Et pouvez-vous prouver l'une ou l'autre de ces suppositions ?

James tourne son chapeau entre ses mains et baisse le regard sur le tapis, tandis qu'Henry croise les bras sur sa poitrine et regarde par la fenêtre. L'avocat prend une inspiration.

— Alors je crains que la clémence ne soit le mieux que nous puissions espérer.

Jane se mord la lèvre.

— Si je puis me permettre, sir. J'ai fait quelques recherches…

Les trois hommes ne l'entendent pas. Mr Hayter fronce les sourcils, l'air grave.

— Comme le collier était en possession de Mr George Austen, et que ce fait est incontesté, n'importe quel jury supposera automatiquement le pire. À vrai dire, votre frère a de la chance d'être inculpé de vol uniquement – et non de meurtre.

Jane se lève d'un bond. Un long cri de frustration lui échappe :

— Mais il ne l'a pas fait !

Henry et James se retournent et la dévisagent comme s'ils ne l'avaient jamais vue de leur vie. Le menton de Mr Hayter tremblote tandis qu'il tousse derrière sa main fermée.

— Georgy ne peut pas plaider coupable, poursuit Jane, parce qu'il *n'a rien fait*. Il était loin de Deane House au moment du meurtre.

Mr Hayter se tourne vers les frères de Jane, refusant de croiser son regard.

— Messieurs, votre sœur devient hystérique. Pourquoi l'avez-vous amenée ici ? Le cabinet d'un avocat n'est pas un endroit pour une femme.

Jane se dirige vers le bureau d'un pas décidé.

— Si vous voulez bien m'écouter...

Elle se tient à trois pieds de distance, empêchée de s'approcher davantage par ses frères installés dans leurs confortables fauteuils.

— Le propriétaire de Deane House, sir John, était en proie à de graves difficultés financières. Il a depuis été arrêté et enfermé à la prison de la Maréchaussée. Son fils, Mr Harcourt, était sur le point de se fiancer à une héritière lorsque le meurtre a eu lieu – un mariage qui aurait sauvé les finances de la famille.

— Qu'est-ce que cela signifie ?

Mr Hayter agite négligemment la main dans sa direction. C'est comme s'il avait enfoncé l'un de ses os de poulet rongés dans la gorge de Jane. Elle veut absolument le recracher avant qu'il l'étouffe.

— Ils étaient *amants* ! s'écrie-t-elle.

James sursaute, tandis qu'Henry se tortille sur sa chaise et la regarde d'un air perplexe.

— Jonathan et Madame Renard étaient amants. C'est *forcément* le cas... Ils étaient à Bruxelles au même moment. Je pense que Mr Harcourt l'a peut-être tuée pour...

— Assez, rugit Mr Hayter.

Les tendons de son visage s'efforcent de retenir ses globes oculaires, et une veine semblable à une limace apparaît sur son front.

— Vous avez intérêt à avoir une raison valable pour porter une telle accusation. Sinon, vous commettez une calomnie – un grave délit pénal.

Jane lève le menton et le regarde de haut.

— Madame Renard attendait l'enfant de Mr Harcourt. La sage-femme qui l'a mise en bière a confirmé qu'elle était enceinte.

Mr Hayter retrousse les lèvres en un rictus.

— Par respect pour vos frères, miss Austen, je vais faire comme si je n'avais rien entendu, dit-il en pointant un doigt vers Jane. Et si vous voulez vraiment sauver la vie de Mr George Austen, vous ne le répéterez pas à quiconque.

— Mais pourquoi ?

Si seulement Mr Hayter comprenait que les Harcourt avaient de bonnes raisons de vouloir écarter Madame Renard et son bébé, elle est sûre qu'il examinerait l'affaire de plus près. Avec son autorité, il pourrait interroger toute la famille et Jack. Pour prouver l'innocence de Georgy, il suffirait qu'un esprit curieux se penche sur les détails.

— C'est la preuve de leur lien, ne voyez-vous pas ? Et si elle avait menacé de dénoncer Jonathan comme un voyou et de ruiner ses chances de mariage ? Cela pourrait pousser un homme à tuer…

— Parce que, *miss*…

Jane sent sa peau se hérisser tandis que Mr Hayter balaie son corps de haut en bas de ses yeux globuleux.

— … il sera déjà difficile de persuader la justice de faire preuve d'indulgence pour un vol, alors que votre frère devrait être jugé pour meurtre. S'il y avait la moindre indication que la victime était enceinte, ce serait presque impossible.

Il tape du plat de la main sur son bureau, faisant bruisser ses papiers et sursauter Jane.

— Messieurs, je crois que nous en avons terminé, n'est-ce pas ?

Jane s'étrangle, désemparée face aux expressions horrifiées de ses deux frères. C'est impossible.

La loi a ligoté Georgy dans un nœud de corde et chaque geste qu'elle fait pour le démêler le lie encore plus étroitement. Elle doit le sauver, avant que cette corde se referme sur sa gorge.

Jane pleure derrière son mouchoir de poche tandis que le trio se glisse, vaincu, hors du centre médiéval de la ville en direction de la nouvelle prison. James passe un bras autour des épaules de Jane et l'attire contre lui, plaçant sa tête sous son menton.

— Nous savons que tu voulais seulement aider. Et il n'y a pas de mal. C'était très aimable de la part de Mr Hayter de dire qu'il ferait comme s'il ne t'avait jamais entendue.

Jane renifle.

— Je ne pleure pas à cause de ça, espèce d'imbécile.

Elle prend une inspiration hachée, s'étouffant avec ses sanglots.

— Je pleure parce que je suis terriblement en colère qu'il n'ait pas voulu m'écouter.

James fronce les sourcils mais serre Jane encore plus fort.

Henry pose ses mains sur ses hanches fines et expire bruyamment en regardant l'imposant bâtiment en briques jaunes. La prison est située derrière une rangée de hautes grilles en fer garnies de pics et s'étend sur presque toute la longueur exceptionnellement droite de Jewry Street. Un fronton triangulaire se dresse entre deux tours trapues. Des pierres de Bath renforcent chacune des fenêtres à barreaux et habillent les angles aigus, rendant le bâtiment impénétrable. Le château de Winchester abrite les prisonniers politiques, West Gate les débiteurs et Bridewell les vagabonds. Seules les personnes accusées des crimes les plus odieux, vol ou meurtre, résident dans les murs fortifiés de la prison.

Les traits aimables d'Henry se tordent en une affreuse grimace.

— Allons-nous vraiment escorter notre petite sœur dans cet enfer ?

Jane se mouche et froisse son mouchoir dans sa poche.

— Georgy est-il là-dedans ? Si c'est le cas, n'essayez pas de m'empêcher d'entrer.

Les deux frères échangent un regard de complicité masculine, ce qui ne fait qu'attiser la rage de Jane. Elle se dégage de l'emprise de James.

— Venez. Finissons-en.

James blêmit encore, et ses épaules se voûtent alors qu'il s'approche de la porte. En l'apercevant, un garde lui fait un signe de reconnaissance et ouvre la première porte de la forteresse. James glisse sa main à l'intérieur de sa redingote usée et tend une pièce d'argent. Il répète ce rituel plusieurs fois, tout en conduisant Jane et Henry à travers d'autres portes, gardées par d'autres gardes, et en leur remettant d'autres pièces.

Le père de Jane a déjà expliqué que, comme le Parlement refuse d'allouer au gouverneur des fonds suffisants pour faire fonctionner la prison, le gagne-pain des gardiens dépend des pots-de-vin qu'ils soutirent aux prisonniers. Les finances des Austen en sont mises à rude épreuve, même avec la générosité débridée de Neddy. La seule façon pour Mr Austen de s'assurer que les geôliers de Georgy s'occupent bien de lui est de démontrer qu'il vient d'une famille aisée qui est prête à investir dans son bien-être. Il est déconcertant de se demander ce qu'il advient des malheureux qui n'ont pas cette chance.

Jane s'attendait à ce que les prisonniers se penchent aux fenêtres ou s'alignent à l'extérieur, dans les cours, pour être entraînés comme s'ils étaient des recrues à l'académie navale que Frank et Charles ont fréquentée à Portsmouth. Au lieu de quoi, à l'exception de la présence des gardiens, les espaces solennels et confinés sont vides, et les fenêtres sont trop hautes pour que quiconque puisse voir à l'extérieur. Elle peut cependant entendre les détenus. Ils gémissent et se lamentent en rythme, comme la proue d'un navire qui s'écrase sur les vagues. Elle suit Henry, lui marchant sur les talons lorsqu'il s'arrête devant la maison du gouverneur, dans une annexe perpendiculaire aux blocs cellulaires principaux. James frappe le heurtoir en laiton d'une imposante porte d'entrée noire et brillante, surmontée d'un petit demi-cercle de verre transparent.

Après plusieurs tentatives, un vieil homme à la barbe blanche duveteuse déverrouille la porte.

— Mister Austen. Vous êtes déjà de retour ?

Il entrouvre la porte et grimace, dévoilant deux dents brunes dans ses gencives enflammées.

James se faufile à l'intérieur.

— En effet, mister Trigg, en effet.

Jane et Henry le suivent. Le vieil homme regarde Jane avec curiosité, les yeux chassieux. James explique que Mr Trigg est l'ancien gouverneur de la prison et le père de l'actuel titulaire du poste.

Mr Trigg marche avec un bâton et s'appuie d'une main noueuse sur le mur vert foncé. Il se vante du fait que toute sa famille vit dans l'enceinte de la prison. Trois générations de Trigg, hommes et femmes, gardent les voleurs et les meurtriers du Hampshire loin des honnêtes gens.

— Notre gentleman locataire sera ravi de vous voir, je n'en doute pas.

Mr Trigg serre les lèvres en un semblant de sourire.

— Je crains qu'il n'ait pas passé une bonne nuit. Ces canailles dans les cellules ont fait du tapage jusqu'à pas d'heure. Une histoire de cuillère disparue. Il n'y a pas d'honneur parmi les voleurs. N'allez pas croire le contraire. Ils sont comme des rats. Ils se mangeraient les uns les autres s'ils le pouvaient.

Il fait un geste du pouce en direction du bloc principal de la prison.

— Je serai heureux lorsque la prochaine session d'assises sera terminée et qu'on en sera débarrassé.

Le cœur de Jane se ratatine jusqu'à atteindre la taille d'un petit pois desséché. Manifestement, Mr Trigg s'est tellement habitué à son « gentleman locataire » qu'il oublie que Georgy est aussi susceptible que n'importe quel autre homme ici d'être condamné aux assises de février. Une vague de vertige l'envahit alors qu'elle trébuche dans la succession de pièces sombres et chichement meublées en suivant le vieil homme, qui serait prêt à envoyer son frère à son créateur.

Enfin, Mr Trigg pousse le bout de son bâton contre une dernière porte, et une bouffée d'air chaud et vicié s'en échappe.

— Nous avons des visiteurs, mistress Trigg. Faites-vous présentable.

Il faut un moment à Jane pour que ses yeux s'adaptent à la faible lumière. L'espace sombre est aussi moisi que le placard du presbytère, lequel est inondé en cas d'orage.

Une jeune femme aux cheveux clairs, coiffée d'une charlotte, se tient près d'un feu de cheminée, berçant un enfant aux membres rebondis sur sa hanche. À la façon dont les joues bien rondes de la femme rougissent tandis qu'elle ajuste son corsage, Jane comprend qu'ils l'ont dérangée alors qu'elle allaitait son enfant.

— Bonté divine ! s'exclame Mrs Trigg en souriant gentiment. Une jeune femme est venue nous voir. Je ne m'attendais pas à un tel honneur.

James enlève son chapeau.

— Bonjour à vous, mistress Trigg.

En tant qu'ecclésiastique, James est habitué à voir des choses que Jane ne voit pas. Elle admire sa capacité à garder son sang-froid, alors que son instinct lui hurle de se retourner et de fuir.

— En effet, cette fois-ci, nous avons amené notre sœur, Miss Austen. Jane, voici Mrs Trigg, l'épouse du jeune Mr Trigg. Elle s'occupe très bien de notre Georgy.

— Comment allez-vous, mistress Trigg ?

Jane a la voix trop aiguë et ne sait où porter son regard.

Au-dessus de la cheminée, un étendoir expose fièrement les sous-vêtements de la famille, comme s'il s'agissait de leur étendard. Un parc en bois garde enfermés deux autres enfants aux cheveux clairs, à moitié vêtus. L'un d'eux gémit et se traîne sur les fesses, tandis que l'autre s'accroche aux barreaux et hurle en faisant des bonds exagérés. Ils sont si semblables, en taille et en forme, au bébé dans les bras de Mrs Trigg qu'ils pourraient être des triplés plutôt que des frères. Ou des sœurs. Avec leurs boucles emmêlées et leurs robes de chambre amples, il est impossible de dire ce qu'il en est.

Mrs Trigg fait un signe de tête enthousiaste en berçant son bébé.

— Très bien. Nous, les Trigg, allons toujours bien. Mais asseyez-vous, miss Austen. Je suis sûre que votre frère sera ravi de votre visite.

Elle fait un geste de la tête en direction d'une longue table rectangulaire en chêne qui se trouve de l'autre côté de la pièce.

Jack se lève à moitié, levant la main en guise de salut. Son visage est pâle et ses cheveux noirs et bouclés se dressent sur sa tête, comme s'il passait constamment ses doigts dedans.

À côté de lui, un grand personnage reste assis sur un banc de bois, voûté, les mains coincées entre les cuisses. Son gilet et sa culotte sont amples, ses manches et son col sont sales. Une barbe de quelques jours couvre sa mâchoire. Recroquevillé sur lui-même, il se balance d'avant en arrière.

Une masse si dure et si volumineuse qu'elle pourrait être une tuile détachée du toit de l'église St Nicholas se loge dans la gorge de Jane.

Il s'agit de Georgy, mais il ressemble davantage au fantôme vivant de James dans les jours sombres qui ont suivi la mort soudaine et inattendue de sa jeune épouse, Anne. Pauvre Anne. Alors qu'elle était en pleine forme, savourant son dîner, elle s'était soudain sentie prise d'un mal de tête. À peine avait-elle posé sa joue sur l'oreiller qu'elle avait glissé de ce royaume à l'autre aussi facilement et rapidement qu'un chien de chasse faisant une sieste aux pieds de son maître.

Jack tape légèrement sur l'épaule de Georgy.

— Regarde, nous avons de la visite.

Georgy lève les yeux sans même bouger la tête. Quand il voit que ce sont ses frères et sa sœur, il bondit de son siège en agitant les bras et en émettant des sons inintelligibles. Dans cet état de nervosité, il oublie ses signes. Il grogne et gémit, cherchant désespérément à se faire comprendre.

James pose ses deux mains sur les épaules de Georgy et le guide vers son siège.

— Il n'y a pas lieu de s'énerver. Nous sommes ici et nous n'allons nulle part. Prends ton temps.

Georgy cligne des yeux tandis que Jane et Henry se pressent autour de lui. Chacun des Austen, à tour de rôle, lui serre la main et lui frotte le haut du bras jusqu'à ce qu'il se calme. Jane a mal aux joues à force de s'obliger à sourire pour lui. Une fois que Georgy s'est calmé, il demande avec ses doigts s'ils sont venus le ramener à la maison.

Le cœur de Jane se fend lorsque James lui répond que ce sera bientôt le cas.

— Mère a préparé un panier, dit Jane en le posant sur la longue table.

Georgy y jette à peine un coup d'œil, mais Jack fouille pour trouver un morceau de pain d'épices.

— Il a perdu l'appétit depuis que nous sommes ici. Mrs Trigg prépare un bon ragoût et des boulettes, mais Georgy ne mange pas plus que quelques bouchées.

Jane pose une main sur le genou de Georgy et une autre sur sa joue pour l'obliger à la regarder.

— Il faut que tu gardes tes forces.

Georgy secoue la tête et repousse la main de Jane. Les yeux baissés sur ses genoux, il courbe l'échine en continuant à se balancer d'avant en arrière.

La lumière du feu frappe le visage de Jack qui bâille, illuminant les ombres violettes sous ses yeux.

— C'est ce que je n'arrête pas de lui dire. Tu vas dépérir, Georgy.

Un frisson d'inquiétude parcourt Jane tandis qu'elle étudie Jack sous ses cils. Elle s'est juré de traiter tous ceux qu'elle croise comme des meurtriers potentiels, jusqu'à ce qu'elle ait de bonnes raisons de croire le contraire. Il est difficile de maintenir le même niveau d'impartialité rigoureuse maintenant qu'elle se trouve dans la même pièce que Jack. Il a été son premier ami, et ses manières agréables n'ont pas changé. Mais la seule personne que Jane ne soupçonnera pas une seule seconde d'avoir tué Madame Renard ou volé son collier, c'est Georgy.

D'ailleurs, Jack est devenu un adulte. Ses épaules sont larges et costaudes, et des touffes de poils sombres parsèment les phalanges de ses mains puissantes. La valeur des bijoux de Madame Renard constitue un mobile clair, et Jack est sans aucun doute assez fort pour avoir porté le coup qui l'a tuée. Savoir que Mr Austen a refusé de lui avancer son salaire quelques jours seulement avant le drame reste en travers de la gorge de Jane.

Mrs Trigg prend le panier et en examine le contenu avec empressement.

— Je vais étaler un peu de fromage blanc de votre mère sur une tranche de pain. C'est ce qui le tente, le plus souvent.

Un instant plus tard, les enfants de Mrs Trigg se taisent. Tous trois sont alignés dans leur enclos, suçotant avec bonheur un morceau du *plum-pudding* de Mary, tandis que leur mère s'active à faire chauffer de l'eau dans une bouilloire en cuivre suspendue à une chaîne au-dessus de la cheminée.

Au moins, Mary a offert à Mrs Trigg un moment de répit au milieu des exigences de la maternité. On ne peut aller jusqu'à parler de « paix », car, dans le cadre domestique étouffant de la cuisine des Trigg, Jane peut encore entendre le chœur constant des cris et des coups provenant de la prison principale. Elle imagine de lourdes portes en fer qui claquent et de monstrueux cadenas que l'on verrouille, tandis que des hommes désespérés, les fers aux pieds, se lamentent sur leur sort.

Quel horrible endroit pour élever une famille. Mrs Trigg a pourtant l'air d'une femme sensée. Qu'est-ce qui a pu la pousser à accepter la proposition de Mr Trigg ? Vivre ici est certainement un trop grand sacrifice, même pour un mariage d'amour.

Henry fait les cent pas dans l'espace exigu qui sépare l'âtre de la table.

— Quel est ce vacarme ? On se croirait à Bedlam[1] ici.

Henry est tout à fait trop grand, trop brillant et trop fier pour cet espace confiné. Son énergie nerveuse rend Jane, et tous les autres, encore plus anxieux.

Mrs Trigg sert un thé laiteux et insipide dans de la vaisselle en faïence.

— Nous y sommes habitués. Nous ne le remarquons presque plus. N'est-ce pas, Père ?

Le vieil homme, assis dans un fauteuil à bascule, plisse son visage, de sorte que son nez et sa bouche menacent de disparaître dans une seule crevasse ridée.

— Tu ne le remarques peut-être plus, ma fille, mais je dirais que c'est le tourment du diable lui-même.

Il mord le tuyau d'une longue pipe en terre blanche et aspire jusqu'à ce que le tabac rougisse.

Mrs Trigg s'essuie les mains sur son tablier décoloré et marmonne quelque chose d'inintelligible face au mur.

Le thé a un goût infect. Ne voulant pas paraître vexante, Jane fait de son mieux pour le finir tout en essayant d'inciter Georgy à parler avec ses doigts. Elle lui dit qu'il lui a manqué et lui demande si elle lui a manqué.

Georgy croise les bras et baisse le menton sur sa poitrine. Le seul signe qu'il fait est de mettre son poing sur son cœur et de le déplacer circulairement – « Désolé ».

1. Surnom donné au Bethlem Royal Hospital, un asile psychiatrique de Londres à la réputation sordide.

— Oh, Georgy, murmure Jane en saisissant ses mains et en les portant à ses lèvres. Crois-moi, nous savons que tu n'as aucune raison d'être désolé.

Jack fait des tentatives irritantes de bavardage.

— Il n'arrête pas de demander si l'on peut se promener. Il n'y a pas beaucoup de promenades à faire par ici, n'est-ce pas, Georgy ? dit-il en faisant trotter les doigts d'une main sur son autre paume. Parfois, nous sortons dans la cour, mais je crains que tourner en rond ne fasse que l'agiter davantage.

Jane déglutit, sentant venir ce qui pourrait être sa seule opportunité.

— Sortir en plein air doit aussi vous manquer, Jack ?

Celui-ci tape sur son ventre tendu comme un tambour.

— Je dois bien avouer… Je vais finir par m'empâter, enfermé ici. Je fais de mon mieux pour aider Mrs Trigg dans ses tâches quotidiennes, mais il y a des matins où elle se bat bec et ongles pour atteindre la cheminée avant que je puisse la nettoyer pour elle.

Un soupçon de rouge monte aux joues de Mrs Trigg.

— Allons, allons, mister Smith. Vous êtes notre invité. Je ne devrais pas vous utiliser comme un serviteur.

Jane sent son cœur se serrer. Jack a manifestement charmé la femme du geôlier par ses manières si gentilles. Elle serre les dents.

— J'avais l'intention de vous poser une question, Jack. Où étiez-vous le soir du bal des Harcourt ?

Le visage du jeune homme reste impassible.

— Comment ?

— Jane, dit James, d'un ton grave d'avertissement.

Henry tient toujours ses bras fermement croisés en passant devant lui.

— Laisse-la parler, James. Sinon, nous n'aurons jamais la paix.

James, Henry et Jack regardent Jane. Elle se sent toute petite et mal à l'aise.

— Où étiez-vous exactement, Jack, la nuit où Madame Renard a été assassinée ?

— Comme je l'ai dit à l'époque, j'étais sorti pour faire quelques courses.

Jane serre les mains au milieu de ses jupes.

— Oui, mais quelles courses, précisément ?

— Laissez-moi réfléchir. J'ai livré du bois de chauffage à la vieille veuve Littleworth, sur le chemin de Popham. Elle est seule, comme vous le savez. Et le froid s'installait.

— Lui avez-vous parlé ?

Jane a du mal à respirer dans la pièce sombre et sans air.

Jack se gratte la tempe.

— Il était tard, et je ne voulais pas la déranger. J'ai empilé le bois devant sa maison pour qu'elle le trouve au matin.

Jane espère à moitié que Jack trouvera un alibi crédible. Cela ne l'aidera peut-être pas à résoudre l'affaire, mais cela effacera la douleur d'avoir à douter de son compagnon de jeu d'enfance.

— Quelqu'un d'autre vous a-t-il vu ?

— C'est assez, Jane, décrète James. Il t'a dit où il était.

Cette fois, Henry n'intervient pas. Ses frères ne la laisseront pas aller plus loin. Si elle insiste, ils la tireront hors de la cuisine de Mrs Trigg et l'éloigneront de Georgy.

— Pas que je me souvienne, répond cependant Jack. Je suppose que quelqu'un a pu me voir quitter le village avec la charrette à bras.

Jack se frotte la mâchoire entre le pouce et l'index. Ses ongles sont rongés jusqu'au sang.

— Je suis vraiment désolé, miss Austen. Si vous saviez.

— Pourquoi ? s'emporte Jane en lui jetant un regard noir.

Elle est furieuse contre ses frères qui l'ont réduite au silence, et furieuse contre Jack qui n'a pas eu le bon sens de s'exclure lui-même de l'enquête. Mais surtout, elle est furieuse contre elle-même de n'avoir ni la force ni les moyens de faire sortir Georgy de cet endroit misérable.

Jack écarte les bras, sa voix monte.

— Pour ne pas avoir été là pour pouvoir répondre de Georgy. Je ne le quitte pas souvent. Et je ne serais jamais parti si j'avais pensé que Mère serait appelée. Quant à savoir comment il s'est emparé du collier, je me suis creusé la tête, mais je n'en ai aucune idée.

James pose une main sur l'épaule de Jack.

— Personne ne t'en veut, Jack.

— Mais vous devriez, riposte Jack, le regard éteint. C'est mon travail, n'est-ce pas ? De garder Georgy en sécurité. Et je vous ai tous laissés tomber.

James pousse un gros soupir.

— Non, Jack. Si quelqu'un a laissé tomber Georgy, c'est nous. Nous avons fait de notre mieux, mais c'est impossible de s'occuper de lui tout le temps.

Depuis son plus jeune âge, s'évader dans la nature est le meilleur remède de Georgy. Malgré tous les traitements qu'il a subis de la part des médecins au fil des ans, ce sont les longues promenades à l'air frais qui se sont avérées le plus bénéfiques pour maintenir l'équilibre de sa constitution. Comme tous les frères de Jane, c'est une vraie boule d'énergie. Essayez de garder l'un des garçons Austen à l'intérieur pendant longtemps, et il devient irritable et de mauvaise humeur.

Lorsqu'ils étaient enfants, Jane redoutait les longues périodes de mauvais temps, pendant lesquelles sa mère insistait pour que sa progéniture reste à l'intérieur du presbytère. Les garçons se battaient sans merci, éraflant les plinthes et renversant la porcelaine – jusqu'à ce que Mr Austen menace de leur mettre un coup de savate sur le derrière ou de les jeter à la mer. Au cottage, Dame Culham et Jack laissaient libre cours au constant besoin de mouvement de Georgy, et ainsi l'apaisaient. Un nombre incalculable de fois, Jane a regardé de sa fenêtre Georgy marcher sans se soucier de la pluie battante, Jack piétinant dans la boue derrière lui.

Tom a suggéré que Jack s'était porté volontaire pour rester en prison aux côtés de son frère afin de s'assurer que Georgy ne l'implique pas dans le crime. Mais sans Jack pour servir d'interprète, Georgy serait dans l'impossibilité de communiquer avec des étrangers. Jane sent une douleur brûlante écraser son sternum, comme si elle avait mangé trop de bacon. La gentillesse de Jack à l'égard de Georgy ne saurait être motivée par la ruse. Il ne trahirait pas les Austen, il ne trahirait pas Jane, pas de façon aussi impitoyable.

Au moment de partir, Jane embrasse le front moite de Georgy et lui dit qu'elle le reverra bientôt. Elle prie Dieu de ne pas faire d'elle une menteuse. Georgy lui serre la main si fort qu'elle doit extirper ses doigts un à un. Elle s'attarde sur le seuil, remerciant abondamment Mrs Trigg, mais ne trouve pas la force de jeter un dernier regard à son frère. Ses yeux se rempliraient de larmes à sa vue.

Au lieu de quoi Jane prend de longues inspirations régulières pendant que Mr Trigg les raccompagne. Il ouvre la porte d'entrée et un courant d'air glacial frappe le visage de la jeune femme, refroidissant les traces de larmes brûlantes sur ses joues. James dépose une pièce d'or dans la main de Mr Trigg. Le vieil homme la saisit entre l'index et le pouce et la coince dans sa bouche, la croquant avec ses deux dents brunes. Jane sent son estomac chavirer lorsqu'elle se rappelle Georgy faisant le même geste.

Elle a été complètement idiote.

Le signe pour « biscuit » est facile à retenir parce que son origine est absolument révoltante : les marins, lors de longs voyages, tapent les biscuits sur leurs coudes, pour déloger les charançons, avant de les manger. Par conséquent, le signe pour « biscuit » est le bras gauche replié sur la poitrine, suivi de deux tapes sur le coude.

Georgy ne disait pas à Jane qu'il avait faim lorsqu'elle l'a trouvé en train de fouiller dans les buissons à l'extérieur de Deane House, le matin suivant le meurtre. Il lui disait qu'il avait trouvé de l'*or*. Si seulement elle avait prêté attention, vraiment attention, à ce qu'il essayait de lui dire, elle aurait pu lui épargner, leur épargner à tous, tant de souffrance.

24

Lorsque Jane arrive à Steventon, elle a la tête qui bourdonne et les yeux qui piquent comme si elle s'était assise trop près d'une cheminée fumante. Le ciel est d'un noir d'encre. James poursuit prudemment à cheval dans l'obscurité jusqu'à son propre lit à Overton. Dans le presbytère de Steventon, Mr et Mrs Austen attendent reclus dans le salon familial, enveloppés dans leurs robes de chambre et leurs bonnets de nuit, impatients de recevoir un rapport complet sur les événements de la journée. Jane s'installe dans un fauteuil à dossier rigide à côté de ses parents. Elle pose ses coudes sur la table et se prend le visage dans les mains.

Sally entre dans la pièce sur la pointe des pieds avec un plateau de pain et de fromage.

Ni Jane ni Henry ne font mine d'y toucher. Jane a l'estomac tordu par la culpabilité, tandis qu'Henry sirote le porto de Mr Austen et marmonne sombrement en regardant les braises mourantes du foyer. Une fois que la famille est seule, Jane explique, à travers des sanglots rauques, comment elle a mal interprété la tentative de Georgy de communiquer qu'il avait trouvé le collier en or de Madame Renard dans les buissons à l'extérieur de Deane House.

— Tout est ma faute. Si j'avais bien réfléchi, j'aurais su qu'il ne signait pas « biscuit ».

— Jane, tu ne peux pas t'en vouloir pour cela.

Mr Austen enlève ses lunettes et se masse l'arête du nez.

— Tu n'es ni plus ni moins coupable que le reste d'entre nous. Nous avons tous un devoir de protection à l'égard de Georgy, et je crains que chacun d'entre nous ne l'ait laissé tomber. Son père le premier.

Mais Jane est sûre que si elle n'avait pas été aussi distraite par Tom, elle se serait rendu compte de sa méprise il y a des semaines.

— Vous ne voyez donc pas ? C'est *moi* qui ai dit à Jack que Georgy avait faim. Jack a alors parlé des tartes de Mrs Fletcher et, bien sûr, Georgy a oublié ce qu'il essayait de me dire. Il s'en est allé, heureux, dans l'attente de son dîner. Si seulement j'avais été moins condescendante, il nous aurait montré le collier et nous aurions pu aller à la rencontre de Mr Craven ensemble et lui expliquer où il l'avait trouvé. Je pense que l'affaire aurait été tout à fait différente si *nous* l'avions remis.

Les yeux de Mr Austen, ses yeux si bleus, sont cernés et gonflés.

— Ce qui est fait est fait, ma chère enfant. Il ne sert à rien de…

— Il faut écrire à Mr Hayter, immédiatement, intervient Mrs Austen qui tripote le bord en dentelle d'un mouchoir de poche, faisant tourner le tissu entre ses doigts comme si elle joignait les deux couches de la pâte d'une tourte.

— Et je le ferai, assure Mr Austen en tapotant les doigts agités de sa femme.

— Cela servira-t-il seulement à quelque chose ? demande Mrs Austen.

Elle baisse la tête et fronce les sourcils en regardant les taches brunes sur le dos de la main de son mari.

Jane sent son cœur se briser. Il est trop tard, et elle le sait.

— Eh bien, cela se pourrait..., lui souffle Mr Austen.

Henry jette un coup d'œil à la cheminée. La bûche s'est transformée en charbon. Elle conserve sa forme, mais il suffirait d'un coup de tisonnier pour que des mouchetures de suie s'éparpillent dans l'air et que les braises se dissolvent en un tas de cendres.

— Non, ça ne servira à rien. Il n'est pas bon de lui donner de faux espoirs, Père.

Mrs Austen étouffe un sanglot. Mr Austen lui prend les mains tandis qu'il plisse les yeux en direction de son fils.

— C'est comme Jane l'a dit, reprend Henry qui se concentre de nouveau sur la cheminée. Cela aurait été une tout autre affaire si nous avions compris où Georgy avait trouvé le collier, à l'époque. Mais maintenant, nous ne pouvons rien prouver. On nous dira que nous inventons des raisons pour que le magistrat le libère. Ce qui est le cas, bien sûr.

— Mais c'est la vérité, réplique Jane.

Elle se frotte les tempes avec les doigts des deux mains. Même la faible lueur du feu et les légers cercles de lumière des bougies lui font mal aux yeux.

— Le meurtrier a dû le laisser tomber dans sa fuite, ajoute-t-elle en soupirant.

Henry termine son porto et va immédiatement se resservir. Mr et Mrs Austen froncent les sourcils, mais personne n'ose reprendre le lieutenant Austen au sujet de sa consommation d'alcool. Il remplit son verre jusqu'au bord, sans prendre la peine de replacer le bouchon dans la bouteille de verre bleu.

— Alors, tu n'avais pas besoin de cuisiner Jack Smith, en fin de compte.

— Oh, Jane. Tu n'as pas fait cela, n'est-ce pas ? lance Mr Austen d'un ton inhabituellement tranchant. Je t'avais dit de laisser ce sujet de côté.

La tête de Jane se met à tourner encore plus fort.

— Cela ne veut pas dire avec certitude que Jack ne l'a pas fait. Seulement que, s'il l'a fait, il a laissé tomber le collier en s'enfuyant. Georgy l'a donc trouvé dans les buissons – et non parmi les affaires de Jack.

Un cri étranglé leur parvient de l'extérieur du salon.

Jane et sa famille se retournent vers la porte, légèrement entrouverte.

— C'était Sally ? demande Jane, un peu inutilement.

Si ce n'était pas Sally, elle a enfin la preuve que le presbytère est hanté.

Mrs Austen baisse la voix jusqu'à chuchoter.

— Je commence à penser que tu as raison, Jane. Quelque chose la tracasse. J'espère qu'elle n'envisage pas de partir après la fête de l'Annonciation.

— Je vais aller lui parler pour savoir ce qui se passe.

Jane soulève des deux mains le plateau du dîner qui n'a pas été touché.

Dans la cuisine, Sally se tient dos à la porte, essuyant les couverts avec un chiffon avant de les jeter dans le buffet. Des mèches de cheveux bruns s'échappent de sa charlotte. Jane dépose le plateau sur la table en pin frotté, écartant une pile précaire de vaisselle propre pour faire de la place. Sally renifle et s'essuie le visage du revers de la main.

— Merci de nous avoir gardé le dîner, Sally. Je suis désolée que nous n'ayons rien mangé. La journée a été éprouvante et, pour ma part, j'ai perdu l'appétit.

Sally se détourne d'elle, si brusquement que Jane peut voir le contour de son omoplate sous sa robe de laine.

— J'avais l'intention de vous parler..., poursuit Jane. Je voulais vous demander si vous alliez bien. Vous semblez être plutôt... mal à l'aise, ces derniers temps.

— Je vais bien, miss, marmonne Sally en faisant s'entrechoquer les fourchettes et les cuillères sur l'étagère sans prendre la peine de les ranger dans les différents compartiments.

Jane attrape le bras de Sally.

Avant qu'elle puisse la toucher, la jeune fille tressaille et s'éloigne.

— Quelque chose ne va pas. Je le sais. De quoi qu'il s'agisse, Sally, vous savez que vous pouvez toujours me parler, insiste Jane.

Mais la domestique baisse le menton sur sa poitrine, laissant ses cheveux vaporeux retomber autour de son visage.

— Ma mère a-t-elle dit quelque chose qui vous a contrariée ? Je sais qu'elle peut parfois manquer de tact... mais elle apprécie beaucoup votre travail. Nous l'apprécions tous.

— Votre mère ? siffle Sally, les yeux rivés sur Jane. Ce n'est pas votre mère qui se promène partout en accusant...

Jane sursaute devant la véhémence de la jeune fille. Elle fait un pas en arrière.

— Sally, que se passe-t-il ?

La domestique secoue la tête.

— Rien, miss.

Mais ce n'est *pas* rien. Jane peut le lire dans l'attitude de Sally. Elle est comme une poule effrayée, les ailes serrées contre sa poitrine et accroupie dans la terre pour faire la morte. Jane déglutit. Elle doit agir avec prudence pour ne pas effaroucher davantage la jeune fille.

— Vous savez quelque chose, n'est-ce pas ? Si c'est à propos du meurtre, vous devez me le dire. C'est important – la vie de Georgy est en jeu.

Sally croise le regard de Jane et respire de façon saccadée.

— Je vous promets que vous n'aurez pas d'ennuis. Nous avons juste besoin de savoir.

— Je ne sais rien, miss. Sauf que...

Sally serre son chiffon à polir dans sa main fermée.

— ... je sais qui, en tout cas, ne l'a *pas* fait. Qui n'a pas pu le faire, parce qu'il était ici, avec moi, depuis la fin de l'après-midi, et aussi toute la nuit.

Jane la regarde fixement, attendant la suite.

Dans le silence, Sally froisse le tissu entre ses mains et regarde Jane avec gravité. Au bout de quelques instants, elle prononce :

— *Jack*.

— Jack ? Jack Smith ? répète Jane. Jack Smith était ici, le soir du bal des Harcourt ? Alors pourquoi ne l'a-t-il pas dit ?

— Parce qu'il ne veut pas que j'aie des ennuis avec votre père... pour avoir fait entrer un *jeune homme* dans ma chambre.

Jane porte ses mains à sa bouche lorsqu'elle comprend enfin ce que veut dire Sally. Jack Smith a passé la *nuit* avec elle. Toute la nuit. Dans la même petite chambre, sous l'avant-toit du grenier des Austen. Avec un seul petit lit.

— J'étais en train de rentrer les poules pour la nuit quand Jack est passé par hasard au crépuscule. Il se rendait chez la veuve Littleworth avec une charrette à bras remplie de bois de chauffage. C'est tellement lui, d'être attentionné comme ça, il s'occupe de tout le monde sans que l'on ait jamais besoin de lui demander. Alors, je lui ai dit de passer en revenant, et que j'aurais une cruche de bière qui l'attendrait. Et puis, comme tout le monde allait être dehors et que vos parents ne voulaient qu'un dîner froid...

Sally prend une profonde inspiration, se redressant de toute sa hauteur.

— ... je l'ai invité à passer la nuit avec moi.

— Oh !

Jane agite les mains près de ses joues pour se rafraîchir le visage. Jack sous le même toit que Jane, toute la nuit, avec *Sally*.

— Je n'avais même pas conscience que vous deux étiez des connaissances !

— Des connaissances ? Combien de fois nous avez-vous surpris en train de nous câliner dans la cuisine ? Jack et moi nous fréquentons depuis des mois. Ce n'est pas un secret. Tout le village est au courant. Nous, les domestiques, avons notre propre vie à mener, miss Austen, mais peut-être que vous nous considérez de si haut que vous ne nous remarquez pas.

Jane sursaute.

— Ce n'est pas très juste. Ma mère m'a appris qu'il était impoli de s'immiscer dans les affaires privées des domestiques.

Alors que Sally relève le menton, une lueur de défi apparaît dans ses yeux sombres.

— Eh bien, vous avez enfin obtenu la vérité de ma part. Et je ne suis pas désolée. Jack Smith ne ferait jamais de mal à personne. Et il n'a certainement pas tué cette femme à Deane House parce que, comme je l'ai dit, il apportait du bois de chauffage à la veuve Littleworth et, après cela, il était ici avec moi. Toute la nuit. Il n'est parti qu'à l'aube. Et si vous osez l'accuser, dit-elle en pointant un doigt en direction de Jane, je jure que je me porterai garante de lui aux assises. Même si cela me coûte ma place et ma réputation.

— Ciel, Sally, pourquoi n'avez-vous pas parlé plus tôt ?

— Jack m'a envoyé un message pour me dire de ne pas le faire. Il sait que je ne peux pas me permettre d'être renvoyée sans lettre de recommandation. Nous avons des projets, tous les deux, pour une vie meilleure. Nous voulons avoir notre propre maison, un jour. Fonder une famille. Je ne peux donc pas rester les bras croisés pendant que vous accusez un homme aussi bon, honnête et gentil de commettre un crime aussi ignoble.

Jane saisit la poignée du buffet et s'y appuie. Jack a dû demander un prêt à Mr Austen pour acheter la truie du *squire* Terry parce qu'il fait la cour à Sally et qu'il envisage de subvenir aux besoins de sa propre famille.

— Renvoyée ? Sally, je ne répéterai à personne ce que vous m'avez dit.

— Vous ne le ferez pas ?

— Bien sûr que non. Et puis, vous pourriez avoir une foule d'amoureux qui font la queue à la porte de la cuisine que je suis sûre que ma mère fermerait les yeux si cela lui épargnait de trouver une nouvelle bonne.

— Oh, c'est un soulagement. Et vous ne direz pas que Jack a quelque chose à voir avec le meurtre de cette femme ?

— Je n'ai jamais vraiment pensé que Jack était capable d'un crime aussi odieux. Vous avez raison, c'est un homme bon. Le meilleur. C'est juste que…

Jane se souvient du visage paniqué de Jack lorsqu'elle lui a demandé où il était cette nuit-là. Elle a eu tort de le soupçonner. Jack a été l'ami fidèle de son frère toute sa vie, et Jane l'a laissé croire que les Austen le tenaient, *lui*, pour responsable de la terrible situation de Georgy.

— Je veux tellement sauver mon frère que je dois continuer à envisager toutes les possibilités.

C'est ainsi que mon esprit fonctionne, voyez-vous. Je dois inventer toutes sortes d'histoires pour comprendre comment et pourquoi une telle chose a pu se produire.

— Hmm..., fait Sally en regardant Jane avec méfiance. Si je peux me permettre, miss, je dirais que c'est justement votre problème. Peut-être pourriez-vous essayer de laisser votre esprit se reposer et permettre à votre cœur ou votre corps de s'exprimer.

— Si seulement je le pouvais, Sally. Mais je crains que mon esprit ne soit comme un rouet qui ne s'arrête jamais. Peu importe à quel point j'essaie de le contenir, il ne fait que dérouler ce fil de pensées qui n'en finit pas. La seule façon de ne pas m'y perdre, c'est de les écrire.

Jane sort son carnet de poche, comme pour prouver ses dires. Toutes les pages sont couvertes de notes sur le meurtre.

Sally considère le gribouillage inintelligible de Jane avec dédain – jusqu'à ce que Jane se sente tellement idiote qu'elle referme le carnet et le range. Elle lui dit bonne nuit, lui promettant plusieurs fois encore, sous peine de mort, de ne jamais révéler à quiconque la liaison secrète de la servante avec Jack Smith sous le toit des Austen.

Lorsque Jane atteint le palier, une nouvelle vague de honte l'envahit, et elle est obligée de s'agripper à la rambarde de l'escalier pour se soutenir.

Cassandra a appris à lire à Sally. Jane espère que la jeune fille ne prendra jamais l'initiative de dépoussiérer le bureau de Mr Austen à l'église St Nicholas. Car si Sally décidait de consulter les registres paroissiaux pour s'amuser, elle découvrirait qu'un jour, alors que Jane était très jeune et idiote, et qu'elle se prenait à imaginer tous les chemins que sa vie pourrait prendre, elle avait pris la plume et utilisé la page ouverte du registre des mariages pour transformer « Miss Jane Austen » en « Mrs Jack Smith ».

C'est tout à fait mortifiant. Jane doit se souvenir de demander à son père la permission de déchirer la page et de la brûler un matin, de peur que sa bêtise ne soit conservée pour la postérité.

Les jours suivants, Jane se lève de plus en plus tôt, espérant surprendre celui qui dépose des fleurs sur la tombe de Zoé Renard. Ce matin, lorsque Jane descend en courant dans le salon familial, elle trouve Mr Austen déjà vêtu de sa robe de clerc.

— Où allez-vous ainsi ? lui demande-t-elle.

Elle saisit une tranche de pain grillé sur le présentoir tout en évaluant la tenue de son père, étonnamment élégante à cette heure matinale. Habituellement, il se détend dans son banyan, lisant le journal de la veille, jusqu'à ce que le petit déjeuner soit terminé et la table débarrassée.

Anna est assise dans sa chaise haute, les joues rouges et rongeant un anneau de dentition en os, taillé pour elle par Frank. Mrs Austen regarde dans le vide. Contrairement à son mari, elle est restée en chemise de nuit, un bonnet couvrant ses longs cheveux argentés. Elle tient d'une main un bol de porridge et de l'autre une cuillère, à mi-chemin entre le bol et la bouche d'Anna.

Mr Austen se lève, brossant les miettes sur son manteau noir.

— À l'église, bien sûr.

Il guide la main de sa femme, avec la cuillère de porridge, vers la bouche d'Anna. Le bébé ouvre brièvement les lèvres, refusant de lâcher l'anneau de dentition, de sorte qu'elle se retrouve avec les deux instruments entre les dents.

Jane grignote la croûte de son pain grillé. Son cœur est plus léger depuis qu'elle a rayé le nom

« Jack Smith » de sa liste de suspects. Il ne reste plus que trois noms, et ils sont tous intrinsèquement liés : sir John, Mrs Twistleton et Jonathan Harcourt. Ont-ils commis le coup ensemble ? Sir John et Mrs Twistleton ont-ils répandu des rumeurs sur des étrangers campant dans les bois pour protéger Jonathan ? Ou sont-ils coupables d'avoir assassiné l'amante de Jonathan pour couvrir leurs propres indiscrétions ? Jane doit trouver le fil conducteur dans leur tissu de mensonges et tirer dessus jusqu'à ce qu'elle le démêle.

— Il est trop tôt pour un service en milieu de semaine, remarque Jane en caressant la tête duveteuse d'Anna alors que son père s'apprête à partir.

— C'est vrai, mais j'ai un mariage à célébrer.

Mr Austen ajuste son rabat et prend son chapeau d'ecclésiastique sur le portemanteau.

— Je ne me souviens pas de la lecture des bans.

Mr Austen a les yeux qui pétillent tandis qu'il enfonce son chapeau sur sa perruque poudrée.

— Ah, c'est parce que le couple a une licence. Pourquoi ne viendrais-tu pas ? Cela serait susceptible de te redonner foi en l'amour véritable. Par ailleurs, je pourrais avoir besoin d'un témoin. Je ne peux pas redemander ce service au sacristain. La dernière fois, il a mis de la boue sur le registre.

— Pourquoi ma foi aurait-elle besoin d'être restaurée ?

Ni la mère ni le père de Jane n'ont mentionné la disparition soudaine de son ami irlandais, mais elle les a surpris en train de la regarder avec des yeux inhabituellement doux et des airs attristés. Elle suppose que l'un de ses frères les a mis au courant de ses peines de cœur et de sa déception. Être rejetée est déjà assez désagréable, mais être prise en pitié est pire encore.

— Oh, ma chère Jane.

Mr Austen pose sa main sur l'épaule de sa femme et se penche pour lui déposer un doux baiser sur le front.

— En ce moment, je crains que nous n'ayons tous besoin d'un signe montrant que le bon Dieu ne nous a pas abandonnés.

Mrs Austen garde les yeux rivés sur Anna. Lorsqu'elle parle, sa voix est à peine plus qu'un murmure :

— Peut-être devrait-il plaider coupable.

— Non, s'emporte Mr Austen.

Sans lever les yeux, Mrs Austen racle le reste du petit déjeuner d'Anna avec la cuillère.

— Mais, mon cher, même Botany Bay doit être mieux que l'alternative.

Jane demande, pour tenter de détendre l'atmosphère :

— Allez-vous m'envoyer dans les colonies avec Georgy ?

— Non. Avec notre chance, ils te renverraient directement, répond Mrs Austen en secouant la tête, l'air fatigué. Neddy paiera, mais c'est James qui devra partir.

— J'ai dit non, dit Mr Austen, si brusquement que Jane sursaute.

Mrs Austen, quant à elle, est trop mal pour réagir. Tandis que sa mère regarde Anna avec tristesse, Jane peut presque voir les calculs d'un pragmatisme impitoyable auxquels se livre son esprit. Elle sait que sa mère a raison. Neddy paiera, et James, qu'il soit béni, ira sans poser de questions. En tant que vicaire de son père, il est le seul de ses frères à pouvoir être sûr d'être libéré par son employeur. Mais jamais, de toute sa vie, Jane n'a vu ses parents être en désaccord sur un sujet aussi fondamental.

S'il vous plaît, mon Dieu, ne laissez pas leur amour pour Georgy être la goutte d'eau qui fait finalement déborder le vase…

Jane serre son pain grillé entre ses dents et suit son père dans le vestibule. Il attend patiemment qu'elle glisse ses pieds dans ses chaussures de marche. Elles semblaient irrémédiablement abîmées, mais Sally les a débarrassées de la boue et a poli le cuir, enduisant le bout éraflé de cirage fait maison.

C'est peut-être le signe que la bonne a pardonné à Jane d'avoir sali la réputation de son amoureux. C'est soit cela, soit elle craint toujours que Jane ne dise à son père qu'elle a fait venir son amant au presbytère. Jane jette sa cape sur ses épaules et enfile son bonnet, sans prendre la peine d'attacher l'un ou l'autre. Son père déverrouille la porte arrière et elle sort.

Jane sent le soleil lui éclabousser la joue tandis qu'elle suit Mr Austen à travers le jardin et dans la cour de ferme. Il a dû geler pendant la nuit : l'herbe est couverte de givre, et le froid glacial réduit les ronces à un enchevêtrement de cordes scintillantes. Mr Austen marche devant, le dos étroit et droit. Il devient vieux, soixante-cinq ans. Ses mollets, dans ses bas blancs, sont aussi frêles que des fuseaux, et ses épaules sont voûtées.

Mr Fitzgerald attend devant l'entrée principale de l'église St Nicholas, emmitouflé dans son grand manteau et coiffé de son tricorne. Il souffle des bouffées de vapeur dans l'air froid et tape des pieds tout en frottant ses mains dans leurs gants de cuir. Son cheval de course est attaché au porche d'entrée. L'animal tend le cou vers le sol et grignote l'herbe glacée qui pousse sur le bas-côté.

Jane sourit timidement à Mr Fitzgerald, en articulant silencieusement « Je suis désolée » à son intention, dans le dos de son père. Mr Fitzgerald lui adresse en retour une expression impassible, que Jane espère sincèrement être le signe qu'il lui a pardonné de l'avoir accusé de meurtre. Sans parler de la débauche. Avec tant de choses à se faire pardonner, Jane ne sait pas ce qu'elle ferait sans la clémence chrétienne de ses relations. Elle serait chassée du village et contrainte de vivre en ermite dans les bois, probablement.

— Félicitations, sir, dit Mr Austen en prenant la main du jeune homme avant de lui donner une tape dans le dos. Vous êtes maintenant l'un des nôtres, alors ? Soyez le bienvenu.

Le sourire de Mr Fitzgerald s'élargit jusqu'à exprimer une fierté authentique, tandis que le père de Jane lui serre la main avec enthousiasme. Son rabat d'ecclésiastique dépasse du haut de son pardessus. Il est d'un blanc éclatant et parfaitement amidonné, alors que celui du père de Jane est jauni et assoupli par le temps. Mr Austen déverrouille la lourde porte en chêne de l'église, et Jane entre par l'arcade romane.

Les hommes s'inclinent en s'approchant de l'autel, tandis que Jane se glisse sur un banc au fond de la nef. Ensemble, les deux ecclésiastiques s'agenouillent pour prier, avant d'allumer les énormes bougies en cire d'abeille dans leurs chandeliers d'argent étincelants et de disposer la Bible du roi Jacques[1] sur l'autel en préparation de la cérémonie.

Jane suppose que Mr Fitzgerald est présent pour servir de second témoin, ainsi que pour observer son père officier avant qu'on lui demande de conduire lui-même une telle cérémonie. Elle contemple les panneaux des vitraux, brillants comme des joyaux, se souvenant de l'exploit qu'avait accompli James

1. Traduction anglaise de la Bible effectuée à la demande du roi Jacques Ier d'Angleterre et publiée en 1611. Elle est devenue la Bible de référence pour les offices anglais.

en acceptant d'officier lui-même immédiatement après son ordination. À le voir, on aurait pu croire qu'il auditionnait pour monter sur les planches de Drury Lane. Contrairement à son père, James prononce un nouveau sermon chaque semaine, osant parfois laisser tomber ses notes pour improviser de sa chaire. Mais James a toujours eu un penchant théâtral, depuis qu'il a eu l'audace, à douze ans, d'ouvrir son propre théâtre dans la grange familiale. Jane était trop jeune pour faire partie de la troupe. Elle se contentait de rester assise, hypnotisée, pendant qu'Eliza volait la vedette.

La porte de l'église claque. Sophy Rivers se précipite à l'intérieur, vêtue de son habit d'équitation comme à l'accoutumée. Elle a dû apercevoir l'étalon de Mr Fitzgerald attaché au porche d'entrée et espère sans doute une rencontre clandestine.

Mais non : Clara et les autres sœurs de Sophy, toutes rieuses, arrivent sur ses talons.

Les quatre filles Rivers sont extrêmement proches en âge et presque identiques en apparence, comme une frise de poupées de papier. Elles dégringolent dans l'allée, derrière Sophy qui soulève le voile noir de son chapeau.

— Douglas, dit-elle.

Ses yeux brillent et ses joues se colorent de rose.

Jane retient son souffle, se demandant comment Sophy réagira lorsqu'elle se rendra compte que Mr Fitzgerald n'est pas seul. Mrs Rivers se glisse alors dans l'église derrière ses filles, laissant la lourde porte en chêne se refermer derrière elle. Sophy ne peut certainement pas avoir amené sa mère et toutes ses sœurs à un rendez-vous avec son amant.

— Sophy, dit Mr Fitzgerald qui descend de l'autel et marche à grands pas le long de l'allée centrale.

Ils se rencontrent à mi-chemin, se prennent les mains et se regardent, radieux. Un rayon de soleil tombe sur le vitrail, et le couple se découpe dans le kaléidoscope de lumière multicolore éblouissante.

Jane porte une main à ses lèvres lorsqu'elle prend conscience que Sophy et Mr Fitzgerald, loin d'être des gens passant de façon inopinée – et un témoin prêt à rendre service à son père pour ce dernier –, sont les futurs mariés. C'est comme si elle assistait à un miracle. Un sentiment de sérénité l'envahit tout entière, fusant dans ses veines, devant la justesse de la situation. La réunification du couple est un baume pour son esprit agité.

Tandis que les femmes Rivers s'installent sur le premier banc, Sophy et Douglas se tiennent debout, les mains jointes, devant l'autel, et le père de Jane commence la cérémonie. Il est facile de voir de qui James a hérité son talent d'orateur. Mr Austen a beau lire à haute voix les mêmes sermons éculés, sans jamais oser improviser, il est impossible de ne pas être ému par la puissance de sa voix de baryton. Les sœurs de Sophy chuchotent entre elles et s'agitent joyeusement sur le banc pendant que le couple prononce ses vœux. Lorsque Mr Austen proclame que Douglas et Sophy sont mari et femme, même Mrs Rivers sort un mouchoir de son réticule et se le tamponne sur la joue.

La joie pleine de générosité que ressent Jane à l'égard des jeunes mariés la prend elle-même de court. Au lieu de brûler de jalousie, elle est, elle aussi, émue aux larmes. Son père avait raison. Cela lui réchauffe l'âme de savoir que deux personnes peuvent aspirer à être ensemble et, à force de patience, de persévérance et d'acharnement, franchir tous les obstacles liés au rang et aux circonstances.

Il suffit de le vouloir suffisamment.

Malheureusement, Tom ne semble pas vouloir d'elle, mais cela ne veut pas dire que l'amour ne peut pas tout conquérir. Elle suit les mariés et leur famille à l'extérieur, dans le cimetière. Le ciel est d'un bleu éclatant, et le soleil a fait fondre le givre du matin. Clara donne à Jane une poignée de riz et elle se joint au petit groupe pour le jeter sur les jeunes mariés.

— Jane ?

La nouvelle Mrs Fitzgerald lâche la main de son mari et tire Jane par le bras pour l'entraîner à part.

— Qu'est-ce que *vous* faites ici ?

— Oh !

Jane hésite. C'est comme dans la grange rouge, voilà que Jane s'immisce de nouveau dans un moment heureux et intime de la vie de Sophy.

— Mon père a dit que je devais venir pour être témoin. Je ne savais pas que c'était Mr Fitzgerald et vous qui alliez vous marier.

Elle baisse la voix jusqu'à chuchoter.

— Croyez-moi, je ne m'excuserai jamais assez d'avoir tiré des conclusions hâtives, et je n'ai jamais dit un mot…

Sophy lève sa main gantée de cuir de chevreau.

— Tout va bien, répond-elle. Il n'y a plus de secrets. Avec l'arrestation de sir John pour défaut de paiement de ses dettes et mon refus persistant d'épouser Mr Harcourt, ma mère a fini par se rendre à l'évidence et a convenu qu'il valait mieux que Douglas et moi nous mariions discrètement et nous éclipsions.

Jane sourit si largement que sa mâchoire lui fait mal.

— Je suis si heureuse pour vous, Sophy. Pour vous deux. Vraiment, je le suis.

Sophy sourit, mais ses yeux d'un gris silex sont toujours méfiants.

— Merci, Jane. Nous espérons que si nous faisons profil bas, le scandale de mon bref lien avec les Harcourt ne gâchera pas les chances d'ascension sociale de mes sœurs. Mère les emmène faire la saison londonienne, les pauvres.

Jane jette un coup d'œil aux trois autres filles Rivers, souhaitant que ses propres perspectives d'avenir soient à moitié aussi hasardeuses que les leurs. Qu'est-ce qu'elle ne donnerait pas pour passer l'hiver en ville, se pomponner et danser tous les soirs ! Elle ne voit pas de meilleur remède pour ranimer son cœur qui bat de l'aile.

— Oh, là, là. Comment vont-elles le supporter ?

Sophy fronce les sourcils en considérant son habit d'équitation.

— Vous devez penser que je fais une jeune mariée bien terne.

— Au contraire, je ne vous ai jamais vue aussi radieuse, assure Jane avec un sourire.

Sophy se tient droite. Elle garde la tête haute, et ses yeux brillent d'assurance. C'est une femme qui s'est battue pour la vie qu'elle voulait et qui l'a gagnée.

— Douglas et moi nous rendons directement à Falmouth pour prendre notre bateau, voyez-vous.

— Un bateau ? Allez-vous en Jamaïque, en fin de compte ?

Sophy secoue la tête, envoyant des grains de riz pris dans son voile s'éparpiller sur le sol.

— Non, le Haut-Canada. Un endroit appelé York. Nous voulions prendre un nouveau départ et Douglas s'est vu offrir un poste à la mission anglicane là-bas.

Jane prend la main de Sophy.

— C'est merveilleux. J'ai entendu dire que le paysage était spectaculaire.

Secrètement, Jane ne peut s'empêcher de se demander comment Sophy peut volontairement s'exiler loin de ses sœurs. Jane s'accommode à peine de l'éloignement de Cassandra à trois comtés d'ici. Si un océan entier les séparait, cela ferait assez d'eau pour que Jane se noie dans son propre désespoir.

Avec un frisson, Jane prend conscience que, si elle avait été assez folle pour s'enfuir avec Tom avant qu'ils aient les moyens de s'installer quelque part, elle aurait très bien pu être expédiée en Irlande pendant qu'il poursuivait sa carrière. Jane n'aurait pas pu élever ses enfants tout en vivant dans une chambre partagée à Lincoln's Inn. Si elle était – ou plutôt quand elle serait – tombée enceinte, vivre avec la famille de Tom aurait été sa seule option. Jane peut tout juste se résoudre à obéir à sa propre matriarche méritante. Comment aurait-elle pu suffisamment arrondir les angles pour vivre sous le même toit que la mère de Tom, sans parler de ses cinq sœurs ?

Sophy acquiesce, puis retire ses doigts de la main de Jane et retourne aux côtés de son nouveau mari. Mr Fitzgerald rit avec Clara. Il passe son bras autour des épaules de Sophy, la serre contre lui et dépose un baiser sur son front. Sophy enfouit son visage dans son revers.

Jane s'en va, ne voulant pas s'imposer plus qu'elle ne l'a déjà fait. Elle traverse le cimetière, sans penser d'abord à vérifier la tombe de Zoé Renard. Lorsqu'elle s'en souvient et qu'elle s'approche de la sépulture sur la pointe des pieds, elle met la main sur son cœur et retient son souffle. Trois orchidées exotiques sont disposées à intervalles réguliers le long du monticule de terre surélevé. Les étranges fleurs d'un blanc crémeux sont tachetées de points brun-violet – la couleur du sang séché.

Un frisson glacial parcourt le corps de Jane. Il n'y a qu'un seul endroit dans le Hampshire où elle a vu pousser des orchidées exotiques : la serre de Deane House.

Sir John n'a pas pu laisser ces fleurs, car il est enfermé dans la prison de la Maréchaussée. Lady Harcourt quitte rarement son domicile et, si elle l'avait fait, Jane ou sa famille auraient entendu son carrosse du presbytère. Il est peu probable que Mrs Twistleton vienne seule la nuit. Il y a un bon bout de chemin entre Deane et Steventon et, pour autant que Jane le sache, Mrs Twistleton ne monte pas à cheval. Aucune autre servante n'oserait couper et enlever des fleurs aussi rares et coûteuses.

Il doit s'agir de Jonathan Harcourt.

De plus, il serait tout à fait dans l'esprit de Jonathan, qui a la fibre artistique, de sélectionner chaque jour les trois fleurs les plus parfaites de sa serre. En imagination, Jane le voit parcourir les rangées de plantes alignées le long des étagères dans leurs pots en terre cuite, débattant intérieurement au sujet des meilleurs spécimens. Il comparerait chaque fleur pour la profondeur de sa couleur et examinerait chaque pétale pour en déceler les défauts avant de couper la tige de la fleur choisie à l'aide d'une paire de ciseaux en argent bien aiguisés.

De ses longs doigts blancs de peintre, Jonathan envelopperait son offrande dans un mouchoir qu'il glisserait dans sa poche, en prenant bien soin de ne pas écraser les délicats pétales. Puis, une fois arrivé sur la parcelle de Madame Renard, il se mettrait à genoux, sans se soucier des taches d'herbe sur sa culotte de nankin, et prendrait son temps pour disposer les trois fleurs sur la terre comme s'il préparait la composition d'un tableau.

C'est Jonathan Harcourt qui dépose les fleurs. Jane a donc enfin la preuve qu'il était l'amant de Madame Renard et le père de son enfant à naître. Elle n'est pas en train de se raccrocher aux branches ou de se laisser emporter par son imagination. Il est la seule personne à avoir accès aux orchidées et à avoir les moyens de se rendre au cimetière seul la nuit.

Elle a eu tort de laisser Tom balayer ses soupçons sur Mr Harcourt avec autant de désinvolture.

Mais cela ne suffit pas à sauver son frère. Pour abandonner les poursuites contre Georgy, Mr Craven veut une preuve physique reliant le vrai coupable au crime, ou une confession signée. Si Jane apportait une fleur au magistrat, il est probable qu'il ferait en sorte que ce soit *elle* qui soit internée. Elle pourrait être en mesure de démontrer un lien entre Mr Harcourt et Madame Renard, mais Jane n'a aucune preuve qu'il l'a tuée. Comme Eliza l'a prédit, elle devra travailler plus dur que cela si elle veut attraper le meurtrier.

*

* *

8. À Cassandra Austen

Miss Austen,
chez le révérend Fowle,
Kintbury,
Newbury

Steventon, vendredi 22 janvier 1796

Ma très chère Cassandra,

Je suis plus que jamais certaine que Jonathan Harcourt était l'amant de Madame Renard, mais comment savoir s'il l'a tuée ? Chaque heure qui passe, et qui nous rapproche du mois de février, me sape le moral. Je suis allée à Winchester. Ce cher Georgy se porte aussi bien que possible. Ne me demande pas plus de détails, je ne peux pas te mentir. Jack Smith a un alibi. Tu ne l'admettrais pas, même si je te le disais, ce que je ne peux pas faire, car j'ai juré de garder le secret. Je peux cependant te dire que la mauvaise gestion de nos garde-robes par Sally est probablement due à un sévère cas de maladie d'amour. J'ai eu tort de douter de Jack. Il a été un ami fidèle de ce cher Georgy tout au long de sa vie.

Je te présente mes excuses les plus sincères pour le retard de cette correspondance. Je sais que tu as attendu de nombreux jours pour avoir de mes nouvelles, mais mon propre désespoir me rend inefficace. Je n'essaierai pas de te cacher la profondeur de mon abattement, ma sœur bien-aimée. Tu te moqueras sans doute de moi lorsque je te dirai que, ces derniers temps, je me suis même surprise à regarder les points bien alignés de ton canevas accroché dans le salon familial, et à me demander si, en me confiant au Seigneur de tout mon cœur, il me montrerait la réponse. J'espère que cette missive te parviendra avant que le temps se gâte et que les routes soient bloquées. Si tu le peux, écris-moi bientôt.

Je reste ta sœur affectueuse,
J.A.

P-S : Brûle cette lettre, veux-tu ?

25

Au crépuscule, Jane est assise dans son dressing-room, griffonnant de sa petite écriture inclinée. *Lady Susan* a besoin d'une conclusion, mais Jane n'en trouve pas. Elle ne peut supporter de marier sa méchante héroïne à un homme indigne de son esprit vicieux. Et quel homme pourrait bien en être digne ? Jane laisse donc lady Susan flirter avec son amant pendant que son amie distrait son rival. Elle utilise l'encre qu'elle a fabriquée elle-même à partir de prunelles, en y ajoutant de la gomme arabique pour faciliter l'adhérence de la solution à la page. L'encre est mauve foncé, plutôt que de ce noir japonais, d'une austérité satisfaisante, de celle qu'elle a utilisée pour écrire la première partie. Jane craint que les marques ne s'effacent, mais c'est tout ce qu'elle a sous la main.

L'exquis bandeau en dentelle de Madame Renard et la première fleur de camélia rouge cerise, désormais flétrie, que Jane a arrachée à sa tombe trônent sur la commode, lui reprochant sa frivolité. Ce tableau morbide donne à Jane des démangeaisons dans les doigts, avec l'envie de commencer une nouvelle composition sur une jeune fille dont l'esprit est aussi intéressé que le sien par les fantômes et les goules, et qui voit le meurtre et la violence dans chaque ombre qui passe.

Tout en trempant sa plume dans l'encrier, Jane lève les yeux de son écritoire et regarde par la fenêtre. Des anneaux blancs de fumée de pipe flottent dans le ciel lavande. Les cercles concentriques s'élèvent de la direction de l'écurie, s'attardent au-dessus de la cour de ferme avant de se disperser dans le vent. Il n'y a qu'une seule personne pour fumer du tabac dans l'écurie des Austen : Henry. Pressentant l'occasion, Jane saupoudre son travail de poudre à fixer, l'essuie et le place en toute sécurité dans son écritoire. Elle descend l'escalier, enfile sa cape et sort dans le jardin, suivant les signaux de détresse jusqu'à la sellerie.

Dans une petite salle attenante à l'écurie, au bout de la rangée de stalles, Henry est affalé sur le sol, en travers du seuil. D'habitude, la sellerie sent le cuir et la cire d'abeille. Ce soir, Henry pollue l'arôme rustique avec des relents d'alcools forts et de la fumée de tabac. Ses longues jambes sont étendues devant lui. Une bougie, dans un porte-bouteilles en laiton, vacille sur le sol à ses côtés, tandis qu'il serre une bouteille contre sa poitrine et enfonce une pipe en terre blanche entre ses lèvres retroussées.

— C'est le porto de Père ?

Jane tousse en l'enjambant. Il tire sur sa pipe, soufflant la fumée directement dans le visage de Jane.

— Et si c'était le cas ? Vas-tu rapporter ?

Ses yeux sont rouges et une barbe d'au moins deux jours a poussé le long de sa mâchoire. Les boutons en laiton de sa veste militaire sont ternes et sa cravate a disparu. Il était censé rejoindre son régiment et son université dès leur retour de Winchester. Au lieu de quoi il a envoyé un message disant qu'il était malade. Jane est persuadée que le mal dont il souffre est entièrement de son fait.

Elle rejette la fumée avec la main, en fronçant le nez.

— Ai-je déjà fait cela ?

La selle de Greylass repose sur un tabouret à trois pieds. Elle la soulève à deux mains et la jette sur le sol avant de s'asseoir. Cela fait des années qu'elle n'a pas manipulé de harnachement, et la selle d'amazone en cuir rembourrée, avec ses étriers en fer, est bien plus lourde que dans ses souvenirs.

— J'aimerais que tu me parles.

Henry fait la grimace.

— J'aimerais que tu n'insistes pas pour me parler.

Jane ne se laisse pas décourager par son air hostile.

— Sais-tu que Sophy Rivers a épousé Mr Fitzgerald ce matin ?

Les traits d'Henry s'animent un instant.

— Eh bien, bravo à eux !

Il prend une gorgée de son porto.

— Un toast pour les jeunes mariés, ajoute-t-il.

Jane donne un coup de pied dans le mollet d'Henry avec le bout de sa chaussure de marche.

— Arrête ça.

Il passe une main dans ses cheveux châtains, referme son poing dessus et tire sur les racines.

— Qu'allons-nous faire, Jane ? Notre frère, notre doux et inoffensif frère, se dirige vers la potence pour un crime qu'il n'a pas commis, et aucun d'entre nous ne peut trouver un moyen de le sauver.

Jane est prise d'une vive émotion. Au fond d'elle-même, elle sait que tous les membres de sa famille sont également tourmentés par le destin de Georgy, mais leur engagement quasi religieux envers le stoïcisme fait qu'il est presque impossible pour les Austen d'exprimer des émotions extrêmes. Le fait qu'Henry puisse parfois laisser tomber son masque de sang-froid témoigne de son caractère sauvage.

— Mère semble désormais penser que Georgy devrait plaider coupable.

— Père ne le supportera jamais. Ils étiquetteront Georgy comme voleur et le banniront dans les colonies.

— Je sais, dit Jane en croisant les bras sur sa poitrine.

— Ce n'est pas une métaphore, Jane. Ils graveront la lettre V sur son pouce avec un fer rouge…

— Je sais ! s'exclame Jane en lui coupant la parole.

Elle ne veut surtout pas en entendre davantage.

— Peut-être devrions-nous vraiment envisager de faire interner Georgy, poursuit-elle. Un asile, ce ne peut pas être si horrible que cela, n'est-ce pas ?

— C'est pire, affirme-t-il. La prochaine fois que tu seras à Londres, je te donnerai un penny pour entrer à Bedlam, et tu pourras voir par toi-même. Père a raison. Georgy se verrait refuser toute once de dignité.

— Et y a-t-il une quelconque dignité à danser la gigue au bout d'une corde ?

Jane frémit. Parfois, ses plaisanteries sont trop noires, même pour elle.

— Mon Dieu ! Henry, ils ne vont pas vraiment le pendre, n'est-ce pas ?

Son frère scrute l'obscurité qui s'installe, sans dire un mot.

— Qu'est-ce qu'il y a ? demande Jane. Qu'est-ce que tu ne me dis pas ?

— L'année dernière, aux assises de Winchester, deux garçons de quatorze ans ont été exécutés pour vol à la tire.

— Mais ce n'est pas juste.

— C'est la loi, Jane. Elle n'est pas censée être juste – elle est censée être si horrible qu'un homme mourrait de faim plutôt que de s'emparer d'une miche de pain.

Henry ferme les yeux et pleure doucement.

Jane détourne le regard. Si elle voit Henry pleurer, elle ne pourra s'en empêcher, elle aussi.

— Nous devons faire quelque chose. Nous ne pouvons pas rester assis ici, à attendre que le juge le condamne.

Henry berce sa bouteille de porto, comme Anna lorsqu'elle câline l'une de ses poupées de chiffon.

— Nous avons déjà tout essayé, répond-il. Cet avocat saigne Neddy à blanc et il est pire qu'inutile.

— Nous devons donc découvrir qui a *vraiment* tué Zoé Renard. Et le prouver avant qu'il soit trop tard. Mais non, je t'en prie, continue à rester assis ici, à bouder sur l'état de ta situation sentimentale et à pleurer comme un nourrisson, si c'est ce que tu préfères.

— Tu ne comprends pas.

Jane lui prend la bouteille des mains.

— Je pourrais. Pourquoi t'es-tu brouillé avec Eliza ? Est-ce à cause de ton intention de rejoindre l'armée régulière ? Tu devrais l'écouter. Elle en sait bien plus que toi sur ce que c'est que d'être pris dans une vraie guerre.

— Ce n'était pas ça. Je...

Henry prend une inspiration saccadée qui soulève sa poitrine.

— ... je lui ai demandé de m'épouser.

Jane recrache une gorgée de porto.

— Qu'as-tu fait ?

Elle n'arrive pas à croire qu'Henry soit allé aussi loin. Sûrement, Eliza a dû se moquer de lui.

— Ne me regarde pas comme ça. Je suis un adulte, qui gagne sa vie de façon indépendante. Qu'y a-t-il de mal à ce que je demande Eliza en mariage ?

Jane s'essuie la bouche sur la manche de sa robe.

— Tu veux dire, à part qu'elle soit notre cousine germaine ?

— Mr Fitzgerald est le cousin germain de Miss Rivers.

— Je suppose, mais c'est différent.

Henry arque un sourcil sardonique.

— Pourquoi ?

— Parce qu'il n'est pas *mon* frère et qu'elle n'est pas *ma* cousine germaine.

Jane se morigène lorsqu'elle prend conscience qu'elle est aussi coupable que ses frères de vouloir garder Eliza pour elle.

— De plus, le capitaine de Feuillide n'est mort que depuis peu.

— Cela fait presque deux ans.

— Vraiment ? C'est passé vite.

Henry arrache la bouteille des mains de Jane.

— Eliza ne l'a jamais aimé, tu sais. C'était le choix de tante Phila.

— Il était le père de son enfant.

Henry se penche en avant, la regardant sous ses épais cils noirs. Il lui fait penser à un poulain nouveau-né, luttant pour se tenir debout.

— Je l'aime, Jane.

Jane lève les yeux vers le plafond garni de toiles d'araignée, résistant à l'envie de lui donner un nouveau coup de pied.

— Nous l'aimons tous. C'est la cousine Eliza.

— Pas comme moi, je l'aime.

Henry renverse la tête en arrière et prend une longue gorgée de porto.

— Enfin, reprend-il, j'ai le sentiment que James sait peut-être de quoi je parle.

Toute sa vie, Jane a vu ses frères rivaliser pour attirer l'attention de leur séduisante cousine. Quand Henry était plus jeune, l'écart d'âge entre lui et Eliza semblait si grand que son engouement de gamin était ridicule. S'accrocher à sa fixation à l'âge adulte semble carrément pathétique.

— Qu'a-t-elle dit ?

Henry pose le cul de la bouteille sur son genou, évitant de croiser le regard de Jane.

— Elle a dit qu'elle m'aimait aussi, mais qu'elle n'était pas prête à se remarier. Elle n'est pas sûre d'être prête un jour.

C'était cruel de la part d'Eliza de se laisser aller à sa coquetterie en encourageant Henry. Elle aurait dû mettre fin à ses souffrances pour qu'il apprenne à se débarrasser de sa fantaisie enfantine.

— Je suis désolée... mais si tu veux vraiment te marier, pourquoi ne te trouves-tu pas une jeune fille gentille et convenable ? Au lieu de toujours courir après des femmes que tu ne peux manifestement pas avoir.

— Je ne sais pas, Jane. Pourquoi ne peux-tu pas te trouver un jeune homme gentil et convenable ?

Jane en a le souffle coupé, comme si tout l'air de ses poumons s'était vidé. Elle se renfrogne. Cela fait plus de trois semaines qu'elle n'a pas eu de nouvelles de Tom. Elle espérait sincèrement qu'il aurait la décence de lui écrire et de lui faire savoir lui-même que leur flirt était terminé, mais apparemment ce n'est pas le cas. La douleur fulgurante s'est transformée en une douleur sourde. Parfois, Jane pense même qu'elle a disparu, mais lorsqu'elle imagine le beau visage de Tom ou qu'elle passe devant l'un des chemins qu'ils ont empruntés ensemble, la peine revient. C'est comme la douleur persistante d'une dent qui bouge, toujours là, dormante, mais qui s'exacerbe lorsqu'on la tripote. Elle aimerait trouver un moyen de l'arracher complètement et d'en finir.

— C'était un peu dur. Je n'aurais pas dû dire ça. Que s'est-il passé avec Lefroy ? Vous aviez l'air de bien vous entendre, mais l'instant d'après, il a fui le comté.

— Je ne saurais le dire.

Jane saisit la bouteille et en prend une grande gorgée. La boisson a un goût de mûres et de poivre vert. Une sensation de chaleur moelleuse se répand dans son corps, de sa bouche à sa gorge et dans sa poitrine, engourdissant son cœur meurtri.

— Contrairement à toi, je ne suis pas une adulte qui gagne sa vie de façon indépendante. Ces choses-là sont hors de mon contrôle.

Henry détourne la tête devant l'amertume de Jane. Ils restent silencieux quelques instants. Elle renifle et essuie des larmes chaudes et pleines de honte. Il tire une bouffée sur sa pipe et souffle des anneaux de fumée qui s'étirent en volutes languides vers la porte ouverte et s'échappent dans l'air glacial de la nuit.

— Veux-tu que je le frappe pour toi ?

— Ne t'avise pas de le faire. J'ai déjà un frère qui a des problèmes avec la justice. La dernière chose dont j'ai besoin, c'est d'un autre. Alors, plus de flirt avec Mrs Chute non plus. J'ai été témoin de la colère de son mari lorsqu'il est contrarié. Crois-moi, il n'est pas du genre à pardonner.

— Elizabeth Chute ! Ne m'en parle pas.

Henry se couvre le visage d'une main, grimaçant à l'adresse de Jane à travers ses doigts ouverts.

— Si elle n'avait pas été là, Georgy ne serait pas dans cette situation. J'aurais aimé ne jamais crocheter cette serrure.

L'esprit de Jane s'agite. La nuit du meurtre, elle avait supposé que n'importe qui pouvait accéder au placard à linge. Le nombre d'invités, de domestiques et de marchands qui auraient pu y pénétrer ce jour-là est incalculable. Mais, comme l'a souligné Hannah, le placard est rempli d'objets de valeur que la famille cherche à garder précieusement.

— Tu as crocheté la serrure ?

— Oui. Je suis plutôt doué pour cela, à vrai dire. Elizabeth ne me croyait pas capable de le faire, mais en deux minutes, avec mon canif, j'ai fait céder le mécanisme.

Jane a envie d'attraper Henry par les revers et de le secouer jusqu'à ce que sa stupide tête tombe.

— Pourquoi ne pas nous l'avoir dit sur le moment ?

— Je pensais que c'était le cas. Pourquoi ? Est-ce important ?

— Plutôt, en effet ! Tu ne vois pas ? Il est peu probable que Madame Renard se soit enfermée toute seule dans ce placard, n'est-ce pas ? Si la porte était verrouillée, c'est que quelqu'un – probablement son assassin – l'a enfermée là. Et pour que cette personne ait la clef…

— Alors le tueur *doit* vraiment être quelqu'un de Deane House.

Henry se lève d'un bond. Il attrape une bride, la passe autour de son cou, prend une selle et sort en titubant de la salle.

— Où crois-tu aller ? demande Jane.

Elle éteint la bougie, tout en se brûlant les doigts, et s'empresse de le suivre.

— À Deane House, bien sûr, crie Henry pardessus son épaule.

À présent, le ciel est noir et le froid transperce Jane jusqu'aux os. Au loin, des bougies brûlent aux fenêtres du presbytère, et de la fumée blanche s'échappe des cheminées en terre cuite qui coiffent le toit de tuiles rouges. Lorsque Jane passe devant la stalle de Greylass, le poney souffle de la vapeur par le nez et frappe la porte de ses sabots avant. Jane poursuit son chemin et se dirige plutôt vers le box de Severus. À l'intérieur, Henry tient un mors d'acier devant la bouche fermée de l'animal. Celui-ci se tord le cou, remue la queue et présente à Henry son arrière-train tacheté, forçant ainsi son maître à faire un pas en arrière.

Jane se tient sur le seuil, trop effrayée pour entrer.

— Attends, dit-elle en attrapant le bras d'Henry et en s'accrochant au revers de sa veste. Tu ne peux pas débarquer là-bas comme ça.

— Pourquoi ?

Henry fronce les sourcils. Il est extrêmement sérieux. La seule fois où Jane a vu Henry aussi sévère, c'est lorsqu'il montait la garde devant le cadavre de Madame Renard.

— Parce que j'ai déjà essayé de confronter les Harcourt à ce sujet, et cela ne m'a menée nulle part. Ils n'admettront pas la vérité.

— Jonathan le fera quand je lui montrerai mon sabre.

— Un aveu obtenu sous la menace n'a guère de valeur. Et nous ne disposons pas de suffisamment d'éléments pour prouver qu'il s'agit de Jonathan.

— Il doit pourtant y en avoir. Comme tu l'as dit, elle était sa maîtresse. Il voulait qu'elle soit mise à l'écart afin de pouvoir épouser Miss Rivers pour sa fortune.

— Mais cela ne signifie pas nécessairement qu'il l'a tuée.

Henry se libère de l'emprise de Jane.

— Qui d'autre l'aurait fait ?

Il pose ses deux mains sur la croupe de Severus, s'appuyant de tout son poids sur le cheval pour le faire bouger. Severus s'obstine. Le seul mouvement du cheval est de remuer la queue d'un air désobligeant.

— Et sir John ? dit Jane.

— Quelle raison aurait-il eue de la tuer ?

— La même que Jonathan ? Pour écarter la maîtresse enceinte de son fils, au cas où elle aurait ruiné ses chances d'épouser une héritière. Sir John a dû jouer un rôle dans la poursuite de Sophy par Jonathan, tu ne penses pas ? Il avait besoin de sa dot pour sauver le domaine de la ruine.

— Mais tu as vu le baronnet ce soir-là. Il était tout aussi bouleversé que le reste d'entre nous.

— Les gens n'agissent pas toujours en vérité, n'est-ce pas ?

Ce n'est pas le visage de sir John qui vient à l'esprit de Jane en disant cela, mais celui de Tom. Oubliera-t-elle jamais l'éclat de ses yeux bleus et la courbe de son sourire séducteur au clair de lune ? Elle secoue la tête, souhaitant que cette vision disparaisse.

— Je suppose que tu as raison.

— Et puis il y a Mrs Twistleton, ajoute Jane.

Henry ricane.

— C'est peu probable, ne crois-tu pas ?

— Pourquoi ? Je t'ai dit qu'elle avait une liaison avec sir John.

Jane pince la bouche.

— Tu ne penses pas qu'une femme puisse être capable de commettre un meurtre, c'est cela ?

Henry sort de la stalle à reculons. Il fait glisser le verrou et passe la bride par-dessus la porte.

— En général, non. Mrs Twistleton est peut-être une femme de petite vertu, mais cela ne fait pas d'elle une tueuse de sang-froid.

— Et si elle l'avait fait pour protéger sir John ? Les gens disent qu'elle ferait n'importe quoi pour lui. Elle a peut-être eu peur de perdre son protecteur et sa place à Deane House. Ou peut-être que Madame Renard a appris leur arrangement et a essayé de l'utiliser pour leur extorquer de l'argent à tous les deux.

Henry grogne :

— Nous ne sommes pas dans l'un de ces romans qu'Eliza et toi aimez tant, Jane.

Derrière lui, Severus pivote, passe la tête par-dessus la demi-porte et mordille l'épaule de son maître. Henry lui donne un léger coup sur la joue.

— Je le sais, répond Jane. Et toi, hypocrite, tu aimes autant que nous, sinon plus, le travail de Mrs Radcliffe. Quoi qu'il en soit, tu ne peux pas faire irruption à Deane House, l'écume à la bouche. Il est probable qu'ils se protègent mutuellement et qu'ils serrent les rangs pour tout nier, ce qui te fera passer pour un fou furieux. Nous devons être intelligents et rassembler des preuves si nous voulons que nos dires sonnent juste au tribunal. Selon Mr Craven, le meilleur moyen de disculper Georgy serait qu'une autre personne avoue le crime. Nous devons persuader le véritable tueur de révéler la vérité.

Henry pose une main sur sa hanche. Severus continue de se frotter contre sa joue. Jane sent l'humeur de son frère s'apaiser, le laissant simplement curieux. Ce cher Henry, il a trop bon caractère pour rester contrarié longtemps.

— Si tu es si maligne, dit-il, quel est notre plan ?

Jane lutte pour réprimer un sourire narquois. C'est le moment qu'elle attendait.

— En fait, j'ai réfléchi à quelque chose.

Elle se remémore la phrase brodée par Cassandra : « Ne t'appuie pas sur ton intelligence, mais de tout ton cœur, mets ta confiance dans le Seigneur. » Jane n'est pas têtue au point de ne pas reconnaître quand elle a besoin d'aide. Elle ne peut sans doute pas sauver Georgy toute seule, mais avec le Tout-Puissant, et maintenant Henry, à ses côtés, il se pourrait qu'elle trouve un moyen.

Le dimanche suivant, des cristaux de glace argentés s'accrochent aux bords du lierre qui recouvre les murs de silex de la cour de l'église St Nicholas, transformant les feuilles persistantes en étoiles scintillantes à cinq branches. Jane et Henry grelottent à côté de la voiture, tandis que leur père serre des mains et discute tranquillement avec chacun des paroissiens qui sortent par la porte voûtée. Le révérend George Lefroy étant toujours dans le Berkshire, James et Mr Austen se relaient pour assurer ses services à St Andrews, tout en remplissant leurs propres fonctions. En ce dimanche particulier, c'est au tour de Mr Austen de diriger le culte à Ashe, ce qui tombe tout à fait bien, car le plan de Jane pour inciter les Harcourt à avouer le meurtre repose sur la conformité d'un prédicateur qui n'a pas l'habitude d'improviser. Mr Austen se frotte les mains en traversant prudemment le sentier verglacé avec ses chaussures à talons brillantes.

— J'ai fini. Je dois maintenant me rendre à Ashe.

— Brrr.

Henry lève son visage rasé vers le ciel blanc.

— On dirait que madame la neige est en route.

Il donne une tape à Severus, qui est commodément attaché à la voiture à côté du cheval de Mr Austen. Jane sourit.

— J'ai pensé venir aussi, annonce-t-elle. Ce n'est pas souvent que vous dirigez l'office à St Andrews.

Elle tire sur sa cape avec ses mains gantées.

De profondes lignes verticales apparaissent au creux des joues parcheminées de Mr Austen.

— J'y ai dirigé le culte mardi et jeudi soir.

— Oui, mais il s'agissait de services en milieu de semaine. Le dimanche, c'est spécial.

Jane prend le bras de son père, frêle comme une brindille, et le tire vers la voiture par la manche de sa redingote en laine.

Henry ouvre la porte.

— Laissez-moi vous aider à grimper.

Au moment où Mr Austen monte la marche, la lanière de sa sacoche en cuir noir tombe le long de son bras. Henry prend le sac et le passe dans son dos à Jane. Elle retire ses gants, fouille à l'intérieur, échange discrètement les papiers en lambeaux de son père contre plusieurs feuilles neuves et impeccables portant sa propre écriture, puis fourre la sacoche dans les mains d'Henry.

— Voilà, dit celui-ci en tendant le sac à son père.

Mr Austen regarde son fils avec méfiance tandis qu'il s'assied. Jane cache les papiers volés dans sa cape avant de monter dans la voiture à côté de son père. Il se pousse sur la banquette, faisant de la place pour elle à côté de lui.

— Dites-moi ce que j'ai fait pour mériter des enfants aussi attentionnés.

— Ne sommes-nous pas toujours prévenants, Père ?

— Non, répond Mr Austen en la regardant pardessous le large bord de son chapeau.

— Je suis désolée de vous l'entendre dire.

Jane entrelace ses doigts et les pose sur ses genoux, comme une dame convenable.

— Je vous assure que vous êtes toujours le premier dans nos cœurs.

— Hmm.

Mr Austen serre sa sacoche contre sa poitrine tandis que Severus hennit et que les roues du carrosse se mettent en mouvement en grinçant.

Les flocons de neige dansent dans l'air glacial lorsque les Austen arrivent à Ashe. Henry attache Severus à un poteau tandis que Jane descend de voiture. Le frère et la sœur se précipitent vers la porte en chêne de l'église, laissant leur vieux père débarquer seul. Ils font irruption à l'intérieur et remontent l'allée en direction des premiers bancs, juste devant l'autel. St Andrews est presque identique à St Nicholas, à la seule différence qu'Ashe est une paroisse plus prospère que Steventon. Quelques chandeliers d'argent supplémentaires brillent donc sur l'autel, et l'odeur de cire d'abeille y est plus prononcée.

L'office est plus tardif que d'habitude et la plupart des villageois attendent l'arrivée du prêtre. Harry Digweed et ses frères se serrent pour accueillir Jane et Henry sur le banc familial.

Les Harcourt, l'autre famille la plus importante des environs, sont postés de l'autre côté de l'allée. La mère et le fils sont assis bien droit et regardent devant eux. Son mari ayant été emprisonné pour dettes, lady Harcourt a adopté la tenue de veuve et porte de la tête aux pieds de la bombazine noire et de la fourrure de lapin. Jonathan a le teint pâle d'un fantôme. Il écarte ses cheveux de son front, dévoilant ses yeux hantés.

Quelques rangées plus loin, Mrs Twistleton est assise au bout d'un banc public, à côté du majordome des Harcourt. Ses sourcils foncés sont très rapprochés et ses cheveux blond cendré sont ramenés dans son bonnet. À côté de la parure des dames, sa cape émeraude, garnie de fourrure de renard, est plutôt miteuse. Elle tripote un réticule de velours vert assorti sur ses genoux.

Jane tape du pied sur le carrelage froid pendant que son père lit la liturgie. À côté d'elle, Henry tambourine des doigts sur son livre de prières. Plusieurs éternités s'écoulent avant que les genoux de Mr Austen craquent lorsqu'il monte dans la chaire sculptée pour prononcer le sermon. Il fouille dans sa poche pour trouver ses lunettes, souffle sur les verres et les nettoie avec son mouchoir. Lorsqu'il se tourne vers les papiers qui reposent sur le pupitre, un pli profond en forme de V se dessine sur son front. Il prend les pages, feuillette la petite liasse et étudie attentivement chaque face, avant de les reposer.

L'église est silencieuse, à l'exception de quelques toux impatientes qui se répercutent dans l'assemblée, comme si elles conversaient entre elles. Jane a du mal à respirer alors qu'elle attend que son père prenne la parole. À côté d'elle, Henry s'est changé en pierre. Mr Austen lève la tête et passe l'assemblée en revue.

— Mes frères chrétiens, profitons de ce moment de réflexion pour examiner les fondements mêmes de notre foi – les dix commandements. Et le plus important d'entre eux, précise-t-il tandis que son regard se pose sur Jane, « Tu n'assassineras point ».

Une vague de halètements et de chuchotements traverse la nef. Mrs Twistleton saisit son réticule, enroulant un doigt autour du cordon et le tirant fermement. Jonathan déglutit, tirant sur le nœud de la cravate de lin blanc enroulée autour de son col retourné. Lady Harcourt coince son manchon en fourrure de lapin entre sa tête et le dossier de son banc, le positionnant comme un coussin sur lequel reposer sa joue, avant de fermer ses yeux cerclés de khôl.

De sa position surélevée, Mr Austen regarde Jane d'un air renfrogné.

Elle sourit vivement et lui fait un signe d'encouragement.

— En effet, vous connaissez le commandement, et même ce que la loi dit à ce sujet, mais quelles sont les conséquences en cas de violation ?

Mr Austen se gratte la tempe, ébouriffant ses boucles impeccables et dérangeant sa perruque lisse.

— La Genèse est claire : « Celui qui fait couler le sang d'un homme, c'est un autre homme qui fera couler son sang. »

Il pâlit en parlant, trébuchant sur le langage archaïque. Au cours de sa longue et estimée carrière, le révérend George Austen n'a pas pris pour habitude de citer l'Ancien Testament, en particulier les versets les plus vengeurs.

Jane sent sa bouche se dessécher tandis qu'elle observe les moindres mouvements de ses suspects. À côté d'elle, Henry respire bruyamment et pose la main sur la poignée de son sabre.

De l'autre côté de l'allée, les yeux en amande de Mrs Twistleton se plantent dans le crâne de sa maîtresse. Jonathan ferme les paupières, et son visage se durcit à chaque mot prononcé par Mr Austen. Des taches rouges rampent le long de son cou tandis que la sueur imbibe son front. Seule lady Harcourt est imperturbable. Ses yeux restent fermés, et son visage est aussi relâché que sa poitrine qui, ornée de jais étincelants, monte et descend comme la marée.

Mr Austen se racle la gorge, mais sa voix demeure tendue, comme s'il n'était pas parvenu à l'éclaircir.

— De plus, nous pouvons prendre comme fondement de nos lois terrestres : « Un assassin fuira jusqu'à sa tombe : il ne faut pas l'arrêter. »

Il marque une pause, son visage paraissant imiter l'une des gargouilles sculptées dans les arcs gothiques du plafond voûté au-dessus de lui.

Ni Mrs Twistleton ni lady Harcourt n'ont bougé. En fait, la prestation de son père semble avoir un effet soporifique sur lady Harcourt, ce qui n'est pas très juste, compte tenu des efforts que Jane a déployés pour composer son sermon. Peu importe : Jonathan est devenu le seul centre d'intérêt de Jane.

— Le Christ est venu dans le monde pour sauver les pécheurs, et je suis le premier d'entre eux.

Mr Austen souffle bruyamment, ayant atteint un territoire biblique plus familier.

— Alors, je vous le dis, repentez-vous et, bien que vous soyez damné sur terre, votre âme pourra être sauvée.

Jane s'assied sur le bord du banc. Ses jointures deviennent blanches lorsqu'elle s'y agrippe.

Jonathan a relevé ses épaules jusqu'à ses oreilles. Bien qu'aucun son ne sorte de sa bouche, ses lèvres bougent.

Le plan fonctionne. Il est à deux doigts de craquer et de passer aux aveux.

Jane saisit l'avant-bras d'Henry. Ce dernier recouvre sa main de la sienne et la serre fermement. Ensemble, ils se penchent vers Jonathan.

Mr Austen roule ses papiers en un rouleau serré.

— Cela suffit...

Il enlève ses lunettes et descend de sa chaire, jetant un regard sévère à sa progéniture.

— Je suis sûr que vous avez compris l'essentiel.

Lorsqu'il retourne au maître-autel, la tension s'évanouit. Mrs Twistleton déglutit et relâche son réticule dont elle a écrasé le velours. Jonathan s'enfonce dans son siège et ouvre les yeux. Ses traits se détendent, et il se joint au chant monotone du Credo. À ses côtés, sa mère reste léthargique.

Jane s'affaisse tandis qu'Henry retire sa main de son arme. Jane a passé des heures à rédiger avec soin trois pages supplémentaires de menaces et d'incitations pour que les Harcourt avouent, mais son père n'est pas disposé à coopérer davantage. Tout ce qu'elle peut faire, c'est prier pour qu'il en ait déjà dit assez pour piquer la conscience du meurtrier.

À l'extérieur de l'église, Henry courbe les épaules et s'appuie sur la voiture.

— Je t'avais dit que ça ne marcherait pas.

La neige tombe de plus en plus fort maintenant, couvrant toutes les surfaces. Le toit en tuiles de l'église et l'herbe du cimetière blanchissent à vue d'œil. Les paroissiens s'enveloppent de leur manteau et font des adieux brefs.

— Pas du tout, grince Jane. Tu as dit que c'était une idée de génie. Et que si j'étais un homme, je serais le chef des renseignements des forces du roi George dans la guerre continentale.

La neige étouffe les bruits de la campagne. Tout est si calme qu'elle est obligée de parler à Henry tout bas, entre ses dents, pour éviter que les paroissiens n'entendent leur dispute.

— Et je n'en ai pas encore fini avec les Harcourt. Tu verras, ce n'était que la première partie de mon plan.

La procession rapide des fidèles quittant l'église transforme le sentier enneigé en gadoue grise. Mr Austen s'y fraie un chemin en les foudroyant du regard.

— Qu'est-ce que c'était que ça ?

— Je voulais vous aider à vous renouveler, dit Jane. Vous devez en avoir assez de lire les mêmes sermons encore et encore, n'est-ce pas ?

Mr Austen ouvre et ferme la bouche, comme un poisson fraîchement pêché.

— Pour l'amour de Dieu, pourquoi ne pas me l'avoir dit ?

Henry prend son père par le bras et le guide vers la voiture. Mr Austen se débarrasse de son fils et s'engouffre à l'intérieur.

Jane déglutit en grimpant à sa suite.

— J'ai pensé que ce serait une agréable surprise.

— As-tu perdu la raison ?

Mr Austen ouvre sa sacoche, récupère les pages incriminées et les lui jette à la figure.

— Changerais-tu l'affiche de la pièce une fois que les acteurs sont déjà sur scène ? reprend-il. Ta façon d'« aider » est-elle d'attiser une foule assoiffée de sang ? Et Georgy ? Que diront les gens en m'entendant prôner la peine de mort alors que mon propre fils est en prison, en attente d'un procès pour vol qualifié ? Ils penseront que je le condamne.

Jane met en boule le sermon rejeté tandis que la voiture s'ébranle.

— Je suis désolée, Père. Je n'ai pas pensé…

Comment a-t-elle pu être aussi bête ? Bien sûr, tout le monde, sauf le meurtrier, a dû penser que son père faisait référence à Georgy.

Ils progressent lentement sur la voie gelée. La neige se dépose à la base des fenêtres de la voiture, réduisant la vue sur les champs blancs et les arbres poudrés. Mr Austen pose sa paume sur la main de Jane et presse ses doigts glacés.

— Chère enfant, si tu veux vraiment t'essayer à la composition de sermons, je serais heureux de les prononcer pour toi. Donne-moi juste un petit avertissement – et pas d'histoires de feu et de soufre. Tu me ferais comparaître devant l'évêque.

Jane lui arrache sa main et se tourne vers la fenêtre.

— Ne vous inquiétez pas, Père. Je promets que je ne serai pas assez bête pour répéter l'expérience.

La neige tombe comme une épaisse couverture de laine. Jane contemple la campagne à travers le coin de verre transparent qui se rétrécit rapidement. Lorsqu'ils atteignent Steventon, les flocons de neige accumulés recouvrent la fenêtre, et Jane a du mal à respirer tant elle a l'impression d'être enterrée vivante.

En essayant de sauver Georgy, Jane a involontairement aggravé la situation – et pourrait même avoir signé l'arrêt de mort de son frère. Comment un jury pourra-t-il le déclarer innocent si l'on apprend que même sa famille le condamne ? En tentant d'utiliser la crainte de Dieu pour faire sortir le meurtrier du bois, Jane a révélé à quel point sa propre compréhension des choses était insuffisante.

26

Le soir, Jane se couche en corset et en chemise, ses bas de laine encore aux pieds. Elle se réveille toutes les deux heures et jette un coup d'œil à la pleine lune, scintillant haut dans le ciel clair, comme une pièce de monnaie espagnole nouvellement frappée. Lorsque le coq chante, elle sait qu'il reste environ une heure avant l'aube. Jusqu'à présent, elle n'a pas réussi à attraper la personne qui dépose des fleurs sur la tombe de Zoé Renard, mais elle ne s'est jamais levée aussi tôt. Un frémissement au fond d'elle lui dit que la personne en deuil ne se laissera pas décourager, même par ce climat impitoyable. Et Jane non plus. Elle enfile une deuxième paire de bas et sa robe de laine la plus chaude. C'est une robe de deuil. L'un des vêtements fatigués qu'elle a sacrifiés à la redoutable teinture noire, lorsque tante Phila a succombé aux tourments brutaux de sa dernière maladie.

Jane se glisse dans l'escalier, craignant de réveiller Anna ou ses parents. L'escalier et la cuisine sont plongés dans le noir, aucun feu ne brûle et aucune bougie n'est allumée. Mais l'endroit lui est si familier qu'elle peut se frayer un chemin dans l'ombre en effleurant le mur avec sa main.

Le clair de lune s'infiltre par l'entrebâillement des rideaux dans le salon familial, où Henry s'est affalé sur le canapé. Il a dormi en manches de chemise, une couverture en patchwork jetée sur lui. Ses longues jambes, dans leur culotte et leurs bas, pendent par-dessus le bras du meuble délicat. Jane saisit son épaule et le secoue doucement.

Henry roule sur le côté, se passe un bras sur le visage et bave sur un coussin brodé.

— Dans une minute...

Jane s'agenouille, secoue son épaule plus vigoureusement. Quelque chose de dur heurte son genou. Une bouteille de porto vide roule de sous le canapé.

— Tu as dit que tu viendrais, siffle-t-elle à l'oreille de son frère.

Henry remonte la couverture jusqu'aux oreilles et remue les lèvres.

— Je vais venir, je vais venir...

Son haleine empeste l'alcool.

Jane se hisse sur la pointe des pieds jusqu'à la fenêtre et regarde le jardin éclairé par la lune. Au moins, Henry a tenu sa promesse de creuser un chemin avant de s'écrouler, ivre mort. Le blizzard a duré tout l'après-midi, recouvrant le Hampshire d'une épaisse couche blanche. Il a encore neigé pendant la nuit, mais sous forme d'averses légères.

Dans le vestibule, Jane boutonne son manteau et enfile ses moufles en laine. Elle emprunte le châle pâle de sa mère et enroule la laine fine autour de son visage, ne laissant apparaître que ses yeux. Elle tourne prudemment la clef dans la serrure en fer de la porte arrière jusqu'à ce que le mécanisme se déclenche avec un clic.

Elle s'enfonce jusqu'aux chevilles dans l'épaisse couche de neige qui recouvre le seuil comme du glaçage. C'est maintenant l'aube. Le soleil n'est pas encore levé, mais une lueur blafarde s'élève à l'horizon. À part les traces d'un renard qui rôde, les seuls pas dans la neige vierge sont les siens.

Elle frissonne en montant la colline, mais le froid ne la saisit pas tout à fait avant qu'elle atteigne le cimetière et se réfugie à l'abri du grand if. Des amas de neige pèsent sur les branches tentaculaires de l'arbre, toutefois la terre, en dessous, est nue. Jane a le sentiment que son sang se refroidit. Elle est résolue à rester silencieuse et immobile pendant qu'elle veille. Elle resserre sa cape et enfouit ses mains sous ses bras.

Ses doigts se raidissent et ses orteils se transforment en glaçons. Elle regrette de ne pas avoir enfilé les bottes d'Henry au lieu de ses propres chaussures à lacets inadaptées. Le bas de sa cape et de sa robe est trempé de neige. Ses dents claquent. Ses oreilles sont si froides qu'elles brûlent.

Il ne serait pas sans ironie que Jane meure de froid en tentant d'arrêter un tueur. Si elle venait à mourir, le meurtrier de Zoé Renard serait-il moralement responsable ? Ou pourrait-on dire qu'elle est morte de sa propre main pour s'être mise à la merci des éléments ? L'évêque refuserait-il qu'on l'enterre dans le cimetière, quand bien même le Seigneur l'aurait rappelée à lui sur cette terre consacrée ?

Personne ne retrouvera son corps avant la fonte des neiges, lorsque les corbeaux, ces charognards, lui auront crevé les yeux. Elle commence à délirer. Que dirait Mary ?

— Reprends-toi, Jane. Tu n'arriveras à rien si tu y passes dans la neige.

Quelque part, dans l'obscurité, un couple de chouettes hulottes se fait la cour. La femelle émet un petit cri. Après quelques instants, le mâle répond par un hululement plus mélodieux.

Un cheval hennit. Pauvre Greylass dans son box. L'un des ouvriers agricoles a-t-il pensé à l'envelopper d'une couverture avant que le gel s'installe ? Le pelage blanc pommelé du poney est épais, mais même elle sentira la morsure de cet hiver rude. Jane place ses moufles devant son visage et souffle dans la cavité, réchauffant le bout de son nez avec son haleine.

Le cheval hennit de nouveau. Ce n'est pas Greylass : c'est trop fort et trop près.

Jane jette un coup d'œil entre les branches enneigées. La silhouette d'un homme, qui marche d'un pas las, émerge lentement de derrière l'église de silex. La couverture neigeuse à ses pieds reflète la lumière de la lune. Grand et mince, il porte un manteau sombre au col relevé. Il rabat son chapeau sur son front et se frotte les mains dans ses gants de cuir, soufflant des bouffées de vapeur en marchant dans la neige.

Le cœur de Jane bat à tout rompre.

L'homme passe devant lord et lady Portal dans leurs lits glacés et la dalle unique pour les multiples générations de Bolton. Il poursuit sa route, pataugeant dans la neige gelée à hauteur de mollet avec ses bottes. Les anges en pleurs, parmi les rangées de croix dressées, restent silencieux et immobiles lorsque son ombre tombe sur eux. Il arrive à l'angle le plus éloigné, là où Zoé Renard est enterrée dans la terre durcie, et plonge la main dans son manteau.

Il s'agit *bel et bien* de Jonathan Harcourt.

Jane pourrait le reconnaître n'importe où à sa démarche allongée. Maintenant, elle peut clairement voir son profil au clair de lune. Son imagination ne l'avait pas trompée – il était vraiment l'amant de Madame Renard et le père de son enfant à naître. Ses lèvres bougent, mais elle ne peut distinguer ce qu'il dit. Il est trop loin, et la neige étouffe ses paroles en un faible murmure.

Quel motif raisonnable Jonathan peut-il avoir pour rôder autour d'un cimetière en pleine nuit ? Si son association avec Madame Renard était innocente, pourquoi ne s'est-il pas manifesté ? Il a dû la tuer. Et maintenant, Jane doit s'approcher encore plus, si elle veut être témoin des aveux de Jonathan. Elle s'accroupit, se faufile sous l'arbre, prenant soin de ne pas déranger la neige poudreuse qui s'est déposée sur lui. Une fois sortie d'entre les branches griffues de l'if, elle traverse furtivement le cimetière et se dirige vers le jeune homme.

Il n'y a pas de chemin ici. Les cristaux de glace crissent à chacun de ses pas et ses jambes s'enfoncent dans la neige jusqu'aux genoux. Elle rabat sa capuche sur ses yeux et se fond dans l'ombre des pierres tombales. Si Jonathan est un meurtrier, Jane se met en grave danger. Elle devrait retourner sur ses pas et réveiller Henry. Mais le temps presse, et la vie de Georgy est en jeu.

Jonathan s'accroupit, murmurant pour lui-même, et dépose soigneusement trois orchidées brun-rouge sur le monticule blanc. Elles sont le seul éclat de couleur dans ce monde en noir et blanc. Jane est presque à côté de lui. Encore quelques pas, et elle pourra se cacher derrière la sépulture de lady Portal. Elle demandera à sa vieille amie de la protéger pendant qu'elle surprend les aveux de Jonathan.

Elle lève le pied, le plante doucement dans le sol. La semelle de sa chaussure heurte la glace. Elle glisse, agite les bras et atterrit sur le coccyx. La neige floconneuse amortit sa chute mais s'accroche à ses jupes. Elle se redresse.

Jonathan se retourne.

Ils sont face à face. Il écarquille les yeux, qui paraissent d'un blanc laiteux autour du centre noir de ses pupilles agrandies. Il ouvre la bouche, retrousse la lèvre inférieure, comme le ferait un méchant de caricature. Il rugit en s'élançant vers Jane.

Elle hurle.

Son cri perçant traverse la nuit et fait fuir les oiseaux paniqués. Jane a eu tort de penser que Jonathan était incapable de violence mortelle. Il a *assassiné* Zoé Renard, et maintenant il va la tuer aussi. Son cœur bat si fort dans sa poitrine qu'elle en a mal. Alors qu'elle regarde la mort en face, elle revoit son écritoire sur sa commode. Lady Susan est emprisonnée dans le tiroir. Des piles de papier vierge encombrent le coffre et de l'encre au jus de prunelles remplit le pot. Si Jane meurt ici, sa Catherine ne sera jamais écrite.

Tremblant de tout son corps, Jane enfonce les mains dans la neige et se redresse sur ses pieds. Elle tente de s'enfuir, mais pas assez vite. Elle s'étouffe, entraînée en arrière par son manteau qui l'étrangle. Alors qu'elle tombe, des bras puissants lui enserrent la taille.

Jane lève le genou et envoie un coup de pied derrière elle. Son pied frappe le tibia de Jonathan. Il crie et, pendant une fraction de seconde, la relâche. Le monde tourne. Ses doigts se referment sur la cheville de Jane comme un étau.

— Zoé, s'il te plaît, ne pars pas. Pardonne-moi...

Jane trébuche, atterrissant durement sur les genoux. Jonathan est allongé sur le sol derrière elle, les deux mains agrippées à sa chaussure.

— Zoé !

Jane bat furieusement des pieds.

La culpabilité d'avoir pris la vie de Madame Renard l'a rendu fou. Il pense que Jane est un fantôme revenu de la tombe pour le hanter et le punir de ses péchés. Jane a les poumons qui brûlent tandis qu'elle se tortille pour respirer. Elle n'y arrive pas. Ses bras et ses jambes sont trop lourds.

Un éclair écarlate passe à toute vitesse. C'est Henry, Dieu merci. Il est enfin là, comme il l'avait promis.

— Lâchez ma sœur, hurle-t-il en plongeant par-dessus Jane pour atterrir sur Jonathan.

Jane donne un coup de pied et libère enfin sa cheville.

Henry et Jonathan roulent dans la neige, loin de Jane, jusqu'à ce qu'ils atteignent les Bolton. Henry plaque Jonathan au sol. Ce dernier croise ses bras devant son visage, bloquant les coups de son agresseur.

— Henry ? demande Mr Austen qui titube dans la neige avec son bonnet de nuit et son banyan roux. Pour l'amour de Dieu, les enfants. Que se passe-t-il ?

— Père.

Jane se redresse sur les genoux.

Mr Austen reste bouche bée alors qu'il se tourne vers sa fille. Henry s'assied à califourchon sur Jonathan, les poings prêts à s'abattre de nouveau.

— Je n'avais pas le choix, Père. Il s'attaquait à Jane.

Jonathan se passe les deux mains sur le visage, gémissant de souffrance sous l'assaut d'Henry.

Les yeux de Mr Austen s'arrondissent.

— Jane. Est-ce que toi et Jonathan Harcourt… ?

— Non ! s'écrie Jane, rougissant d'indignation face à cette suggestion ridicule.

Elle a, à elle seule, appréhendé un meurtrier – et pourtant, la première préoccupation de son père est de s'enquérir de sa vertu.

— Je suis désolé, dit Jonathan en se recroquevillant sur le sol enneigé, le corps secoué de sanglots. Je l'ai prise pour l'esprit de Zoé...

Henry se met debout, les jambes écartées, en pointant du doigt son captif.

— C'est lui, le tueur, Père. Il a assassiné cette femme à Deane House.

Jonathan a du mal à s'asseoir. La neige poudreuse recouvre son manteau et des morceaux de glace s'accrochent à ses cheveux défaits.

— Je ne l'ai pas tuée. Je le jure. Je ne lui aurais jamais fait de mal. Je l'*aimais*.

Jane se dirige en titubant vers son père et lui saisit le bras.

— Elle était sa maîtresse. Ils se sont rencontrés à Bruxelles et elle portait son enfant. Il a dû se débarrasser d'elle pour pouvoir épouser Sophy Rivers pour son argent.

Mr Austen retient sa fille des deux mains.

— Que racontes-tu là ?

Vacillant légèrement, il se tourne vers les autres.

— Jonathan, est-ce vrai ?

— Non, ce n'est pas vrai, répond Jonathan en se frottant les yeux de ses poings fermés. Elle n'était pas ma maîtresse. Elle était ma *femme*.

27

Les champs gelés brillent comme de l'or sous le soleil de l'aube. Dans la haie, un chœur d'oiseaux gazouille pour célébrer le début d'une nouvelle journée. Le père de Jane s'appuie sur elle pour se traîner dans le jardin. Derrière eux, Henry a passé le bras de Jonathan autour de son cou et, le portant à moitié, il emmène l'homme blessé et en pleurs jusqu'au presbytère. Alors qu'ils approchent de la porte arrière, la mère de Jane regarde à travers la vitre, tenant Anna endormie sur sa hanche. Elle ouvre la porte en grand.

— Quelqu'un pourrait-il m'expliquer ce qui se passe ?

Jane ralentit le pas devant la fureur de sa mère.

— Henry et Jonathan se sont battus à coups de poing, dit Mr Austen en franchissant le seuil du vestibule exigu. À leur âge. Le croirais-tu ? Je pensais que nous étions débarrassés des écoliers bagarreurs. Au moins jusqu'à la rentrée. Mais apparemment, Jonathan a porté la main sur Jane.

Mrs Austen jette à sa fille un regard en biais, le rouge montant à ses joues.

— Jane, est-ce que Jonathan et toi… ?

— Non !

Pourquoi les moindres faits et gestes de Jane doivent-ils être interprétés à travers le prisme de la romance ? Il y aurait tellement mieux pour elle, pour ses capacités, que le mariage. Jane pénètre dans le vestibule, éparpillant de la neige sur le tapis.

— Il pensait que j'étais le fantôme de Madame Renard revenu le hanter.

— Est-ce si étonnant ? Regarde-toi.

Mrs Austen désigne les chaussures à lacets de Jane et son capuchon pointu. Jane doit reconnaître qu'elle a une silhouette inquiétante, vêtue de noir, avec son visage entièrement recouvert.

— Si tu venais vers moi ainsi vêtue, j'ose dire que je mourrais d'effroi. Tu ressembles à l'enfant d'une banshee irlandaise et d'une momie égyptienne. Que faisais-tu dans le cimetière à cette heure indue ? Tu nous as fait peur lorsque nous t'avons entendue crier.

Jane baisse sa capuche et déroule son châle, révélant son visage.

— Je faisais ce qu'il fallait pour sauver Georgy et prouver que c'est *lui*, le vrai tueur, répond-elle en désignant Jonathan.

— Mais je ne suis pas le tueur. Je vous ai dit que ce n'était pas moi.

Jonathan appuie sa joue sur l'épaule d'Henry. Celui-ci le regarde fixement, visiblement déconcerté de voir que leur combat épique s'est transformé en quelque chose de plus proche d'une étreinte.

— Les enfants, cela a assez duré, déclare Mr Austen en se frottant les tempes.

Sally apparaît à la porte du salon, déjà vêtue de sa blouse de lin et de ses sabots de bois. Elle regarde Jane avec stupéfaction tandis qu'elle saisit le banyan mouillé de Mr Austen et lui passe la couverture de laine en patchwork. Heureusement que Jane garde le secret de Sally, ou la nouvelle de sa propre inconduite serait portée de Basingstoke à Winchester sur les lèvres des domestiques avant la fin de la journée.

Mrs Austen serre Anna contre sa poitrine et déclare :

— Jonathan n'est pas un tueur. Regardez, vous avez bouleversé ce pauvre garçon.

Des traces de larmes marquent la peau pâle de Jonathan et des hoquets secouent sa silhouette efflanquée.

Henry baisse la tête et regarde sa mère de sous ses cils noirs en imitant au mieux un chiot blessé.

— C'était l'idée de Jane.

— Oh, et maintenant, qui est le rapporteur ? s'indigne-t-elle.

Jane réprime l'envie de lui donner un coup de poing en raccrochant son manteau détrempé. Sa mère lui dépose Anna dans les bras et le bébé attrape son nez glacé avec ses doigts chauds et collants.

Jonathan franchit le seuil en boitant. Mrs Austen saisit les manches de son pardessus humide et les fait glisser de ses longs bras.

— Commençons par vous enlever tout de suite ces vêtements mouillés. Vous dégoulinez sur le sol.

Elle invite tout le monde à se rendre dans le salon familial, où un nouveau feu brûle déjà. Sally se tient à côté de l'âtre, tisonnant les bûches, sans pour autant détourner le regard du drame qui se joue.

Jane reste aux côtés de Jonathan, déterminée à lui arracher la vérité, malgré sa détresse.

— Si vous n'avez pas tué Zoé Renard, pourquoi demandiez-vous pardon à son esprit ?

Jonathan s'affale sur une chaise, pose un coude sur la table et vient soutenir sa tête à l'aide de sa main.

— Parce qu'elle était ma femme et que je lui ai failli.

Ses cheveux noirs gouttent sur le col de sa chemise.

— Je *savais* que vous pensiez tous que je l'avais fait. C'est pourquoi vous avez fait ce sermon, n'est-ce pas ? Je l'ai dit à Mère, mais elle a répondu que j'étais trop sensible – comme d'habitude.

Mr Austen prend sa place habituelle, dos au feu. Avec la couverture jetée sur sa chemise de nuit, il a l'air d'un roi médiéval.

— Henry, va chercher mon porto. Je pense que nous avons tous besoin d'une petite gorgée.

Henry fait la grimace.

— Vous êtes sûr de ne pas préférer du brandy, Père ?

— Oh, pas encore ! s'exclame Mr Austen en tapant d'une main sur la table.

Comme il n'y a pas de nappe, le son rebondit sur les murs.

— C'était une bouteille pleine !

Jane se glisse sur le siège le plus proche de Jonathan et installe Anna sur ses genoux. Le bébé est chaud, c'est mieux que n'importe quel chauffe-lit. Sally sort six verres à liqueur du buffet et les pose directement sur la table. Mr Austen hausse un sourcil. La servante fronce les siens en retirant le sixième verre et en le remettant dans le buffet. Henry sort une nouvelle bouteille de brandy et verse une généreuse dose du liquide doré dans chacun des cinq verres restants.

Jonathan saisit le sien d'une main tremblante et en fait descendre le contenu dans son gosier.

— C'est vrai..., prononce-t-il ensuite. Nous nous sommes rencontrés à Bruxelles, comme vous l'avez dit.

Il tend son verre pour qu'on lui verse une autre rasade.

— J'ai adoré cette ville. Je ne voulais plus jamais revenir ici. J'étais parfaitement satisfait, je gagnais ma vie comme portraitiste. Et Zoé était si douée. Sa famille, les Renard, fabrique la plus belle dentelle de la ville. Et ce depuis des générations.

— Et vous vous êtes mariés ? demande Mr Austen en posant sa main sur l'avant-bras de Jonathan pour l'empêcher de trembler.

— Oui.

Jonathan déglutit. Ses yeux bleu pâle sont ourlés de rouge et débordent de larmes.

— Puis nous avons appris que les Français étaient en route, qu'ils prévoyaient d'envahir le pays. Zoé voulait rester. C'était sa maison. Tous ses proches sont là-bas.

Il prend une nouvelle gorgée de brandy.

— Mais j'avais peur que, malgré la façon dont je vivais, ils ne découvrent mon rang et que je ne sois... eh bien, vous savez...

Henry passe un doigt sur sa gorge.

— Exécuté.

— Exactement. Vous avez dû lire les rapports. Personne n'est à l'abri des Jacobins.

La joue droite et la lèvre inférieure de Jonathan rougissent de seconde en seconde. Son visage est tuméfié par l'impact des poings d'Henry.

— J'ai donc persuadé Zoé de revenir en Angleterre avec moi. J'ai tout perdu en m'enfuyant. C'est arrivé si vite... Bruxelles était ma maison, et l'instant d'après, je fuyais pour sauver ma vie. J'ai été forcé d'abandonner mes peintures et mon matériel. Je me suis tourné vers ma mère et mon père pour qu'ils me soutiennent, mais...

Sa voix se brise.

Mr Austen frotte le bras de Jonathan.

— Allez-y, mon garçon. Vous savez que vous êtes en sécurité ici. Vous avez toujours été en sécurité avec nous.

Jane sirote lentement son brandy, se souvenant du garçon désespéré aux yeux écarquillés qu'était Jonathan lorsqu'il est arrivé pour la première fois à l'école de son père. Il réveillait toute la maisonnée avec ses terreurs nocturnes et ses « accidents », ce qui poussait les autres garçons à le taquiner en lui donnant le surnom humiliant de « Johnny Pisse-au-lit ». Pendant les premiers mois où il a vécu au presbytère, il avait peur de son ombre et – ce qui était le plus étrange pour les enfants Austen – il était encore plus effrayé par leurs parents.

Jonathan appuie son front contre sa paume.

— Ils n'ont pas voulu accepter Zoé comme ma femme. Ils ont dit que c'était parce qu'elle était catholique, mais je sais que cela n'avait rien à voir. C'était parce qu'elle n'était pas de la « bonne société ». Comme Zoé vient d'une famille de commerçants, ils l'ont jugée indigne de devenir leur belle-fille. Mais tout cela n'avait pas d'importance pour moi. Elle était intelligente, gentille et si talentueuse.

Il ferme les yeux, et une grosse larme glisse sur sa joue. Jane avait beau s'interroger à longueur de journée sur la nature de la relation entre Jonathan et Madame Renard, il ne lui est jamais venu à l'esprit qu'il pouvait l'*aimer* sincèrement. Mais à le voir ainsi, le visage défait, luttant pour chaque respiration, il est très clair qu'il l'a aimée.

Mrs Austen se tient derrière Jonathan et pose ses mains sur ses épaules.

— Oh, mon pauvre garçon !

Jonathan s'essuie le nez sur sa manche.

— Ils ont essayé de me dire que, comme nous nous étions mariés lors d'une cérémonie catholique, ce n'était pas valable ici.

Mr Austen fronce les sourcils.

— Ce n'est pas vrai, rétorque-t-il. Une cérémonie catholique est parfaitement valide aux yeux de l'Église anglicane.

— Je sais, dit Jonathan en hochant la tête fiévreusement. Et je n'aurais jamais souhaité qu'il en soit autrement. J'ai fait de mon mieux pour résister à ma mère et à mon père, mais j'avais tellement besoin de leur aide. Je m'étais échappé sans rien d'autre que les vêtements que j'avais sur le dos. Sans mon matériel, je n'avais aucun moyen de gagner ma vie. Je devais repartir à zéro. Mais ils ne m'avanceraient de l'argent que si j'acceptais d'épouser Miss Rivers. Et... c'est si difficile à expliquer, mais ils ont une façon de déformer les choses. Ils l'ont toujours fait. C'est pour cela que je suis parti sur le continent, pour m'éloigner d'eux.

Mrs Austen tend à Jonathan un mouchoir propre. Jane se mord l'ongle du pouce en se rappelant les mots qu'il avait utilisés au bal. « Dieu sait que je souhaiterais n'avoir jamais, au grand jamais, remis les pieds sur ces côtes. » Non pas parce qu'il était coupable, mais parce que sa femme avait été assassinée et que son cœur était brisé.

— J'ai trouvé à Zoé un endroit où loger à Basingstoke pendant que je retournais à Deane House pour essayer de les faire changer d'avis. Finalement, mon père a admis qu'il ne pouvait pas m'aider, même s'il l'avait voulu, à cause de toutes les dettes qu'il avait accumulées aux cartes. Il m'a dit qu'en refusant d'épouser Miss Rivers et de récupérer sa dot, je laissais tomber tout le monde et que le domaine serait en faillite. Tous nos métayers perdraient leur maison et mourraient de faim. Et je n'aurais aucun moyen de m'occuper de Zoé. Nous serions tous ruinés à cause de mon entêtement. Alors, j'ai cédé et j'ai dit oui, juste pour gagner un peu de temps. Nous...

Il s'étrangle dans un sanglot.

— ... nous attendions un enfant. J'avais besoin d'argent pour payer un endroit plus convenable pour Zoé et un médecin. Je ne pense pas que j'aurais participé à une cérémonie de mariage, sachant qu'il s'agissait d'un simulacre et que je volais la dot de Miss Rivers, mais à l'époque, je ne voyais pas d'autre solution.

Jane sent ses yeux la piquer tandis qu'elle regarde Jonathan, secoué de gros sanglots. Il est tellement dévasté qu'il n'essaie plus de garder le moindre semblant de dignité. Henry, incapable de le supporter, se dirige vers la cheminée et tourne le dos à la scène. Pendant tout ce temps, la fratrie cherchait des signes de culpabilité, alors que c'était le chagrin que le pauvre homme s'efforçait de dissimuler.

— Le soir du bal, je ne savais pas que Zoé était là.

Jonathan se mouche et s'essuie les joues.

— Je ne lui ai jamais dit que mes parents voulaient que je prenne une autre femme, mais qu'ils avaient besoin d'un peu de temps pour se faire à l'idée que je sois marié. J'ai su qu'elle avait été tuée quand Henry a découvert son corps... Et je ne sais toujours pas ce qui s'est passé. J'étais tellement désespéré que j'étais incapable de parler. Mon père n'avait jamais vu Zoé. Il ne comprenait pas pourquoi j'étais si bouleversé. Il m'a accusé d'être hystérique. Il a demandé aux valets de pied de me faire avaler la teinture de Mère, avant de me traîner jusqu'à ma chambre et de m'y enfermer...

» Et quand Georgy a été retrouvé avec le collier, ma mère a essayé de me faire croire qu'*il* l'avait tuée. Mais je savais que ce n'était pas vrai, parce que la chaîne n'a pu être perdue qu'après qu'ils ont découvert le corps de Zoé. Sinon, ils n'auraient pas pu retrouver ma bague, dit-il en levant sa main tremblante.

— Alors, c'était la vôtre ?

Jane se penche en avant pour examiner la chevalière à son petit doigt.

— Vous l'avez donnée à Zoé et elle l'a mise en gage avec son collier ?

— Elle n'a pas eu le choix. C'était le seul moyen pour elle de payer le loyer de sa chambre à Basingstoke. Nous avions pris sa dentelle avec nous. C'était tellement plus facile à transporter que mes toiles et mes boîtes de pigments. Mais il lui a fallu du temps pour constituer son stock et acquérir une réputation.

Jonathan ramène sa main à lui, faisant tourner nerveusement la chevalière.

— C'était son alliance. Comme la bague se prenait dans les fuseaux quand elle faisait de la dentelle, Zoé la portait sur sa chaîne. Ce devait être le cas quand elle a été tuée…

Il s'écroule vers l'avant, les coudes posés sur les genoux, et pousse un cri guttural au creux de ses mains. Le son déchirant atteint Jane, lui vrillant le cœur.

— P… parce que *quelqu'un* l'a récupérée. Elle était de nouveau à mon doigt quand je me suis réveillé, au matin.

Mrs Austen s'agenouille à côté de Jonathan et caresse ses cheveux noirs.

— Oh, pauvre garçon. Que vous ont-ils fait ?

Jane se lève et passe Anna, qui s'est endormie, à Sally. Ses jambes tremblent lorsqu'elle se hisse sur la pointe des pieds jusqu'à la porte de derrière avant que son père et sa mère, ou Henry, s'en aperçoivent et s'y opposent. Tandis que sa famille est distraite par Jonathan, en proie au chagrin, Jane doit terminer ce qu'elle a commencé. Jonathan n'a manifestement pas assassiné la dentellière. Si sir John ignorait qui elle était, il n'avait aucune raison de la tuer non plus. Il ne reste plus qu'un seul nom sur sa liste de personnes suspectes – Mrs Twistleton – et, après ce qu'elle vient d'entendre, Jane est plus déterminée que jamais à la confronter à la vérité.

28

Jane se sent découragée alors qu'elle pénètre dans le jardin, s'enfonçant une fois de plus jusqu'aux chevilles dans la neige fraîche. Une autre chute de neige s'est abattue sur le Hampshire alors qu'elle était à l'intérieur du presbytère. Elle était tellement absorbée par l'histoire de Jonathan qu'elle ne l'a pas remarquée. La neige a comblé les traces de pas de tout à l'heure et recouvert le chemin durement creusé par Henry. Dans les champs, elle doit avoir une épaisseur d'un pied. Il était déjà difficile de monter la colline jusqu'à l'église en titubant dans la neige. Dans ce blizzard, elle ne parviendra jamais à parcourir à pied le chemin qui mène à Deane House. Résignée à son sort, elle traverse le jardin, pénètre dans la cour de la ferme et se dirige vers l'écurie. Si elle veut sauver Georgy de la potence, elle doit vaincre toutes ses peurs.

La sellerie n'est pas fermée à clef. James réprimande toujours Mr Austen pour qu'il y mette un cadenas, mais le père de Jane a bien trop confiance en la nature humaine pour craindre les voleurs. Elle passe en revue les nombreuses brides en cuir. Jane n'a jamais monté aucun des chevaux qui se trouvent actuellement dans l'écurie des Austen. La jument capricieuse de laquelle elle est tombée a été envoyée depuis longtemps chez l'équarisseur. Elle n'a aucune idée de la bride qui conviendrait à

Greylass. Sauf qu'il y en a une, et une seule, avec une tresse de cuir noir et marron en travers du bandeau frontal. Seule Cassandra aurait pu choisir quelque chose d'aussi mièvre pour son poney.

La selle amazone est facile à identifier, elle a été conçue pour une dame. Elle repose sur le sol, là où Jane l'a laissée tomber. Elle enroule la bride autour de son cou et hisse la lourde selle à deux mains. Greylass lève la tête et pointe les oreilles vers l'avant en guise de salut.

— Je suis désolée, ma fille. Je ne t'ai jamais apporté cette carotte, n'est-ce pas ? Mais si tu m'aides à attraper ce monstre, je t'en apporterai toute une caisse.

Quand elle entre dans la stalle, elle sent son estomac se tordre à l'idée d'être aplatie entre la croupe pommelée du poney et le mur en briques. Greylass trottine sur la paille pour faire de la place à sa visiteuse. Le mors d'acier est froid dans la main de Jane elle l'appuie contre la bouche du poney. Ses doigts tremblent à l'idée des énormes dents carrées de Greylass, mais le poney retrousse ses lèvres noires et l'accepte immédiatement.

— Voilà, c'est fait. Nous avons réussi.

Jane passe la bride par-dessus la tête de l'animal et l'attache, puis harnache avec effort la selle sur le large dos. Elle prie pour s'être souvenue correctement des instructions de Frank. Elle ne peut se permettre d'échouer, ni de tomber. Greylass hennit, soufflant de la vapeur par le nez et frappant la neige de ses sabots avant tandis que Jane la conduit dans la cour.

— Oui, c'est profond, n'est-ce pas ?

Jane lui tapote la joue, la guidant vers le bloc de montage avec les rênes.

— Sans cela, tu serais encore bien au chaud dans ton box, et je ne risquerais pas de me rompre le cou. Mais il faut ce qu'il faut.

Jane enroule ses jupes autour de son bras et, plaçant ses deux mains sur la selle, elle met un pied dans l'étrier, ferme les yeux et s'élance dans les airs.

— S'il vous plaît, s'il vous plaît, s'il vous plaît...

Elle rit de plaisir en s'apercevant qu'elle se tient debout dans l'étrier. Jane s'assied lourdement, se tortillant sur la selle pour retrouver son assiette après toutes ces années. Elle n'a pas pris de cravache, mais le fidèle destrier de Cassandra n'en a pas besoin. Greylass s'avance dès que Jane est stable. C'est comme si le poney pouvait sentir la volonté de la jeune fille.

Au début, Jane est toute raide, et son estomac fait des bonds. Puis une bouffée d'énergie explose dans son corps, ses muscles se détendent, et son cœur se dilate de joie à cette sensation de liberté. Elle s'élance et traverse la cour de la ferme au trot.

Le vent caresse sa joue, et ses jupes s'envolent derrière elle. Avec la neige accumulée, le sol ne paraît plus si bas. Henry se précipite par la porte arrière du presbytère.

— Jane, attends !

Il court à sa poursuite, agitant les deux bras au-dessus de sa tête.

Mais Jane contrôle parfaitement son corps lorsqu'elle se lance sur le chemin. Elle serre les rênes contre sa poitrine et se renfonce sur la selle. Greylass passe au galop. C'est comme si Jane volait, alors qu'elle s'élance à travers la blancheur vierge dans une poursuite acharnée de l'assassin de Zoé *Harcourt*.

Lorsque Jane franchit la grille de Deane House, elle est plus vivante qu'elle ne l'a jamais été. Elle a les joues brûlantes et le cœur qui bat la chamade. Un palefrenier se frotte les yeux tout en balayant l'allée.

— Tenez.

Jane descend du poney et lance les rênes au domestique.

— Allez chez les Lloyd, à Deane, aussi vite que vous le pouvez. Dites au magistrat que Miss Austen tient son meurtrier et qu'elle est sur le point d'obtenir des aveux. Il y a six pence pour vous à la clef. Maintenant, dépêchez-vous.

— Très bien, miss.

Le garçon saute sur le dos de Greylass et part au galop. Jane fixe son regard sur les arbustes situés sous l'oriel, là où Georgy a dû trouver le collier de Zoé. Consumée par une juste fureur, elle frappe des deux poings la double porte en chêne massif du grand manoir Tudor et crie à tue-tête qu'on la laisse entrer. Après ce qui lui semble être des heures, le battant s'entrouvre.

Le majordome sort sa tête coiffée d'un bonnet de nuit dans l'air glacial.

Jane enfonce son pied à l'intérieur et se glisse devant lui.

Mrs Twistleton, vêtue d'une robe de chambre à froufrous, se tient dans le hall d'entrée lambrissé de chêne et faiblement éclairé.

— Miss Austen ?

Elle recule d'un pas, tout en approchant de sa joue pâle une bougie brûlant dans un bougeoir en laiton.

Jane traverse le tapis persan à grandes enjambées jusqu'à ce qu'elles soient face à face.

— Saviez-vous qui elle était ? L'avez-vous rencontrée à Basingstoke, à l'auberge Angel Inn ?

Mrs Twistleton lève ses sourcils sombres et serre les pans de sa robe de chambre.

— Madame Renard était Mrs Harcourt, la *femme* de Jonathan. Pas sa maîtresse, sa femme. Elle a dû venir ici pour le chercher. Et, d'une manière ou d'une autre, elle a fini morte et enfermée dans ce placard.

— Miss Austen, allez-vous bien ? Ce que vous dites n'a aucun sens.

Mrs Twistleton interpelle le majordome du regard, mais celui-ci ne fait aucun geste pour intervenir.

Jane serre la mâchoire, c'est sa dernière chance de sauver Georgy. Elle doit faire éclater la vérité, ou tout cela n'aura servi à rien. Son frère, le plus innocent des hommes, mourra pour les péchés d'un autre.

— Vous devez dire la vérité. C'est la seule voie de salut. Si vous la dissimulez, le péché entachera à jamais votre âme immortelle.

La voix de Mrs Twistleton est stridente.

— Quels péchés ? *Je* ne suis coupable d'aucun.

À côté d'elle, le majordome lève les yeux au ciel.

Jane prend une brusque inspiration.

— En plus de l'adultère, vous avez lancé de fausses accusations. Aucun intrus ne rôdait dans les bois de Deane, mistress Twistleton, et vous le savez. Vous avez beaucoup de chance que l'équipe de recherche n'ait pas trouvé de vagabonds le lendemain du meurtre, sinon une autre victime malheureuse aurait pu perdre la vie sans qu'il y ait eu faute de sa part. Combien d'innocents enverrez-vous à la mort pour protéger votre place dans cette famille, Deborah ?

— Non ! s'écrie Mrs Twistleton en portant la main à sa gorge.

Jane s'approche jusqu'à sentir l'haleine de la femme sur son visage. Si elle ne se trompe pas, elle y décèle un léger soupçon de gin.

— Je sais qui est le meurtrier, mistress Twistleton. Et, qui plus est, je sais que vous le savez aussi. Vous avez déjà perdu sir John. Il est inutile de cacher la vérité plus longtemps.

— Non, miss Austen… Je ne sais pas de quoi vous parlez.

— Vraiment ? riposte Jane en montrant du doigt le placard. Alors, ouvrez cette porte.

— Je ne peux pas.

La gouvernante a les lèvres qui tremblent, et elle recule en trébuchant.

Des coups de poing résonnent à la porte d'entrée. Le majordome l'ouvre d'un coup sec et un souffle glacial s'engouffre dans le hall. Le vent hivernal éteint la flamme de la bougie de Mrs Twistleton, plongeant le couloir dans l'obscurité. Henry se tient dans l'embrasure de la porte, dans son uniforme militaire complet, sa silhouette se découpant dans la lumière éblouissante du matin.

Leur mère l'a-t-elle envoyé pour la ramener à la maison ? Jane s'élance hors de sa portée, posant ses mains à plat contre la porte du redoutable placard à linge.

Henry pénètre à l'intérieur du manoir.

— Jane ?

Mr Craven se présente derrière lui, sa grosse carcasse bloquant la lumière.

— Miss Austen. Que faites-vous encore ici ?

Le lustre en laiton cliquette tandis que lady Harcourt descend en trombe l'escalier en bois ornementé, enveloppée dans un banyan couleur prune et coiffée d'un turban assorti.

— Que se passe-t-il, ici ? J'essaie de dormir.

Tous les muscles de Jane se contractent alors qu'elle se prépare à lutter pour ne pas qu'on la traîne hors de cet endroit. Ils ne la feront pas taire. Elle donnera des coups de pied et criera jusqu'à ce qu'elle ait fait valoir son point de vue, s'il le faut. Son amour pour Georgy l'emportera sur toute obligation de bienséance.

— La porte du placard à linge était fermée à clef lorsque Henry et Mrs Chute ont trouvé le cadavre. Le saviez-vous, mister Craven ?

— Je me souviens de signes d'effraction, oui. On aurait dit que quelqu'un avait crocheté la serrure, plutôt maladroitement, avec un instrument pointu.

Henry grimace, l'air honteux.

— Ah, oui, je crains que ce ne soit moi.

Mr Craven hoche la tête, comme pour dire qu'il s'y attendait. Ce n'est qu'un secret de plus entre gentlemen. Comme il est commode qu'ils puissent toujours compter les uns sur les autres pour être discrets.

— Alors, mistress Twistleton. J'exige que vous ouvriez cette porte, immédiatement, ou que vous nous disiez ce qui s'est réellement passé ce jour-là !

Les mots s'échappent de la bouche de Jane dans un cri étranglé tandis qu'elle abat ses paumes contre le bois massif.

— Je ne peux pas, répond Mrs Twistleton en pressant sa main sur sa bouche.

— Miss Austen, vraiment, dit Mr Craven. Je vous ai déjà mise en garde contre le harcèlement de la famille Harcourt.

Lady Harcourt s'arrête sur le palier, à côté du buste d'Edwin.

— Faites-la sortir de chez moi.

Sans ses cosmétiques habituels, son visage est gris cendré. Ses traits relâchés, dépourvus de chaleur, sont le reflet du masque mortuaire de son fils.

— Ne craignez rien, lady Harcourt, je vais résoudre ce problème, lui assure Mr Craven. Maintenant, miss Austen, venez avec moi. Je dois avoir une discussion sérieuse avec votre père.

Henry tend un bras, bloquant le passage de Mr Craven. Il inspire profondément, gonflant sa large poitrine. Ses yeux flambent d'un éclat ambré.

— Mister Craven, en tant qu'officier de la milice de Sa Majesté, le maintien de la paix est de mon ressort.

Mr Craven hoche la tête.

— Oui, en effet, sir.

Henry croise le regard de Jane, qui le supplie de ne pas la renvoyer. Silencieusement, elle lui dit : « Crois en moi, Henry. Tu sais que j'ai raison. »

Henry redresse les épaules et pose sa main sur la poignée de son sabre. Enroulant ses doigts autour de celle-ci, il tire l'épée d'argent de son fourreau. Jane tremble lorsqu'il pointe la lame incurvée directement vers l'endroit où elle se trouve, devant l'entrée du placard à linge. Quand il reprend la parole, sa voix est claire et profonde.

— Mistress Twistleton, cette affaire regarde la Couronne. C'est pourquoi je vous ordonne de faire ce que dit ma sœur et d'ouvrir cette porte immédiatement.

— Henry ! souffle Jane, le cœur inondé de chaleur.

Comme toujours, Henry est de son côté. Il peut la pousser à la distraction, mais son frère se dresserait contre le monde entier avec elle.

La gouvernante s'accroche au buffet pour se soutenir.

— Non, lieutenant Austen. Vous me comprenez mal, sir. Ce n'est pas que je ne veux pas. Je ne *peux* pas.

Elle ferme les yeux, s'arc-boutant sur elle-même.

— Je n'ai jamais eu mon propre trousseau de clefs.

— Je le savais.

Jane se retourne pour faire face à lady Harcourt.

— C'était vous ! Vous avez tué Zoé. Vous êtes la seule à avoir pu le faire. Elle ne portait pas son collier quand Henry l'a trouvée, parce que vous le lui avez arraché pour prendre la bague de Jonathan. Vous étiez si furieuse que votre fils ait osé se marier sans votre permission que vous avez assassiné votre propre belle-fille.

Lady Harcourt recule.

— Jonathan n'avait pas le droit de donner cette bague, se défend-elle. Elle n'aurait même pas dû être à lui. Nous l'avons fait faire pour Edwin.

— Mais le collier de Zoé, en revanche, ne signifiait rien pour vous. Vous l'avez jeté dans les buissons par la fenêtre de votre chambre, où mon frère – mon doux, inoffensif et innocent frère – l'a trouvé. Et vous le laisseriez pendre pour votre crime.

Jane n'avait même pas pensé à inclure lady Harcourt dans sa liste initiale de suspects. Mais la mère avait autant à perdre que Jonathan et son père, et *elle* est le seul membre de la famille Harcourt que Jane ait vu s'emporter dans le feu de l'action. Et, comme l'a révélé Hannah, elle est la seule à détenir les clefs de Deane House.

— Sortez de chez moi ! Vous êtes comme elle. Comment osez-vous polluer ma maison de votre présence infâme ? Vous, qui n'êtes rien, qui n'êtes personne, vous voulez tout me prendre. Vous n'êtes pas digne de respirer le même air que moi. Je viens d'une famille noble, d'une lignée issue du sang le plus bleu.

Lady Harcourt se penche vers la statue, entourant le buste de ses deux bras, de sorte que le visage de pierre froide est pressé contre sa poitrine.

— N'est-ce pas assez que mon Edwin m'ait été enlevé, sa lignée étant trop pure pour ce monde ? Et que mon imbécile de mari ait joué et gaspillé ma fortune ?

» Et puis *elle*, cette sale catin papiste venue de l'étranger, elle croyait prendre Jonathan, ce pitoyable gringalet, pour le transformer en rien de plus qu'un... qu'un...

Le mot lui reste en travers de la gorge.

— Qu'un *marchand*.

Elle tremble de rage.

— Je n'allais pas l'accepter. Vous m'entendez ? Je suis la femme d'un baronnet, la mère de son héritier et la maîtresse de Deane House, ou je ne suis rien.

Les oreilles de Jane résonnent de l'énormité des paroles de lady Harcourt. C'est l'aveu qu'elle a tué Zoé.

Henry s'avance au pied de l'escalier, sabre au clair.

— Mistress, je crains que vous ne deviez venir avec moi.

Mr Craven le suit, un demi-pas en arrière. Lady Harcourt enlace de nouveau la statue, enfonçant la tête dans les épaules, et pose ses lèvres sur la pierre lisse pour embrasser les boucles sculptées d'Edwin. Ses épaules se contractent lorsqu'elle pousse des deux mains le buste hors de son socle. Celui-ci bascule, dévalant l'escalier en direction d'Henry et de Mr Craven. L'Edwin de marbre heurte les marches en bois. Son nez se brise alors qu'il s'écrase, rebondissant violemment sur chaque marche. Henry s'écarte d'un bond, mais Mr Craven le suit de trop près. Pendant une fraction de seconde, les deux hommes sont comme suspendus dans les airs.

La traîne du banyan de lady Harcourt balaie le palier et disparaît de la vue de tous alors qu'elle s'enfuit.

Henry et Mr Craven se percutent et tombent au sol dans un enchevêtrement de bras et de jambes. Le sabre d'argent d'Henry tinte sur le parquet. Le buste roule, comme la boule d'un jeu de quilles, et s'immobilise aux pieds de Mrs Twistleton, affolée.

Jane soulève ses jupes et saute par-dessus les hommes pour rattraper la meurtrière. Elle monte les marches quatre à quatre. Les semelles de ses chaussures de marche claquent contre les lattes de bois jusqu'à ce qu'elle arrive au premier étage.

À bout de souffle, elle s'arrête.

Une multitude de portes donnent sur le long couloir. Où est passée lady Harcourt ? Jane s'élance vers le fond. Si elle a vu juste, c'est la direction de l'oriel qui donne sur les arbustes. La porte la plus éloignée est entrouverte. Une armure vide, tenant une hache de guerre, monte la garde.

Jane ouvre la porte d'un coup de pied.

Lady Harcourt se tient de profil devant un lit à baldaquin, au ciel de lit en couronne, une bouteille en verre à la main. Elle ricane en voyant Jane, renverse la tête en arrière et vide le contenu de la bouteille dans sa gorge.

Jane hurle, tend la main, mais ne saisit que le vide devant elle.

— Non !

Lady Harcourt serre ses lèvres minces l'une contre l'autre avec une résolution sinistre. Jane se précipite à ses côtés, lui arrache la bouteille des mains et l'envoie se fracasser contre le mur. Mais il est trop tard. Lady Harcourt s'étrangle et porte la main à sa gorge. Elle continue de suffoquer, cherchant l'air, tandis que son teint vire au rouge.

Jane est si proche du but. Mais sans une confession signée, tout cela pourrait n'avoir servi à rien. Des pas lourds résonnent derrière elle. Henry et Mr Craven entrent en trombe dans la pièce, suivis de Mrs Twistleton et du majordome. Ils se tiennent sur le seuil de la porte, bouche bée, les traits déformés devant l'horreur de la situation. Lady Harcourt s'effondre, bafouillant et se tordant sur le tapis tandis que des mouchetures de vomi s'échappent de sa bouche.

En désespoir de cause, Jane s'agenouille et entoure lady Harcourt de son bras. Elle la frappe violemment dans le dos, mais ne peut l'empêcher de s'étouffer avec son propre vomi.

— Jane, arrête, dit Henry en s'accroupissant devant elle. Laisse-la partir.

À contrecœur, Jane relâche la femme. En la couchant sur le côté, elle place un bras devant elle pour amortir son visage. La peau de lady Harcourt se décolore, ses yeux deviennent vides et le bout de ses doigts se teinte de bleu.

Au bout d'un long moment, Mrs Twistleton s'avance, une main sur la gorge. Elle s'agenouille au-dessus de sa maîtresse, plaçant son oreille contre la poitrine de lady Harcourt pendant plusieurs instants. Enfin, elle relève la tête.

— Seigneur, ayez pitié... Je ne l'entends pas respirer.

Elle pose deux doigts sur la gorge de lady Harcourt, appuyant fortement sur son cou.

— Il n'y a pas de pouls non plus.

Jane s'accroche à l'avant-bras d'Henry, fixant Mr Craven avec des yeux écarquillés.

— Mais vous l'avez entendue. Vous l'avez entendue avouer. S'il vous plaît, dites-moi que vous l'avez entendue avouer ?

Mr Craven s'agenouille devant Jane. Il fronce ses grands sourcils broussailleux.

— Je l'ai entendue, miss Austen. Je l'ai entendue, et je vous ai entendue.

Jane s'effondre dans les bras d'Henry et se met à sangloter tandis que son frère la berce. Elle sent son corps se détendre alors qu'elle respire librement pour la première fois depuis l'arrestation de Georgy.

29

Zoé, 11 décembre 1795

Le fiacre s'arrête devant l'auberge Deane Gate, et Zoé descend du toit en fronçant sa jupe de chintz pour protéger sa pudeur. Les sifflements des travailleurs à l'extérieur du pub ne sont que la dernière des indignités qu'elle a subies depuis son arrivée dans ce pays détestable. Une porte battante s'ouvre, et une serveuse sort, un large plateau de tartes fraîchement cuites entre les mains. Zoé lui demande de lui indiquer où se trouve Deane House, et la jeune fille penche la tête en direction de la ruelle. À la vue du toit de tuiles orné au loin, Zoé sent son cœur s'emballer.

C'est ce qui se passe à l'intérieur de son ventre qui pousse Zoé à aller de l'avant. Elle doit affronter les Harcourt pour le bien de son enfant à naître. Elle ne regrette pas d'avoir épousé son « lord anglais », comme l'appelle sa famille, mais elle regrette profondément d'avoir quitté sa patrie bien-aimée. Elle s'est efforcée d'être patiente et de donner au père et à la mère de Jonathan le temps d'accepter leur mariage. Au début, sa propre famille s'y opposait également. Le père de Zoé, un marchand prospère, avait envisagé pour sa fille cadette une union bien plus lucrative avec un autre bourgeois. Même

Zoé, avec son tempérament romantique, n'avait jamais pensé qu'elle serait assez folle pour se marier par amour. Elle s'était inscrite aux cours de l'Académie royale pour améliorer ses croquis, et non pour trouver un mari. La plupart des hommes ne faisaient pas grand cas de la nouvelle cohorte d'étudiantes.

Lorsque l'étrange jeune Anglais avait continué de la dévisager, Zoé avait supposé qu'il partageait leur arrogante désapprobation. Oui, il était beau, avec sa haute stature et ses cheveux aile de corbeau, mais c'était son talent incontestable pour capturer la physionomie des modèles qui avait attiré l'attention de Zoé. Et puis, un jour, il s'était penché sur son chevalet et avait murmuré :

— Dites-moi, s'il vous plaît, *mademoiselle**. Comment se fait-il, alors que vous utilisez la même combinaison terrestre de bâtons de fusain et de papier blanc que nous tous, que vous soyez capable de créer un contraste aussi sublime d'ombres et de lumières ?

Et c'était ainsi que Zoé avait abandonné son cœur à Jonathan pour toujours.

Lorsque Zoé avait finalement accepté de l'emmener chez elle pour rencontrer les Renard, elle avait été stupéfaite de le voir les charmer par ses manières calmes et respectueuses. Peu à peu, son père s'était fait à l'idée de les voir se marier. Jonathan était peut-être né dans l'aristocratie anglaise, mais il n'était pas un fainéant. Pendant son séjour à l'Académie, il restait à l'atelier après les cours pour terminer des œuvres destinées à la vente, et il passait ses soirées à faire des caricatures sur la place du marché. Le père de Zoé avait présenté Jonathan à ses amis marchands et les commandes avaient afflué.

Leur avenir semblait très prometteur jusqu'à ce qu'ils reçoivent une nouvelle terrifiante : l'armée révolutionnaire française était sur le point de marcher sur la ville. Jonathan avait voulu fuir immédiatement. La famille de Zoé n'était pas particulièrement inquiète, mais les journaux relatant les procès et les massacres à Paris racontaient une autre histoire. Si la reine de France elle-même n'était pas à l'abri de *Madame Guillotine**, comment Zoé pouvait-elle assurer à son noble mari qu'il le serait ?

Jonathan l'avait prévenue qu'il faudrait tout recommencer et que ses parents n'apprécieraient pas qu'il se soit marié sans leur accord. Il avait dit que sa mère était une harpie, son père un lâche et une brute – mais tout le monde sait que les Anglais sont une race particulière. Ils n'ont aucune notion de la famille et sont incapables de s'avouer leurs sentiments. Zoé est toujours étonnée de voir que Jonathan, si froid et réservé en public, lui fait l'amour à huis clos avec une telle passion.

Les vœux de mariage à peine prononcés, Zoé ne pouvait renoncer aux promesses qu'elle avait faites. Elle ne se séparerait jamais volontairement de son mari, quel que soit le temps qu'il faudrait pour que sa famille l'accepte.

Mais Zoé est lasse de jouer les épouses obéissantes. Elle a passé trois mois à vivre comme une veuve, supportant l'humiliation de mettre en gage ses bijoux et de vendre ses créations pour payer son lit et sa pension. Or, voici que l'une de ses clientes, la jeune dame qui porte les malheureuses cicatrices de la variole, lui annonce qu'un grand bal est prévu pour célébrer les fiançailles de l'héritier de Deane House avec une belle et riche héritière. Après tout ce que Zoé a sacrifié pour être avec Jonathan…

Elle sait que son mari est l'héritier de Deane House et qu'il ne peut pas se fiancer à une autre car il est marié avec elle, Zoé, aux yeux de Dieu et selon les lois des hommes. Elle est donc venue ici pour affronter sa nouvelle famille. Comment osent-ils la traiter comme si elle était la maîtresse de Jonathan ? « Ceux donc que Dieu a unis, que l'homme ne les sépare point. »

Le manoir Tudor noir et blanc s'élève au loin, mais sa grandeur n'intimide pas Zoé. Les parents de Jonathan sont tellement endettés qu'ils risquent de perdre le toit au-dessus de leur tête. Jonathan, pragmatique, a essayé de les persuader de louer la maison et de s'installer dans un cottage du domaine pour faire face à leurs remboursements, mais ils sont trop fiers et trop ignorants pour l'écouter. Les aristocrates sont ainsi faits qu'ils n'ont aucun respect pour l'équilibre des comptes. C'est pourquoi leurs jours sont comptés, même s'ils sont trop stupides pour les compter eux-mêmes.

Une fois qu'elle a franchi les grilles de Deane House, Zoé découvre un flot de petites mains qui s'affairent dans l'allée de gravier ratissée. Un marchand de vin décharge des caisses de madère de son chariot. Des serviteurs en livrée transportent des chaises et des tables à droite et à gauche. C'est donc vrai. Les beaux-parents de Zoé préparent un bal pour célébrer les fiançailles de son mari, le père de l'enfant qu'elle porte dans son ventre, avec une autre femme. Une riche héritière qu'ils vont dépouiller de sa fortune. Zoé enrage.

Elle se dirige vers une femme d'âge mûr vêtue de soie noire.

— *Excusez-moi, madame**.

— Ah, vous voilà.

Les joues de la femme sont rouges. Elle est épuisée par l'effort qu'elle fournit pour diriger les différentes activités.

— Notre maîtresse a demandé toute la matinée si vous étiez arrivée.

Elle conduit Zoé dans un hall d'entrée lambrissé de chêne.

— Soyez prudente, poursuit-elle. Elle est de mauvaise humeur. Elle est à court de médicaments. Elle en prend de plus en plus, ces jours-ci, nous n'arrivons pas à suivre. J'ai envoyé une servante en ville pour en chercher d'autres, mais elle n'est pas encore revenue. Alors, ne la contrariez pas, quoi que vous fassiez.

Zoé ne sait pas pour qui cette femme la prend ni de quels médicaments elle parle. Si cela lui permet d'entrer dans la maison et d'affronter sa nouvelle famille, elle se prêtera au jeu.

Si la mère de Jonathan est malade, il ne le lui a jamais dit. C'est peut-être pour cette raison qu'il refuse catégoriquement de les présenter. Même si Jonathan regrette la cruauté de sa mère envers lui lorsqu'il était enfant, il est trop gentil pour vouloir contrarier une femme âgée sur son lit de mort. Ou peut-être espère-t-il que sa mère mourra bientôt et qu'il n'aura plus que son père, plus rationnel, à affronter. Jonathan ne peut pas avoir trahi Zoé. Pas son Jonathan. Tout cela est l'œuvre de ses parents, elle en certaine.

Alors qu'elle attend, seule, dans le hall d'entrée, Zoé examine les portraits qui ornent les murs. Il est clair que son mari n'a pas hérité de ses ancêtres son visage séduisant et qu'il est un artiste plus raffiné que ceux qu'ils pouvaient s'offrir. Et voilà le buste en marbre de son frère décédé, Edwin – une création grotesque, réalisée à partir de son masque mortuaire. Et dire que les Anglais ont le culot d'accuser les catholiques d'adorer de fausses idoles.

Une dame aux yeux globuleux, vêtue d'une robe de chambre couleur prune, descend l'escalier en tapant du pied.

— Qu'y a-t-il ? demande la mégère en prenant un air pincé. Vous n'êtes pas ma coiffeuse habituelle. On m'a dit qu'elle était ici. Où est-elle ? Il se fait tard.

— Bonjour à vous, lady Harcourt, dit Zoé en levant le menton.

Elle fouille dans son corsage et en sort la chevalière de Jonathan, qui repose sur la chaîne en or et en perles de sa défunte grand-mère.

— Je pense que vous savez exactement qui je suis et pourquoi je suis ici.

Les marches gémissent et le lustre en laiton tremble tandis que lady Harcourt dévale le reste de l'escalier.

— Comment osez-vous ?

Jonathan a conseillé à Zoé de se tenir à l'écart, lui promettant qu'il s'occuperait de sa famille. La jeune femme sait que la mère de son époux est colérique et que Jonathan a peur d'elle. Mais il y a beaucoup de femmes fortes dans la famille Renard, et Zoé en fait partie. Si elle et lady Harcourt peuvent s'asseoir et parler ensemble, elle est sûre de pouvoir faire comprendre à sa belle-mère à quel point son comportement est futile.

— Je suis venue mettre un terme à ces absurdités. Que vous l'approuviez ou non, Jonathan et moi…

Les bouteilles de verre s'entrechoquent tandis que le marchand de vin peine à manœuvrer sa charrette pour franchir le seuil. Lady Harcourt saisit le bras de Zoé, enfonçant ses doigts griffus dans la chair tendre de la jeune femme.

— Taisez-vous. N'importe qui pourrait vous entendre.

Alors que Zoé est traînée dans le couloir, trébuchant sur les bords du tapis de Turquie, elle se contorsionne sous la poigne de fer de lady Harcourt.

— Et quel serait le problème si l'on m'entendait ? Je n'ai rien à cacher. C'est vous qui avez des raisons d'avoir honte. Jonathan est votre fils, votre sang. Vous devriez le soutenir, l'aider à construire son studio et à établir sa réputation d'artiste, ici, en Angleterre.

Lady Harcourt sort une chaîne de sa poche. Elle enfonce une clef dans le lambris de chêne et joue d'une main jusqu'à ce qu'une porte s'ouvre, révélant une petite pièce.

— Mon fils est un *gentleman*. Je ne veux pas le voir faire du racolage pour de l'argent, comme un vulgaire marchand.

L'endroit est sombre et exigu, mais Zoé se laisse entraîner à l'intérieur par sa belle-mère. Elle ne partira pas tant qu'elle n'aura pas dit à lady Harcourt le fond de sa pensée. Jonathan et son père ont tort de se plier à ses exigences. Il n'y a qu'une seule façon de traiter les brutes, c'est de leur tenir tête.

— Votre fils est un artiste, et un artiste très doué. Il n'y a pas de honte à cela. Le monde change, lady Harcourt. Votre titre et vos armoiries ne vous protégeront pas de cette vérité. Ce sont le travail et le talent qui comptent aujourd'hui, pas seulement la naissance ou le nom de famille. Jonathan l'a compris, et il a choisi une épouse qui partage ses valeurs.

— Vous n'êtes pas son épouse.

Lady Harcourt pince la bouche en une moue mauvaise. Des bulles de salive s'accumulent à la commissure de ses lèvres plissées.

— Vous n'êtes personne, rien. Une misérable étrangère sans nom et sans fortune, et je ne vous accepterai *jamais* dans cette famille.

Les insultes pleuvent sur Zoé sans l'atteindre. Cette femme est ridicule. Comment ose-t-elle parler ainsi des puissants Renard ? Zoé se redresse de toute sa hauteur. Pour autant, elle atteint à peine le niveau des oreilles de lady Harcourt. Elle est peut-être petite, mais elle sait que Dieu est de son côté.

— Cela ne dépend pas de vous. Nous sommes mariés selon la Sainte Église catholique romaine. Il est impossible pour vous de nous séparer.

Lady Harcourt agite un doigt noueux à quelques centimètres du visage de Zoé.

— Écoute-moi bien, espèce de catin papiste intrigante...

Les yeux de la jeune femme s'accoutument à la faible lumière. Elle n'est pas dans un petit salon, comme elle l'avait supposé. Des paniers de linge sale traînent dans les coins, et un bataillon de casseroles en cuivre luisant tapisse les murs. Aujourd'hui encore, sa belle-mère refuse de lui accorder le respect qu'elle mérite et de l'écouter dignement. Au contraire, elle l'emmène dans un placard et l'insulte, comme si Zoé était l'une de ses domestiques.

La jeune femme sent une bouffée de chaleur lui traverser le corps.

— Non. Il est temps que *vous* m'écoutiez.

Elle écarte la main de lady Harcourt de son visage.

— Si vous forcez votre fils à accepter cette parodie de mariage, vous en ferez un bigame, poursuit-elle, et tous les petits-enfants qu'il vous donnera avec sa nouvelle épouse seront des bâtards.

Un éclair de cuivre... et Zoé chancelle en arrière. Une vague de douleur lui donne l'impression qu'on lui a fendu le crâne tandis que des étoiles dansent devant ses yeux dans le noir. Ses mains se portent à son ventre pour protéger son enfant bien-aimé. Sa cheville heurte quelque chose de dur, et elle lutte pour retrouver son équilibre. Zoé cherche à s'agripper à la poignée du placard à linge, mais elle la rate d'un cheveu.

L'arrière de sa tête heurte le parquet. Au-dessus d'elle, lady Harcourt retrousse sa lèvre supérieure en un affreux rictus et brandit à deux mains un chauffe-lit.

Jonathan a raison. Sa mère est un monstre.

Trop tard, Zoé comprend qu'elle a commis une terrible erreur en affrontant seule lady Harcourt. Une terrible, terrible erreur.

Où est Jonathan ? Il la trouvera. Il faut qu'il la trouve…

30

12 février 1796

— Te voilà, Georgy.

Jane se trouve dans le jardin du cottage de Dame Culham. Le temps est exceptionnellement clément pour cette époque de l'année : la douce lumière du soleil réchauffe son visage et illumine les collines qui s'étendent jusqu'à l'horizon. Un troupeau de poules indisciplinées d'un brun cuivré picore le bout de ses chaussures de marche et autour de ses pieds, retournant les plates-bandes de légumes prêtes pour le printemps. Jane replie son bras gauche en diagonale sur sa poitrine et tape deux fois sur son coude avec sa main droite.

— Savourez vos biscuits.

Georgy sourit, tenant contre sa poitrine le paquet de sablés de la boulangerie de Mrs Plumptre. Ses cheveux châtains ont tellement poussé que Dame Culham les a attachés en queue-de-cheval à l'aide d'une ficelle. Ses vêtements sont encore beaucoup trop amples, mais il a retrouvé l'appétit, et il a le teint réchauffé d'avoir marché dans la campagne du Hampshire avec Jack. Il porte une chemise neuve et impeccable, cousue à la hâte par Cassandra à partir d'un gilet en lin d'Henry, et un pantalon noir élégant. Il ressemble tellement à James que c'en est troublant.

Jack tente d'attraper le paquet en papier brun. Georgy fronce les sourcils et retient Jack d'une main tout en levant les biscuits pour les mettre hors de portée de cet homme plus petit que lui.

Jack s'esclaffe, et ses yeux bruns s'illuminent au soleil.

— Georgy, tu dois partager.

Jack, lui aussi, ressemble davantage à ce qu'il est d'habitude. Il a retroussé ses manches jusqu'aux coudes, révélant les muscles sinueux de ses avant-bras, et a noué un mouchoir en calicot imprimé sur l'encolure ouverte de sa chemise en lin – couvrant presque, mais pas tout à fait, les boucles sombres et souples de son torse puissant. Il se tourne vers Jane et lui fait un clin d'œil. Il a vraiment le visage le plus ouvert et le plus amical qu'elle ait jamais vu. Elle espère que Sally est consciente de la chance qu'elle a.

Malheureusement, Jack n'est pas près de réaliser son rêve de posséder une truie, et la porcherie reste vide et à moitié construite. Cependant, Mr Austen a cédé à Jack deux de ses champs, trop boueux pour que ses moutons puissent y paître, afin qu'il les cultive. La terre a été laissée à elle-même pendant des années, elle devrait donc être fertile, et un ruisseau la traverse de part en part, ce qui permet un accès constant à l'eau douce. Mrs Austen a suggéré de cultiver des fraises, car elles se multiplient rapidement et nécessitent peu d'entretien, mais Jack a l'étrange conviction que le cresson de fontaine aura du succès, et il est déterminé à s'y essayer.

Cassandra prend le bras de Georgy et attrape un biscuit.

Elle le passe à Jack en jetant un regard mi-moqueur, mi-sévère à Georgy.

— Oui, tu dois partager, Georgy. Nous les avons achetés pour vous tous.

Jane rit. À en juger par l'expression maussade de Georgy, cette idée ne le ravit pas, mais son attitude provocatrice ne peut rivaliser avec la douceur de Cassandra.

— Vous feriez mieux de vous dépêcher si vous en voulez, Nan...

— Je les laisse à mes garçons...

Dame Culham s'appuie sur la porte ouverte de sa cuisine, souriant à demi en croisant les bras sur sa poitrine.

— Nous avons tellement de nourriture. Tous les voisins ont apporté quelque chose. Même Mrs Fletcher. Je ne cesse de lui dire que nous en avons plus qu'il n'en faut, mais elle n'arrête pas d'envoyer des tartes fraîches de l'auberge. Entre vous et moi, je pense qu'elle n'est pas très contente que son mari ait fait subir une telle épreuve à notre Georgy. Je doute sincèrement qu'il se porte volontaire pour le rôle de gendarme de la paroisse l'année prochaine, du moins si elle a son mot à dire là-dessus.

Jane sourit, satisfaite. Après qu'elle a révélé que lady Harcourt était la meurtrière, toutes les personnes impliquées dans l'incarcération de son frère se sont excusées. Mr Craven a fait en sorte que les charges retenues contre Georgy soient immédiatement abandonnées, car il était clair que la chaîne de Zoé Harcourt avait été jetée plutôt que volée.

Depuis lors, Jane et sa famille se remettent de leur angoisse en se lançant de nouveau dans leurs activités habituelles. Henry a retrouvé son régiment et ses études. Il a envoyé à Jane une lettre amusante, disant qu'il avait rencontré une jeune femme exceptionnellement convenable et très gentille, et qu'il était décidé à lui faire la cour. Une autre Mary, comme si une seule ne suffisait pas. Henry dit qu'il a l'intention de la séduire en lui racontant comment il a démasqué un meurtrier à lui tout seul. Quel garnement. James n'a pas encore fait sa demande à Mary Lloyd, mais tous les Austen savent que cela ne saurait tarder. Jane a récupéré la mousseline verte et brode un châle pour Mary en guise de cadeau de fiançailles, même s'il la fera certainement ressembler à un brin d'herbe.

Jane et Cassandra disent au revoir à Georgy et se promènent dans le village de Steventon. Elles hochent la tête et sourient lorsqu'elles croisent des femmes qui étendent leur linge et des enfants qui jouent pieds nus devant les chaumières. Jusqu'à présent, Cassandra a été trop distraite par le drame de Deane House et le bien-être de Georgy pour s'enquérir de la façon dont Jane fait face à la perte de son ami irlandais. Mais Jane sait qu'elle ne pourra pas éviter le sujet éternellement et se prépare à rire de son chagrin d'amour lorsque cela se présentera. Elle est si heureuse que sa sœur soit de retour à la maison. Pour un court moment, du moins. Jusqu'à ce que Mr Fowle revienne après avoir fait fortune dans les Antilles.

Cassandra enroule l'un des anneaux d'or de sa chevelure autour de son doigt et passe son bras libre sous celui de Jane.

— Répète-moi encore ce qu'a dit Mr Craven, après que lady Harcourt a avoué le meurtre.

Sous leurs capes ouvertes, Jane et Cassandra portent des robes bleuet assorties. Pendant l'absence de sa sœur, Jane a si peu pris soin de celle de Cassandra qu'elles sont presque de la même nuance de bleu délavé.

— Je te l'ai raconté cent fois. Tu dois connaître l'histoire mieux que moi, maintenant.

Cassandra s'appuie plus fort sur le bras de Jane.

— Mais cela a dû être tellement agréable.

— Oui, c'est vrai, admet Jane qui se redresse, rejetant les épaules en arrière. Mais c'était loin d'être aussi agréable que de se rendre à cheval à Winchester pour sortir Georgy de la prison.

Cassandra serre le bras de Jane en souriant.

— Je suis très fière de toi. Veux-tu de nouveau aller faire du cheval avec moi, maintenant ?

— Absolument pas.

Jane se renfrogne et ajoute :

— À moins qu'il n'y ait un autre meurtrier en liberté.

— Je suis vraiment désolée de t'avoir laissée gérer tout cela toute seule.

Jane redresse le menton, laissant les rayons chauds délasser les muscles tendus de son visage.

— Ce n'était pas vraiment ta faute. Nous t'avons laissée en plan, bloquée à Kintbury.

Cassandra serre plus fort le bras de Jane.

— Je n'ai jamais cessé de m'inquiéter pour toi, pendant toute la durée de mon absence. D'après le ton de tes lettres, je craignais que tu ne perdes la tête sans moi.

Jane lance à sa sœur ce qu'elle espère être un regard dédaigneux.

— Eh bien, si tu ne veux plus être une Austen, je crains que tu ne doives renoncer à ton rôle dans nos pièces de théâtre d'amateurs.

— Je serai toujours une Austen dans l'âme, Jane. Quand se sont-ils aperçus que lady Harcourt était encore en vie ?

— Quand le charpentier est venu la mesurer pour fabriquer son cercueil.

Jane écarquille les yeux de plaisir macabre.

— Apparemment, il venait juste de sortir son mètre ruban quand elle s'est assise et lui a fait une peur bleue.

— Le pauvre homme. C'est un miracle que cela ne l'ait pas complètement détourné de sa profession.

— Personne n'aurait pu le prédire. Mrs Twistleton et le majordome ont juré qu'elle n'avait pas de pouls, et Mr Martin a dit qu'elle avait pris assez de laudanum pour tuer un cheval.

Jane prend un ton désapprobateur et ajoute :

— Apparemment, elle en a pris pendant des années, dès la naissance de ses fils. Sir John l'y encourageait, afin de contrôler ses colères. Mais elle multipliait la dose par deux, parfois même par trois, chaque mois depuis la mort d'Edwin. Mr Martin a également déclaré qu'une telle addiction pouvait rendre sujet à des accès de violence. Il a prévenu la famille qu'elle devait se sevrer, mais sir John n'a rien voulu entendre, car le médicament la rendait docile.

— Elle ne s'est pas complètement rétablie, cependant. Puisque Jonathan a pu la faire interner à Bedlam.

— Non. Le médecin de la Couronne a déclaré que la prise d'une telle quantité d'opiacés avait tellement endommagé son esprit rationnel qu'elle n'était pas en état d'être jugée. Il a conseillé qu'elle soit enfermée dans une institution pour aliénés jusqu'à la fin de sa vie.

— Aurais-tu préféré qu'elle aille à la potence ? demande Cassandra en arquant un sourcil.

Elles ont atteint l'église St Nicholas. Les arêtes vives de ses murs de silex scintillent au soleil.

Jane prend une grande inspiration.

— Ce n'est pas à moi de juger. Mais j'aurais préféré qu'elle n'ait pas tué Zoé.

Cassandra force Jane à s'arrêter tandis qu'elle regarde de l'autre côté du cimetière, où Jonathan se tient sur la tombe de sa femme.

— J'imagine que tu n'es pas la seule.

— Je devrais aller lui parler. Il vient tous les jours, tu sais. Il l'aimait vraiment.

— Cela a dû être terrible de la perdre alors qu'ils commençaient à peine leur vie ensemble. Au moins, il peut faire son deuil correctement maintenant, en tant que mari.

Les yeux noisette de Cassandra s'embuent.

— Avant que j'oublie, reprend Jane, tu dois un paquet de carottes à Greylass.

Cassandra fronce les sourcils.

— Ah bon ?

— Je lui ai promis que tu lui en apporterais. Tu t'en souviendras, n'est-ce pas ?

— Bien sûr. Je vais aller voir ce que Mère peut nous donner.

Cassandra franchit le portail en fer rouillé. La sœur de Jane est vraiment la plus douce, la plus gentille et la plus crédule des créatures. Jane sera bien dépourvue lorsque Cassandra se retrouvera dans le Berkshire. Elle ira lui rendre visite, mais ce ne sera pas la même chose. Cassandra aura un mari et, très bientôt, sans doute, des enfants à elle. Jane ne revendiquera plus la place centrale dans son cœur. Elle redoute le jour où, au lieu de célébrer le ridicule de Jane et de se lamenter sur ses déceptions comme s'il s'agissait des siennes, Cassandra fermera les yeux devant les détails de ces nombreuses et insignifiantes broutilles.

Jonathan lève la tête et esquisse un faible sourire à l'approche de Jane. Les bleus de l'altercation avec Henry se sont estompés, mais son teint est toujours aussi pâle. Devant lui, le monticule est presque plat, et l'herbe rampe sur la blessure dans le sol où repose sa femme. Dans quelques mois, la terre se sera suffisamment tassée pour supporter une pierre tombale. Pour l'heure, Jonathan continue à marquer le lieu de sépulture avec des fleurs fraîches coupées dans la serre de Deane House tous les jours.

— Elles sont jolies.

Jane contemple l'offrande du jour : trois orchidées de couleur chartreuse sur une seule tige. Elle n'a jamais eu besoin de demander pourquoi il en apporte toujours trois. Elle sait qu'il y en a une pour Zoé, une pour l'enfant qu'elle portait et une pour l'homme que Jonathan aurait pu être.

Il hoche la tête, les yeux baissés.

— Je ne vous ai pas encore remerciée, Jane. Je vous le dois bien.

— Me remercier ? répète Jane, étonnée.

— Oui, vous m'avez libéré.

Il prend une inspiration qui soulève sa poitrine.

— Malgré tous mes efforts, je n'ai jamais réussi à échapper à mon père et à ma mère. Mais vous avez trouvé le moyen de me sauver, et je veux que vous sachiez à quel point je vous suis reconnaissant.

Jane lutte contre l'envie de se détourner. Le chagrin de Jonathan lui coupe le souffle chaque fois qu'elle le regarde.

— Qu'allez-vous faire ?

— On m'a accordé une procuration, et j'ai donc chargé un courtier de vendre tous les biens qu'il nous reste. Je laisserai la maison, si quelqu'un veut bien la prendre. Ensuite, je suppose que je ferai de mon mieux pour maintenir le domaine à flot, protéger nos métayers et rembourser autant que possible les dettes de mon père.

Il croise le regard de Jane, et il courbe les lèvres en un sourire ironique.

— Mais peut-être pas assez pour le ramener à la maison, cependant.

— J'ai entendu dire que Mrs Twistleton était partie à Londres pour être avec lui.

— Oui. Ils se sont installés ensemble et vivent comme mari et femme à l'intérieur de la prison de la Maréchaussée. C'est possible dans la prison des débiteurs.

— Comme c'est pittoresque !

La complexité des relations amoureuses des autres ne cessera jamais de fasciner Jane.

— Et est-elle… ?

— Sobre comme un chameau. Elle s'efforce de persuader Père de pratiquer l'abstinence, lui aussi, mais je ne la vois pas y parvenir. Cela dit, comme elle est là pour le surveiller, peut-être qu'il ne se mettra pas trop dans le pétrin.

Jane ne peut qu'imaginer Mrs Twistleton déambulant triomphalement dans les rues de Londres, la clef de la cellule de sir John attachée à un ruban et nichée dans son giron.

— Quant à moi, j'ai emménagé dans l'un des cottages du domaine. Je peux continuer à être près de la tombe de Zoé. Vous savez, elle m'a un peu fait penser à vous, quand on s'est rencontrés.

— Moi ?

Jane porte une main à sa gorge. De la part de Jonathan, elle sait que c'est le plus beau compliment qu'il puisse lui faire.

— Oui. Nous avons fait connaissance alors que nous étudiions tous les deux à l'Académie royale. Zoé était une artiste très talentueuse, ainsi qu'une artisane. Certains des autres élèves n'aimaient pas partager un studio avec les nouvelles jeunes filles, mais je trouvais que c'était une merveilleuse innovation.

Jonathan sourit, et cette fois une lueur d'espoir éclaire ses yeux pâles.

— Cela me rappelle l'époque où votre père vous emmenait dans la salle de classe pour que vous lisiez vos histoires à haute voix. Vous nous faisiez hurler. Vous en écrivez toujours ?

Jane rougit, un peu fière et embarrassée qu'il s'en souvienne.

— Je continue, oui.

— Bien. J'espère que vous me laisserez de nouveau les lire un jour. Je n'oublierai jamais les caprices auxquels s'adonnaient vos méchants et méchantes. Ils se jetaient les uns les autres par la fenêtre, se faisaient prendre au piège, et j'en passe.

— Je travaille actuellement sur un projet dont la fin est beaucoup plus joyeuse. Je pense que nous avons tous eu notre dose de morosité.

La nouvelle héroïne de Jane est la jeune fille la plus improbable à avoir jamais orné les pages d'un roman. Catherine est humble et ordinaire, voire un peu idiote. Pourtant, elle triomphera de ses démons à la fin.

— Vous avez probablement raison, approuve Jonathan en hochant gravement la tête.

— Et vous ? Vous peignez toujours ?

— Je fais des croquis, oui. Surtout des portraits de Zoé. Je ne veux pas oublier son visage.

Sa voix s'affaiblit, tandis que ses yeux débordent de larmes.

— Je suis vraiment désolée, dit Jane en tendant la main pour la poser doucement sur l'avant-bras du jeune homme.

— Si seulement j'avais eu la force de tenir tête à ma mère et à mon père...

Sa respiration se fait hachée.

— Mais au moins, je peux être assuré que Zoé sera en paix maintenant, grâce à vous. Et je continuerai ma route jusqu'à ce que, si Dieu le veut, nous soyons réunis au paradis.

— Jane ! crie Cassandra au loin.

Elle et James, affichant des mines inquiètes, se tiennent côte à côte à l'entrée du terrain privé des Austen.

Jane dit au revoir à Jonathan en toute hâte, puis se précipite pour les rejoindre.

— Qu'y a-t-il ? Qu'est-ce qui s'est passé ?

Elle retient son souffle, se préparant à une mauvaise nouvelle. Leur famille a sûrement assez souffert pour mériter une courte période de tranquillité avant que le prochain désastre les frappe.

Cassandra lève les yeux vers James.

— Dis-lui.

James gratte ses boucles poudrées.

— C'est Lefroy. Il est venu à la maison il y a une heure. Il te cherchait.

— Tom Lefroy ?

Jane ose à peine y croire. Elle a fait de son mieux pour se convaincre qu'elle n'en avait plus rien à faire. Pourtant, ses genoux se dérobent à la simple mention du nom de Tom.

— Oui. Il a dit qu'il allait prendre le fiacre pour rentrer à Londres, mais qu'il tenait absolument à te parler avant de partir.

James la regarde d'un air soucieux.

— Je peux t'y conduire avec la voiture, ajoute-t-il. Si tu le souhaites ?

Jane secoue la tête, et le mouvement lui donne le vertige.

— Non, non. Tout va bien.

Cassandra serre le bras de Jane.

— Vas-y, Jane. Écoute ce qu'il a à dire, au moins.

Jane comprend alors que si sa sœur ne lui a pas demandé comment elle supportait la perte de son ami irlandais, c'était parce qu'elle savait que la réponse était trop douloureuse pour qu'elle puisse la donner.

Jane se promène seule au soleil. Son cœur perfide bondit, toujours avide de la moindre parcelle d'affection de Tom, tandis que son estomac, plus pragmatique, s'agite avec effroi. Lorsqu'elle arrive à l'auberge Deane Gate, Tom se tient au carrefour, une sacoche en cuir en bandoulière et un sac de voyage abîmé à ses pieds. À sa vue, ses yeux bleus s'illuminent, comme si un nuage avait fait place au soleil.

— Vous êtes venue, souffle-t-il.

— Et vous êtes toujours là.

Jane le regarde en face. Ses jambes faiblissent, et ses entrailles palpitent. Elle aimerait qu'ils soient au fond des bois, qu'il puisse la prendre dans ses bras et l'embrasser pour dissiper ses doutes au lieu de se tenir à une distance polie, ce qui la fait se sentir encore plus seule.

Il jette un coup d'œil aux autres voyageurs qui patientent à côté d'eux.

— Nous n'avons pas beaucoup de temps. Le fiacre doit arriver d'un moment à l'autre. Vous devez savoir que ma tante est furieuse contre moi. Elle pense que je vous ai menée en bateau. Et c'est vrai. J'ai lutté, en vain, pour réprimer mes sentiments pour vous. C'est pourquoi je les ai laissés m'emmener. J'espérais qu'en me retirant, je pourrais rompre notre attachement. Je suis un homme rationnel, Jane. Je *dois* faire mon propre chemin dans le monde, et je dois penser à ma famille. Oncle Langlois a toujours dit clairement qu'il s'attendait à ce que je me marie pour l'argent.

Tom écarte les bras, esquisse un demi-sourire, puis fait retomber ses mains contre ses cuisses.

— Ou, comme il le dirait, à ce que je consolide ma position dans la vie en m'attachant à une femme bien née et, mieux encore, fortunée.

Incapable de croiser le regard de Tom, Jane fixe des yeux le mouvement de ses lèvres douces. Son cœur se traîne sur le sol pierreux, tandis que ses bras et ses jambes se transforment en plomb. Ce jeune homme intelligent avait raison : en fin de compte, tout se résume à l'amour ou à l'argent. Dans le cas présent, il n'y a pas assez ni de l'un ni de l'autre.

Tom place sa main sur sa poitrine et plisse le front d'un air solennel.

— Chère Jane, mon affection pour vous est vraie. Vous n'avez qu'un mot à dire, et je renoncerai à ces aspirations. Je ne doute pas que beaucoup de nos proches trouveront notre relation répréhensible. Mais, avec le temps, je suis sûr qu'ils finiront par accepter notre alliance.

Jane garde les yeux rivés sur l'écharpe en laine bleu lapis de Tom. Elle n'a jamais demandé laquelle de ses cinq sœurs l'avait tricotée.

— Mister Lefroy... Tom.

Elle tente de sourire, mais elle a perdu tout contrôle sur les muscles de son visage.

— Je veux que vous sachiez que je vous souhaite beaucoup de bonheur et de succès dans la vie...

Le visage de Tom s'assombrit.

— Rien qu'un mot à dire, Jane.

Jane fait un pas en arrière, chassant des larmes brûlantes. L'image de Mrs Trigg, la femme du geôlier, avec ses trois nourrissons gémissants pendus à elle, lui revient à l'esprit et renforce sa détermination. Jane ne peut pas, ne veut pas, s'enfermer dans une prison qu'elle aurait elle-même créée.

— Et mon cœur de jeune fille se souviendra toujours de vous avec tendresse...

Elle ne peut rien dire de plus sans que sa voix se brise.

Elle se retourne pour s'enfuir.

— Jane, je vous en supplie...

Tom l'appelle, mais le grincement des roues et le fracas des sabots des chevaux étouffent son cri.

Le fiacre est arrivé.

Jane court, sautant par-dessus les racines des arbres sur le chemin poussiéreux. Le vert des feuilles est sur le point de se déployer dans la haie épineuse, et les perce-neige ont la tête qui pend le long de la berge, pétales serrés. Elle ne se retourne pas pour le regarder partir.

Lorsque Jane arrive au presbytère, Cassandra attend dans le jardin, le front plissé.

— Alors ?

Jane renifle, essuie les résidus de larmes avec le dos de sa main.

— Il voulait dire au revoir. C'est tout.

Cassandra continue de regarder Jane en serrant une main contre sa poitrine. Jane passe à côté d'elle sans s'arrêter pour atteindre la porte de derrière. Elle se précipite dans l'escalier, se dirigeant droit vers son dressing-room. Elle veut claquer la porte, mais Cassandra n'est qu'à un pas derrière elle, et elle ne tient pas à blesser sa sœur. Au lieu de quoi Jane saisit son écritoire et l'ouvre pour récupérer une page de l'histoire de Catherine à moitié écrite. L'héroïne de Jane est à Bath. Elle s'est fait une nouvelle amie, mais les amis ne sont pas toujours ce que l'on veut qu'ils soient. Avec un profond soupir, elle s'enfonce dans son fauteuil, arrangeant la pente d'écriture sur ses genoux. Elle prend son canif, choisit une plume et la taille avec des gestes sûrs, en écartant la lame d'un coup sec.

Cassandra s'attarde dans l'embrasure de la porte, l'observant attentivement.

— Sally a préparé du pain d'épices. Veux-tu que j'aille voir si je peux en apporter, avec un plateau à thé ?

Jane s'interrompt dans son travail.

— Ce serait bien, répond-elle sans lever les yeux.

Cassandra est toujours là.

— Ensuite, je vais te couper du papier. Tu veux bien ? Tu es presque à court, et je vois que tu fais de grandes avancées dans cette nouvelle composition.

Jane redresse le menton, tâchant de l'empêcher de trembler alors qu'elle croise le regard de sa sœur.

— Merci, Cass. Je suis si heureuse que tu sois à la maison.

Cassandra sourit, et c'est comme si le soleil illuminait son joli visage.

— Et moi d'être à la maison, idiote.

Elle se retourne et sautille en descendant les marches, impatiente de récupérer tout ce dont Jane pourrait avoir besoin.

Des larmes douces-amères s'accumulent dans les yeux de Jane. Son cœur est meurtri et sa fierté piquée, mais elle est libre, en sécurité au sein de sa famille qui la chérit et croit en elle, et elle est prête à déverser son âme dans son écritoire.

Note de l'autrice

Jane Austen a rencontré Tom Lefroy à Deane House en janvier 1796. J'ai modifié le style de la maison, la rendant Tudor et élisabéthaine plutôt que georgienne. Les Harwood, et non les Harcourt (qui apparaissent dans *Henry & Eliza*, tiré des romans de jeunesse d'Austen), y ont vécu. La serre illuminée se trouvait au manoir de Manydown.

En 1795, James Austen vivait à Deane Parsonage et Mary Lloyd avait déménagé à Ibthorpe, dans le nord du Hampshire. Anna Austen vivait au presbytère de Steventon, également dans le nord du Hampshire ; je l'ai rajeunie. Lorsqu'ils étaient en bas âge, les enfants Austen étaient pris en charge par la famille Littleworth de Deane. George Austen Jr. fut plus tard pris en charge par la famille Culham au hameau de Monk Sherborne, à Basingstoke. Le prince de Galles a vécu à Kempshott Park jusqu'en 1795.

J'ai emprunté de nombreux noms à la vie et à l'œuvre d'Austen et je les ai utilisés pour mes personnages : Mrs Twistleton était la femme adultère qu'Austen observait à Bath ; les Austen ont employé plusieurs servantes nommées Sally ; et Jane Austen adolescente s'est réellement mariée à Jack Smith dans le registre paroissial. Austen mentionne la famille Rivers dans ses lettres, mais

Sophy est considérée comme fictive. Douglas Fitzgerald est de mon invention, mais sa situation fait écho à celle de contemporains d'Austen : les frères et sœurs Morse, nés en Jamaïque (qui ont hérité d'une grosse fortune et se sont mariés dans la haute société britannique).

De même, j'ai déplacé certains événements pour qu'ils s'inscrivent dans la chronologie du livre. George Austen a acheté l'écritoire de sa fille peu avant son anniversaire en 1794. Austen a commencé à écrire *Susan* (qui deviendra finalement *L'Abbaye de Northanger*) en 1798. J'ai avancé cette date, car il s'agit de mon hommage à ce roman.

La plus grande liberté que j'ai prise est ailleurs : malgré le génie d'Austen, son intérêt pour la loi, son sens aigu de la justice et sa compréhension innée de la psychologie, je n'ai trouvé aucune preuve qu'elle ait résolu des crimes. Cependant, étant donné que très peu de ses lettres ont survécu, on ne peut affirmer qu'elle n'ait jamais tenté de le faire. Et si elle avait jamais mis ses compétences au service de cette cause, je suis persuadé qu'elle aurait fait preuve d'une grande compétence.

Remerciements

C'est grâce aux amis et à la famille de Jane Austen qu'une si grande partie de son œuvre a survécu pour notre plus grand plaisir. Avec *Miss Jane Austen et l'infortunée modiste*, je veux rendre hommage à ces personnages secondaires, y compris ceux qui ont été délibérément effacés de son histoire, et rendre hommage à la vie et à l'œuvre de Jane Austen elle-même. Chaque fois que j'ai eu besoin d'elle, elle a toujours été là.

En m'investissant corps et âme dans l'écriture de ce roman, je tiens à exprimer ma profonde gratitude à toutes les merveilleuses personnes qui m'ont soutenue. En particulier…

À mon incroyable agente, Juliet Mushens, et à toute l'équipe de Mushens Entertainment (Rachel Neely, Liza DeBlock, Kiya Evans et Catriona Fida) pour avoir cru en moi et en ma Jane dès le début. À ma directrice éditoriale, Jessica Leeke, pour avoir compris exactement ce que je voulais produire et m'avoir guidée de manière si experte pour y parvenir. À mon équipe chez Penguin Michael Joseph : Grace Long, Emma Plater, Emma Henderson, Hazel Orme, Jen Breslin, Gaby Young, Ciara Berry, Claire Mason, Nina Elstad, Helen Eka et Donna Poppy. Je suis très fière de ce que nous avons créé.

À ma copine d'écriture, Elizabeth Welke (Felicity George), et à mon mentor, Suzy Vadori, pour m'avoir encouragée à donner à cette histoire tout ce que j'avais. À mon groupe d'écriture pour m'avoir encouragée tout au long du chemin : Ceinwen Jones, Joni Okun, Joanna Wightman, Katy Archer, Liz Brown et Trudi Cowper.

Aux biographes et spécialistes d'Austen dont le travail m'est inestimable : Susannah Fullerton, Claire Tomalin, Lucy Worsley, Helena Kelly, Devoney Looser, Paula Byrne, John Mullen et feu Deirdre Le Faye. À mes premières lectrices confidentielles : Dami Scott (animatrice du groupe Facebook Black Girl Loves Jane) et Olivia Marsh, qui m'ont poussée à faire mieux. À la communauté des fans de Jane Austen sur les réseaux sociaux (podcasteurs, BookTokeurs, bookstagrameurs, YouTubeurs, utilisateurs de X, créateurs de mèmes, etc.) pour m'avoir fait sentir que je faisais partie de quelque chose de plus grand que moi.

À tous les professeurs d'anglais que j'ai eus, mais surtout à Jonathan (MPW, Londres) qui, en 1995, m'a envoyée à la bibliothèque pour emprunter *L'Abbaye de Northanger* (probablement pour m'empêcher de distraire la classe avec une nouvelle discussion sur une certaine série de la BBC avec Colin Firth et Jennifer Ehle). À ma mère, mon père et ma sœur Kelly, qui ont loué ma capacité à rêvasser pendant des heures et n'ont jamais cherché à m'attacher les pieds au sol. À mon mari, Stephen, et à nos filles, Eliza et Rosina, pour avoir accepté ma tendance à vivre à moitié dans le présent et à moitié dans le long XVIIIe siècle.

Enfin, à une fille d'ecclésiastique du Hampshire, qui a fait un choix audacieux quant à sa façon de vivre, et qui a discrètement changé le monde.